浙江省哲学社会科学规划重大项目“西方文学思潮发展史”（22YSXK03ZD）
2024 年“商大精品文库”建设项目

西方文学思潮发展史论丛

蒋承勇 主编

现实主义文学思潮导论

蒋承勇 著

商务印书馆 The Commercial Press SINCE 1897 | 北京
浙江工商大学出版社 ZHEJIANG GONGSHANG UNIVERSITY PRESS | 杭州

图书在版编目(CIP)数据

现实主义文学思潮导论 / 蒋承勇著. -- 杭州 ：浙江工商大学出版社 ；北京 ：商务印书馆，2024.12

(西方文学思潮发展史论丛 / 蒋承勇主编)

ISBN 978-7-5178-6059-4

Ⅰ. ①现… Ⅱ. ①蒋… Ⅲ. ①现实主义－文艺思潮－研究 Ⅳ. ①I109.9

中国国家版本馆 CIP 数据核字(2024)第 111297 号

现实主义文学思潮导论

XIANSHI ZHUYI WENXUE SICHAO DAOLUN

蒋承勇 著

出 品 人 郑英龙
策　　划 郑英龙　任晓燕
责任编辑 唐　红
责任校对 沈黎鹏
封面设计 观止堂_未氓
责任印制 祝希茜
出　　版 商务印书馆
浙江工商大学出版社
发　　行 浙江工商大学出版社
(杭州市教工路 198 号　邮政编码 310012)
(E-mail:zjgsupress@163.com)
(网址:http://www.zjgsupress.com)
电话:0571-88904970,88831806(传真)
排　　版 杭州朝曦图文设计有限公司
印　　刷 浙江全能工艺美术印刷有限公司
开　　本 710mm×1000mm　1/16
印　　张 19
字　　数 245 千
版 印 次 2024 年 12 月第 1 版　2024 年 12 月第 1 次印刷
书　　号 ISBN 978-7-5178-6059-4
定　　价 97.00 元

总　序

蒋承勇

20 世纪八九十年代，我国学界曾经就“重写文学史”问题展开了十分热烈的讨论，唤起了众多学人对创新文学史研究的学术热情，不少人开始致力于新文学史著作的撰写。时过境迁，热烈的讨论已归于沉寂，文学史“重写”的实践无疑也取得了可喜的成果。但是，今天看来，当年的讨论主要聚焦于文学史撰写的观念更新，而不是着力于对文学史事实与现象及作家作品本身的深度研究——就当时的学术状况和语境而言，这种研究尚不具备深度展开的客观条件，——因而也不可能为文学史的“重写”提供丰富的学术“原材料”。观念更新固然很重要，但如果没有长期的对文学史事实与现象及作家作品研究的深厚积累，仅仅是观念和概念层面的花样翻新，那么，这种“重写”就缺乏学术新成果的有力支撑，从某种意义上说是“巧妇难为无米之炊”，那么，所“重写”的文学史难免有观念空泛与学术意蕴轻浅之嫌，很难取得实质性的学术突破，其历史局限不言而喻。

文学史的“重写”原本就不是一蹴而就的，有道是“一代人有一代人的文学史”，“重写”也总是处于一种开放和行进的状态。从当今时代倡导人类文明交流互鉴、重构文明史的理念来看，显然又到了需要对曾经的“重写文学史”进行回顾、总结、反思与超越的时候了。就近几十年来学术研究的积累而言，当下新一轮“重写文学史”的展开亦有了较为丰厚的学术资源，更何况，文学史构建的理念也需要与时俱进、不断更新——“重写文明史”①的呼声无疑是新时代在人类文明交流互鉴语境中昭示的一种崭新的历史观和价值观，文学史撰写的创新无疑又进入了一个新的历史周期。在这种意义上，“重写文学史”依然是当今摆在我们面前的十分紧迫的学术新任务。

就国内的外国文学史撰写而言，自当年开展“重写文学史”的讨论以来，各种集体或个人“编撰”出来的西方文学史、国别文学史著作或者外国文学史教材，无疑有其历史的超越性与学术贡献。但是也必须看到，它们大都呈现为作家列传和作品介绍，对文学历史，普遍缺乏生动、真实、系统而有深度的描述与阐释；此外，用失之狭隘的文明史观和文学史观所推演出来的思想观念去简单地对作家、作品做出定论，也是这种文学史著作或教材的常见做法。这种现状亟待改变。

文学思潮是指在特定历史时期一定社会—文化思潮影响下形成的具有某种共同美学倾向、艺术追求和广泛影响的文学思想潮流。由于文明与文化发展的差异性，与国内文学史的演进相比，西方文学史是以文学思潮的形态展开的，并由此彰显其显著的“革新”“革命”“运动”的特征。从文艺复兴开始的人文主义，17 世纪的古典主义，18 世纪以降的浪漫主义、现实主义、自然主义、唯美主义、象征主义、颓废主义，再到 20 世纪的现代主义、后现代主义等，这一系列的文学思潮和运动在交替或交叉中奔腾向前，勾勒出了西方文学史发展的大致轮廓。可以说，文学思潮是西方文学发展的基本脉络，有其深层的人文意蕴，把握住了这一脉络，就等于把握住了西方文学史发展的基本构架和总体风貌。“批评家和文学史家都确

① 曹顺庆、刘诗诗：《重写文明史》，《四川大学学报》（哲学社会科学版）2023 年第 1 期。

信，虽然古典主义、浪漫主义和现实主义这类宽泛的描述性术语含义多样，但它们都是有价值且不可或缺的。把作家、作品、主题或体裁描述为古典主义的、浪漫主义的或现实主义的，就是运用一个有效的参照标准并由此展开进一步的考察和讨论。”[①]也许正是基于此种原因，在西方学界，文学思潮研究历来是文学史研究的主战场，其研究成果亦可谓车载斗量、汗牛充栋。与之相比，国内学界在这方面的研究则显得十分薄弱，亟待拓展与深化，这对文学史和文明史的“重写”与互鉴都有重大意义。因为，就西方文学而言，文学思潮研究乃“重写”西方文学史所不可或缺的重要前提，其研究成果乃“重写”西方文学史不可或缺的重要学术资源。

在我国，西方文学思潮自五四前后被介绍到本土，百余年来学界展开过不少研究，出版过一些研究与介绍性的作品，如早年陈独秀的《现代欧洲文艺史谭》、茅盾的《西洋文学通论》，以及后来胡风的《论现实主义的路》，何其芳的《关于现实主义》，王秋荣、陈伯通主编的《西方文学思潮概观》，罗钢的《浪漫主义文艺思想研究》等，也出版过翻译引进的著作，如厨川白村的《西洋近代文艺思潮》、本间久雄的《欧洲近代文艺思潮论》、勃兰兑斯的《十九世纪文学主流》、罗杰·加洛蒂的《论无边的现实主义》等。20 世纪八九十年代学界曾经编辑出版过系列的单个文学思潮的资料汇编，如朱雯等编选的《文学中的自然主义》等。此外，杨周翰等的《欧洲文学史》、李明滨的《二十世纪欧美文学史》、朱维之等的《外国文学史》和郑克鲁等的《外国文学史》等文学史(教材)类的出版物也涉及对西方文学思潮的介绍。所有这些出版物，都为我国的西方文学思潮研究打下了坚实基础。不过，总体上看，这些研究或介绍只能代表一定时期的学术水平，而且难免有历史局限性，尤其是没有对西方文学思潮演变的历史展开全

① Donald Pizer: *Realism and Naturalism in Nineteenth-Century American Literature*, Southern Illinois University Press, 1984, p. 1.

面系统的研究与阐释。迄今为止，国内学界未曾出版由本土学人撰写的系统研究与阐释西方文学思潮发展史的著作，这无疑是我国外国文学研究与出版的一大缺憾。

有鉴于此，“西方文学思潮发展史论丛”作为浙江省哲学社会科学规划重大项目“西方文学思潮发展史”的最终成果，致力于对西方文学史中最具代表性的十大文学思潮——人文主义、古典主义、浪漫主义、现实主义、自然主义、唯美主义、象征主义、颓废主义、现代主义、后现代主义——展开深入、全面的反思性研究①，以 10 卷(每卷 20 万字左右)的体量予以系统呈现，力图对西方文学思潮和西方文学的演进做正本清源的梳理与研究，为“重写文明史”背景下本土学界重写文学史，特别是重写西方文学史提供重要的学术资源和观念启迪。

作为国内首次系统推出的关于西方文学思潮发展史研究的学术性丛书，“西方文学思潮发展史论丛”立足反思性、超越性和建设性，把西方十大文学思潮置于西方文明史和文学史演变的历史长河中，既作为一个整体，又分别作为各自独立的单元，以跨文化、跨学科方法展开多角度分析，发掘和阐发其本原性特质、历史性地位与价值，努力在研究方法的创新性，研究内容的系统性，研究结论的前沿性、原创性等方面，都有显著的建树，从而把对西方文学思潮的研究推向新水平、新高度，为推进中国特色的外国文学学科建设，也为中国现当代文学和文艺理论研究提供借鉴与参考。

---

① 需要说明的是，国内不少外国文学史教材或西方文学史、欧洲文学史著作，把 18 世纪启蒙运动中出现的文学——启蒙文学——也视为一种文学思潮，而本丛书则没有将其列入西方文学思潮中。那是因为，我们认为，欧洲 18 世纪的启蒙运动主要发生在思想文化领域，而不是文学领域。这一思想文化运动背景下出现的启蒙文学，虽然也受启蒙思想的影响，而且也有一个宽泛的作家群体，但是他们的成就主要表现在哲学、政治和思想文化领域而非文学领域，尤其是他们并没有形成比较系统的文学理论和美学思想体系，因此启蒙文学总体上只是一种松散的文学现象，而不是一个系统的文学思潮。有鉴于此，本丛书未将其作为西方文学思潮之一予以研究与阐释。

本丛书虽然集中于研究西方文学思潮,但实际上学科和专业涉及面宽,体现了跨学科、跨文化的比较文学方法与视野。对读者而言,本丛书的写作定位是学术性与普及性相互兼顾,既"为学术而学术",又面向文科专业的本科生、硕士和博士研究生以及文学专业工作者和爱好者。本丛书的宗旨是努力打造一套简洁而不简陋、通俗易懂又有学术性和持久影响力的西方文学思潮精品读本与学术参考书。为此,本丛书坚持以下基本写作原则:观照基本问题,把握思潮主线;追踪思潮渊源,阐释本原特质;内容简明扼要,语言简洁生动。希望本丛书不仅能成为外国文学教学与研究者、文学工作者和爱好者的重要读物,同时也能成为中国现当代文学、文学理论教学与研究者的重要参考书。

目　录

| 引　言 |

"现实主义"言说之话语背景

19 世纪西方现实主义是世界文学史上一种极为重要的文学思潮和文学现象。"五四"前后,这一文学思潮开始在我国传播。百余年来,由于中国特有的文化传统和审美期待视野以及社会历史情势的影响,在诸多外来的文学思潮流派中,现实主义是在我国本土文学与文化领域传播最为深入和广泛,同时也是争议最多、内涵最具复杂性与多变性的西方文学思潮。事实上,正如德国著名戏剧家、戏剧理论家贝尔托·布莱希特(Bertolt Brecht)所说,"现实主义不仅是文学的问题:它是一个重大政治、哲学和实践问题,必须作为一项关乎人类普遍利益的问题加以研究和阐释"①。因此,当 19 世纪西方现实主义文学思潮进入中国百余年之际,我们有必要对其进行深入的梳理与解读,以便更准确、更透彻地认识与把握其本原性内涵和本质特征。

众所周知,20 世纪 80 年代,西方现代主义②倾向的文学对我国文学

---

① Matthew Beaumont:"Introduction: Reclaiming Realism", in Matthew Beaumont ed.: *Adventures in Realism*, Blackwell Publishing Ltd., 2007, p. 1.

② 关于 20 世纪西方现代主义文学思潮,国内外学界有将其分为"现代主义"与"后现代主义"的,也有将两者视为同一种文学思潮,并认为后者是前者的延续的。笔者认为,虽然现代主义与后现代主义是有差异的,但总体上是流行于 20 世纪的一种非理性倾向的文学思潮,因此,在本书中,笔者为了论述之方便,将它们合称为"现代主义",有时也用"现代派"指称。

产生了深远影响。这种现代派文学的“先锋性”及其对传统文学尤其是对19世纪现实主义文学的反叛性，使许多人一度认为现实主义传统的文学已经“过时”，西方19世纪现实主义文学对我们已没有多少借鉴价值，现实主义创作方法自然也属“陈旧”和被“淘汰”之列。但事实上，西方19世纪现实主义文学的“写实”精神与真实性品格，以及其在作品中展示的现实关怀与历史呈现风格等优良传统，已深深地融入人类文学并成为其本质属性之一，是人类文学之生命活力的重要源泉，也是马克思主义文艺思想的重要来源，具有艺术魅力与价值之永久性与永恒性。从这种意义上说，现实主义并没有过时且永远不会“过时”。当然，我们不能因此而无视文学研究和创作实践中依旧存在的轻视现实主义的客观事实。

历史发展到今天，我们无疑不应否认现代主义倾向的文学对人类文学的创新与贡献，但是，当我们已经与之拉开了相当远的时间距离时——其实，我们与19世纪现实主义文学拉开了更远的距离——再回望这一道道渐行渐远的文学风景线，我们是否在看到了现代派“实验性”创新之绮丽多姿的同时，也更清晰地看到了它的“反传统”在相当程度上的过激性、局限性以及“创新”的有限性？比如，现代派文学在不同程度上存在的过于抽象的表现方式、过于凌乱的意识流动、过于放纵的情绪宣泄、过于错乱的时空交替、过于晦涩的语义表达、过度低迷的心志隐喻、过度解构的历史虚空、过度游戏化的娱乐至上等等。对此，我们当然可以认定它们有创新的意义与价值，但断不能以为它们就是人类文学发展的终极“样板”。文学史的发展，不存在割裂传统基础上的纯粹“创新”与“先进”，而永远只是继承传统基础上的创新性发展与延续。其实，西方的不少作家与理论家对现代派的某些过激口号及某些极端化的实践也早有批评。英国作家、文论家艾莉丝·默多克就反对现代派小说因过度追求形式实验所致的内容的“枯燥”和“荒诞”,并呼唤一种新写实的小说[①]。英国批评家雷蒙·塔里斯对“反现实主义”的现代派作家的评价是:“有许多反现实主义作家,他们的作品毫无价值,只不过是一些被头脑发昏的批评家大大高估的新奇理念,他们听到的想法比他们能理解或想得透的要多得多。”[②]英国文学批评家雷蒙德·威廉姆斯则呼唤新型现实主义文学的出现。[③] 而且,有的西方批评家还宣称现代派倾向的文学“实际上也都是一种新的现实主义形式”[④]。英国批评家雷蒙德·塔里斯就认为,“将法国超现实主义与‘直接行为’相结合,进行丑闻写作,宣称诗歌和小说与街巷、沙龙、剧院和小酒馆中的无政府主义行为相联系,旨在惊怵和恐吓那些非超现实派,唤醒他们,使其成为超现实者”[⑤],这种“超现实主义终究成为匆匆过客”[⑥],因为它是有根本缺陷的:其“文学活动与责任是相分离的,陷于一种纯粹和徒劳的游戏”。[⑦] 雷蒙德·塔里斯的观点当然不能代表对超现实主义文学的评价的全部,更不能说超现实主义文学是毫无成就的,但他至少指出了其客观存在的某些问题——其实西方现代派倾向的文学之实际情形也大致如此。诸如此类的“一家之言”虽然都有可能“各执一端”,不足以作为全面否定现代主义文学的依据,但足以说明现代派倾向的文学并不是无瑕美玉,更不是人类文学发展的终极典范,它和现实主义文学或其他性质的文学一样有优点也有瑕疵。我国批评家对本土文坛上的某

---

① Iris Murdoch: *Existentialists and Mystics*: *Writings and Philosophy and Literature*, Chatto & Windus, 1997, pp. 291-292.

② Raymond Tallis: *In Defense of Realism*, Adward Arnold, 1988, p. 214.

③ Raymond Williams: “Realism and Contemporary Novel”, in Lodge David: *20th Century Literary Criticism*, *Routledge*, 1959, pp. 584-585.

④ Rachel Bowlby: “Foreword”, in Matthew Beaumont ed.: *Adventures in Realism*. Blackwell Publishing Ltd., 2007, p. xv.

⑤ Raymond Taillis: *In Defence of Realism*, Hodder & Stoughton, 1988, p. 104.

⑥ Raymond Taillis: *In Defence of Realism*, Hodder & Stoughton, 1988, p. 106.

⑦ Raymond Taillis: *In Defence of Realism*, Hodder & Stoughton, 1988, p. 108.

些“先锋文学”也一直有批评之声，如：“这样的小说样式越来越被请入象牙塔里去了，已成了远离大众的一道历史风景”[①]；某些“所谓‘个人化’写作，偏离社会生活的主潮……过多地注重于感性和体验的私语性，而淡忘了文学所应有的对世界的观照和对人类精神的弘扬”[②]。这也从我国文学实践的角度说明了现代派倾向的文学或者“先锋文学”的缺陷是客观存在的。可见，从国内外文学发展的实际情况看，现代派这种“非现实主义”的文学并没有终结现实主义[③]，“现实主义照样有广阔的前景”[④]。“将反现实主义视为一系列的失常而不予理会将是一个错误。但如果把反现实主义看成在某种程度上取代了现实主义，就像一劳永逸地表明现实主义事业是一个让小说发展起来的天真烂漫的阶段，那么同样是一个错误。”[⑤]

如果说现代派倾向的文学特别有助于展示并且确实也展示了20世纪两次世界大战前后人们在空前迷惘、恐惧、悲观的生存状态下的真实内心世界，因此这种艺术手法与人文观念对特定时期人的精神与心理的表达不无真实性和创新价值的话，那么，当今天的我们已和那段梦魇般的历史拉开时间距离的时候——人类仍然面临着新的威胁与恐惧，在“网络化-信息化”的当下人类难免有别样的焦虑、迷惘与惶恐——我们的文学创作是否有必要依然过于偏好那个时期的这种实验性“先锋文学”，用表现那个特定生存环境下人的梦魇与恐惧的方法持续地去表现当下和未来网络时代人的精神与心理境遇呢？尤其要考虑的是：这种文学的审美观念、人文观念与表现方法是否最合乎本土国人之文化传统、审美期待以及

① 谈歌：《小说应该是野生的》，《文艺报》，1997年6月12日第3版。

② 杜彩、王强：《论20世纪90年代“新现实主义”文艺思潮》，《文艺理论与批评》，2007年第4期，第21—27页。

③ Raymond Taillis: *In Defence of Realism*, Hodder & Stoughton, 1988, p. 186.

④ 路遥：《早晨从中午开始——〈平凡的世界〉创作随笔》，参见张德祥：《现实主义当代流变史》，社会科学文献出版社1997年版，第290页。

⑤ Raymond Taillis: *In Defence of Realism*, Hodder & Stoughton, 1988, p. 215.

当今与未来我国之社会及文化情势呢？这样说，丝毫不意味着我们不应该继续传承这种文学所拥有的普遍适用或有普适意义之审美与人文的资源与养料，拒绝将其融入我们当下及未来的文学创作和研究之中。同理，我们没有理由拒斥经典的19世纪现实主义文学所同样拥有的普遍适用之审美与人文的资源与养料，也没有理由拒绝将其融入我们的文学创作与研究。笔者要强调的是，我们应该反省一下：在摆脱了所谓“现实主义独尊”的历史性狭隘之后的一个时期里，我们是否也同样陷入了“现代派独尊”的又一种历史性狭隘，并且至今依然不同程度地以这种狭隘的思维看待并指称现实主义的所谓“陈旧”“过时”，因而不无偏狭地继续冷落乃至试图封存这份珍贵的文学遗产呢？对于马克思和恩格斯当年关于现实主义文学的著名论断，我们是否也仅仅将其“尊之高阁”而极少再予以深度研究和阐释了呢？

当然，精神性文化遗产的传承与渗透实际上不以人的主观意志为转移，是以无形而潜在的方式进行着的，因此上述种种顾虑与疑问一定程度上显得多余。比如，现实主义传统在我国新时期文学中实际上从来没有间断过，并且通过许多优秀作家的坚守取得了斐然成就。但是，承认这种不可触摸的传承与渗透之不同程度的客观存在，看到现实主义倾向作家的某些成就，并不意味着我们可以因此忽视乃至无视实际上存在的观念上、态度上和实践行为(包括创作与研究)上对现实主义传统的轻视、漠视甚至有意无意的贬低。40余年前，我国文坛上普遍被人们接受和认同的批评性言语是反对“现实主义独尊”和“现实主义已过时”，这使现实主义文学和有现实主义倾向的文学大跌眼镜，似乎追随现实主义体现了文学观念的幼稚、陈旧乃至错误，历史上所有的现实主义文学也根本没有之前所说的那么“成就辉煌”，因而不值得借鉴、传承与研究。于是，在此后相当长的时期内，文坛上风靡一时的是现代派文学和用现代派理念及方法创作的“先锋文学”。正如当年路遥所不无抱怨地说的那样，“许多评论家不惜互相重复而歌颂一些轻浮之作,但对认真努力的作家常常不屑一顾。他们一听‘现实主义’几个字就连读一读小说的兴趣都没有了”①。这种对现实主义的漠视不但在当年是客观存在的,而且影响持久而广泛,即便到了21世纪,现实主义的声音依旧显得十分微弱。“我们当下的文学,表现更多的是支流、暗流等。譬如日常的、世俗的琐碎生活,譬如情感的、内心的精神困境等等,所谓‘小时代’‘小人物’。而处于社会中心的那些重大事件、改革、实践等,我们却无力把握,难以表现;或者社会进程中的深层矛盾、人性道德中的重要变异,我们总是视而不见,或浅尝辄止。这不能不说是目前现实主义文学的严重匮乏。”②

值得注意的是,从世界文学史的角度看,现实主义虽然曾经被贬低和“矮化”,但是,“现实主义曾有的发展被奥尔巴赫恰当地称为一种强劲的民主化力量,其根深叶茂堪比《圣经》和《荷马史诗》,后来又被卢卡奇坚决捍卫和弘扬。因此,一些不当的评价一旦被纠正,一旦这种模式的不足也被消除,一旦认识和意识形态问题与某些被强加的不实之词被澄清,那么现实主义依然是文学艺术之重要甚至必不可少的模式”③。在欧美当代文坛上,“现实主义小说是非常富有生命力的,尽管现实主义似乎已经在很大程度上失去了实验的制高点,但是不少高水准的现实主义小说,依旧继续被创作和阅读。现实主义持续受到人们的欣赏——若把主要文学奖项的颁发作为评判标准的话,绝大多数入围布克奖(the Booker Prize)的小说都是现实主义的”④。

---

① 厚夫:《路遥传》,人民文学出版社2015年版,第295页。

② 段崇轩、杜学文、傅书华:《变则通、通则久——关于“现实主义文学40年”的思考》,《文艺报》,2018年7月6日第2版。

③ George Levine: “Literary Realism Reconsidered: ‘The World in its length and breadth’”, in Matthew Beaumont ed.: *Adventures in Realism*. Blackwell Publishing Ltd., 2007, p. 14.

④ Raymond Taillis: *In Defence of Realism*. Hodder & Stoughton, 1988, pp. 1-2.

从我国文坛的实际情况看，我们无疑要看到“先锋文学”和现代主义倾向的文学本身所取得的成就及其实验性探索为文学带来的经验积累和创新性影响，但是，我们显然也应该反思一下：虽然，“现实主义独尊”无论在过去、现在和未来都是有偏颇的，因此我们反对“现实主义独尊”就像反对“现代派独尊”一样，但是，曾经被我们“独尊”的“现实主义”“究竟有多少真正的现实主义”？因此我们实际上曾经或者依然不同程度地“缺乏(真正的)现实主义”？① 于是我们是否也可以这样说：反现实主义的现代派文学“并不意味着现实主义(包括现实主义小说)的终结，相反它是另一种现实主义的先驱，一种因反现实主义的批判而变得更加复杂的现实主义”？② 由此，我们需要进一步深入思考：应该怎么看待经典现实主义？19 世纪现实主义文学的“理性”精神和“写实”传统到底有什么历史意义和当代价值？理性精神的缺乏和写实精神的淡出对文学与文化的发展到底有没有负面影响？等等。就此而论，讨论现实主义问题，我们自然就进入了一种多元而复杂的理论语境，而且观照与透析现实主义问题也必须在一个宽阔又富有历史纵深感的背景中进行。深入探讨 19 世纪现实主义文学传统的特质与内涵，揭示其艺术魅力与经久的生命力，显然是具有重大学术价值与文学创作之实践价值的。

① 厚夫：《路遥传》，人民文学出版社 2015 年版，第 295 页。

② Raymond Taillis: *In Defence of Realism*, Hodder & Stoughton, 1988, p. 215.

| 第一章 |

现代现实主义之生成及现代性

在世界文学史上，“现实主义”是一个使用频率极高、面目多变、内涵丰富而复杂的文学术语，它可以指称文学思潮、文学观念、创作方法、写作精神、批评标准或原则和艺术价值观等。不过，“事实上由于19世纪的原因，该问题一直很令人困惑，这是一个充满矛盾但又形势绝佳的时期，各种流派、运动用当下的术语来说就是‘文化大生产’(cultural fissiparation)，在文学上出现了后来被称为“现实主义”的一场明显的有意识的运动”①。显然，“现实主义”首先被界定为一种流行于特定历史时期的文学“运动”或者文学思潮，这是有历史依据的，也已为学界所公认。本书所阐释的“现实主义”，主要就是指流行于西方19世纪这一特定时期有其历史属性和质的规定的文学思潮。虽然，全书的行文无法避开与诸如创作方法、批评标准、文学观念等其他各种指称的关联，但整个研究聚焦点是作为文学思潮的19世纪现实主义。为了凸显其时代的和历史的规定性及其本原性内涵，以示其与其他各种名目繁多的关涉“现实主义”之变体、文学流派的区别，特别是将它与传统的古典(模仿)现实主义、18

---

① J. A. Cuddon: *A Dictionary of Literary Terms and Literary Theory*, 5th edition, Wiley-Blackwell, 2013, p. 591.

世纪“现实主义小说”等文学现象区别开来，笔者在论述中特将19世纪西方现实主义文学思潮指称为“现代现实主义”，从而突出强调、关注与阐释其“现代”属性与特征。在此，应该说“现代”这一修饰词并不是笔者主观随意强加的，也不是巧立名目的标新立异，而是有历史与学理之依据的，是从“现代性”角度为这一文学思潮的研究提供一种新的视角与观念，同时也是对其做一种质的限定、特征的提炼与强调，从而有助于本源性地深度把握19世纪现实主义文学思潮与文学观念演变之历史渊源及其生成的社会的、文化的和文学的缘由。

第一节　现实主义：从“古典”到“现代”

众所周知，巴尔扎克和司汤达是19世纪西方现实主义文学思潮的奠基人，然而，巴尔扎克、司汤达、狄更斯、萨克雷以及果戈理等较早时期的现实主义作家，都不曾用“现实主义”这一名词来标明自己属于这个新型的文学流派。勒内·韦勒克在《文学研究中现实主义的概念》一文中，追溯了现实主义术语在欧美各国的发生史，他认为在1798年和1800年，“大约是席勒和弗里德里希·施莱格尔第一次把这个术语应用到文学上来”①。而在法国，“现实主义”一词“于1826年首次被用法语表述，不久被广泛使用”②。法国语言学家、文学史家大卫·萨瓦让在其《法国语言史》一书中认为，1826年的法国报纸上就出现了“现实主义”这一术语。他引用了当时报纸上的一段文字，“现在出现了一个日益盛行的文学流

① 勒内·韦勒克：《批评的诸种概念》，罗钢、王馨钵、杨德友译，上海人民出版社2015年版，第214页。

② Rachel Bowlby: “Foreword”, in Matthew Beaumont ed.: *Adventures in Realism*, Blackwell Publishing Ltd., 2007, p. xii.

派，其宗旨不是忠实地模仿艺术杰作，而是忠实地摹写大自然慷慨地赐予我们的大千世界，可以把这个流派叫作现实主义；这种真实的文学非常可能成为十九世纪居于统治地位的文学”①。这段文字点出了作为新的文学现象的“现实主义”已开始从古典主义的模仿古代“艺术杰作”转向“摹写大自然”这一关键性特征，预告了“现实主义”这一新文学“流派”（实际上是一种文学思潮）的呼之欲出，说明了在19世纪20年代中期，作为文学思潮的现实主义已经开始滥觞的事实。不过，这只是在报纸上一般性地指称这种新的文学思潮的发展趋势和倾向，还没有十分正式地从学术的角度对这种亦已崭露头角的文学思潮予以正式界定。而“现实主义”作为一种指称文学思潮和“描写方法”的概念来正式使用，则与19世纪50年代中期法国画家库尔贝特、小说家尚夫勒里和评论家杜朗蒂有关。19世纪50年代，围绕着库尔贝特的绘画展开了一场大论战，尚夫勒里把这些论战文章结集起来，于“1857年出版了一部题为《现实主义》的论文集”，同年，杜朗蒂也编辑出版了一份名为《现实主义》的杂志。② 韦勒克指出，在这些论战文集和杂志中，“一个明确的文学纲领被制订出来了……艺术应当是现实世界的真实再现，因此作家应当通过细致的观察和小心的分析研究当代的生活与风习，作家在这样做的时候应当是冷静的、客观的、不偏不倚的。这样，过去被广泛地用来说明一切忠实地再现自然的文学术语（现实主义），现在变成了与特定作家相联系的一个团体或一个运动的口号。人们普遍认为，梅里美、司汤达、巴尔扎克、蒙尼埃以及夏尔·德·贝尔纳等人是现实主义的先驱”③。韦勒克的研究结果和

① 程代熙：《再论现实主义的源流》，《北方论丛》，1981年第3期，第5页。

② 勒内·韦勒克：《批评的诸种概念》，罗钢、王馨钵、杨德友译，上海人民出版社2015年版，第215页。

③ 勒内·韦勒克：《批评的诸种概念》，罗钢、王馨钵、杨德友译，上海人民出版社2015年版，第215页。

美国学者巴里什的考据基本相符:“在 19 世纪 50 年代初期,法国第一次把‘现实主义’一词当作美学术语,用来评析古斯塔夫·库尔贝特的美术作品。”“法国文学评论家在采用了艺术批评中的‘现实主义’术语后,立刻用它来形容与库尔贝特同时代人的作品。”①在英国,“现实主义”一词的出现要比法国晚得多,“直至 19 世纪 80 年代后期乔治·莫尔和乔治·吉辛出现之前,就不曾有过一个叫作现实主义的运动”②。不过,“早在 1851 年,萨克雷便被偶然地称为‘现实主义派的主要代表’”③。这说明,作为一种文学思潮,英国的现实主义也是后来被人“追认”的。事实上,在萨克雷时期,这种文学思潮已经开始涌现。“美国的情况与英国极为相似;1864 年,亨利·詹姆斯推荐‘著名的现实主义体系’(明显地指法国)给学术界同行哈里特·普雷斯特小姐学习……1886 年以后,宣传性的现实主义方始成为一种运动。”④而“在德国根本不存在一个自觉的现实主义运动,尽管这个术语偶尔也被采用”⑤。当然,德国的现实主义无疑是存在的,只是显得十分松散,不太像一种文学思潮。俄国的情形就大不一样了,现实主义显然是以一种文学思潮的形态出现的。在俄国,“‘现实主义’这一术语最先是批评家帕维尔·安南科夫在刊载于《当代》杂志(1849 年第 1 期)的一篇文章中使用,到 19 世纪 60 年代成为标准术语”⑥。但

① Phillip J. Barrish: *The Cambridge Introduction to American Literary Realism*, Cambridge University Press, 2011, p. 23.

② 勒内·韦勒克:《批评的诸种概念》,罗钢、王馨钵、杨德友译,上海人民出版社,2015 年版,第 216 页。

③ 勒内·韦勒克:《批评的诸种概念》,罗钢、王馨钵、杨德友译,上海人民出版社 2015 年版,第 216 页。

④ 勒内·韦勒克:《批评的诸种概念》,罗钢、王馨钵、杨德友译,上海人民出版社 2015 年版,第 217 页。

⑤ 勒内·韦勒克:《批评的诸种概念》,罗钢、王馨钵、杨德友译,上海人民出版社 2015 年版,第 217 页。

⑥ Victor Terras: "The Realist Tradition", in Malcolm V. Jones, Robin Feuer Miller eds.: *The Cambridge Companion to the Classic Russian Novel*, Cambridge University Press, 1998, p. 190.

是，我国学者程代熙认为，“在俄国第一个把‘现实主义’这个词语运用到文艺领域里来的，是文艺评论家皮沙烈夫。他在《现实主义者》这篇论文里对现实主义文学作出了他的解释”①。高尔基后来称19世纪欧洲的现实主义为“批判现实主义”，在很长时期内，这一称谓在我国倒是使用甚广。就19世纪沙皇俄国时期的现实主义文学思潮而言，由于其社会-文化背景的特殊性，其社会批判性和政治变革意识特别强，用“批判现实主义”来指称格外名副其实。但总体来看，在文学思潮层面，19世纪俄国现实主义文学一直是以模仿追随西欧（尤其法国）文坛风尚为主流，它自然也只是19世纪西方现实主义文学谱系中的一部分。

大致来说，“现实主义”的概念在19世纪20年代中期到60年代之间不断流行开来，这也是“现实主义”从写作方法到文学思潮的演变过程，也可以说是作为一种文学思潮的“现实主义”从产生走向繁盛的过程。在这个过程中，诸多使用“现实主义”一词的人，既有持赞同观点者，也有持反对观点者。比如，在评论库尔贝特的现实主义画作《石匠》时，“沙龙文人和那班极力追求所谓‘高雅’题材和‘美’的意境的艺术家，对库尔贝特的《石匠》就嗤之以鼻。据说，有人在看了这幅画后，骂了一句‘现实主义的货色’”②。这是对新兴的现实主义方法持否定态度的一种表达。另外，法国文艺评论家古斯达夫·布兰森也曾经在1835年的《现代评论》杂志上发文挖苦现实主义。他说现实主义现在成了“挂在城堡入口大门上的徽章、写在旗帜上的口号、服装的颜色，连受人尊敬的男爵都对它另眼相待”。“当时法国的美术评论界，认为现实主义的画就是女仆式地复写现实，根本不顾美与不美，有无诗情画意。”③显然，法国的“现实主义”在19世纪30年代中期，文艺界对它是多有诟病的。到了19世纪中期，对“现

① 程代熙：《马克思主义与美学中的现实主义》，上海文艺出版社1983年版，第137页。
② 程代熙：《再论现实主义的源流》，《北方论丛》，1981年第3期，第6页。
③ 程代熙：《再论现实主义的源流》，《北方论丛》，1981年第3期，第6页。

实主义”持肯定态度的声音日渐增多。“美术家吴舍在其 1846 年问世的《佛来米荷兰画史》里对现实主义的介绍就较为客观。他的看法基本上是这样两点：一是现实主义的文艺家着重对生活的观察，严格恪守真实，不凭主观想象的‘神驰’；二是说现实主义文艺家多从社会底层去选取题材，并且往往描写生活中的丑的现象。”[①]特别是尚夫勒里，他在 1857 年出版的自己的论文集《现实主义》中充分肯定现实主义，他认为，“现实主义在于准确地、充分地、真实地再现作家所生活的那个社会环境及时代，因此，对这个学派的考察可以得到读书界的理智、兴趣、精神上的各种需要的证实，此外，这个学派完全摒弃了形形色色的瞒与骗……这种对现实的再现应尽可能地显得更加鲜明、一目了然，而且包罗万象”[②]。通过不断的论争，同时也因为现实主义创作的不断发展，现实主义文学思潮的正面主导地位逐步得以确立。可见，“现实主义文艺思潮在当时的法国文坛上起过相当激进的作用”[③]，在其地位被确立与巩固之前，论争是十分激烈的。“非常明显，法国的这场论争或者说战斗不久就在其他国家产生了反响。”[④]无独有偶，萌芽时期的俄国现实主义不仅被反对者贬为“自然派”，而且于 19 世纪 40 年代中后期崭露头角时也备受批评与围攻；经过别林斯基等人的奋力捍卫，“自然派”才于 19 世纪五六十年代得以正名，转而成为褒义的俄国现实主义文学思潮的代名词。以上所述都表明，在法国与俄国，19 世纪现实主义文学思潮在形成的初期都因其具有显著乃至强烈的先锋性特质而饱受争议，这也意味着该文学思潮拥有与生俱来的反传统的现代性禀赋。至于在英国、德国和美国，虽未曾出现被如此激烈论

---

① 程代熙：《再论现实主义的源流》，《北方论丛》，1981 年第 3 期，第 6 页。

② 转引自程代熙：《再论现实主义的源流》，《北方论丛》，1981 年第 3 期，第 6 页。

③ 程代熙：《再论现实主义的源流》，《北方论丛》，1981 年第 3 期，第 7 页。

④ 勒内・韦勒克：《批评的诸种概念》，罗钢、王馨钵、杨德友译，上海人民出版社 2015 年版，第 215 页。

争的现实主义,但都是受法国影响而产生与兴起的文学思潮,因而其反传统的先锋性、现代性特征与特质也同样是明显存在的。

因此,虽然从历史发展和文学传播的眼光看,“现实主义”的概念在不同时期和不同的国家和区域,其所蕴含的内涵有一定的差异,但作为一种文学思潮,19 世纪西方现实主义显然都不同于 19 世纪以前基于“模仿说”理论而具有写实倾向的“现实主义”文学。如果说此前这种“模仿说”传统的“现实主义”可以称为“模仿现实主义”①或“古典现实主义”②的话,那么,19 世纪现实主义则可称为“现代现实主义”,并且,正是这种具有“现代”属性的现实主义,标志着 19 世纪乃至整个近代西方文学的高度繁荣。不可否认,巴尔扎克等 19 世纪现实主义作家在 19 世纪中叶的确创造出了许多堪称经典的文学作品,一时间促成了作为新的文学思潮的现实主义之勃兴与辉煌,他们的创作与差不多同时代的浪漫主义文学有迥然之异,这在一定程度上是对主情的、幻想的浪漫主义文学的一种反拨。不过,他们的艺术成就不应该简单地被归为传统的“模仿现实主义”或“古典现实主义”的回归或简单复兴。因为,事实上,已然处在现代文学区段上的 19 世纪西方现实主义,其文学特质已明显不同于传统的“古典现实主义”。作为现代现实主义代表人物的司汤达与巴尔扎克等,不管是从文学观念还是从创作风格上来说,都完全无法用传统的“古典现实主义”的尺子来度量;他们的创作作为 19 世纪特定时代的现实主义文学,虽然在“写实”的层面上承袭了旧的“模仿现实主义”或“古典现实主义”的基本精神与方法,却同时又在更多的层面上以其“现代”属性达成了对“古典现实主义”之“模仿”传统的超越乃至颠覆。左拉在当时就认为,巴尔扎克之所以创造出其“不朽的光荣”,就是因为“他创建了现代小说,因为他是最先

---

① 利里安·R.弗斯特:《自然主义》,任庆平译,昆仑出版社 1989 年版,第 5 页。

② M. A. R. Habib: *Literary Criticism: From Plato to the Present*, Blackwell Publishing Ltd., 2005, p. 474.

带来并运用真实感的作家之一，这种真实感使他展现了整整一个世界"①。有鉴于此，埃里希·奥尔巴赫等一些理论家、文学史家常常把19世纪现实主义文学称为"现代现实主义"。奥尔巴赫在其重要理论著作《模仿论：西方文学中所描写的现实》一书中，就把这种"同特定时期之政治、社会、经济关系特别紧密，更为重要，更有意识，也更为具体"②的19世纪现实主义文学思潮称为一种与浪漫主义相对而言的"现代现实主义"(modern realism)③，从而使其与19世纪以前及以后那些名目繁多的"现实主义"或其他具有写实倾向的文学有所区别。奥尔巴赫在讨论到司汤达和巴尔扎克时认为，西方文学史上"现代现实主义意识的第一次出现"④是在司汤达的创作之中；他还认为，巴尔扎克"与司汤达都是现代现实主义的创始人"⑤。

确实，作为文学思潮的19世纪西方现实主义，无疑是一个历史的概念，有其特定的时代特质和历史规定性。笔者在本著作中进行深入讨论的正是这种"特质"与"规定性"意义上的现实主义文学思潮，而奥尔巴赫的"现代现实主义"概念，恰恰也是根据这种"特质"和"规定性"对作为文学思潮的19世纪现实主义所做的一种历史框定，有其合理性和准确性。国外学界对其做如此指称的学者和评论家也不乏其人。著名的小说史家伊恩·瓦特在《小说的兴起》中说，与18世纪的"现实主义小说"不同，19

① 左拉：《论小说》，朱雯等编选：《文学中的自然主义》，上海译文出版社1992年版，第210页。

② Erich Auerbach: *Mimesis: The Representation of Reality in Western Literature*, Princeton University Press, 2003, p. 458.

③ Erich Auerbach: *Mimesis: The Representation of Reality in Western Literature*, Princeton University Press, 2003, p. 474.

④ Erich Auerbach: *Mimesis: The Representation of Reality in Western Literature*, Princeton University Press, 2003, p. 459.

⑤ Erich Auerbach: *Mimesis: The Representation of Reality in Western Literature*, Princeton University Press, 2003, p. 468.

世纪的"现代现实主义产生于这样一种学术立场,即个人通过自己的知觉发现真实——这发端于笛卡尔和洛克的哲学"①。美国文学理论家哈比布也在其《文学批评史:从柏拉图到现在》中,把19世纪现实主义称为"现代现实主义",而把此前的"现实主义"称为"古典现实主义"②。美国的文学史家菲利普·J.巴里谢站在美国文学发展的角度认为,"作为一个自觉的美学运动,现代现实主义始于欧洲"③。美国著名比较文学学者马泰·卡林内斯库认为,现代现实主义的先驱者司汤达称自己为"浪漫派",但他所理解的浪漫派是"一种当代生活意识,一种最直接意义上的现代性意识。在这方面上他也许是欧洲重要作家中的第一人"。这意味着司汤达的"'浪漫'和'现代'之间的同义性"④,也就是"现实主义"与"现代"的同义性。所以司汤达实际上"是一个他自己所说的'浪漫派'意义上的'浪漫派',唯其如此……他常常也是公开反对浪漫派的,而与后来被称为'现实主义'的他的终身文学信条保持一致。在司汤达那里,文学现代性观念所涉及的某些显著悖论已然出现。最突出的一个是,从传统的束缚中解放出来后,作家应该努力给予他的同时代人一种他们似乎尚未准备好去享受、也许甚至是不配享受的快乐"⑤。卡林内斯库比较充分地论证了司汤达所代表的现实主义文学的"现代性"特征。

显而易见,从体现西方文学传统创作理念与方法的"模仿现实主义"

① Ian Watt: *The Rise of the Novel: Studies in Defoe, Rechardson and Fielding*, University of California Press, 1967. p, 12.

② M. A. R. Habib: *Literary Criticism: From Plato to the Present*, Blackwell Publishing Ltd., 2005, p. 474.

③ Phillip J. Barrish: *The Cambridge Introduction to American Literary Realism*, Cambridge University Press, 2011. p. 23.

④ 马泰·卡林内斯库:《现代性的五副面孔》,顾爱彬、李瑞华译,商务印书馆2003年版,第45页。

⑤ 马泰·卡林内斯库:《现代性的五副面孔》,顾爱彬、李瑞华译,商务印书馆2003年版,第47页。

或者"古典现实主义",到作为一种具有时代特质与历史规定性的文学思潮的19世纪"现代现实主义",这不仅仅是一种外在名称的变换,更是其内涵与外延的演变与拓展。特别是其"现代性"(modernity)属性的生成,一方面有文学史自身演变的内在原因,另一方面在根本上取决于19世纪处于大变革状态的西方社会的政治、经济和文化等诸多因素。对此,我们有必要做进一步的深度分析与阐释。

第二节　现代现实主义与现代社会

法国批评家查尔斯·奥古斯丁·圣伯夫称19世纪现实主义是"工业文学"①,这个定义十分贴切,它从一个层面赋予了现代现实主义"现代性"的特征与属性。因为,现代现实主义确实可以说是欧洲现代资本主义社会发展和工业革命的产物,它无可避免、与生俱来地拥有资本主义现代化本身所拥有的特质,从而与此前的写实倾向文学在文学背景与产生之外因上体现出了天壤之别,"现代性"也是那个时代烙在19世纪现实主义这一文学躯体上的特有印记。

一、工业革命与现代现实主义

19世纪上半叶,欧洲在政治、经济、社会等各个领域都发生了剧变,加快了现代化进程的步伐。拿破仑于1814年退位,"1815年之后世界在许多方面在发生变化。各国的疆界被重新划定,欧洲人观察世界的方式也在改变着。在生产和运输中,蒸汽动力逐步取代了人力和畜力。人们参考被取代的劳动方式,用'马力'等单位来衡量机器的能量。新技术改

---

① Peter Brooks: *Realist Vision*, Yale University Press, 2005, p. 14.

变了旧价值观，劳动改变了世界，新世界的定义便出现了。以前固定不变的、高高在上的贵族阶层受到了挑战，开始变得混乱不堪。西方知识分子努力去研究新时代，定位他们在新时代中的价值”①。1830 年法国爆发“七月革命”，从此，法国资产阶级取得了统治地位；1832 年英国实行议会改革，英国资产阶级的统治地位得到了进一步巩固。这两大政治事件，是西欧资本主义制度确立的标志。欧洲各国在英、法资本主义势力影响下，相继经历了从封建制度到资本主义制度的历史性过渡，实现了从传统社会到现代社会的转型，作为一种“写实”倾向的文学思潮——现代现实主义也就应运而生。

美国批评家彼得·布鲁克斯指出，19 世纪“是一个工业革命、社会革命和政治革命的时代。我认为任何现实主义写作的确定性的特征之一就是愿意面对这些问题”。② 所谓“这些问题”，是指资本主义工业革命、社会革命和政治革命带来的复杂的现实矛盾和社会问题。资本主义是和机械化大生产相关联的，或者说，工业革命和工业化奠定了资本主义的社会基础，是工业革命的成果推动了欧洲社会由封建主义向资本主义转型。工业革命有赖于科学技术的成就，而正是 18、19 世纪欧洲人在科学技术上的辉煌成就，助推了欧洲的工业革命，加快了现代生产方式的形成，也推动了新的文学样式的形成。“现代生产方式的形成，会以一种直接和实际的方式改变 19 世纪的文学，推动它朝向法国批评家查尔斯·奥古斯丁·圣伯夫所谓‘工业化文学’发展。”③从资本主义发展较快的西欧国家来看，现代现实主义文学就是工业化时代的文学，在题材、思想观念、审美趣味和表现方法等诸多方面与农耕时代的传统欧洲文学有明显的不同，

① 马克·凯什岚斯基、帕特里克·吉尔里、帕特里夏·奥布赖恩：《西方文明史：延续不断的遗产》(第五版)，孟广林等译，中国人民大学出版社 2014 年版，第 468 页。

② Peter Brooks: *Realist Vision*, Yale University Press, 2005, p. 13.

③ Peter Brooks: *Realist Vision*, Yale University Press, 2005, p. 14.

这也是其现代性的一种表现。从社会政治变革的角度看,欧洲的19世纪前期和中期,可谓是“革命的世纪”①。这正是现代现实主义赖以生存与成长的社会政治、经济和文化的土壤,现代现实主义文学作品也从不同角度表现了这种社会状况,这种文学强烈的社会批判意识和政治变革意识,无疑与“革命的世纪”的氛围息息相关,其“现代”属性也从这一个角度得以显现。

显然,工业革命加速推进所积累起来的诸多社会问题与社会矛盾,在19世纪中叶既然能够促成高度现代性的马克思主义的诞生及广为传播,对文学家的文学创作当然也会释放出巨大的召唤效应。现代现实主义是西欧资本主义制度确立和发展时期的文学,它见证并反映了欧洲社会的现代化进程——在科学技术的助推下,工业革命蓬勃开展,欧洲社会实现了从传统的农业社会到现代工业社会的转型,在政治、经济、文化和心理等各个方面都取得了现代化的丰硕成果,同时也出现了史无前例的社会矛盾和弊病。现代资本主义的优长与弊端都是文学家思考与表现的内容与对象。如果说19世纪浪漫主义作家是从现代性的一个面相——审美现代性,去反抗现代资本主义的弊端的话,那么现代现实主义作家则侧重于从现代性的另一面相——社会现代性,去关注和反抗资本主义现代化所带来的负面效应,他们通过文学创作探究社会制度对人的维护,并致力于批判社会的不平等现象。从某种意义上说,没有工业革命及其创造的欧洲现代社会的发展,就没有19世纪现实主义文学思潮,这个文学思潮也不可能具有这种鲜明的“现代性”特征与特质。

二、社会价值观念变革与现代现实主义

工业革命的成果既推动了欧洲社会由封建主义向资本主义过渡,又

① 约翰·西奥多·梅尔茨:《十九世纪欧洲思想史》,周昌忠译,商务印书馆2016年版,第69—70页。

改变了欧洲社会的结构形态和人的生存方式与价值观念。在欧洲,"十九世纪的精神生活比以前任何时代的精神生活都要复杂"①。资本主义制度形成后,欧洲社会中人的生存处境发生了重大变化,人对自身的认识也不断深化。资本主义新的政治经济制度打碎了原有的社会结构,改变了人与人之间的关系。在资本主义条件下,人不再是万物的尺度,"商人之间的激烈竞争毫无道德限度,就像资本家对工人剥削一样"②。在强烈的竞争观念支配下,物欲的无限膨胀使人们想尽办法超过他人,每个人都为自己的利益和自己的成功而奋斗,因而,"人不再是自身的目的,人成了他人的工具","人被人所利用,表现了作为资本主义制度基础的价值体系"③。所以,在资本主义制度下,"人的群体关系恶化,个人从家长式的专制及等级制度中'摆脱'出来,却付出了放弃群体联系这个代价。人们的相互关系失去了道德义务感和情感特征,从而变得靠单一的经济利益来维持。所有的人际关系都基于物质利益"④。尤其是,"19 世纪也标志着金钱交易关系的出现,它可能构成所有社会关系的基石或代表了所有社会关系。如果旧制度的财富主要由土地所有权——封建的、贵族化的财产和身份模式——来表现和加强,那么它将会被金钱这种既让人获得解放又让人感到恐惧的方式取代。你继承了土地,你赚取了金钱:金钱交易的出现依循了从继承而来的身份(inherited identity)到努力获得的身份(achieved identity)的过渡。后者是自我造就者、投机者、资本家、赌徒——或贫穷的天才——所有在 19 世纪的小说中令人熟悉的人物的身份"⑤。

19 世纪的科学走向了前所未有的繁荣,它不但给人类创造了极大的

① 罗素:《西方哲学史》(下册),马元德译,商务印书馆 1997 年版,第 263 页。

② 埃利希·弗洛姆:《健全的社会》,欧阳谦译,中国文联出版公司 1988 年版,第 84 页。

③ 埃利希·弗洛姆:《健全的社会》,欧阳谦译,中国文联出版公司 1988 年版,第 93 页。

④ 埃凯:《世界性的反现代化思潮》,张信译,贵州人民出版社 1991 年版,第 76 页。

⑤ Peter Brooks: *Realist Vision*, Yale University Press, 2005, p. 14.

财富，导致人们对它的热烈追求，而且更重要的是，科学使人们确立了新的世界观、人生观和价值观。人们认为有了科学，人可以做一切上帝能做的事，人们把科学当作上帝来崇拜，实际上，科学成了上帝，人也就走到了上帝的位置上，人把上帝驱逐了。或者说，在人类不再需要上帝之后，上帝也抛却人寰撒手离开了。所以，如果说"上帝死了"的话，那也正如尼采所说的，他是被人杀死的。而且，尼采在19世纪末报告了"上帝之死"的消息，这不是一种预告，而是一种对"已死"之事实的报告。19世纪就已经是一个上帝退隐的时代。于是，个性自由、自由竞争，在某种程度上意味着人可以"想干什么就干什么"了。"追求私利和自由竞争创造出了空前的西方物质文明"①，但"自由竞争"原则的道德光环严重摧毁的恰恰是传统的道德原则。一个在道德领域里上帝退隐的时代，必定是一个恶欲横行的时代。这就是19世纪自由资本主义时代，这是一个上帝远离人世的时代！这个向来靠天堂、地狱、上帝等制约人的行为、扼制人的恶欲冲动的西方社会，一旦既有的道德规约逐渐丧失，那将是一个什么样的情形？这是一个"他人成为自己的地狱"的社会。由此，我们又要引出一个发人深思的问题：启蒙运动昌明了人的理性，繁荣了科学，激活了人的个性，改变了社会结构，这无疑是文明的进步。然而，当科学在思想领域里动摇了上帝在人们心目中的地位时，当被物欲激活了的人的个性为了个体生存而无视上帝的规约时，当科学给人以力量和自信进而成了人们崇拜的上帝，而这个上帝又在道德上对世俗中的人无动于衷也无能为力时，人到底是趋善还是趋恶的呢？人们还应该一个劲儿地倡导个性自由与解放吗？

显然，科学的发展、工业革命、资本主义的发展、物质财富的丰裕等，一方面标志着社会的进步和人类文明的向前发展给人带来了一定程度的

① 梁鹤年：《西方文明的文化基因》，生活·读书·新知三联书店2014年版，第229页。

自由、解放和生活的丰富性，另一方面又使人与人、人与社会、人与物之间的关系恶化。新的文明给人带来了新的束缚，尤其是物对人的束缚，使人的自由在一定程度或某种层面上得而复失。资本主义的财富创造提升了人对财富的占有欲和支配欲，“自由竞争”原则为人与人之间的“搏斗”戴上了合理的道德光环。于是，“万物之灵的人类终于悟出了他的兽性；这个兽性原来就是物质‘文明’的所赖”①。正是在这种历史背景下，人对自身的处境、命运与前途的思考也不断深化。现实告诉人们：启蒙主义者的“民主”“自由”“平等”与“博爱”并不存在，他们描绘的“理性王国”只不过是肥皂泡而已；浪漫主义者对脱离现实的“理想”的追求也不过是画饼充饥。人们不得不用冷静的眼光来看待现实的社会并思考人的命运，客观冷静地分析与解剖现实的社会心理和风气之形成。正是在这种心理和风气的影响下，一种写实性与批判性很强的现代现实主义文学思潮风生水起。

总之，19 世纪中叶的西方现代资本主义社会这个庞然大物的到来，开启了“上帝之死”的文化新进程，一个动荡不安的多元文化语境对 19 世纪中叶西方文学创作的发展与繁荣显然是一个“福音”——因为文学的发展与变革需要以文化的革新与转型为土壤和背景。现代现实主义作家对从启蒙运动乃至文艺复兴开始的现代资本主义价值观念投以反思与批判，这在人文观念上与浪漫主义和世纪末文学思潮乃至 20 世纪现代主义思潮有高度的一致性。所不同的是，浪漫主义等文学思潮主张以感性的解放反抗资本主义的现代化，而现代现实主义依然以人的理性主体性为基点，抗拒外在于人的现代社会和物质文明对人的压迫和异化，维护人的自由与尊严，企求人性的和谐与复归，由此体现了对现代性的另一种追

① 梁鹤年：《西方文明的文化基因》，生活·读书·新知三联书店 2014 年版，第 287—288 页。

求。因此，从文化和人文层面看，现代现实主义和浪漫主义乃至现代主义都有某种程度上的血缘联系，对资本主义现代化和现代文明都持有反思和反叛的态度与立场，都有对“上帝之死”的忧虑与恐惧，这体现了同一性质的“文化征候”。其实，“19 世纪自由资本主义与 20 世纪垄断资本主义在本质上的同一性，决定了从属于这两个时代的文化在本质上的同一性和延续性；现代文化是在 19 世纪自由资本主义时代完成原始积累，而在 20 世纪垄断资本主义时期得到盛行的，因而，现代文化基因在 19 世纪批判现实主义文学中的存在是必然的”①。

三、自然科学的发展与现代现实主义

“19 世纪可以恰当地称为科学的世纪。”②当然，自然科学的发展及其对社会和人的影响是有一个漫长过程的。但是，从科学发展史的角度看，同以往所有时期相比，1830 年到 1914 年这段时期是科学发展的顶峰。随着科学与技术影响的日益扩大和深入，科学精神、科学理性逐步成为 19 世纪西方文化的最突出特征，崇尚科学和理性也成了 19 世纪的一种时代风尚。正是在这个史无前例的“科学的世纪”里，科学与理性以及这种特定的时代风尚，促成了写实倾向的现代现实主义文学思潮在欧洲的盛行。

当然，19 世纪科学的快速发展，是以 18 世纪的科学建树和前期铺垫为基础的。文艺复兴开始，西方的自然科学就开始不断发展并日益加速。由是，18 世纪启蒙运动的力量原本也基于科学成就和科学思维，在很大程度上是科学昌明了文化和思想，于是才谈得上“启蒙”——使人从宗教信仰的古老世界观中解放了出来。历经启蒙时代，伴随着科学进步和人

① 蒋承勇：《十九世纪现实主义文学的现代阐释》，中国社会科学出版社 2010 年版，第 21 页。

② 约翰·西奥多·梅尔茨：《十九世纪欧洲思想史》(第一卷)，周昌忠译，商务印书馆 2016 年版，第 89 页。

类知识的增长，“宗教不断放弃了长期以来反对科学的那种不可一世的专横态度”[①]，科学也开始不断深入人心。在欧洲，“对于教士以及他们讲解的一个个神秘莫测的关于宇宙的故事，人们曾经非常崇敬，但是现在，这些崇敬中的很大一部分已经转向天文学家、地质学家、医生和工程师”[②]。历史进步的观念又随着科学的发展不断成为人们关于社会发展的基本理念。实际的情况是，“对于文化的演进，一种常见的看法是，宗教代表着人类发展的原始阶段，注定要被一个更加开明的科学时代所取代”[③]。在20世纪之前，这个“时代”就是19世纪！相对于18世纪，19世纪的“‘科学’再次呈现出一种形而上学的意义，这种意义远比聚集成科学的那些专业之事更加伟大和有条理。现在，‘科学’成了社会自然进步所指向的目的或目标”[④]。而且，科学的成就不仅增强了人类对自我力量的信心与对社会进步的乐观，并且使人的个体意识和理性精神得以进一步凸显和强化，尤其重要的是，科学改变了人们的世界观和价值观，改变了人们观察、认识和研究世界的理念与方法，从而改变了整个时代和社会的风尚。“科学不仅大大影响我们的思想，而且还以其应用改变了我们生活在其中的世界的外貌。”[⑤]正如英国著名的科学史家W. C. 丹皮尔所说：“科学过去是躲在经验技术的隐蔽角落辛勤工作，当它走到前面而且高举火炬的时候，科学时代就已经开始了。”[⑥]这里，丹皮尔指出，19世纪的“科学时代”，不

---

① John William Draper: *History of the Conflict between Religion and Science*, D. Appleton, 1875, p. 367.

② A. W. Benn: *A History of English Rationalism in the Nineteenth Century*, Longmans, Green, and Todd, 1906, Vol. 1, p. 198.

③ 彼得·哈里森：《科学与宗教的领地》，张卜天译，商务印书馆2017年版，第257—258页。

④ 彼得·哈里森：《科学与宗教的领地》，张卜天译，商务印书馆2017年版，第258页。

⑤ 约翰·西奥多·梅尔茨：《十九世纪欧洲思想史》（第一卷），周昌忠译，商务印书馆2016年版，第76页。

⑥ W. C. 丹皮尔：《科学史及其与哲学和宗教的关系》，李珩译，广西师范大学出版社2001年版，第175—176页。

仅仅是说科学取得了空前重大而迅速的发展，还主要指科学的理念与方法越出了自身的领域，在理论思想与行为的各个不同领域被广泛运用，科学成为一种普泛的文化现象流行于欧洲社会，改变着人们的世界观、价值观和方法论，并对社会科学和文学艺术产生重大的影响。这是我们特别需要高度关注、认真分析与探究的。

反观 19 世纪这个特殊的年代，我们可以发现，科学使整个欧洲乃至人类社会产生的变化是前所未有的，科学与时代风尚及文学艺术的关系之密切，对其影响之深刻，是一种不可否认的事实。因此，19 世纪的文学——特别是现实主义文学在科学的影响、渗透和鼓舞下，无疑有了自己的新气象。像自然科学那样的对“研究”与“写实”的追求，使现代现实主义作家的创作观念既不同于 17 世纪古典主义作家——这一点与浪漫主义文学站在了一起，又不同于 19 世纪初的浪漫主义作家——现代现实主义的作品所表现的题材既不是古典主义的古代英雄和宫廷生活，又不是浪漫主义式充满抒情与想象的理想世界和异国他乡，而是当下的现实生活，是真实的普通人和平凡世界。在现代现实主义作家笔下，现实世界具有不加粉饰的真实性、本原性和有序性，其中包括了以往的文学观念所认为的“丑陋”而缺乏“崇高”的生活，体现出一种赤裸裸的“事实”。这种文学理念、文学叙述方法和审美趣味是超乎往常的，既和浪漫主义文学一样反叛古典主义——在这个层面上与浪漫主义一起拥有了“现代性”禀赋，又在另外的层面上不同于浪漫主义，从而在“现代性”的取向上拉开了差距。为此，韦勒克说：“司汤达和巴尔扎克代表的严肃的现实主义的出现就成了一种相当突然的现象。”①可以说，现代现实主义文学带来了西方文学史上崭新的文学观念、文学叙述方式和小说文本样式，其先锋性是无

① R. 韦勒克：《文学研究中现实主义的概念》，高建为译，见刘象愚选编：《文学思潮和文学运动的概念》，中国社会科学出版社 1989 年版，第 235 页。

可置疑的，是具有深远的文学史价值与意义的。

由此可见，19 世纪自然科学的成就对人产生了强有力的鼓舞，于是科学精神对社会科学产生了普遍的渗透，激发了作家通过文学创作去“分析”与“研究”社会和人的生存状况的浓厚兴趣，强化了西方文学与文论史上有“模仿说”意义的“写实”精神。不过，19 世纪现实主义文学的这种“写实”，与传统“模仿现实主义”或“古典现实主义”的“写实”在内涵与创作实践上是迥然不同的。17 世纪古典主义文学和 19 世纪现代现实主义文学都是崇尚理性的文学，所以，后者又被称为“新古典主义文学”。但必须注意的是，虽然在崇尚理性这一点上，19 世纪现实主义与传统的“模仿现实主义”或“古典现实主义”有内在的联系，但是，“模仿现实主义”的理性精神侧重于形而上学意义上的古典理性主义精神，偏重抽象的思辨性与先验性，而 19 世纪现实主义文学的理性精神则在此基础上更多地接受了科学精神的影响，强调经验主义的实证理性，从而导致其文学创作理念中有明显的科学研究指向和科学实验精神。在对社会与人的分析、研究以及整个艺术创作思维中所透出的智性的和实证的精神，又在另一层面上凸显了 19 世纪现实主义文学之现代性和先锋性特征。因此可以说，19 世纪现代现实主义的思维和审美的范式、文学表现方法与技巧等，与传统的“模仿现实主义”和其他写实倾向的文学是迥然不同的。

第三节　跨文化传播与现代现实主义演变

任何一种文学思潮，其生成与流行都有其区域的限定与延展，从传播学、地理学与谱系学角度看，它又往往有跨文化、跨民族的超越性。“超越”主要表现为这种文学思潮之特质的演变、内涵的拓展与丰富，进而壮大其声势、扩大其影响、延展其流行区域。现代现实主义便是这方面的一个典型案例。

作为一种文学思潮，现代现实主义于 19 世纪 30 年代首先在西欧的法国、英国等地兴起，之后波及俄国、北欧和美国等地，成为 19 世纪西方文学的主流，它也是近现代西方文学的高峰，后来还进一步扩展到东方国家，如日本和中国等。可见，现代现实主义是一个跨文化的世界性文学思潮，其主要发源地是欧美，主要流行时间是 19 世纪。在这样一个特定时间范围与国别区域内，由于当时不同国家的政治经济、历史文化、民族传统等状况的不同，尤其是各国的现代化进程并不同步，因而各国的现代现实主义之特性、取得的成就与影响等，各有差异。正是这种差异性的存在，说明这一文学思潮在萌发时期也非铁板一块、单调而刻板，而是呈同中有异、和而不同的多样形态。通过对 19 世纪现代现实主义在欧美各国之流行历史做跨文化的谱系学比较分析，我们可以进一步洞察其与西方社会现代化进程之互动、依存关系。

一、法国现代现实主义

现代现实主义文学思潮于 19 世纪 20 年代中期首先发源于法国。无论从思想上还是从艺术上看，法国现代现实主义都在整个欧美发挥了重要的影响；在 19 世纪中叶，它揭开了欧洲现代现实主义生成与发展的序幕。19 世纪二三十年代的法国，社会动荡不安，政治上经历了复辟与反复辟的斗争。“从 1789 年直到 1830 年、1848 年(或 1851 年)到 1871 年，贯穿法国历史的革命使法国社会成为小说家特别感兴趣的领域：变化和连续、秩序和冒险的斗争，都被强有力地标识了出来。每场动荡都是一个观察历史的平台。”[①]1830 年法国的“七月革命”标志着法国资本主义的确立。“也许正因为现代的法国历史可以用各种政权的兴起和推翻来很好

① Peter Brooks：*Realist Vision*，Yale University Press，2005，p. 22.

地划分为不同的阶段,这恰好也给那些有志于成为同时代社会的历史学家的小说家一个特别值得感谢的领域。比如,巴尔扎克和左拉创作的主要作品的叙事时间都是在他们所写的时代的一场革命结束之后,他们从中获得了一种有价值的视角,能够看到一个时代的整体。这使他们面对这样一个明显的问题:法兰西到底属于谁?"①法国现代现实主义文学思潮就是在这种新旧交替、动荡不安的社会历史背景中诞生的。也正因为如此,19 世纪法国现代现实主义文学明显地以描写封建贵族与新兴资产阶级的矛盾以及资产阶级内部矛盾为主,在表现出对现实的强烈批判性和揭露性的同时,也流露了一些人对封建时代的某种程度的依恋之情。这种依恋,不是简单恋旧乃至复古,而是在面对现代化资本主义快速推进之态势时表现出来的抵触和矛盾的情感与心理,对曾经拥有的宗法制社会的温情与和谐的深深怀念。同时,这些文学文本也表达了作家对现代化进程的反思、批判以及对社会新秩序的憧憬与向往——比如,巴尔扎克通过鲍赛昂夫人和高老头表达了在现代化造成的遍地腐化堕落的环境中,他对人性之善的呼唤。这是法国现代现实主义文学在整个西方现代现实主义文学谱系中呈现的一个突出特点。

此外,快速发展的科学技术既是 19 世纪欧洲现代化的重要推动力,又是现代化本身的重要表征之一。虽然法国不是欧洲工业革命的先驱,但是 19 世纪法国社会崇尚自然科学之风最盛,科技文化对法国现代现实主义之本原性特质的形成有着极为重要的影响,这表现了文学对科学技术现代化的正向接纳。早在 17、18 世纪,法国的科学研究之风就领欧洲之先。到了 19 世纪前期,"几乎一切现代科学都已经在法国奠定基础;其中许多科学已受严格数学处理支配。在那儿,各门科学已经非常普

① Peter Brooks: *Realist Vision*, Yale University Press, 2005, p. 13.

及"[1]。在19世纪的"前三分之一里从巴黎发出的科学之光照亮了整个欧洲"[2]。总体说来,在关于科学的普及、教育和研究方面,法国长期在欧洲居于领先地位。因此,"在本世纪(即19世纪,引者注)的头几十年里,科学精神的故乡是法国。因为,尽管它不是在那里诞生的,但它在那里得到哺育,长大成熟而充满活力"[3]。正是因为法国社会对科学的崇尚、科学的高度普及以及科学精神的深入人心,19世纪法国的文化思想与文学艺术也都与科学结下了特别密切的关系。因为,科学已经是法国人公认的19世纪欧洲进步的动因,"生活,也许还有文学艺术每个门类的种种重大变化以及当代的种种重大发明和冲突,都由科学引起"。因此,如果要考察一下现代科学思想与科学精神对文学的作用和影响到底有多大的话,那么,"那个时代,没有一个国家的文学可以同法国相比"[4]。在法国,科学"首先在有教养的人士和文学家圈子里普及开来,然后在大众中普及开来。结果是,只有在法国,科学才达至完善的表达形式。……只有在法国,科学首先处于文学精神的影响之下,然后才处于功利主义精神的影响之下"[5]。况且,早在18世纪,优雅的法国文学就已经"带上了现代科学思想的深刻烙印"[6];而到了19世纪,科学促成了法国现代现实主义文学思潮的形成。韦勒克认为,法国"现实主义"的含义最早于19世纪50年

① 约翰·西奥多·梅尔茨:《十九世纪欧洲思想史》(第一卷),周昌忠译,商务印书馆2016年版,第68页。

② 约翰·西奥多·梅尔茨:《十九世纪欧洲思想史》(第一卷),周昌忠译,商务印书馆2016年版,第56页。

③ 约翰·西奥多·梅尔茨:《十九世纪欧洲思想史》(第一卷),周昌忠译,商务印书馆2016年版,第134页。

④ 约翰·西奥多·梅尔茨:《十九世纪欧洲思想史》(第一卷),周昌忠译,商务印书馆2016年,第92页。

⑤ 约翰·西奥多·梅尔茨:《十九世纪欧洲思想史》(第一卷),周昌忠译,商务印书馆2016年版,第92页。

⑥ 约翰·西奥多·梅尔茨:《十九世纪欧洲思想史》(第一卷),周昌忠译,商务印书馆2016年版,第122页。

代在尚夫勒里的论文集《现实主义》和杜朗蒂的杂志《现实主义》里阐发，“一个确定的文学信条形成了，它包含以下几个简明的观念：艺术应该忠实地描写这个真实的世界，因此，它应该通过精微的观察和仔细的辨析来研究当代的生活和风俗。它应该不动感情地、非个人地、客观地表现现实。从前一直被广泛运用于对自然的忠实表现的这个术语现在就同一批特定的作家联系起来，并被作为一个团体或一个运动的口号”①。在法国，正是这种有别于其他国家的崇尚科学理性的精神文化氛围，熏陶出了巴尔扎克、司汤达、福楼拜、左拉等一批精于文学之科学化“研究”“分析”与“写实”的作家。巴尔扎克借鉴动物学、解剖学等自然科学方法从事文学创作，他也正是在动物学之“统一图案说”启迪下构建了《人间喜剧》的社会结构，科学思维的启发使他形成了把文学创作看成对社会、人及其历史的研究的这样一种写实主义的文学理念。司汤达的创作深受生理学和心理学的影响，他曾经研究过生理学和有关人的气质的理论，他的创作力图寻找不同人的心理变化之生理学原因，以便精确地把握人的心理变化的规律。“斯汤达(司汤达)和巴尔扎克这两位‘现实主义之父’公开把文学的新流派与社会科学和自然科学联系起来。斯汤达写道：‘在政治中也像在艺术中一样，不研究人就不能取得高度的成就，因此必须勇敢地从自己本身，从生理现象起步。’”②左拉在几乎相同的文化思想路线上追随着巴尔扎克且做出了独特的贡献。福楼拜则借用医学科学的方法，更冷静细致地解剖人的心灵。因此，在整个西方现代现实主义文学谱系中，法国现代现实主义不但最早生成，而且从文学与科学结合的角度而言，关系也是最紧密的。法国作家开创的这种文学的“写实”和“求真”禀赋，成为19世纪西方

① R. 韦勒克：《文学研究中现实主义的概念》，高建为译，见刘象愚选编：《文学思潮和文学运动的概念》，中国社会科学出版社1989年版，第220—221页。

② 米·贝京：《艺术与科学——问题·悖论·探索》，任光宣译，文化艺术出版社1987年版，第7页。

现代现实主义文学思潮的基本创作原则，而且广泛地影响了欧洲其他国家的文学，从而形成了声势浩大的写实、求真倾向的现代现实主义文学潮流。

二、英国现代现实主义

英国现代现实主义文学思潮兴起晚于法国，而且是在法国的影响下成长起来的，但是它既接纳了法国现代现实主义的基本特征，又衍生出了自身特有的风格。韦勒克认为："在英国，直至 19 世纪 80 年代后期乔治·莫尔和乔治·吉辛出现之前，就不曾有过一个叫作现实主义的运动。"①在此，韦勒克关于英国在 19 世纪 80 年代以前不存在现实主义文学思潮的说法是否完全正确并不重要，重要的是他的表述恰恰说明了英国现代现实主义不但出现得晚，是如法国的现代现实主义一样被后来"追认"的，而且英国现代现实主义的特点与法国不同，一开始并没有激烈的理论上的论争，它是在法国现代现实主义文学及本土的 18 世纪现实主义倾向的小说影响下悄然形成的，其作家群体也显得比较松散。不过，从国际性文学思潮发生、流行与演变之整体性角度看，英国现代现实主义显然是欧洲现代现实主义文学浪潮谱系中极为重要的另一支，至于产生的时间，英国现代现实主义于 19 世纪 30 年代开始出现，也仅仅是稍晚于法国而已。1851 年，"萨克雷被偶然地称为'现实主义派的主要代表'"②，而萨克雷的创作在 19 世纪 30 年代就开始了。英国是工业革命和资本主义在欧洲最早发展的国家，因其国情之特殊性，英国现代现实主义文学在整个西方现代现实主义文学谱系中有其鲜明的特点。

欧洲的工业革命首先开始于英国，意味着英国的现代化具有先导性。

---

① 勒内·韦勒克：《批评的诸种概念》，罗钢、王馨钵、杨德友译，上海人民出版社 2015 年版，第 216 页。

② 勒内·韦勒克：《批评的诸种概念》，罗钢、王馨钵、杨德友译，上海人民出版社 2015 年版，第 216 页。

通过圈地运动和海外贸易积累起来的丰厚资本，以及全社会弥漫性的以追求财富为核心的进取精神，为英国工业革命在金钱、社会文化和心理方面做了充分的准备。数百年来科技发明和改进的成果积累，使英国在18世纪80年代迎来了瓦特蒸汽机在动力上的历史性突破，由此推动纺织业、采矿业等生产行业和交通等的发展。英国率先跨入"工业民族"的行列，在物质财富的生产方面突飞猛进，是西方现代化的火车头。在欧洲，"19世纪是英国的天下，但欧美也开始跟上。自由竞争、弱肉强食引发出严重的贫富不均和社会不安"①。英国现代现实主义文学的发展、繁荣，恰逢英国历史上著名的维多利亚时期。在此期间，尤其是19世纪70年代之前，英国经历了财富急剧增长、国家版图不断扩张的黄金时期。早在19世纪三四十年代，英国已经完成了工业革命，建立了纺织、冶金、煤炭、机器制造和交通运输五大部门。1850年前后，世界半数的棉花由英国加工，英国的生铁和煤炭产量在世界上一马当先，英国的机器畅销许多国家，英国制造的船只驶往各个地区。工业的发展及海上霸权，奠定了英国在世界经济体系中的霸权地位。英国庞大的船队将工业产品运往世界各地倾销，英国还在国外兴建铁路，大举投资。快速发展的铁路时代对英国资本家来说是正逢其时，他们把这种好光景看成天然的规律，而且认为这种好光景会长盛不衰。一时间，英国不但成为"世界的工厂"，而且成为世界范围的船主、商家和银行家投资的热土，财富源源不断地流入国内。可见，如果说英国的现代化对该民族自身来说意味着"进步"的话，那么对其他民族来说则意味着血腥的掠夺。

不过，现代化对英国自身的影响也并不都是光鲜与靓丽的，狄更斯在《双城记》开头的那段精彩的描写恰恰说明了其现代化之阴影的深重。事实上，维多利亚时期是英国最兴旺发达的时代，也是矛盾丛生的时代。英

① 梁鹤年：《西方文明的文化基因》，生活·读书·新知三联书店2014年版，第428页。

国作为欧洲工业革命的先驱国家，其现代化为社会带来了巨大的财富，激发了人的创造力，但工业化和城市化的迅猛进程也带来了新的社会问题。在人口稠密的工业区，贫困、疾病、失业、工作和居住条件恶劣等问题灾难性地爆发出来。严重的贫富两极分化，将社会分成互相陌生、互相敌对的“两个民族”，加剧了社会的不平等。

总的来说，由于英国是欧洲发展资本主义最早、最快的国家，资本主义早期的社会矛盾在这个国家表现得格外充分和典型，因此，英国19世纪现实主义文学思潮之特点明显有别于法国：较多地表现了劳资矛盾以及“小人物”的悲惨命运和苦难生活，从下层平民特别是城市平民的角度对资本主义的弊病给予批评，对现代化进程中的“进步”和“发展”表现出深深的忧虑与反思，人道主义和改良主义色彩特别浓。“由于占统治地位的习俗，也由于幽默以及某种民族理想主义，现实主义在英国文学中是有节制的；只是到了19世纪最后10年，才出现了从法国借鉴的不可缓和的、悲观主义的形式。”[①]这显然和这一时期资本主义在英国“欣欣向荣”的发展有着密切关系。强烈的社会责任感、批判意识和道德感是维多利亚时期英国现代现实主义文学的突出特点。这种倾向既来自英国现代化发展的社会现实，又和当时的哲学、美学思潮的影响有关。这种文学批评理论与观念对这个时期的英国小说创作风格产生了重要影响。

虽然都以追求“写实”“真实”为特征，但是英国的现代现实主义文学明显不同于强调客观冷静、具有一定科学主义倾向的法国现实主义。受清教主义传统影响的英国小说家重视文学的道德教化作用，很难接受自然主义的客观、超然的创作态度和对人的自然本性直接呈现的写法。例如，狄更斯和萨克雷的小说在描写真实性的程度上互有差别，但对性爱的

---

① 保罗·梵·第根：《文艺复兴以来的欧美文学史》，谢钟湜译，人民文学出版社2015年版，第267页。

描写均采用回避或隐晦的方式。即使在维多利亚晚期,与法国自然主义没有直接关系也并不赞同法国“实验小说”主张的哈代,也因创作中有对“生理现实”坦率真实的描写,有违维多利亚时期的道德观而遭受强烈的谴责。因此,在19世纪西方现代现实主义文学谱系中,特别是相较于法国,英国现代现实主义文学有突出的跨文化与跨民族特性。

三、德国现代现实主义

德国的现代现实主义文学不但产生得晚,而且作家团体更加松散。作为一种文学思潮,其声势和影响力明显不如法国和英国,“思潮”的特征也显得比较弱。德国是西欧资本主义现代化发展较晚的国家。19世纪30年代,英国工业革命的浪潮开始席卷到整个德意志;1848年的法国革命,不但对德意志的社会、政治和经济产生了重大影响,而且对精神文化领域也产生了强烈影响。“简单地说,这种影响的具体体现就是人们变得更加务实。德国的精神界开始走出从康德到黑格尔的脱离现实的哲学思辨,转而关注人在现实生活中的具体问题。”“以往的理论和体系建构逐渐被形形色色支离破碎的经验材料和一种理性的因果关系思考方式所代替。其结果是,19世纪下半叶,在德国的精神领域,传统的唯心主义和浪漫主义思想,与施特劳斯和费尔巴哈的宗教批判、费尔巴哈和叔本华的世界观理论以及以自然科学的方法和认识为基础的实证主义混杂在一起,形成了一种不同视角和趋势交织共存的纷杂混乱局面。”①在这种“纷杂混乱”的思想精神氛围中,有一种倾向对当时的文学影响十分重大,那就是推崇经验主义和实证主义,注重建立在具体的、客观的和物质的基础上的经验,以精确的自然科学的方法取代哲学思辨的方法,强调人的认识来

① 任卫东、刘慧儒、范大灿:《德国文学史》(第3卷),译林出版社2007年版,第398—399页。

源于对感性的、直观的、可验证的因果关系的观察。在19世纪下半叶，“实证主义成为德国思想领域影响越来越大的哲学流派，并成为现实主义和后期自然主义文学产生的直接思想基础之一”①。19世纪中叶开始，德国文学开始了从理想到现实的转换，也就是说，从古典主义和浪漫主义的崇尚审美、观念和理想转向了适应现实的存在，放弃思辨的形而上学，重视经验感受的现实生活。

德国的现代现实主义就是在这样的背景下产生的，这也就决定了德国现代现实主义格外贴近现实、关注民众的日常生活等特征。“德国反浪漫主义的运动(即现实主义运动，笔者注)还重点关注大量普通民众以及当前的生活所需及其弊端。”②德国现实主义作家普遍认为，文学对现实生活的反映是一种科学的“加工”，但是，这种加工又必须是“选取具有诗意的生活瞬间，通过幽默，通过和解与美化，对现实进行艺术的表现”。因此，德国的现代现实主义可被称为“诗意现实主义”(Der poetische Realisums)③。这种诗意的现实主义既远离浪漫主义式的无边的主观想象，又与现实拉开距离——这意味着它不是机械地描摹现实。这种现实主义既植根于现实又融入了作家的想象与创造，是文学中的世界对现实世界的重构，是对现实生活的艺术化的再现。正是德国的这种诗意的现实主义，“使它区别于欧洲其他国家的现实主义文学。它不像法国和英国批判现实主义那样具有强烈的社会批判性……德国现实主义作家们虽然也对环境进行批判，也表现各种矛盾，但是，他们却不要求用政治手段解决社会问题，不要求社会变革”④。此外，德国的现代现实主义文学作品

① 任卫东、刘慧儒、范大灿：《德国文学史》(第3卷)，译林出版社2007年版，第401页。

② J. A. Cuddon: *A Dictionary of Literary Terms and Literary Theory*, 5th edition, Wiley-Blackwell, 2013, p. 591.

③ 任卫东、刘慧儒、范大灿：《德国文学史》(第3卷)，译林出版社2007年版，第407页。

④ 任卫东、刘慧儒、范大灿：《德国文学史》(第3卷)，译林出版社2007年版，第409页。

主要描写市民生活，主人公也往往是有产市民、知识市民和小市民阶层的人物，具有平民化特点。

四、俄国现代现实主义

俄国现代现实主义文学形成于19世纪三四十年代，在五六十年代不断发展，七八十年代达到鼎盛，到20世纪初逐渐发生转向。俄国的现代化进程大大落后于西欧。19世纪上半期，当西欧资本主义已发展和巩固的时候，俄国尚处在沙皇专制统治下的封建农奴制社会，资本主义还处于萌芽阶段。在这种社会背景下产生的俄国现代现实主义文学，始终与民主解放运动紧密相连，其批判锋芒直指封建农奴制及其残余，并表现出推翻封建制度的政治要求；至该世纪末叶，现代化才初露端倪，资本主义也才开始萌芽。总体而言，俄国在19世纪出现了不同于西欧的改革模式，和英国一样，避免了革命的发生，但是，"政治现代化在俄国没有完成"①；俄国的改革结果和英国也大不一样：沙皇俄国始终处在民众的抗议和革命的声浪之中，社会经济、政治和工业化发展相对迟缓，思想文化上的专制与反专制也处于强烈的冲突之中。这种充满张力的社会情势，赋予了俄国19世纪现代现实主义不同于西欧现实主义的某种特性和特质——强烈的思想性和政治批判性，大力张扬了文学的社会功能。因此，俄国现代现实主义文学具有很强的革命性、战斗性和民主性。在文学体裁上，"在俄罗斯，长篇小说家造成这个时期的光荣"②。就小说形式的发展而言，"和西方小说家类似，俄国小说家利用小说的开放形式在文本中插入离题的文章、日记、柏拉图式对话、中篇小说、传奇、轶事、牧歌、抒情诗和

---

① 马克·凯什岚斯基、帕特里克·吉尔里、帕特里夏·奥布赖恩：《西方文明史：延续不断的遗产》(第五版)，孟广林等译，中国人民大学出版社2014年版，第496页。

② 保罗·梵·第根：《文艺复兴以来的欧美文学史》，谢钟淏译，人民文学出版社2015年版，第268页。

描述性段落，以及其他类型的材料”①。在表现内容和表现方式上，“俄国现实主义感兴趣的是对普通人、社会问题以及底层民众生活的关切”②，还表现出明显的“社会的和实证的倾向”③，“俄国现实主义意味着一种倡导文学涉及真实生活的信念”④。“展示现实生活事实中的启示性原则是俄国现实主义的中心特征……和众多西方同行一样，俄国现实主义者也不仅描述世界，而且有志于理解与解释世界。”⑤

从文学渊源或生成谱系的角度看，俄国 19 世纪的浪漫主义和现代现实主义都是在西欧的启迪和影响下发展起来的。19 世纪的“俄国文学在与西欧文学传统的辩证关系(或对话)中获得了声望”，“俄国作家一直把西方传统放在心上，使其与俄国传统相交织”⑥。“社会各阶层受过教育的俄国人不仅继承了西方的文化传统，与欧洲和北美的知识分子共享这个文化传统，也继承了自身独特的文化和历史根源。”⑦有鉴于此，俄国的现代现实主义文学自然与西欧的现实主义文学有渊源。“俄国现实主义与西方现实主义一样，把它理解成对浪漫主义的反动也颇为恰当，它力图

---

① Victor Terras: “The Realist Tradition”, in Malcolm V. Jones, Robin Feuer Miller eds.: *The Cambridge Companion to the Calssic Russian Novel*, Cambridge University Press, 1998, p. 192.

② Victor Terras: “The Realist Tradition”, in Malcolm V. Jones, Robin Feuer Miller eds.: *The Cambridge Companion to the Calssic Russian Novel*, Cambridge University Press, 1998, p. 190.

③ 保罗·梵·第根:《文艺复兴以来的欧美文学史》，谢钟湜译，人民文学出版社 2015 年版，第 268 页。

④ Victor Terras: “The Realist Tradition”, in Malcolm V. Jones, Robin Feuer Miller eds.: *The Cambridge Companion to the Calssic Russian Novel*, Cambridge University Press, 1998, p. 190.

⑤ Victor Terras: “The Realist Tradition”, in Malcolm V. Jones, Robin Feuer Miller eds.: *The Cambridge Companion to the Calssic Russian Novel*, Cambridge University Press, 1998, p. 191.

⑥ Malcolm V. Jones: *Introduction to The Cambridge Companion to the Classic Russian Novel*, Malcolm V. Jones and Robin F. Miller eds.: Cambridge University Press, 1998, p. 1.

⑦ Malcolm V. Jones: *Introduction to The Cambridge Companion to the Classic Russian Novel*, Malcolm V. Jones and Robin F. Miller eds.: Cambridge University Press, 1998, p. 1.

指涉世俗现实(巴尔扎克的 actualite)主题,摒弃了浪漫主义的幻想、逃入虚构的过去以及感伤主义对美德的抽象性表述。"①茅盾也曾指出,当时"俄国是文化后进国家,在文艺上,它把西欧各国在数世纪中发展着的文艺思潮于短时间一下子输入了进去"②。尤其是,俄国的现实国情使俄国的有识之士都希望借西欧之"先进"思想改造社会,他们的改良、变革或革命意识十分强烈。因此,他们在接纳西欧现实主义和浪漫主义时,原本也都是从俄国本土当下之需要出发的,选择性地接纳并改造外来的现实主义和浪漫主义。比如,他们在接纳西欧浪漫主义的抒情性和主观性、现实主义的写实性和真实性等本质性内涵的同时,又有所放大地接纳和传播这两种文学思潮的社会批判性和政治性内涵,因此,俄国的浪漫主义和现代现实主义都具有强烈的社会批判精神和政治变革意识。

此外,非常与众不同的一点是,俄国现代现实主义的形成与发展始终得到了文学批评和美学理论的有力支持,文学批评、理论阐发与文学创作互相辉映,相得益彰。别林斯基、车尔尼雪夫斯基和杜勃罗留波夫生活的19世纪俄国正处在沙皇统治下的落后而腐朽的农奴制社会,此时,欧洲的启蒙主义思想也正影响着一大批俄国知识分子,他们以不同的方式推进着俄国社会的思想启蒙与民主改革。"别车杜"对启蒙思想有着宗教般的虔诚与迷恋,他们把弘扬启蒙思想同解放农奴、拯救苦难者、拯救俄国命运的实际行动结合在一起。启蒙理性和民主主义思想让他们直面现实的苦难与罪恶,并力图以文学和文学批评为解剖刀,撕开隐藏在虚华现实背后的丑恶与黑暗,其间寄寓着他们启蒙式的文学和政治理想,而且,他们以满腔的热情为这种理想而呕心沥血。他们的影响力巨大而深远的文

---

① Victor Terras:"The Realist Tradition", in Malcolm V. Jones and Robin Feuer Miller eds.: *The Cambridge Companion to the Calssic Russian Novel*, Cambridge University Press, 1998, p. 190.

② 茅盾:《西洋文学通论》,书目文献出版社 1985 年版,第 46 页。

学批评和创作具有强烈的社会感召、思想引领和精神启蒙的作用，他们改变了俄国文学创作和文学批评的走向，还改变了民族思想发展的走向。俄国现代现实主义文学以其强烈的政治激情、民主主义精神和启蒙理性在欧洲现实主义文学中独树一帜，在19世纪和20世纪的俄罗斯文学史、苏联文学史乃至现当代中国文学史上都具有久远的影响力。可以说，俄国现代现实主义文学以其独有的风格，丰富和发展了西欧现代现实主义，前者是后者的"变体"。

五、美国现代现实主义

美国的现代现实主义出现得更晚，而且几乎不存在理论上的论争。在美国内战(1861—1865)之后的几十年里，"现实主义文学成为美国文坛的一个显著特征，学者斯坦利・科金将这一时期称为'现代美国的诞生期'(the birth of the modern United States)"。[①] 从传播学的角度看，现实主义从欧洲到北美，空间距离之大，无疑是造成美国现代现实主义呈现个性特征的重要原因之一，但美国社会的现代化进程和资本主义发展的特殊性及美国文化的独特性，则是其更重要的原因。在美国，"现实主义一定程度上是因回应美国文化中某些日益加速的社会经济变迁而得以发展的"[②]。美国现代现实主义的确以自己的方式和步调发展着，它所对应的某些社会条件也是19世纪晚期美国所特有的。美国作家的自我努力，使美国的现代现实主义文学呈现出自身的特点。韦勒克指出："现实主义理论很迟才从欧洲进入美国，不过在实践方面，地方色彩小说中仔细观察

① Phillip J. Barrish: *The Cambridge Introduction to American Literary Realism*. Cambridge University Press, 2011. p. 2.

② Carol J. Singley: "American Literary Realism", in M. A. R. Habib ed.: *The Cambridge History of Literary Criticism*, Vol. 6: *The Nineteenth Century*, Cambridge University Press, 2013, p. 331.

的作风,现实主义的技巧,西部幽默甚至感伤主义小说,早已盛行开来。"[①]因此,19世纪美国的现代现实主义文学既有欧洲的影响,又有本民族乡土文学的传统。南北战争既是美国资本主义经济发展的转折点,又是美国文学史上的现代现实主义产生和发展的起点。可以说,美国现代现实主义文学是这场战争的直接产物。"美国的现实主义借鉴了欧洲模式,也借助了南北战争后的历史和社会力量,包括政治腐败、西进运动、移民问题和奴隶制的遗存等,促成了独特的文学形式和对主题的建构。美国的现实主义作家不仅在编年史意义上进行记录和解释,还试图改变自己所处的迅速变化的社会的各个方面。"[②]此外,美国现代现实主义文学往往从民主主义理想出发,批判现代化和早期资本主义制度带来的罪恶,反映劳动人民的不幸遭遇,追求自由与平等的理想,具有较强的民主性和人民性。

综上所述,一如西方各国的现代化都有其不同的模式,作为在现代化进程中生成并走向繁荣的19世纪西方现代现实主义,其形态和特征同最早发源的法国现代现实主义相比也是互有差异、各具特色的;不同国家现代化展开之特征、民族文化内质的差异性在很大程度上决定了现代现实主义在跨文化、跨民族演变过程中呈现出的形态和内涵的多样性与差异性。不过,通过写实、求真等基本原则反映现实,表达对现代化进程中社会之弊病的忧虑、反思与批判,关注当下社会中人的生存状态,空前地重视对普通人现实处境和精神(心理)状况的描写,是现代现实主义的重要特征;求真、写实原则也与作为现代化表征之一的科学技术的影响密切相

① 雷纳·韦勒克:《近代文学批评史》(第四卷),杨自伍译,上海译文出版社2009年版,第282页。

② Carol J. Singley: "American Literary Realism", in M. A. R. Habib ed.: *The Cambridge History of Literary Criticism*, Vol. 6: *The Nineteenth Century*, Cambridge University Press, 2013, p. 339.

关。就此而论，西方现代现实主义是西方现代化的产物，对当下我国本土读者而言，通过阅读19世纪现代现实主义文学作品，不仅可以窥见看似“步调一致”的西方式现代化既没有完全统一的时间起点，更没有完全统一的模式，还可以通过这种阅读洞察西方式现代化之内在矛盾和种种弊端，以及其产生的原因，认识到西方式现代化在19世纪这一鼎盛时期并不是“进步”的同义语，并由此印证马克思、恩格斯对19世纪欧洲资本主义现代化反思与批判的前瞻性、现代性与真理性。就此而论，现代现实主义文学对我们推进中国式现代化具有认识价值与警示意义。

第四节　现代现实主义与现代性

从本章上述几节的论述可见，“现代现实主义”中的“现代”一词，显然不仅仅是语义学意义上的一个时间概念，还有其更重要的“现代性”这样的内在含义，而正是这种内在含义又赋予特定时代的“现实主义”以社会的、人文的和审美的特有内涵。众所周知，“现代性”是一个含义丰富且复杂的概念。不过，本书既然把19世纪现实主义文学思潮称为“现代现实主义”，在现实主义之前冠以“现代”一词，笔者就不能不从具体论述和阐释的需要出发，表达自己对于“现代性”的理解与立场，从而赋予19世纪现实主义文学之“现代”和“现代性”以恰当的含义，同时也不能不在本章前面几节论述的基础上，对现代现实主义生成的“渊源”与“缘由”再予以总体性归纳和阐释。

一、“现代”“现代化”“现代性”与现代现实主义

现代现实主义中的“现代”一词，不仅是语义学意义上的时间概念，还

有“现代性”之内在含义，后者赋予了19世纪现实主义以社会的、人文的和审美的特定内涵。“现代性”是一个含义丰富、复杂的概念。在英文中，“现代”(modern)和“现代化”(modernization)、“现代性”(modernity)、“现代主义”(modernism)等词都有关联。作为一个时间概念，“现代”一词在西方历史中没有清晰的定义，也没有确切的时间起点，只有一个大致的时代划分。不过，从历史学角度看，现代一般被认为是西方社会继古典时代和中世纪之后的又一个重要时期，指文艺复兴以来，尤其是18世纪启蒙运动以来的历史①。对此，卡林内斯库的一段话可资参考：

> 有令人信服的证据表明，西方历史的三时代划分——古代、中世纪和现代——始于文艺复兴早期。较这种分期本身更有意思的是对这三个时期所做的价值判断，它们分别用光明与黑暗、白天与夜晚、清醒与睡眠的比喻来表示。古典时代和灿烂的光明联系在一起，中世纪成为浑如长夜、湮没无闻的“黑暗时代”，现代则被想象为从黑暗中脱身而出的时代，一个觉醒与“复兴”、预示着光明未来的时代。②

在这里，卡林内斯库认为西方文明史的“现代”发端于文艺复兴，而且“现代”并不仅是语义上的时间概念，更重要的是其间蕴含“价值判断”和历史内涵：“一个觉醒与‘复兴’、预示着光明未来的时代。”于是，“现代”社会就是“人类从诞生以来在经济制度、知识观念的体系和个体-群体心理结构及其相关的文化体制方面的全面的重新构建。这个现代社会实际上是一

① Michael Payne, eds.: *A Dictionary of Culture and Critical Theory*, Blackwell, 1996, p. 346-347.

② 马泰·卡林内斯库：《现代性的五副面孔》，顾爱彬、李瑞华译，商务印书馆2003年版，第25—26页。

个非稳定的历史发展过程，至今仍然不能说这个过程已经完成”①。

由于“现代”在时间概念外拥有的这种历史内涵和价值判断，它演化出“现代性”和“现代化”等相关概念。“正如各种现代欧洲语言的主要历史词典告诉我们的，‘现代化’这个词确立于本世纪的第一个十年。”也就是说，“现代化”一词从19世纪发展而来，在20世纪初得以普遍使用，并且一直延续到今天。“现代化”的含义是在现代社会漫长的发展进程中逐步被赋予的，因此其含义也十分含混。概言之，“现代化就是跟上时代，就是给予某物(一幢建筑，一处室内布景)一种新的或现代的外表，或是采纳一种更现代的观点”②。“随着时间的推移，‘现代’主要指的是‘新’，更重要的是，它指的是‘求新意志’——基于对传统的彻底批判来进行革新和提高的计划，以及以一种较过去更严格更有效的方式来满足审美需要的雄心。”③“就文化而言，现代化冲动往往更关心知识时尚(尽管它可能会愤怒地谴责它们)，而不太关心科学或认识论问题(尽管表面上它可能会关心)。”④不过，“真正的现代化在任何领域都是同创造性(解决现存问题的首创方式，想象，发明等)相联系的，它排除了模仿，或至多给予它一种外围角色”。⑤ 总体而论，西方社会进入现代阶段后的发展进程，就是现代化的过程；现代化与现代社会的“进步”是同步的，虽然每个人对“进步”的理解不尽相同。显然，“现代化”是对西方社会全方位革新的一种描述

---

① Jutrgen Habermas: *The Philosophical Discourse of Modernity*, Polity Press, 1987, p. 7.

② 马泰·卡林内斯库：《现代性的五副面孔》，顾爱彬、李瑞华译，商务印书馆2003年版，第351页。

③ 马泰·卡林内斯库：《现代性的五副面孔》，顾爱彬、李瑞华译，商务印书馆2003年版，第2页。

④ 马泰·卡林内斯库：《现代性的五副面孔》，顾爱彬、李瑞华译，商务印书馆2003年版，第359页。

⑤ 马泰·卡林内斯库：《现代性的五副面孔》，顾爱彬、李瑞华译，商务印书馆2003年版，第360页。

与概括，它包括经济、科技、政治、宗教、思想、文化变革等方面，其结果是西方社会从传统到现代的转型。至于"现代性"，它随着现代社会的发展逐渐丰富和复杂化，其内涵存在着自我悖论与矛盾。

卡林内斯库指出，"在环绕'现代'概念的语义星丛中，最重要的成员无疑是较晚近才形成的'现代性'一词……现代性广义地意味着成为现代(being modern)，也就是适应现时及其无可置疑的'新颖性'(newness)，这个词从十七世纪在英语中流行，将近十八世纪结束时霍勒斯・沃波尔首次将它用在美学语境中"；而"在法国，根据主要的法语历史词典，'现代性'只是在十九世纪前半期才被使用"①。不过，总体而言，"现代性并不属于历史学家在编年史中按照某种规约而划分的某个界限分明的、可以打上相对精确日期的时期"，"现代性的含义是一种发展过程"②。有的人认为现代性问题可以追溯到启蒙时期，有的人认为可以追溯到文艺复兴乃至中世纪。但有一点可以肯定，现代性问题不断被人关注，与社会现代化发展及其各种矛盾与弊端的相继凸显密切相关。社会学家杰拉德・德兰蒂在20世纪末就指出：

> 自80年代初期以来，现代性的观念已经成为范围广阔的社会科学家和政治学家所关注的核心问题之一，它构成了一个有关社会、文化和政治理论探索的框架。当然，这并不新鲜，因为现代性是自启蒙运动以来在社会和政治思想中最重要的问题之一。换言之，现代性的观念总是为许多思想家反思他们时代的文化特性和社会变化方向，提供了一个思想上的或历史性的参照系。这也许表明，现代性的动机既包含了一个文化观念——

---

① 马泰・卡林内斯库：《现代性的五副面孔》，顾爱彬、李瑞华译，商务印书馆2003年版，第337—338页。

② 伊夫・瓦岱：《文学与现代性》，田庆生译，北京大学出版社2001年版，第2—3页。

> 亦即启蒙的规划，又包含了一个特定的文明复杂结构，即欧洲-西方社会现代化的过程。更具体地看，我们可以说是现代性导致了一个文化规划和社会规划。①

现代性的复杂性在斯图亚特·霍尔那里也有清晰的阐述，他认为现代性有以下四个层面的内容：从政治层面看，是世俗政体与现代民族国家的确立；从经济层面看，是私有制基础上的资本积累和市场经济的形成；从社会层面看，是劳动和性别分工体系的形成；从文化层面看，是宗教的衰落与世俗物质文化的兴起。② 霍尔对现代性的表述似乎很全面，但多少忽视或淡化了现代性在精神、观念、文化和审美等方面的内容，而后者恰恰是现代性内涵中不可或缺的部分。此外，还有很多国外学者从不同角度对现代性问题进行过表述：韦伯指出了现代化过程中不可避免的目的理性与价值理性的对立；哈贝马斯把这一冲突描述为社会系统、经济系统与文化系统之间价值上的对立；贝尔则形象地为企业家的经济冲动与艺术家的文化冲动之间的碰撞做了比喻；卡林内斯库认为社会现代化与审美现代性之间存在着对抗；鲍曼指出现代性的和谐就是文化与社会现实之间的紧张；维尔默则径直把这一冲突概括为启蒙现代性与浪漫现代性的对峙。③ 可见，由于知识储备和表达方式不同，不同研究者所理解的现代性也有着不同的内涵，因此，"现代性"作为一个概念，其内涵存在明显的复杂性与矛盾性，这正是西方现代社会发展之内在矛盾的表现。比如，现代化的"进步"对人类的生存与发展、对人性的自由与解放，既可能是积极的、正面的，又有可能是消极的、反面的，于是现代性便有了最基本

---

① Gerard Delanty: *Social Theory in a Changing World: Conceptions of Modernity*, Polity, 1999, p. 1.

② Stuard Hall and Bram Gieben: *Formation of Modernity*, Polity, 1992, p. 6.

③ 周宪：《审美现代性批判》，商务印书馆 2016 年版，导言第 5 页。

的两副面相。对此，卡林内斯库的表述颇具代表性："现代性概念显示出了容纳任何一种对现时及其意义的哲学解释的能力，无论这种解释是美学的、道德的、科学的、技术的，还是更广义的历史-社会的，也无论它是积极的（现代性是好的、合乎愿望的）还是消极的（现代性是创伤或'悲剧'性的，必须被忘记或被超越的）。"[①]这里，关于现代性的"积极"和"消极"之说，只是两种不同的价值判断，并不意味着"积极"的就是正确和进步的，而"消极"的就是错误、落后乃至反动的。但是，现代性内部彼此对立的双重面相，以及由此而生的对抗性张力，就是笔者所说的现代性自身的悖论：西方现代化进程中存在着相反相成、同体耦合的两种现代性。用卡林内斯库的说法就是，现代性研究中存在着"两种剧烈冲突的现代性"：

> 一方面是社会领域中的现代性，源于工业与科学革命，以及资本主义在西欧的胜利；另一方面是本质上属论战式的美学现代性，它的起源可追溯到波德莱尔……实际上在研究社会-历史问题的所有科学中，都可以表明这种两种现代性的深深分裂——一个是理性主义的，另一个若非公然非理性主义，也是强烈批评理性的；一个是富有信心和乐观主义的，另一个是深刻怀疑并致力于对信心和乐观主义进行非神秘化的；一个是世界主义的，一个是排他主义或民族主义的。[②]

英国社会学家拉什也认为现代性内涵有两个不同的层面：

---

① 马泰·卡林内斯库：《现代性的五副面孔》，顾爱彬、李瑞华译，商务印书馆 2003 年版，第 341 页。

② 马泰·卡林内斯库：《现代性的五副面孔》，顾爱彬、李瑞华译，商务印书馆 2003 年版，第 343 页。

> 现代性有两种范式而不是一种，其一是从科学假设出发，包括伽利略、霍布斯、笛卡尔、洛克、启蒙运动、(成熟的)马克思、科尔比西耶、社会学实证主义、分析哲学和哈贝马斯。另一种现代性则是美学的，它在巴洛克艺术和某些德国风景画中曾露过面，在19世纪的浪漫主义运动和美学现代主义中，它作为对前一种现代性的批评出现时风头甚健。如果我们从科学社会学家的角度出发，把自反性理解为一种范式的自我反思的话，那么，19世纪晚期的文学现代主义和艺术现代主义则是现代性真正具有自反性的首例。在前二三十年的后传统社会之前，自反性现代性的第一个实例是通过美学出现的。第二种现代性是对第一种现代性的反思，且是作为对第一种现代性的反射作用而产生的，其世系包括浪漫主义运动、青年黑格尔、波特莱尔、齐美尔、超现实主义、本雅明、阿多诺、海德格尔、舒茨、伽达默、福柯、德里达以及(当代社会科学中的)鲍曼。①

从西方社会的现代化发展角度看，现代性的两副面相或双重矛盾，表面上看是社会现代性(或称启蒙现代性)与审美现代性(或称“文化现代性”)的对立，但在本质上，它们恰恰是西方现代化社会发展之一体两翼，它们共同促进和保障了人的生存与发展以及西方文明的演进。从西方文明进程和现代性生成的角度看，社会现代性的生成相对早于审美现代性，后者恰恰因反叛前者而生成并发展，因此，它们互为对立面而又相反相成。从文艺复兴开始，经由启蒙运动、工业革命，再到19世纪资本主义社会的确立，理性与科学促进了西方现代社会的快速发展、资本主义社会形

① 乌尔里希·贝克、安东尼·吉登斯、斯科特·拉什：《自反性现代化》，赵文书译，商务印书馆2001年版，第268页。

态的形成与壮大，这些正是现代性的根本性表征，体现的是理性主义、功利主义、乐观主义与进步等方面的“社会现代性”内涵。“在此意义上，现代性只是一个用来表述更新与革新相结合这种观念的词。”①因此，作为现代性之一翼的“社会现代性”，实际上也“即资产阶级现代性概念，我们可以说它大体上延续了现代观念史早期阶段的那些杰出传统。‘进步’的学说，相信科学技术造福于人类的可能性，对时间的关切(可测度的时间，一种可以买卖从而像任何其他商品一样具有可计算价格的时间)，对理性的崇拜，在抽象人文主义框架中得到界定的自由理想，还有实用主义和崇拜行动与成功的定向——所有这些都以各种不同程度联系着迈向现代的斗争，并在中产阶级建立的胜利文明中作为核心价值观念保有活力、得到弘扬”②。

从文学的角度看，现代现实主义见证并反映了欧洲社会的现代化进程——欧洲社会实现了从传统的农业社会到现代工业社会的转型，在政治、经济、文化和心理等方面都取得了丰硕成果。西方社会的现代化进程是现代现实主义成长的土壤，也是这种文学集中描述和展示的对象，因此，现代现实主义正是圣伯夫所说的 19 世纪的“工业文学”③。它表征了在理性与科学催化下 19 世纪西方社会现代文明的急剧壮大，以及资本主义社会的快速发展，体现了以理性主义、功利主义、乐观主义及进步等内容为主的“社会现代性”面相。比如，在维多利亚时期的英国，“艺术染上了强烈的道德色彩。艺术所关心的是进步，是普遍的繁荣。社会问题、经济问题和宗教问题的意义都至关重要……对维多利亚时代的英国来说，

---

① 马泰·卡林内斯库：《现代性的五副面孔》，顾爱彬、李瑞华译，商务印书馆 2003 年版，第 361 页。

② 马泰·卡林内斯库：《现代性的五副面孔》，顾爱彬、李瑞华译，商务印书馆 2003 年版，第 48 页。

③ Peter Brooks: *Realist Vision*, Yale University Press, 2005, p. 14.

'为艺术而艺术'的思想纯粹是外国货色。艺术居然可以和道德准则对立，居然可以毫无理由地脱离道德准则，这似乎是彻头彻尾的无法无天，因为感官的感受与耽迷感官的放纵之间只有危险的毫厘之差"①。特别值得指出的是，自然科学的成果和科学理性精神对现代现实主义文学的生成有直接作用。18 世纪末、19 世纪初，欧洲自然科学的巨大成就不但给西方社会的快速发展注入活力，而且也促使人们的世界观、价值观发生了根本性的变化。对文学艺术来说，科学成就给作家和艺术家以极大的精神鼓舞，科学精神和科学理念拓展了他们的艺术视野，尤其是科学理性的渗透，改变了他们认识世界和观察人生的方式，以及艺术表现的方式，现代现实主义就是在这种背景下产生的张扬科学精神的文学思潮。虽然，现代现实主义文学思潮的生成与流行有很多缘由和前提条件，但科学、理性是影响这一文学思潮的最重要因素。很多研究者指出，"跟科学家一样，现实主义作家为他们作品中的客观性而感到自豪"②，"支持现实主义潮流的是一种对自然科学的积极信仰"③。这意味着现代现实主义作家普遍为自然科学的成就所鼓舞，并从中汲取思想、理念与方法之精髓以滋养自身的创作。可以说，此前任何时期的西方文学都未曾拥有现代现实主义文学的这种强烈的科学精神和"求真"意识。因此，现代现实主义可以说是现代科学在 19 世纪的欧洲结出的文学果实，这也集中体现出现代现实主义在现代性取向上对"社会现代性"一翼格外倚重。

二、现代现实主义"社会现代性"之双重取向

不过，现代现实主义文学虽然体现了现代性之一翼的"社会现代性"

---

① 威廉·冈特：《美的历险》，肖聿译，江苏教育出版社 2005 年版，第 16 页。

② Phillip J. Barrish: *The Cambridge Introduction to American Literary Realism*, Cambridge University Press, 2011. p. 4.

③ 蒂莫西·C. W. 布莱宁：《浪漫主义革命：缔造现代世界的人文运动》，袁子奇译，中信出版社 2017 年版，第 208 页。

内涵，但这绝不意味着这一文学思潮对西方现代化进程中的“进步”都投以乐观与肯定的态度。事实上恰恰相反，大部分现代现实主义作家对现代化持反思、怀疑和批判态度，所以，这种文学才被称为“批判现实主义”。这一称谓虽然不全面，但也指涉了现代现实主义的重要特征——对资本主义工业文明和现代化的反思、怀疑与诘难，这正是现代性的“反思”与“批判”秉性。列斐伏尔指出，“我们把现代性理解为一个反思过程的开始，一个对批判和自我批判某种程度的、进步的尝试，一种对知识的渴求”①。现代现实主义从文化的角度对现代资本主义现代化展开反思性批判，使其不仅涉及社会现代性，还涉及现代性的另一面相：审美现代性（或文化现代性）。现代现实主义在现代性内涵上的双重取向，是现代性内在矛盾、张力的表征。其实，从哲学层面看，现代性内涵的这种对立性与交互性及其内在的悖谬，所关涉的恰恰是人的主体性内涵的双重结构——理性主体性和感性主体性。

审美现代性既是资本主义现代化发展的产物，同时也是现代化的反叛者。18 世纪末、19 世纪初，现代化在展示其“发展”“进步”“创新”之成果的同时，也表现出利弊参半、自相矛盾的一面：资本主义的物质文明制约了人的个性自由；工业文明销蚀了人的自然天性；科学理性沦为工具理性，而工具理性则排斥了人的智慧和灵性，并造就了新的迷信（由科学崇拜导致的对科学的迷信），从而巩固了有违人性的社会秩序，于是理性在客观效果上也就走向了自己的反面——非理性。在这种情况下，人们开始对现代化本身及其“成果”进行反思与诘问，使得现代性之另外一翼——审美现代性——应运而生，从而激发了人的感性主体性。比如，在启蒙运动高歌“进步”的大合唱中，浪漫主义者卢梭就从人的感性和情感自由的角度，对现代文明和现代化之合理性发出了异样的诘问。卢梭一

① Henry Lefebvre：*Introduction to Modernity*，Verso，1995，pp. 1-2.

方面看到科学理性给社会带来了好处，另一方面又质疑变化、发展和进步了的世界，怀疑文明对于人类的意义。他在小说《爱弥儿》中指出："出自造物主之手的东西，都是好的，而一到人手里，就完全变坏了。"①此语非常深刻地道出了卢梭对文明与进步的理解：文明割断了人与"自然"（天然的人性）的联系，进步和成就不过是人的幻觉和虚饰而已。卢梭对文明与进步的怀疑与诘问，可以视为审美现代性的滥觞。审美现代性"厌恶中产阶级的价值标准，并通过极其多样的手段来表达这种厌恶，从反叛、无政府、天启主义直到自我流放。因此，较之它的那些积极抱负（它们往往各不相同），更能表明文化现代性（即审美现代性，笔者注）的是它对资产阶级现代性的公开拒斥，以及它强烈的否定激情"②。值得关注的是，浪漫主义从审美现代性层面上抨击、否定和抗拒现代化，是从哲学的高度反抗现代科技文明和工业文明对人性的异化，捍卫人的尊严和人性自由，这和现代现实主义的社会现代性在另一层面上达成契合。具体地说，现代现实主义文学揭露资本主义社会矛盾、人的异化等现象，具有很强的社会批判功能，表现了对西方社会和文明之现代化进程的抵御和反抗，这和浪漫主义文学反叛工业文明和现代文明有共同性；现代现实主义继承了浪漫主义对"自由"的信奉与追求，两者又在反抗功利性、物质性、机械化和整一化的工业文明，两者在维护作为个体的人的身心自由的层面上达成默契。因此，现代现实主义文学"在很大程度上与更为广阔的浪漫主义思潮密不可分；它对现代工业社会的批判态度常常萌发于浪漫主义反叛的本质特征（characteristic topoi）"③。只是相较而言，浪漫主义的反叛更趋向

① 卢梭：《爱弥儿》，李平沤译，商务印书馆 1978 年版，第 5 页。

② 马泰·卡林内斯库：《现代性的五副面孔》，顾爱彬、李瑞华译，商务印书馆 2003 年版，第 48 页。

③ Michael Lowy: "The Current of Critical Irrealism: 'A moonlit enchanted night'", in Matthew Beaumont ed.: *Adventures in Realism*, Blackwell Publishing, 2007, p. 200.

于从感性层面维护人的精神与情感自由，现代现实主义则侧重于从理性层面批评资本主义社会的种种问题，维护人的自由、平等与尊严。

由此可见，审美现代性看起来似乎仅仅是从艺术上对资本主义社会现状进行了反抗，其实，在根本上是从文化或者文明进程的角度对现代资本主义社会展开了深度的批判。正因为如此，浪漫主义的这种审美现代性也可以被称为“文化现代性”。也就是说，浪漫主义文学思潮是在追求和呼唤一种更富有人性意味、更重视人的感性世界和非理性本质的价值观与世界观，希冀现代化的发展不至于加重或者减轻对人性的异化，这在根本上依然是对人性与人的尊严的捍卫。正是在这种意义上，浪漫主义审美现代性和现代现实主义的社会现代性有某种程度上的一致性，两者在现代性理念的趋向上，既有矛盾与错位，又有统一与契合：一方面，现代现实主义正向接纳了近现代科学精神和科学理性影响，肯定了资本主义现代化的进步与发展；另一方面，又对现代资本主义工业文明与科学理性带来的结果报之以浪漫主义式的反思与批判。当然，就总体而言，现代现实主义更侧重于用科学、理性、平等、博爱的现代性理念批判资本主义现代化过程中的种种矛盾和弊端，或者说更多的是从理性层面抨击和揭露现代化所致的负面效应，捍卫人的尊严和人性的和谐，所张扬的更多是人的理性主体性或理性本质；而浪漫主义则更侧重于用个体、自我、自由等现代性理念批判资本主义现代化过程中的矛盾与弊病，侧重于从感性、非理性、非功利性的角度揭示和抨击现代文明对人性的异化，捍卫人的尊严和人性的和谐，所张扬的更多是感性主体性或感性本质。就此而论，现代现实主义和浪漫主义同属于“现代性”范畴，只不过在现代性的两副面相中各有侧重，且既有交叉、对位，又有错位与背反；尤其是现代现实主义对西方现代社会现代化之负面效应表现出了深度反思与强烈批判，让我们真切地窥见其在“社会现代性”内涵上的双重取向：既植根于传统理性的土壤并张扬科学理性，一定程度上接纳现代文明的“进步”“功利”与“乐观”,又反思和批判由理性与现代文明导致的结果,反抗理性与现代文明对人的异化。正是在这种双重取向的基点上,现代现实主义和浪漫主义达成了文化精神上的勾连,体现出两者对科学理性和资本主义现代文明几乎相同的抗拒和批判的态度——虽然这种批判的角度和内涵以及文化指归仍然存在差异——因此,这两种文学思潮其实在一定程度上都具有社会批判与文化批判之特性与功能,说明现代现实主义的“‘批判’并非仅仅是社会批判,而且是文化批判”①。也是在这种意义上,现代现实主义和浪漫主义成了“现代性”这棵大树上的两个枝杈,它们分别代表了作为人的主体性的两个侧面——理性主体和感性主体;而正是现代现实主义之“社会现代性”内涵的双重取向,又把现代现实主义和浪漫主义这“两个枝杈”联结在了一起,并达成了这两大文学思潮之“现代性”内涵在“社会现代性”和“审美现代性”两副面相上的耦合。就此而论,现代现实主义和浪漫主义文学思潮都是西方社会现代化进程的产物,共同具有“现代性”内涵,而从文化哲学层面上看,这体现了人的理性主体与感性主体之对立又互补的形态在现代现实主义与浪漫主义文学中的客观存在性。

三、“主义”的对立与勾连

从西方文学史发展和文学传播的眼光看,“现实主义”概念在不同语境、不同时期和不同国家与区域所体现的内涵有一定的差异。但作为一种文学思潮,19 世纪现实主义显然不同于此前基于传统“模仿说”理论而具有“写实”倾向的各种形态的现实主义文学。这种具有“现代”属性的现实主义标志着 19 世纪乃至整个近代西方文学的高度繁荣,并对日后的世界文学产生了重大而深远的影响。本书以“现代现实主义”指称 19 世纪现实主义,旨在更准确地把握作为文学思潮的 19 世纪现实主义之本原性

① 蒋承勇:《十九世纪现实主义的现代阐释》,中国社会科学出版社 2010 年版,第 17 页。

特质，尤其是通过阐释其现代性内涵，使其区别于各种“变体”形态的“现实主义”，有助于深化对现代现实主义与浪漫主义之关系的理解。

如前所述，浪漫主义文学思潮被认为是西方文化史上关于“现代性”的第一次自我批判。如果说“现代性”大致可分为审美现代性与社会现代性两副面相，那么浪漫主义明显侧重于前者，现代现实主义则明显侧重于后者。不过，现代现实主义之社会现代性在内涵上存在双重取向——既植根于传统理性的土壤并张扬科学理性，一定程度上接纳资本主义现代文明的“进步”“功利”与“乐观”等特征，又反思和批判由理性及此种现代文明导致的结果，反抗理性与现代文明对人性的异化，从而在一个层面上达成了现代现实主义与浪漫主义在文化精神上的契合。这不仅说明了现代现实主义和浪漫主义两大文学思潮皆为西方社会现代化进程之产物，共具“现代性”内涵，也说明了两者虽属不同文学阵营的“主义”，却并不意味着彼此“断裂”，而是有其“对立”中的深层“勾连”。

第五节　现代现实主义与浪漫主义

显然，作为两大文学思潮，“现实主义”与“浪漫主义”并非天然地属于两种截然不同的文化与审美之范畴，我们不能习惯性地将两者分裂，甚至扩大两者的差异，而无视两者在相反中有相成、在对立中有依存、在反叛中有勾连的深层关系。为此，我们有必要更深入地阐释与辨析这种内在“勾连”，从而更深入地洞悉现代现实主义之“现代性”禀赋。

一、现代现实主义对浪漫主义文学观念的承续与光大

“对真实的(real)和现实的(realistic)之类语词的运用清楚地暗示出现实主义文学的对立面，诸如不真实的、非现实性的、幻想性的、不大可能

的、想象中的以及梦境中的等等。”①这里所说的“对立面”即浪漫主义。19世纪现代现实主义强调“真实”与“现实”，与追求“幻想”与“想象”的浪漫主义在文学观念上形成了对立与反叛。就此而论，现代现实主义的首要对立面是浪漫主义，前者也确实是在反叛后者的过程中发展壮大起来的。因此，以往学界常常把19世纪现实主义与追求现代性的浪漫主义割裂开来甚至对立起来，把前者看成西方文学传统的因袭者和捍卫者，认为其与“现代性”无缘。然而，正如上一节已经提到的，在“现代性”问题上，这两大文学思潮之间又存在着相反相成和在矛盾中勾连的关系，它们同属于“现代性”范畴。其实，这种“勾连”也是文学史内在演变之规律所致，这反过来又说明了现代现实主义的“现代性”内涵，即虽然倚重于“社会现代性”，但又不仅仅取向于“社会现代性”之一翼，同时也不无“审美现代性”之禀赋。

现代现实主义作为一种文学思潮，为什么会在19世纪浪漫主义文学之后出现并成为主潮？对此，以往学界普遍认为现实主义是在反对浪漫主义的过程中产生的，因而两者是截然分裂的。这种说法无疑显得过于简单。其实，巴尔扎克等现代现实主义作家在浪漫主义渐趋降温的19世纪中后期创造出惊人的艺术成就，就不能简单地被认定是反叛浪漫主义的结果。事实上，作为现代现实主义代表人物的司汤达与巴尔扎克，他们身上既有浪漫主义的痕迹，又不同于一般的浪漫主义作家。基于此种状况，有的文学史家干脆将19世纪西方现实主义唤作“浪漫写实主义”；这种“浪漫写实主义”，作为一种“现代现实主义”②，虽然在“写实”层面上承袭了“模仿现实主义”文学传统，但又在更多的层面上以其“现代性”元素

---

① J. A. Cuddon：*A Dictionary of Literary Terms and Literary Theory*，5th edition，Wiley-Blackwell，2013，p. 591.

② 西方有很多评论家用此概念指称19世纪西方现实主义，如奥尔巴赫、斯特林伯格、G. J. 贝克等。

构成了对“模仿现实主义”文学传统的颠覆。现代现实主义固然是打着矫正浪漫主义步入极端后的“虚幻性”的旗号出场的，但它也借鉴了 19 世纪浪漫主义文学的艺术经验，如在社会-历史题材处理上的风俗画风格、心理描写的技巧，以及描摹大自然时的细致入微等。勃兰兑斯在其《十九世纪文学主流》中说，现实主义小说的代表巴尔扎克明显直接受惠于浪漫派的历史小说。勃兰克斯认为：“巴尔扎克的想象力奔放不羁”①，他是一个“性格奔放而富饶、生机勃勃的人”②，“巴尔扎克早期的文学典范是瓦尔特·司各特爵士”③；巴尔扎克受浪漫主义历史小说奠基人司各特的“强烈的诱惑”，“他希望紧步司各特的后尘走下去，而又不致仅仅成为一个模仿者。他相信自己在浪漫主义曾使之重放异彩的描写艺术方面完全可以和司各特匹敌媲美”。④ 不仅如此，巴尔扎克还“力图超越瓦尔特·司各特，创作出一部汇集自己所有小说，且能展示 19 世纪法国社会整个生活面貌的皇皇巨著”⑤。巴尔扎克是按照德国浪漫派中的志异小说家霍夫曼的风格写出《高老头》等离奇传说的。⑥ 总之，勃兰兑斯认为，“虽然巴尔扎克的才智是现代化的，他却够称一个浪漫主义者”⑦。美国著名的文学理论家韦勒克认为，巴尔扎克虽然算不上是浪漫主义者，“但是，使他受

---

① 勃兰兑斯：《十九世纪文学主流》（第五分册），李宗杰译，人民文学出版社 1997 年版，第 234 页。

② 勃兰兑斯：《十九世纪文学主流》（第五分册），李宗杰译，人民文学出版社 1997 年版，第 237 页。

③ 勃兰兑斯：《十九世纪文学主流》（第五分册），李宗杰译，人民文学出版社 1997 年版，第 198 页。

④ 勃兰兑斯：《十九世纪文学主流》（第四分册），李宗杰译，人民文学出版社 1997 年版，第 58 页。

⑤ Erich Auerbach: *Mimesis: The Representation of Reality in Western Literature*, Princeton University Press, 2003, p. 477.

⑥ 勃兰兑斯：《十九世纪文学主流》（第五分册），李宗杰译，人民文学出版社 1997 年版，第 23 页。

⑦ 勃兰兑斯：《十九世纪文学主流》（第五分册），李宗杰译，人民文学出版社 1997 年版，第 234 页。

到启发的是一种类型奇特的浪漫主义的玄学、物理学或者唯能论，以及它关于补偿、极论、液体等等的所谓原理”[①]。他又认为，巴尔扎克“无疑持有他称之为‘魔幻说’的有机自然观……他沉溺、着迷于各种各样的巫术、催眠术、脑相学；凡此种种，都是主张‘自然的统一性的’”。“和其他浪漫主义者一样，巴尔扎克有一种关于直觉的理论，为此他使用了一个奇特的术语‘独特性’，将其与本能和抽象区别开来。”[②]与勃兰兑斯和韦勒克的说法相似，奥尔巴赫也认为巴尔扎克的创作受浪漫派的影响，特别是在历史主义风俗画式的环境描写方面，巴尔扎克有“一种与浪漫主义十分相似的精神气质，一开始就会让人强烈而敏感地意识到与过去时代的环境与风格的统一性”[③]。奥尔巴赫还认为，“与浪漫派对空间和整体环境的理解相比，浪漫派的另一种倾向对现代现实主义的发展也做出了很大贡献，这就是……文体混用”[④]。戴维·莫尔斯在讨论浪漫主义社会小说、哥特小说、历史小说及艺术家小说时，具体分析了浪漫主义的社会小说对稍后的现实主义小说产生的重大影响，说明了现实主义和浪漫主义并不是简单的谁取代谁的双向分裂，而是你中有我、我中有你的互相包容。[⑤] 在俄国，“现实主义的小说家，也不时地运用浪漫主义的反讽手法，即，把观点从客观陈述转向自我意识的沉思。普希金在《叶甫盖尼·奥涅金》、果戈理在《死魂灵》、陀思妥耶夫斯基在《卡拉马佐夫兄弟》中都创作出反讽性

---

① R. 韦勒克：《文学史上浪漫主义的概念》，裘小龙、杨德友译，见刘象愚选编：《文学思潮和文学运动的概念》，中国社会科学出版社 1989 年版，第 159 页。

② R. 韦勒克：《文学史上浪漫主义的概念》，裘小龙、杨德友译，见刘象愚选编：《文学思潮和文学运动的概念》，中国社会科学出版社 1989 年版，第 158—159 页。

③ Erich Auerbach: *Mimesis: The Representation of Reality in Western Literature*, Princeton University Press, 2003, p. 473.

④ Erich Auerbach: *Mimesis: The Representation of Reality in Western Literature*, Princeton University Press, 2003, pp. 473-474.

⑤ David Morse: *Romanticism: A Structural Analysis*, The Macmillan Press Ltd., 1982, pp. 221-227.

的叙述者，他们既属于自身所描述的世界，又显得超然其外”①。这些都说明现代现实主义与浪漫主义在文学观念与表现方法上并不是截然割裂的。尤其值得注意的是，现代现实主义文学传承了浪漫主义的某些具有现代性禀赋和反传统特性的审美观念。

也许人们会普遍认为，现代现实主义文学注重描写平凡的人与事，并由此延伸到为社会底层民众代言，揭露社会的黑暗面，这是现代现实主义这一文学现象与生俱来之本质特征，而这也正是此前的浪漫主义文学所不具备的。其实，这种文学触角、价值理念与审美趣味，来源于浪漫主义文学，而现代现实主义作家则将其传承并发扬光大。“浪漫主义不仅代表了对古典价值观的拒绝，而且是对它们的逆转。普通平凡而微不足道的人和事成了美和有价值的艺术题材的源泉，题材不再局限于对神和英雄的开发使用。就像在革命的意识形态中一样，在艺术中伟大的东西被废黜了，而低微的则被高举。被认为不适合于高雅艺术的，现在有了特权，特别是日常生活，当代历史，丑陋者和怪诞者。”②雨果在《〈克伦威尔〉前言》中通过“艺术对照原则”强调了“卑微”乃至“丑陋”的东西在文学艺术中的审美价值。他认为：在生活中，丑与美并存，畸形与优雅并存，怪诞与崇高、邪恶与良善、光明与黑暗都并存；文学是对生活的模仿，既然生活本身体现了这种美丑对照原则，那么艺术也应该是这样的。对雨果来说，这种对照原则体现了其与古典主义的“统一简约”原则相对立的现代精神。他的小说创作抛弃了古典主义的崇高、庄严、理性化的审美原则，大量描写了被古典主义视为卑微的和“丑”的人与事物。在《巴黎圣母院》中，社

① Victor Terras："The Realist Tradition", in Malcolm V. Jones, Robin Feuer Miller eds.: *The Cambridge Companion to the Calssic Russian Novel*, Cambridge University Press, 1998, p. 192.

② Michele Hannsh: " Romanticism: Art, Literature, and history ", in William Burgwinkle, Nicholas Hammond, Emma Wilson, eds.: *The Cambrifge History of French Literature*, Cambridge University Press, 2011, p. 455.

会底层的流浪人成了正面描写的对象，尤其是畸形驼背而出身低微的主人公卡西莫多，代表了丑陋中的美：在所有这些畸形中，有一种强大的活力、敏捷和勇气；对于永恒的规则来说，这是一个奇怪的例外。根据此规则，力量像美丽一样来自和谐。“卑微的”内涵包括了所有以前被认为是边缘和不值得代表的一切——市民、妇女、农民、罪犯和妓女，这些都被认为是历史的代言人以及文学和艺术的主体。雨果的这种文学观念被现代现实主义作家广为接纳并弘扬。和浪漫主义一样，“现实主义摒弃了古典主义认为存在着一种高贵的题材的假定；打破了古典主义的风格层次理论和它固有的社会排外主义”①。在这方面，现实主义承续并光大了浪漫主义的审美趣味和价值观念。

司汤达《红与黑》的主人公于连虽不无古典主义式的“英雄”气质，但他同时也是实实在在的出身低微的一介普通平民。小说反复描述的是这个人物的平民处境及由此而生的卑微与高贵的矛盾心理。于连的生活环境和人生境遇，体现了“当代”普通人的当下生活的真实状况——包括维利叶尔城的庸俗气、他父兄的自私自利、贝尚松神学院的阴暗与压抑。司汤达笔下的人物虽有不少王公贵族和达官贵人，但他们身上基本已失去了古典主义式的高贵与优雅，而且主人公往往是平民或者在精神心理上同情和转向平民的“贵族”，也即精神与情感上的“平民”——《红与黑》中的德·瑞纳市长夫人和木尔侯爵的女儿马特尔，在精神和情感上都“爱”着出身低微的于连；《巴马修道院》中将军的女儿对拿破仑手下的低级军官法布里斯一往情深；《法妮娜·法尼尼》中的贵族小姐法妮娜义无反顾地爱上了被当局追捕的烧炭党人彼得罗；《阿尔芒斯》中的贵族子弟奥克塔夫讨厌贵族的头衔，蔑视贵族中的“名门闺秀”，对出身寒门、贫穷孤独

① 勒内·韦勒克：《批评的诸种概念》，罗钢、王馨钵、杨德友译，上海人民出版社 2015 年版，第 238 页。

的阿尔芒斯情有独钟……在司汤达的小说中,虽然激荡着古典主义的"英雄气概",但作者刻意表达的总是普通平民的思想与情感,出身低微的平民成了真正的主人公。狄更斯描写的主要对象是城市平民,尤其是底层市民,孤儿、流浪汉每每成为小说的主人公。狄更斯小说"关注的多是些社会底层人物"①,对"弱势群体如何挣扎在生存边缘的问题尤其重视……并聚焦某个个体的堕落过程"②。与之相仿,俄国的陀思妥耶夫斯基倾心于描写生活在阴暗社会底层的"小人物",擅长于发掘灵魂的痛苦、不安与焦虑,展示扭曲、病态和畸形而卑微的心灵世界。在陀思妥耶夫斯基的小说世界里,古典主义式的"英雄气概"更是荡然无存。

如果说浪漫主义者雨果强调美丑并存、善恶与共的话,那么现代现实主义作家则在此基础上有了更多的引申,他们对研究与揭示人性之丑与恶,有着更执着的偏好。巴尔扎克与同时代的司汤达不同,也许在巴尔扎克看来,精神上最高贵的还是鲍赛昂夫人这样的贵族,而生活在贫民窟里的人的灵魂几乎都是"潮湿"得"发霉"了的卑贱者。不过,巴尔扎克真正关注并致力于发掘的是那些"发霉"的灵魂和被金钱腐蚀了的人性的畸形,以及由此滋生的"恶"。因此可以说,鲍赛昂夫人要坚守的所谓贵族式的典雅的"爱情",高老头要坚守的温情脉脉的血缘亲情之"爱",以及拉斯蒂涅开始要坚守的年轻人的正直善良,在巴尔扎克的作品中实际上都只不过是即将消失在人性畸形之无尽黑暗中的余光而已,发霉的灵魂和人性的恶,是他的小说的真正"主人公"。于是,他的小说所展示的自然也就是这个资本主义化了的现代社会中一幕幕的人生悲剧。巴尔扎克不会像古典主义者高乃依等作家那样,在描写一个人物时,"开头便把他的英雄人物摆了出来。这些人物想做英雄,便成了英雄;这不需要其他的因素,

① James Eli Adams: *A History of Victorian Literature*, Wiley-Blackwell, 2009, p. 57.

② James Eli Adams: *A History of Victorian Literature*, Wiley-Blackwell, 2009, p. 58.

有他们的意志就已足够”[1]。巴尔扎克关注的是“丑”与“恶”,“在他看来,无所谓肮脏的东西……纯粹与美好不能打动他的心……如果你是个雅人,最好不要去翻他的书,他的书里是按照东西的实相加以描写的,就是说,很丑恶,他的描写是赤裸裸的,不加掩饰也不加美化……他拿出来给人看的全是放大了的残疾、病态和巨大的怪物”[2]。巴尔扎克的这种“审丑”观念,相比于雨果对丑与恶的洞察是有过之而无不及的——雨果是用丑去衬托出美、用恶衬托出善,借此力图让人相信美和善的永恒与力量,这就是雨果式浪漫主义的人道情怀;巴尔扎克则恰恰相反,他希冀的是让人们看到恶与丑的不可抗拒性。正是巴尔扎克对人性恶的高度关注与深刻洞察,使他的小说令人惊叹地揭示了被金钱腐蚀与毒化后的社会“遍地的腐化堕落”:

> 在煊红的光亮下,无数扬眉怒目、狰狞可怕的人形被强烈地烘托出来,比真的面貌还要神气,有活力,有生气;在这人群里蠕动着一片肮脏的人形甲虫、爬行的土灰虫、丑恶的蜈蚣、有毒的蜘蛛,它们生长在腐败的物质里,到处爬行、钻、咬、啃。在这些东西的上面,则是一片光怪陆离的幻景,由金钱、科学、艺术、光荣和权力所缔造成功的梦境,一场广阔无垠、惊心动魄的噩梦。[3]

也许巴尔扎克的描写不无浪漫式的夸张——因为他原本就与浪漫主

---

① 泰纳:《巴尔扎克论》,鲍文蔚译,见《外国文学教学参考资料》(第四册),福建人民出版社 1981 年版,第 233 页。

② 泰纳:《巴尔扎克论》,鲍文蔚译,见《外国文学教学参考资料》(第四册),福建人民出版社 1981 年版,第 225 页。

③ 泰纳:《巴尔扎克论》,鲍文蔚译,见《外国文学教学参考资料》(第四册),福建人民出版社 1981 年版,第 235 页。

义有着千丝万缕的联系——或者正如安德烈·莫洛亚所说:“这种夸张手法使巴尔扎克接近于浪漫派。不过浪漫派热衷于塑造奇形怪状的事物而毫不顾及真实性,巴尔扎克则力图通过真实可信的细节使之不脱离人间。”[①]巴尔扎克用真挚而深刻的笔触描绘了那个时代和社会的“恶之花”,让我们看到了此前的西方文学中极少见的人性的真实,其间透出了独特而奇异的审“丑”意味。所以,正如奥尔巴赫所说:“面对一个到处上演着庸俗、丑恶和卑劣的变态时代,巴尔扎克的态度与司汤达相似:以严肃甚至悲剧的手法,真实地再现普通人的内心世界。这是自古典主义审美观流行以降从未出现过的事情。即使在此之前,也不是这种以具体的、历史限定的和针对人的社会自我辩解的方式展开的。”[②]巴尔扎克小说美学之“审丑”趣味,昭示的恰恰是反传统的审美现代性取向。

较之于巴尔扎克和司汤达,福楼拜描写生活的态度和笔触显得那么冷峻而平淡。福楼拜不去发现什么“英雄”与“崇高”,而总是“以冷静、理智的眼光把事实分析解剖后,看出世间充满虚伪和愚蠢,因而憎恶现实生活,对周围处之以冷淡的态度”[③]。他“所看到的往往是事物相反的一面,看到孩童,脑中立刻浮现老人;看到摇篮便想到墓场;面对大夫不由得联想到他的骸骨;看到幸福,则引发我的悲思;看到悲伤的事情,则产生事不关己的心情”[④]。而恰恰因此,他为我们展示了生活中令人窒息的“平庸”“乏味”。他认为自己写《包法利夫人》,不是因为热爱生活,而是因为对生活的“憎恶之念”,于是小说中“描写了不少令人作呕的丑恶事实”[⑤]。福

① 安德烈·莫洛亚:《巴尔扎克传》,艾珉、俞芷倩译,浙江文艺出版社1998年版,第504页。

② Erich Auerbach: *Mimesis: The Representation of Reality in Western Literature*, Princeton University Press, 2003, p. 458.

③ 厨川白村:《西洋近代文艺思潮》,陈晓南译,志文出版社1979年版,第141页。

④ 厨川白村:《西洋近代文艺思潮》,陈晓南译,志文出版社1979年版,第142页。

⑤ 厨川白村:《西洋近代文艺思潮》,陈晓南译,志文出版社1979年版,第142页。

楼拜现实的审“丑”几乎是在波澜不惊的从容、冷静中展开的，比巴尔扎克显得更客观、真实，因而福楼拜便成了更远离“浪漫”的现实主义者。在此，笔者又不禁联想到俄国早期现代现实主义作家果戈理的作品。

作为俄国现代现实主义文学的奠基人，果戈理在他的长篇小说《死魂灵》中细致地描写泼留希金等五个地主的精神与灵魂的迂腐、庸俗、空洞与麻木，展示了一幅衰败、萧条得令人恐惧的社会图景。而正是在这样的描写中，果戈理把以前俄国文学中未曾出现过的现实生活作为细节和素材引入文学，使庸俗丑陋的东西成为文学作品展示的对象，它们与美和崇高齐聚一堂，抑或在庸俗和崇高的背后曲折地表现美和崇高，从而破除了俄国文学中既有的禁忌，具有开创性的现代意义。恰恰是沿着这样一条路线，陀思妥耶夫斯基不但大肆描绘贫困潦倒、身份卑微的“穷人”，而且特别聚焦于人灵魂深处的畸形、变态与丑陋。陀思妥耶夫斯总是把人生存的那个世界写得那么阴暗、凄冷、怪诞和恐怖，而且这几乎成了他小说的一种基调。因此，阅读他的小说，人们会有一种沉重的压抑感。《死屋手记》用冷峻的笔调描绘了漆黑、阴冷的人间地狱。“死屋”是监狱的真实写照，更是人间世界的一幅象征性图画。“死屋”可以说是陀氏小说中描写的人间世界的一个总体构架。在这个总体框架之外，又有许许多多格局相仿、基调类似的“死屋”的变体。在《罪与罚》中，让人感到害怕的“奇形怪状的房子”，下等公寓里忽明忽暗的油灯，高利贷老太婆那“又精明又恶毒”的“在黑暗中闪闪发光的小眼睛”，小酒馆里“脸带醉意”“迷迷糊糊”哼着乱七八糟的小曲的小市民，圣洁而忧愁的妓女，投河自尽的女工……这重重叠叠、扑朔迷离的意象化形象，构成了似真似幻的“半疯的城市”。与此相仿，在《被侮辱与被损害的》中，破败肮脏、阴暗发霉的贫民窟，僻陋冷落的小巷和角落，无人照看的流浪儿，被欺骗的妇女，被遗弃的老人，卑劣的纨绔子弟……这阴冷悲凉的景象比比皆是，构成了人性失落的迷乱世界。类似的亦真亦幻的图画，几乎出现在陀氏的每一部小说中，使读者感到凄然、压抑和恐惧。这就是陀思妥耶夫斯基的小说世界，这是心灵化、幻觉化的艺术世界。由于他对生活中那些变态的、扭曲的心灵的体察特别敏锐，所以他的小说中也就有许许多多关于变态、扭曲的灵魂的描述。陀思妥耶夫斯基的小说也正是在这样的“审丑”路线上，更具有现代性指向，后来也就备受20世纪现代主义倾向作家的青睐。

总之，浪漫主义的新文学观念和审美取向，是在对古典主义和传统文学的对抗中形成和发展的，这种富有审美现代性禀赋的文学观念和审美取向在当时具有明显的反传统的先锋特性，而这种审美现代性传统也被现代现实主义所接续并在某种程度上得以弘扬与光大。现代现实主义的“‘现实’这一术语同时也是一个包容性的术语：丑陋的、令人厌恶的、低贱的事物都是艺术的合法题材。像性和濒死时的极端痛苦这一类过去一直被禁忌的主题（爱情和死亡是被允许的）现在完全可以进入艺术的殿堂”①。就此而论，“浪漫”和“现实”两个术语互有相关性。因为，“浪漫”这一术语是首先具有这种所谓“包容性”内涵的，这些原本“被禁忌”的题材、主题和审美取向，是浪漫派冲破古典主义的禁锢后出现的，在很大程度上，现代现实主义作家只不过是接纳了浪漫派与古典主义斗争的“胜利果实”，并使之进一步开花结果、发扬光大而已。所以，现代现实主义在文学观念上对浪漫主义的传承与弘扬，既说明了这两种不无对立性的文学思潮并非决然割裂，而是有某种程度的关联性，同时也说明现代现实主义在文学观念上与浪漫主义有共同的现代性特质，在某种程度上，它们同属于审美现代性范畴。

二、现代现实主义与浪漫主义“自由”观念的勾连与差异

从文化的角度看，人是文化的动物；人的文化属性决定了人永远要沿

① R.韦勒克：《文学研究中的现实主义概念》，高建为译，见刘象愚选编：《文学思潮和文学运动的概念》，中国社会科学出版社1989年版，第235页。

着文化的桥梁去往更文明与自由的境界，所以，人永远要追随文化。但人的自然本性又决定了他要接受文化与文明，就得经受文化之“炼狱”对他的磨砺，蜕其原始的野性向文明人提升；走向文明的过程，首先是接受文化与文明洗礼的过程。然而，人的潜在的自由之欲望总是对文化与文明的制约表现出强烈的反叛。浪漫主义是西方近现代史上典型的具有反传统文化倾向的社会思潮和文学思潮。在西方文学史上，没有哪个时代的作家像浪漫派一样如此全面地关注自由问题，也没有哪个时代的诗人像浪漫派那样写过为数如此之多的关于自由的热情颂歌。雨果因此宣称，浪漫主义只不过是“文学领域里的自由主义”。作为一种文学思潮，浪漫主义因其内在的“自由”之核心理念，焕发出与传统西方文学截然不同的现代性气质，也因其“自由”之奔放的张力，促使其成为西方近现代文学发展过程中最伟大的一场“文学革命”和“文学运动”。

浪漫主义文学思潮的先驱者卢梭，其有关文化与文明对人性之悖逆的分析是十分深刻的。他认为，人是生而自由的，人的本性是天然善良、纯朴的，但是，文化与文明——包括社会政治制度——却使人性走向堕落，因而，人所有的不幸，都源自科学、宗教、道德、文学和艺术等构建起来的文化与文明。卢梭认为一个赤条条来到人间、尚未受文化熏染的人要比文明人高尚得多，因而他倡导“返回自然”“返回原始蛮荒时代”。卢梭主要从伦理道德的角度分析文化对人性的善与恶的影响。他所谈的文化对人性的制约，主要是文化对人的善良天性和人的自然情感的腐蚀与扼制，但在他的理论影响下出现的浪漫主义文学所要抒发的奔放的自然情感，却充溢着强烈的个性自由精神。

浪漫主义不仅是对启蒙思想的继承，也是对启蒙思想的反叛。与启蒙运动标准化、简单化的机械论相反，浪漫主义的基本特征是生成性、多样性的有机论，即欣赏并追求独特和个别，而不是普遍和一般。浪漫派反启蒙运动的思想立场使其在“平等”与“自由”两个选项中更强调自由。启蒙学派曾以理性的怀疑精神与批判精神消解了官方神学的文化专制，但最终却因丧失了对自身的质疑与批判而建立了唯理主义的话语霸权。浪漫派反对理性主义，因为在他们看来，只有人的感性生命才是自由最实在的、可靠的载体与源泉，而经由理性对必然性认识所达成的自由在本质上却是对自由的消解。启蒙思想家倡导一元论的、抽象的群体自由，且往往从社会公正、群体秩序、政治正义的层面将自由归诸以平等、民主为主题的社会政治运动，因而它在本质上是一种倾向于革命的哲学；浪漫主义则更关注活生生的作为个体的人之自由，尤其是精神自由，且将这种自由本身界定为终极价值。个人自由在康德、费希特、谢林前后相续的诗化哲学中已被提到空前高度，且康德等人均重视通过审美来达成自由。康德声称作为主体的个人是自由的，个人永远是目的而不是工具，个人的创造精神能动地为自然界立法。在让艺术成为独立领域这一点上，康德美学为浪漫派开启了大门。

作为西方文明史上第一次对传统文化的反叛，浪漫主义运动反对工业文明；在其拯救被机器喧嚣所淹没了的人之内在灵性的悲壮努力中，被束缚在整体中成为“零件”或“断片”的人之自由得以解放。浪漫派以自然的、有机的、生命的和“动态的”(dynamic)为名，对所有机械的、人工的或建造的事物表现出深深的敌意。“他们怀念昔日人与自然的和谐，把大自然奉为神秘崇拜的对象，他们带着忧郁和绝望，审视着机械化和工业化进程以及现代社会对环境的征服。他们把资本主义工厂视为人间炼狱，不是因为工人们受到了剥削，而是因为被机器奴役，他们把工人看作被诅咒的灵魂。”[①]浪漫派蔑视以快乐主义的“幸福追求”为目标的粗鄙平庸的物质主义伦理，指斥从洛克到边沁的功利主义价值观，以及人与人之间冷冰

---

① Michael Lowy:“The Current of Critical Irrealism:‘A moonlit enchanted night’”, in Matthew Beaumont ed., *Adventures in Realism*, Blackwell Publishing, 2007, p. 199.

冰的金钱关系。“浪漫派痛苦地意识到人与人之间关系的异化、昔日‘有机的’和社群的生活形式的毁灭、个体在利己主义自我中的孤独，这些困境共同构筑了一个以城市生活为中心的资本主义文明的重要维度。”①对工业文明和城市文明的否定，使浪漫派作家倾向于到大自然或远古异域寻求灵魂的宁静和自由。“浪漫主义针对资本主义-工业主义现代性的反叛并不总是对整个体系构成挑战，而是对体系中那些不近人情的和特别令人生厌的某些特征做出的反应。”②对法国大革命以集体狂热扼杀个人自由的反思，强化了个体自由在浪漫派价值观念中的核心地位。法国大革命既是启蒙理念正面价值的总释放，又是其负面效应的大暴露。因此，认定大革命是浪漫主义的直接产物未免过于武断，因为18世纪后期英国感伤主义、德国狂飙运动以及法国的卢梭等人的创作早已在文学内部透出了浪漫主义自由精神突破古典主义理性戒律的先声。但大革命所招致的对启蒙主义之政治理性的反思与清算，直接导致了19世纪初叶的自由主义文化风潮，这对浪漫主义文学思潮的集聚和勃兴无疑起到了关键作用。

随着美学从关于真与善的科学中剥离出来，浪漫派成功确立了“艺术自由”的观念。艺术自由大大解放了艺术家的创造力，浪漫主义运动因此注定演进成为一场最深刻的文学革命。以影响他人并为他者服务为目的追求文学的社会功能，这是西方18世纪以来文学艺术的决定性特征；而戈蒂耶等浪漫派作家却将诗与雄辩术区别开来，标榜艺术的自足地位，倡导为艺术而艺术和文学的非功利性。戈蒂耶在《〈莫班小姐〉序言》中说：“真正美的东西是毫无用处的，所有有用的东西都是丑陋的，因为它是某种需要的代名词，而人的需要都是那么肮脏，那么令人恶心，就像他可怜、

① Michael Lowy:“The Current of Critical Irrealism:‘A moonlit enchanted night’”, in Matthew Beaumont ed., *Adventures in Realism*, Blackwell Publishing,2007,p. 199.

② Michael Lowy:“The Current of Critical Irrealism:‘A moonlit enchanted night’”, in Matthew Beaumont ed., *Adventures in Realism*, Blackwell Publishing,2007,p. 197.

怯懦的本性一样。一所房屋最有用的地方就是它的卫生间。”①浪漫派制造了诗人被冷酷无情的社会和庸众所毁灭的悲情传说;将艺术自由发挥到极致的唯美主义作家群的出现,标志着纯文学与通俗文学、精英文化与大众文化的分裂在浪漫主义时代已初现端倪,也标志着文学社会功能的式微。浪漫主义思潮的出现和普遍流行,对西方文学与文化而言是一场空前的思想文化“革命”,具有鲜明而强烈的现代性特征。

正是浪漫主义文学革命所带来的对传统文学成规的冲击,为19世纪中期的现代现实主义提供了超越传统的文化的、社会的现代文化观念;或者说,19世纪现代现实主义作家已然处在一个弥漫着“革命”意识和反传统精神的现代化社会历史环境之中,他们的精神气质也与浪漫主义者息息相通,无非是在“革命”与“反叛”之现代性内涵的取向上各有不同而已,因而他们可以说是同属于现代文明的追随者和创造者。比如说,浪漫派对工业文明和现代文明的反叛,在现代现实主义文学中则表现为对资本主义社会矛盾、人的异化的揭露与批判,文学具有很强的社会批判功能,其表现了对西方社会和文明之“现代化”进程的抵御和反抗。在对“自由”的信奉与追求上,后者对前者有传承性,从而达成了双方在“自由”的精神层面的相互勾连——两者都反抗功利性、物质性、机械化和整一化的工业文明,维护作为个体的人的身心自由,因而“自由”恰恰是浪漫主义和现代现实主义共同的心声。所以,事实上,现代现实主义文学思潮“在很大程度上与更为广阔的浪漫主义思潮密不可分;它对现代工业社会的批判态度常常启发于浪漫主义反叛的本质特征”②。不过,相较而言,浪漫主义的反叛更趋向于从感性的层面对作为个体的人的精神与情感自由进行维护与追求;现代现实主义则侧重于从理性的层面展开对人和社会的审视

① 泰奥菲尔·戈蒂耶:《莫班小姐》,黄胜强译,中国社会科学出版社2013年版,第20页。

② Michael Lowy:“The Current of Critical Irrealism:‘A moonlit enchanted night’”, in Matthew Beaumont ed.: *Adventures in Realism*, Blackwell Publishing, 2007, p. 200.

与对现实问题的追问与批判，维护人在社会和政治层面的自由、平等与人的尊严，就此而论，启蒙思想家的平等与博爱的精神，在现代现实主义这里得到了进一步彰显。也正是在这种意义上，现代现实主义对自由与平等的追求及其在创作中的表现，与马克思、恩格斯对资本主义社会的批判精神以及在此基础上对人的自由的呼唤，形成了密切联系，因此现代现实主义也更加被马克思和恩格斯青睐。

当然，浪漫主义和现代现实主义在对“自由”的追求上有不同取向和侧重，并不意味着相互之间的决然割裂，而是在有所侧重中又互相勾连，其实它们各自代表了这一时期西方文学之现代性的两个面相，犹如一个硬币的正反两面。正因为如此，19 世纪现代现实主义虽有反叛浪漫主义的一面，但又是浪漫主义文学内部以“先锋”姿态成长起来的另一种新的文学思潮，后者在传承中超越乃至否定了浪漫主义①，并于 19 世纪中后期主宰了欧洲文坛。勃兰兑斯称 19 世纪现实主义为“浪漫现实主义”，这里的“浪漫”便意味着“现代性”属性。因此，19 世纪现代现实主义文学无疑也就不同于之前早已有之的作为理念、创作方法和文学价值观的“模仿现实主义”，而是一种具有先锋性的“现代现实主义”文学思潮。正如保罗·梵·第根所说，虽然现实主义超越了浪漫主义，但是，“并非毁灭它的业绩；在加强它和使它更精确的同时，现实主义在许多方面继续着它的作用”②。恰恰是现代现实主义对浪漫主义的继承，又从另一个角度证明了 19 世纪现实主义的“现代”属性；现代性是 19 世纪现实主义文学思潮与浪漫主义两者的共同属性，19 世纪现实主义也就是一种具有现代倾向和现代精神的“现代现实主义”。

① 保罗·梵·第根：《文艺复兴以来的欧美文学史》，谢钟湜译，人民文学出版社 2015 年版，第 264 页。

② 保罗·梵·第根：《文艺复兴以来的欧美文学史》，谢钟湜译，人民文学出版社 2015 年版，第 264 页。

| 第二章 |

现代现实主义与文学求真精神

“过去一百多年来，人们围绕‘现实主义’以及哪些是现实性的、哪些是发展出来的理论讨论不休。但是我们几乎无法回避使用这一术语，特别是当我们要表述或指出文学作品具有逼真性，或者在某种程度上具备真实性，一般认为这是文学作品的本质，不管看起来它多具有幻想性或不可能性。”①既然“真实性”是一般文学的本质属性，而“求真”又是现代现实主义所竭力追求的创作之最高宗旨，我们就特别有必要对现代现实主义文学思潮的这种“求真”和“真实性”之成因及其内涵做深入的考察和细致的辨析。

在自然科学的影响下，19 世纪西方文学体现出了空前强烈的“求真”精神，这种“求真”精神成了 19 世纪现代现实主义文学的本质特征之一。从作家认识生活、表现生活的创作理念角度看，由于自然科学思维和研究方法的直接渗透，作家们对文学“求真”之追求，使他们常常像科学家那样去研究并认识生活、社会和人，力图客观地“再现”特定时代社会和生活的真实状况，使文学作品拥有历史的、社会的认识价值——当然这是一种审

① J. A. Cuddon：*A Dictionary of Literary Terms and Literary Theory*，5th edition，Wiley-Blackwell，2013，p. 591.

美的认识或者是通过审美方式达到认识的目的。“现实主义的文学实践完全坚持人物活动的现实语境、历史和社会语境。”①“现实主义总是将人物放在日常生活情境和名利场的生活中，并且喜欢写明显的日常性、谋生中遇到问题、与邻里的关系、所得所欲、家庭生活等题材。”②这种追求特别明显地表现在小说创作中，因为，“十九世纪及其返回自然和需要精确调查研究的精神”使“小说成了我们这个世纪的极好的形式”，它得以“同科学并肩前进”③。“19 世纪小说所具有的新的因素，主要应归因于它所处的历史环境——18 世纪与 19 世纪之交剧烈变革的意识，工业革命，资产阶级的胜利（18 世纪英国就已出现了其先声），随之而来的新的历史感，人是一个社会的存在而不是一个面对上帝的道德的存在这样一种更为伟大得多的意识，以及对自然的解释从 18 世纪的自然神论、目的论和机械论世界观向 19 世纪科学决定论的更加反人性的和非人性的观点的转变。”④19 世纪现代现实主义小说最突出的特征，“在于其再现那些比表层形式更加深刻的社会、历史和经济力量的能力”⑤。对许多作家来说，像科学家那样通过文学尤其是小说去客观、真实地研究社会和人，成了他们文学创作的一个基本的甚至是至高无上的出发点和目标。这种“求真”精神和创作理念使 19 世纪西方文学尤其是小说的特质与内涵发生了重

---

① George Levine: “Literary Realism Reconsidered: ‘The World in its Length and Breadth’”, in Matthew Beaumont ed.: *Adventures in Realism*, Blackwell Publishing Ltd., 2007, p. 26.

② George Levine: “Literary Realism Reconsidered: ‘The World in its Length and Breadth’”, in Matthew Beaumont ed.: *Adventures in Realism*, Blackwell Publishing Ltd., 2007, p. 27.

③ 左拉：《戏剧中的自然主义》，朱雯等编选：《文学中的自然主义》，上海文艺出版社 1992 年版，第 195 页。

④ 勒内·韦勒克：《批评的诸种概念》，罗钢、王馨钵、杨德友译，上海人民出版社 2015 年版，第 238 页。

⑤ Simon Dentith: “Realist Synthesis in the Nineteenth-Century Novel: ‘That Unity which Lies in the Selection of our Keenest Consciousness’”, in Matthew Beaumont ed.: *Adventures in Realism*. Blackwell Publishing Ltd., 2007, p. 43.

大的变化，文学的社会学价值陡然提升——19世纪也恰是文学社会学的形成和发展期，如斯达尔夫人、丹纳等是文学社会学的创始人。在此，我们需要略追溯一下西方小说发展和演变的历史。

第一节　西方小说及“真实”观演变

在西方文学史上，小说有其自身的文本发展、演变的模式①。米兰·昆德拉曾说：“小说是欧洲的作品；是欧洲的发现，尽管这些发现是在不同的语言里进行的，但它属于整个欧洲。发现的连续不断(并非写出的作品的增加)造就了欧洲小说的历史。”②小说当然不只是属于欧洲的，而是属于全世界的；欧美以外的东方国家，比如中国无疑也有自己的小说。因此，这里米兰·昆德拉的眼光不免显得狭隘或者有些“欧洲中心主义”了。不过，就欧洲小说的演变过程来说，他的话指出了欧洲小说之发展有其不同的语言文化背景，有语种、国别的多样性(或者区域的多样性)以及时间上的“连续”性，因此，即便在欧洲，关于“小说”之本质的解说也有其多样性、差异性和历史发展过程的阶段性。关于欧洲小说的起源，学术界通常追溯到文艺复兴时期，但是也有追溯到古罗马佩特罗尼乌斯的《萨蒂利孔》和阿普列尤斯的《金驴记》的，这也意味着对“小说”概念理解的差异性。本书出于写作主题的需要，笔者不对小说发展的具体历史展开过多论述，而仅就“小说”之词义和本质特征略做考辨。

西方文学中的“小说”一词，主要涉及novel、fiction和roman三个词，它们的界限很难划分。Fiction的原意为“虚构之事”，即人们编造出来的

① Richard Kroll: *The English Novel*, 1700 *to Fielding*, Lonman, 1998, p. 6.

② 米兰·昆德拉：《小说的艺术》，孟湄译，生活·读书·新知三联书店1992年版，第4页。

事,和 fact(事实)、truth(真实)相对应,突出了其非真实性。作为文学术语,fiction 可以统称为虚构文学,通常指称虚构小说。Novel 是从意大利语的 novella 衍生出来的,原指“新颖小巧”的东西和“新闻性”故事等;它在英语中出现得比较晚一些,主要有 new(新的)、young(年轻的)和 fresh(新鲜的)等意思。在作为文学术语的发展过程中,novel 最初用来指短小的故事或故事集,后来又专门指称虚构的长篇小说,与之对应的 story 或 short story 则指称短篇小说。Roman 一词是指中世纪的传奇(romance),它往往是指曲折离奇甚至怪诞魔幻的故事,也是一种虚构的文学,《小癞子》《堂吉诃德》《巨人传》等都有传奇故事(romance)的影子。“我们通常用的‘小说’(novel)这个术语,直到 18 世纪末才真正被确认。”[①]总体而言,novel、fiction 和 roman 作为“小说”的统称,都有新奇、新颖、虚构等类似的意思,并且都是以散文来表达的,这有别于以前的诗体文学,也有别于历史故事、新闻报道和回忆录等写实性叙事文本,因此最初的小说之本质特征可以简要归结为叙事性和虚构性。

从叙事性角度看,小说除了与“传奇”有渊源关系外,与欧洲的史诗文学也有传承关系。华莱士·马丁认为,“传奇与小说被证明为不是对立的,而是同一种潜在冲动的表现”[②]。卡冈认为,“把史诗作为‘长篇小说的原型’,这是一个非常准确的定义”[③]。这里的“同一种潜在冲动”可以理解为对新奇事物的叙事的欲望以及好奇心得以满足的欲望,从创作者角度看,是对新奇事物的想象和虚构式的编撰与表述,对欣赏者而言是对虚构故事的接纳和相当程度的信以为真,因此真实性无论对创作者还是

① Ian Watt: *The Rise of the Novel: Studies in Defoe, Rechardson and Fielding*, Chatto and Windus Ltd., 1967, p. 10.

② 华莱士·马丁:《当代叙事学》,伍晓明译,北京大学出版社 1990 年版,第 39 页。

③ 莫·卡冈:《艺术形态学》,凌继尧、金亚娜译,生活·读书·新知三联书店 1986 年版,第 401 页。

读者(听众)来说都有某种不可或缺性。相对于传奇,史诗的真实性程度显得更高。因为,在西方文学史上,史诗叙述的通常是一个集体——或民族、或种族、或部落等——在历史上曾经发生过的事,并且是一个不断被叙述——传唱、吟诵、编撰等的故事,因而也是不断被创作和欣赏的。在这种意义上,无论创作者(传唱者、吟诵者等)还是欣赏者(听众、读者等),都怀揣一种不可或缺的"信以为真"之心理,因此,史诗相比于传奇,真实性更强,史诗对小说之"真实性"特质的形成所产生的影响也尤为重要。就此而言,小说之本质特征除了叙事性、虚构性之外,真实性也是不可或缺的,因为,如果小说的故事叙述被认为是完全难以置信的那种所谓"虚构"的话,也就失去了传播与存在的可能性。当然,传奇较之于小说,其叙述的内容虽然不是历史上曾经或可能发生过的事情,却是生活中可能发生过的,并且似乎是创作者个人体验过乃至经历过的。因此,在时间概念上,史诗属于历史,传奇则偏于当下生活;史诗主要是群体(集体)体验的积淀,"史诗就是一个民族的'传奇故事''书'或'圣经'"①,而传奇偏重创作者个人体验。正如伊恩·瓦特(Ian Watt)所说:"小说的主要准则是相对于个人经验而言的真实,这种个人经验总是唯一的,因而也是新鲜的。这是小说所以被称为 novel 的由来。"②相比于史诗,"小说是最完美的反映个人主义和革新的重新定向的文学形式"③。也正如阿诺尔德·班奈特所说:"小说家是这样一种人:他看到了生活,并被它所激动而非要把自己的看法传达给别人不可,因而选择叙述性虚构文学作为发泄情感的最生动的媒介。"④所以,传奇和小说在个人化这一点上有更多的相似性,因此传奇对小说的当下性、现实性和个人化特性的形成也是有重要作用的。

---

① 黑格尔:《美学》(第三卷),朱光潜译,商务印书馆 1981 年版,第 108 页。
② 伊恩·瓦特:《现实主义与小说形式》,《外国文学报道》,1987 年第 6 期。
③ 伊恩·瓦特:《现实主义与小说形式》,《外国文学报道》,1987 年第 6 期。
④ 转引自徐岱:《小说形态学》,杭州大学出版社 1992 年版,第 139—140 页。

如果把小说看成近现代人的“传奇”的话，那么，这“传奇性”以或多或少的事实为基础，以人们信以为真的现实生活故事为素材，以作家个人的真切感受为情感和心理前提。

事实上，西方文学史上更趋成熟阶段的小说，总体上是以当下生活故事为题材来虚构情节与人物的，其内容的日常化和人物的平民化以及情感体验的个人化，比史诗文学更加明显。而史诗是借民族或部落集体对历史的真实体验赋予其真实性的，这对小说自身的发展来说，有助于其叙述之现实性的增强，也有助于小说内容真实感的增强。可见，欧洲社会的市民化发展，是对小说发展起了推进作用的，因为“文学叙事中的形式变化与经济社会转型紧密相连”①。因此，从小说之真实性本质特征的历史传承看，正如黑格尔在《美学》中所言，小说是“近代社会的史诗”，是“近代市民阶级的史诗”②，小说要表现的是散文化或“散文气味的现代情况”③，所以，“关于现代民族生活和社会生活，在史诗领域有最广阔天地的要算长短程度不同的各种小说”④。黑格尔从社会变迁的角度看文学形式的演变，高度肯定了小说在表达现代社会和现代人精神生活方面的独特作用，把它看成现代人的文学“史诗”。

无独有偶，俄国著名的文学评论家别林斯基也把小说看成“我们时代的长篇史诗”⑤。别林斯基无疑是受了黑格尔的影响，但是他通过一系列的论述，比黑格尔更深入地区分了史诗与小说，从而更突出小说尤其是长篇小说在现代文学与社会中的重要地位和作用。他认为小说比史诗更能

---

① George Levine: “Literary Realism Reconsidered: ‘The World in its length and breadth’”, in Matthew Beaumont ed.: *Adventures in Realism*, Blackwell Publishing Ltd., 2007, p. 23.

② 黑格尔:《美学》(第三卷),朱光潜译,商务印书馆 1981 年版,第 167 页。

③ 黑格尔:《美学》(第三卷),朱光潜译,商务印书馆 1981 年版,第 167 页。

④ 黑格尔:《美学》(第三卷),朱光潜译,商务印书馆 1981 年版,第 187 页。

⑤ 别林斯基:《别林斯基选集》(第三卷),满涛译,上海译文出版社 1980 年版,第 48 页。

够灵活、广阔地表现生活，而且他更强调小说对现实生活中普通的当代人的描写。他认为，在小说里，“已经没有像神话中出现的英勇生活，没有高大的英雄形象，在这里行动着的不是群神”，相反，“生活是在人的身上表现出来的，凡人的心灵与灵魂的秘密，人的命运和民族生活的一切关系，对于长篇小说都是丰富的题材”①。正因为如此，别林斯基认为小说的真实性和现实感比史诗更强。比如《荷马史诗》，读者在阅读时对其中的故事也许信以为真，但是，实际上荷马并不是史诗所描写的特洛伊战争的亲历者，对他来说那些神和英雄的活动也是遥远的过去而不是他的亲身经历。“如果他是目睹这一事件的人，他就不可能把它写成一部长诗。事件必须变成幼年民族的活泼而又华美的想象的诗意传说；事件的主人公看来好像是处在遥远的前景中，笼罩在过去的迷雾中，这样一来，就会把他们的自然身材扩展得非常高大，使他们穿上厚底靴，从头到脚沐浴着荣誉的光辉，并且会使旁的人看不到一切不匀称之处和平淡无奇的细节，可是，这些破绽在当时看来，是显而易见的。”②这就是史诗现实性和真实性的欠缺，即便读者还是信以为真。而现代小说描写的人和故事是作者亲历的，就不会犯史诗那样的毛病，因为它描写的是现代人的“生活的散文”③。这说明，如果说史诗有它赖以产生的时代和社会条件，那么“生活的散文”中的现代社会恰恰是小说赖以生存与发展的条件。对此，文学理论家巴赫金曾经说，小说的发展“与现实生活的变化所起的直接作用不可分地交织在一起。正是现实生活中的变化对小说起着决定的作用，也决定了小说在该时期的统治地位”。另外，小说“能更深刻、更中肯、更敏锐、更迅速地反映现实本身的形成发展。只有自身处于形成之中，才能理解形成的过程。小说之所以能成为现代文学发展这出戏里的主角，正是因

① 别林斯基：《别林斯基选集》（第三卷），满涛译，上海译文出版社 1980 年版，第 46 页。
② 别林斯基：《别林斯基选集》（第三卷），满涛译，上海译文出版社 1980 年版，第 484 页。
③ 别林斯基：《别林斯基选集》（第三卷），满涛译，上海译文出版社 1980 年版，第 484 页。

为它能最好地反映新世界成长的趋向”①。别林斯基比巴赫金更早看到这一点，他说：“长篇小说更适合于诗情地表现生活……它的容量，它的界限是广阔无边的……长篇小说的形式和条件，用来诗情地表现一个从其对社会生活的关系中所看到的人，是更方便的，我以为它的异常的成功，它的无条件的支配权的秘密，便在这里。”②至于中篇小说，“是从长篇小说中摘取出来的一章……轻松的风俗素描、对于人和社会的尖刻的讽笑、灵魂的深刻的秘密，以及激情的残酷的嬉戏。简短的和迅速的、轻松的和深刻的混杂在一起，它从一个对象飞渡到另一个对象，把生活压成碎块，从这本生活的大书里扯下几页来。试把这些页张放在同一个装帧下面，这些页张会构成一部多么广阔的书，多么规模宏大的书，多么规模宏大的长篇小说……给这本书加上一个标题：‘人与生活’，该是多么适合啊！”③。总之，在别林斯基看来，长篇小说和中篇小说都是当代人生活的再现，具有真实性和现实性。事实上，“在俄国现实主义小说的全盛期，小说存在的理由在于发现和传播社会、政治与心理学的真理。伟大的现实主义作家把他们的作品视为对人性与俄国社会的前沿性研究。的确如此，俄国现实主义小说在洞察心理和社会现象方面享有盛誉”④。

正是黑格尔和别林斯基等人的论述，把近代小说提升到了史诗曾有的文学高度，使小说在 19 世纪取代了史诗、诗歌和戏剧曾有的地位，从而成为文坛的主角（后来，像巴赫金这样的研究小说的理论家大有人在，这当属 20 世纪小说地位巩固之后的事了）。当然，在相当长的时期内，实际

---

① 巴赫金：《史诗与小说——长篇小说研究方法论》，《巴赫金全集》（第三卷），河北教育出版社 1998 年版，第 509 页。

② 别林斯基：《别林斯基选集》（第一卷），满涛译，上海译文出版社 1980 年版，第 158—159 页。

③ 别林斯基：《别林斯基选集》（第一卷），满涛译，上海译文出版社 1980 年版，第 155—160 页。

④ Victor Terras: “The Realist Tradition”, in Malcolm V. Jones, Robin Feuer Miller eds.: *The Cambridge Companion to the Calssic Russian Novel*, Cambridge University Press, 1998, p. 191.

上西方社会中依然有许多人对小说抱有成见，把它看成像以前的“传奇”一样是不登大雅之堂的低下之作，甚至到了左拉的年代还有此类情况。为此，左拉说，“正经人都鄙视小说，把它扔给女流之辈，作为无聊的、有碍身价的消遣。这种观点如今在外省和某些学院环境中依然存在”，至于“在过去的修辞学里，小说被置于最低的地位”①。今天看来，这种对小说的成见只能说是狭隘的偏见，而且阻止不了小说的发展和壮大，因为实际上小说在 19 世纪已经走向了文坛的中心。所以，“事实是，当代小说的杰作在关于人和自然方面所耗费的笔墨，要比哲学、历史和批评等严肃的作品来得更多”②。黑格尔、别林斯基、巴赫金等对小说在美学和文学理论上的阐发，一方面使长期以来处于西方文学边缘的小说从丑小鸭变成了白天鹅，另一方面，他们在关于小说与史诗及传奇之关系的辨析基础上，对小说的真实性和虚构性从理论上做了论证与规范，从而进一步奠定了小说之存在并拥有文坛之中心地位的理论合理性。尤其是，他们的论述和阐发表明，无论是史诗还是传奇，都从不同的渠道影响着小说这种体裁的发展，并强化了小说的叙事性、虚构性和真实性等本质特征。

文艺复兴至 17 世纪，是西方小说的发端期，18 世纪则是小说真正兴起和基本成形阶段。从文艺复兴至 17 世纪欧洲的叙事性文学中我们可以看到，小说作为发端期的散文叙事文体，其基本特点是创作多取材于《圣经》、神话故事和民间传说，也有的取材于具有现实意义的历史题材，直接取材于现实生活的则较少。因此，17 世纪及以前的西方小说，尚不具备现代小说意义上的那种现实性，或真实性尚显薄弱；道德说教的色彩比较浓厚，宗教寓言的形式占较大的比重；具有浓厚的宗教色彩，这与民

① 左拉：《文学中的自然主义》，朱雯等编选：《文学中的自然主义》，上海文艺出版社 1992 年版，第 178 页。

② 左拉：《文学中的自然主义》，朱雯等编选：《文学中的自然主义》，上海文艺出版社 1992 年版，第 178 页。

众对宗教的热诚以及统治阶级对宗教现实意义的利用有关。作为叙事文学，此时的西方小说通常以一个人物为中心直线式展开情节，故事较单一，结构较简单。在人物形象的塑造上，此时作品中的形象都比较夸张，明显有传奇文学的虚构性，现实感和性格完整性不强。而且，由于小说这种形式相对于戏剧、史诗等作品拥有更多的读者，普及性更强，在其发展的早期，追求市场利益的现象也日渐明显，因此，迎合市场需求、低级趣味的作品也日渐增多。由于一些小说作者自身素质和艺术趣味低下，胡编乱造的现象也不在少数，他们追求故事的离奇荒诞，远远超出了"传奇"本身的阈限。菲尔丁在《弃儿汤姆·琼斯史》中曾经描述了这种现象："能把故事编得入情入理，又能把故事说得娓娓动听，也许需要稀见少有的才能，然而我所看到的却是：很少有人有所顾忌，不想在这方面一试身手；我们要是把充斥世上的小说和传奇考查一下，我们就可以下一结论说，绝大多数的作者，不敢在别的方面尝试，而在这一种写作里，却露齿狺狺，想争而攫之（如果我可以冒昧地用一下这类词藻的话），而且他们，也只有在这种写作里，可以勉强凑出半打句子来。"[①]可以说，这个时期的小说在理念与技巧方面都尚欠成熟，基本规范尚未形成，同时也说明，其"虚构"的本质属性可以诱发和诱使创作者不顾事实、不讲真实性，进而任由这种脱缰的"虚构"把小说引入胡编乱造、荒诞离奇的泥潭。"我们在吕西安、拉伯雷的一些作品，在伏尔泰的《老实人》、威尔斯的《世界之战》以及雷·布莱伯利的科幻小说中读到离奇的想象性的飞行，都不是现实性的，尽管它们是以现实为基础的出色幻想。"[②]也许正因为如此，小说才在很长时间里在西方文坛上处于远不如诗歌和戏剧之重要与显赫的边缘地位。上述种种，都说明了 17 世纪及其以前的西方小说还没有离开"传奇"的本体，在

① 菲尔丁：《弃儿汤姆·琼斯史》，张谷若译，上海译文出版社 1993 年版，第 700—701 页。

② J. A. Cuddon: *A Dictionary of Literary Terms and Literary Theory*, 5th edition, Wiley-Blackwell, 2013, p. 591.

艺术上还不成熟，处于雏形状态，因此我们称这一时期的西方小说发展历程为“发生雏形期”。尤其是，在18世纪以前的西方文学中，“小说”一直是一种追求情节本身的吸引力而不太注意其现实生活之真实性的纯虚构文学，“求真”和“真实性”不是其本质特征和根本的艺术追求。

到了18世纪，欧洲小说创作出现了追求现实生活之真实感的趋向，作家们力图在自己的创作中表现生活中的真实感受，让读者感到自己所讲的故事是“真实”的或者具有真实性、可信性，而不至于被看成浪漫的幻想和神奇的传说故事，作家在小说中创造文本世界时也尽力向现实世界靠拢。德国当代小说批评家本雅明认为，小说的渊源可以追溯到古代，但在几百年后才真正兴起，也就是在新兴的市民阶层那里才找到了自己生根开花的土壤。① 也像英国小说评论家伊恩·瓦特在《小说的兴起》中所言，小说真正兴起于18世纪，它属于虚构的散文故事，而且小说是运用个人独特体验所创作的“非传统的故事”，或者是完全虚构的，或者是以当代事件为基础的故事，这就有别于传统的古典文学，因为17世纪及以前的古典文学是以神话、历史、传说为内容，叙事的是集体的而非个人的经历和事件。所以，小说的兴起实质上是对传统文学观念的一种挑战。② 这里，除了创作者个人在文学中的崛起之外，还有很重要的一点是，文学作品所写的内容与现实生活的真实性的关系，也就是内容本身要有真实性。例如，笛福在创作时，受当时整个文学风气的影响，人们习惯于以传统故事的写作方法要求他，但是笛福“对当时占据统治地位的文学批评理论基本上置之不理，这种理论向来倾向于要求作家采用传统的故事模式，而笛福则一意孤行地按照自己的意志，让主人公顺着故事可能发生的逻辑去

① 本雅明：《讲故事的人》，王斑译，见阿伦特编：《启迪：本雅明文选》，生活·读书·新知三联书店2008年版，第100页。

② Ian Watt: *The Rise of the Novel: Studies in Defoe, Rechardson and Fielding*, California Press, 1967, p. 13.

发展情节。这个过程中，笛福创造了虚构故事的一种新趋向：小说所讲的故事服从于自传式回忆的叙述模式，从而突出了小说中个人体验的重要性，这就如同哲学上笛卡尔的'我思故我在'一样具有很强的挑战性"①。这里的"挑战性"就是小说故事的当下性和内容的个人体验性，其间，小说与现实生活的关系及对故事内容的真实性要求，就挑战性地摆在了小说创作者面前。所以，笛福的小说创作在西方小说史上有开创性地位。而"在笛福之后，理查逊和菲尔丁又以大致相同的方式继续他们的小说创作，力求以当下事件为基础，让完全虚构的故事成为小说创作的主体，从而使非传统的小说创作观念日渐得以流行"②。正是在他们的努力下，欧洲小说"从文艺复兴以来的以体现集体经验为文学作品之最高标准的传统理念，逐渐被以表现个人的现实经验为标准的创作理念所取代，这种转向总体上成了小说兴起之文化背景的重要组成部分"③。在瓦特看来，笛福等人开创的这种传统和后来的法国式的"现实主义"小说有一脉相承之处。而且，他还认为，"现实主义"的小说应该力图描绘现实生活的方方面面，"小说的现实主义并不在于它表现了什么样的生活，关键在于它用什么样的方法来表现生活"④。此时的小说家通常都比较注重以日常通俗易懂的语言来表现市井生活和风土人情，于是，小说也就呈现出了与史诗完全不同的通俗易懂而丰富生动的世俗生活的特征，这意味着此时作家的世界观与文学理念以及创作方法有了重大变化。这当然也和资本主义经济的发展及其所带来的社会生活的变化密切相关。瓦特认为，此时法

---

① Ian Watt: *The Rise of the Novel*: *Studies in Defoe*, *Rechardson and Fielding*, California Press, 1967, p. 15.

② Ian Watt: *The Rise of the Novel*: *Studies in Defoe*, *Rechardson and Fielding*, California Press, 1967, p. 15.

③ Ian Watt: *The Rise of the Novel*: *Studies in Defoe*, *Rechardson and Fielding*, California Press, 1967, p. 14.

④ Ian Watt: *The Rise of the Novel*: *Studies in Defoe*, *Rechardson and Fielding*, California Press, 1967, p. 11.

国的现实主义小说“比前人更冷静、更科学地考察生活”，这里涉及了现实主义小说的一个本质问题，“这就是文学创作与其模仿的现实生活之关系的问题。这在本质上说是一个有关认识论的问题”①。

小说所呈现的生活内容是综合性的，所以有的评论家认为，小说尤其是长篇小说，是文学中的一种“化合物”，“除了作为一种混合体，长篇小说是不存在的”②。因此，作家用什么样的世界观和方法论看待世界和表现现实，是至关重要的。不同的作家可以出于各种不同的目的并用不同的方式表现生活，但都离不开对生活进行认识论意义上的分析与研究。从上文提及的伊恩·瓦特所说之文学认识论的角度看，菲尔丁的《弃儿汤姆·琼斯史》等都有了比以前的文学更多的与现实生活的对应性，因为它们描写的都不是古代人的生活，也不是什么英雄人物轰轰烈烈的传奇经历，而是现实生活中普通人真实的人生经历和生命体验——虽然其间用了虚构的表现方法，而非历史性的纪实方法。笛福的《鲁滨孙漂流记》是以当时的一则新闻故事为原型创作的，尽管完全经过了作者的想象和虚构，但是故事的事实具有明显的当下性和现实性，所以，这部小说非常直观地为人们呈现了当时的现实生活。笛福、理查生、菲尔丁等人“是英国文学史上不从神话、历史传说、历史或先前的文学作品中借用题材的第一批作家。他们直接在传统之外寻找题材，或者完全虚构，或者部分依据当代的事件”③。因此，他们的创作不同程度地展现了“小说”的新质，那就是虚构性中具有现实性和真实性。而且，这些英国现实主义小说家开始注重小说细节的真实性，以展示现实生活的逼真性；用书信体的小说形式，以加强表达情感和思想的真实性，增加小说的可信度。这种小说对后

① Ian Watt: *The Rise of the Novel: Studies in Defoe, Rechardson and Fielding*, California Press, 1967, p. 14.

② 华莱士·马丁：《当代叙事学》，伍晓明译，北京大学出版社 1990 年版，第 31—32 页。

③ 龚翰熊：《文学智慧——走进西方小说》，巴蜀书社 2005 年版，第 19 页。

来的欧洲文学，尤其是现代现实主义文学产生了重要影响。不过，由于作者本人的个体意识过于强大，笛福、理查生、菲尔丁等人在小说中不仅介绍情节、评价人物，还不时地跳出来指手画脚地议论世事和抒发感情，作者以为这样做可以增强故事的可信度与现实感，但实际上混淆了故事原本的内容与作者个人感受之间的区别，因此，小说的文本世界到底是生活本身的样子还是叙述者理解的那样，这是一个令人把握不定的问题。于是，小说的现实性又是值得怀疑的。正如伊恩·瓦特所指出的，笛福和理查生等人的小说，"总体上看还仅仅勉强地算得上对现实生活的模仿"，是"比较真实"的作品①。

不过，随着时代的变迁，在英国，文学与现实的联系日渐密切，"文学叙事中的形式变化与经济社会转型紧密相连。18、19 世纪这些经济社会转型一直在改变着英国的面貌。麦基翁认为真理问题，认识论问题，或者品德问题，社会问题，与催生和维系作为一种文学形式的现实主义小说的体裁的发展变化有着密切关系"②。法国启蒙时期的哲理小说虽然总体上是写当下人的生活和感受，具有现实主义小说的基本特征，但是，从作家创作目的的角度看，他们创作这些小说与其说是在写故事，不如说是在表达"哲理"；与其说是在反映或者表现现实，不如说是在表达思想或者抒发情感(比如卢梭的《新爱洛依丝》)。因此，哲理小说虽然已远离了西方古典传统文学模式，其现实性、个体性大大增强，但离 19 世纪现代现实主义文学之"求真"与"真实性"追求还相距甚远。

到 19 世纪，随着科学主义思想的进一步盛行并渗入文学创作的实践之中，文学对"真实性"的追求达到了前所未有的程度，这种距离的缩短才

① Ian Watt: *The Rise of the Novel: Studies in Defoe, Rechardson and Fielding*, Chatto and Windus Ltd., 1967, p. 30.

② George Levine: " Literary Realism Reconsidered: ' The World in its length and breadth' ", in Matthew Beaumont ed.: *Adventures in Realism*. Blackwell Publishing Ltd, 2007, p. 23.

有了可能。“19 世纪现实主义文学倾向于按照其对人物生活的影响，严谨地构建社会历史语境。”①从这个意义上说，在科学精神和科学理性的影响下，现实主义文学尤其是小说对“求真”“真实性”的致力追求，空前地彰显了其历史学的意义和认识论的价值。小说的发展与现实生活的变化所起的直接作用不可分地交织在一起。“19 世纪的欧洲国家和北美，小说是构建民族想象的一种方式。‘想象的共同体’是民族-国家现实必要的概念：首都城市、边境、政府或行政中心、公路、铁路、航运通道和教育体系。在小说中，人物从农村往城市、从外省往首都、从学校往就业的过渡过程中有疑虑、渴望、期待或失败后的放弃和苦涩，所有这些冷冰冰的物质现实都被赋予了情感色彩。”②在 19 世纪的欧洲，“现实主义指的是一种相信现象世界的真实性和对人类心灵有能力认识这种现象世界的信念”③。也就是说，到了 19 世纪现代现实主义文学中，在科学精神的影响下，“求真”与文学之“真实性”才达到了历史的新高度；现代现实主义小说才拥有了现代意义上的“真实性”观念。

第二节　自然科学与文学求真意识之凸显

“在科学从兴起到成长的过程中，‘理性’是贯彻始终的一个概念。从

---

① George Levine："Literary Realism Reconsidered：'The World in its length and breadth'"，in Matthew Beaumont ed.：*Adventures in Realism*，Blackwell Publishing Ltd.，2007，p. 18.

② Simon Dentith："Chapter 2. Realist Synthesis in the Nineteenth-Century Novel：'That unity which lies in the selection of our keenest consciousness'"，in Matthew Beaumont ed.：*Adventures in Realism*，Blackwell Publishing Ltd.，2007，p. 46.

③ Simon Dentith："Realist Synthesis in the Nineteenth-Century Novel：'That unity which lies in the selection of our keenest consciousness'"，in Matthew Beaumont ed.：*Adventures in Realism*. Blackwell Publishing Ltd.，2007，p. 35.

理性精神的觉醒，到对人类理性能力的承认、肯定与张扬，一定程度上反映了科学发展的整个过程。”[①]就19世纪的欧洲而言，科学与技术的空前大发展，进一步体现了科学精神与理念之力量的强大，更加凸显了两者的地位；科学精神与理念不仅大大改变了人们的世界观，还强有力地促进了社会的变革和人文社会科学的新发展。科学与技术的广泛运用大大加快了财富创造的速度，给人的生存与发展带来了更大的自由度。在当时欧洲人的心目中，科学成了力量无穷的新“上帝”，理性也不仅仅是人之高贵、人之为人的本质属性，而且在一定程度上也被“神格化”为人的灵性与禀赋，科学和理性被视为人之无穷力量的象征。因此，相比之下，19世纪西方世界对人的理性的重视比以前有增无减，且近乎达到了“理性崇拜”的地步——虽然与此同时也一直存在着对科学和理性之功能和作用之有限性的质疑，尤其是对工具理性的反思及质疑，浪漫主义文学思潮就是这种质疑在文学中的一种表现。然而，事实上我们无法否认，从古希腊开始经由文艺复兴，尤其是由启蒙运动大力张扬的理性精神，在19世纪得以进一步发扬光大，正是科学的力量空前有力且快速地推动了19世纪西方文明的发展。因此，在19世纪的欧洲，人们更坚定了三个信念：人是理性的动物；人凭借科学与理性可以把握自然的规律与世界的秩序；人可以征服自然、改造社会。科学“意味着一种系统的处理方法”适用于人类的一系列活动[②]。对科学精神的崇拜，使人们对科学的理解及其方法的运用不仅仅限于科学本身，而是力图用科学的方法去研究人类所面临的一切现象和问题。“人类把头脑用于解释天地万物，其目的不再是为了阐释上

---

① 刘大椿：《科学理性与非理性的互补》，《山东科技大学学报（社会科学版）》，2018年第4期，第1页。

② 彼得·哈里森：《科学与宗教的领地》，张卜天译，商务印书馆2016年版，第250页。

帝对人所做的事情,而是为了理解人性的本质及其所涉猎的领域。"①由此,自然科学也进入了人的社会活动和文化生活的方方面面,而这正是多个世纪以来欧洲思想界所追求的一种境界。正是科学精神以新的世界观与方法论的形式,作用和影响着19世纪的西方社会,也正是这种科学化的世界观、应用方法论影响着文学艺术的创作和发展。

总体而言,"欧洲19世纪的创新之处在于,除了注重规范的国家和社会哲学之外,还出现了以描述当世、探寻各种现象背后的模式和规律为目标的科学"②。自然科学的这种影响在19世纪的欧洲成了一种与之前的世纪明显不同的普遍风气:任何其他学科,唯有运用科学的理性方法才令人信服。对当时的这种现实,恩格斯深有感触地说:"在当时人们是动不动就要建立体系的,谁不建立体系就不配生活在19世纪。"③因此,从更深层的意义上看,我们在看到19世纪的欧洲是"科学的世纪"的同时,不能把其原因仅仅归结于19世纪科学成就之巨大,而应该看到由科学成就造成的人们对自然、世界、社会和人的整个认识观念的巨变,因为"我们认识到了人类与其周围的世界,一样服从相同的物理定律与过程,不能与世界分开来考虑,而观察、归纳、演绎与实验的科学方法,不但可应用于纯科学原来的题材,而且在人类思想与行动的各种不同领域里差不多都可应用"④。自然科学的新成果,让欧洲人以科学与理性的世界观与方法论去认识和处理人与周围世界的关系,科学主义与人文主义互相交融,经验主义的实证方法冲击了以往长期以来的"形而上"的思辨方法,科学的方法

① John Carroll: *The Wreck of Western Culture: Humanism Revisited*, Scribe Publications Pty Ltd., 2004, p. 136.

② 于尔根·奥斯特哈默:《世界的演变:19世纪史》(Ⅰ),强朝晖、刘风译,社会科学文献出版社2016年版,第45页。

③ 《马克思恩格斯选集》(第4卷),人民出版社2012年版,第212页。

④ W. C. 丹皮尔:《科学史及其与哲学和宗教的关系》,李珩译,商务印书馆1975年版,第283页。

论促成了理性主义的普遍流行，这才是科学新成果超越自身的功能对欧洲社会更深层次的影响——形成新的精神气候。于是，不同学科领域的人都企图像自然科学家那样，或者借用自然科学的理论与方法去阐释和改变这个世界、改变自己所从事的某个学科领域的现状。正如爱因斯坦所说，他们力图“以最适合的方式来画出一幅简化的和易领悟的世界图画，于是他就试图用他的这种世界观体系来代替经验的世界，并来征服它”①。正是这样一种有别于以前任何一个世纪的精神文化氛围，影响着西方文学的发展，尤其是催化了19世纪现代现实主义文学本质特征之一——“求真”意识的产生，从而使这种现代现实主义文学拥有了特定时代的先锋特征。现代现实主义作家“相信现实主义小说有能力洞察个体现象与社会生活并抵达人性本质。此外，还假定现实主义者对社会现象的解释与历史步调一致并且具有预言的力量”②。“如果说浪漫主义小说能吸引读者暂时逃离每天的日常，走向一种充满激情与危险、善恶分明的（总是善的多）幻想生活的话，那么现实主义文学有责任带读者走向另一个世界，在这个世界中，一切似乎都和读者所处的世界一样可信、真实。”③显然，自然科学成就，不仅鼓舞着人们探索和征服世界，还强有力地改变了人们的世界观、价值观与思维方式，促进了人文社会科学的革新；科学精神对文学的渗透，促进了文学观念与方法的革新，催生了刻意“求真”的具有“先锋”特征的现代现实主义文学思潮。

---

① 转引自伊·普里戈金、伊·斯唐热：《从混沌到有序：人与自然的新对话》，曾庆宏、沈小峰译，上海译文出版社1987年版，第55页。

② Victor Terras: "The Realist Tradition", in Malcolm V. Jones, Robin Feuer Miller eds.: *The Cambridge Companion to the Calssic Russian Novel*, Cambridge University Press, 1998, p. 191.

③ Phillip J. Barrish: "Chapter 3. Creating the 'Odour' of the Real: Techniques of Realism", in Barrish, Phillip J: *The Cambridge Introduction to American Literary Realism*, Cambridge University Press, 2011, p. 42.

第三节 类比方法与文学求真

自然科学成就影响了人对世界的认识，也影响了人的心理活动。事实上，自然科学对其他领域的影响通常不是直接的，主要是通过世界观与方法论层面的作用间接地得以实现的，在当时的条件下，尤其是借助于“类比”的方法以理性的哲学思维渗透于其他学科——包括社会的各个领域、人文社会科学和文学艺术等。类比和相似类型的关系（correlation）构成了自然科学与社会科学互动的重要方式。类比的方法，在 19 世纪的各个学科领域被广泛使用，由此又扩大了自然科学成果的影响和运用，正如边沁所说：“来自类比的暗示方法是科学发展过程中可以运用的最重要的途径之一。”[①]因为，“使用类比通常是为了证明一种新的或激进的方法或理论是正当的”[②]。而科学对文学的作用，更是通过在类比思维基础上对观念与方法产生影响实现的。类比方法是科学影响文学的基本途径，也就是通过跨学科跨界别的类比、以科学理念认识世界、以科学的方法影响艺术思维等，使作家的文学创作具有科学研究的特性和理性精神，文学创作也就拥有了艺术哲学之内涵；或者说，类比方法与理念的运用，使现代现实主义文学的创作追求具有了科学领域的思维、观察、分析、研究、展示等特点，进而又赋予这种追求科学研究般的“求真”特性，文学作品也就拥有了不同于传统、非同寻常的“真实性”，蕴含了历史一般的客观的认识价值与功能。正所谓“现实主义文学与科学的、改革的、法律的、商业的当代

---

① Mary P. Mack: *Jeremy Bentham: An Odyssey of Ideas*, Heinemann, 1962, pp. 275-281.

② I. 伯纳德·科恩：《自然科学与社会科学的互动》，张卜天译，商务印书馆 2016 年版，第 60 页。

专业话语不断对话，并且以这些认知方式作为参照"①，这种文学也就拥有了现代性禀赋。如果说此前西方文学中的"摹仿说"还是比较模糊、抽象地强调文学对现实的真实描写的话，那么，"随着科学的昌明，实证主义的流行，到了19世纪，文学中的模仿范畴越来越明确地具有追求精密科学那样绝对客观的内涵，难怪在19世纪的现实主义大师们那里，模仿被作了如下新的规定与陈述，诸如逼真、真实、可信、冷静观察、不动情、中立性、非个人化（非人格化）、精确性等等"②。这一切，我们可以在众多现代现实主义作家的创作实践中得以验证，因为，总体而言，"19世纪现实主义倾向于按照其对人物生活的影响，去严格地描绘出一种如临其境的社会历史语境"③。正如美国批评家莉莲·弗斯特所描述的，现实主义文学是"一种普遍深入的理性主义认识论"的产物，"它抛弃了浪漫主义的幻想"④。美国著名的理论家弗里德里克·詹姆逊指出，"现实主义本质上是美学中架构和展现出的一个认识论范畴"⑤。就是这样，"类比—观念—方法"以一种隐性的方式和独特的途径，助推了"求真"的和"真实性"的现代现实主义文学思潮的盛行。对此，我们还可以通过分析有代表性的现代现实主义作家的创作活动进行深度理解。

司汤达是19世纪现代现实主义文学的奠基人之一，他的小说创作深受当时科学研究风气的影响。英国的小说理论家培理曾说："小说根本上

---

① Carol J. Singley："American Literary Realism", in *M. A. R. Habib* eds.: *The Cambridge History of Literary Criticism*, *Vol. 6*: *The Nineteenth Century*, Cambridge University Press, 2013, p. 333.

② 周宪：《二十世纪的现实主义：从哲学和心理学看》，见柳鸣九主编：《二十世纪现实主义》，中国社会科学出版社1992年版，第17页。

③ George Levine："Literary Realism Reconsidered: 'The World in its length and breadth'", in Matthew Beaumont ed.: *Adventures in Realism*. Blackwell Publishing Ltd., 2007, p. 18.

④ Lilian Furst, ed.: *Realism*, Longman, 1992, p. 1.

⑤ Fredric Jameson："A Note on Literary Realism in Conclusion", in Mattew Beaumont ed., in Matthew Beaumont ed.: *Adventures in Realism*, Blackwell Publishing, 2007, p. 261.

是说及人类的，所以特别影响小说的科学是生理学与心理学。”①培理的这一说法用在司汤达身上显得特别准确。因为，司汤达的创作深受生理学和心理学的影响，他曾经研究过生理学和有关人的气质的理论。“他虽然穿着艺术家的外衣，却依然不失为人的天性的研究家。”②司汤达研究生理现象的目的，是力图寻找不同人的心理变化之生理学原因，以便精确地把握人心理演变的规律，并在创作中真实地展示人物的心路历程。正是在人的生理—气质—心理研究的基础上，司汤达小说真实地揭露了人物的深层心理，从而接通了其心理描写与现代主义之意识流小说的关联。但是，他笔下人物的心理演绎过程，是有内在逻辑关系的——心理流变基于人物特定的性格与特定的外部环境，而不是现代意识流那种基于非理性的心理跳跃、超时空转换等。这是一种理性逻辑驱使下的心理描写，而不是现代非理性意义上的意识流心理描写。与之相仿，有心理描写“大师”之称的托尔斯泰，其“心灵辩证法”意义上的心理描写，也是合乎理性逻辑的。司汤达和托尔斯泰的小说典型地体现了现实主义文学在心理描写上的理性精神，或者说，这种心理描写是理性主义的，这种“心理真实”是理性意义上的真实，体现了基于科学理性精神的真实性品格。司汤达“贪婪地研究哲学和历史，力学和数学，热情地称赞但丁、莎士比亚和莫里哀。唯物主义哲学，分析的头脑，对人们生活和心理的‘痛苦真实’的深刻理解，思维的历史主义，艺术概括的力量，文体的鲜明准确使斯汤达这位创作了《红与黑》和《巴马修道院》的作家成为十九世纪的社会心理小说的预言家。斯汤达把在‘感情语言’表达中达到数学般的精确当成自己的目的”。③ 可见，类比方法和科学思维使司汤达的作品具有了高度的冷静、

---

① 培理:《小说的研究》，汤澄波译，台北商务印书馆 1967 年版，第 70 页。

② 卢那察尔斯基:《卢那察尔斯基论文学》，蒋路译，人民文学出版社 1978 年版，第 495 页。

③ 米·贝京:《艺术与科学——问题·悖论·探索》，任光宣译，文化艺术出版社 1987 年版，第 120 页。

客观性，在他的小说中，“作者完全消失于作品的背后”①。

巴尔扎克比司汤达更自觉更广泛而深度地接纳了科学的类比方法和科学思维，明确地把文学创作当作对人类社会和历史的研究，形成了自己独特的写实主义的真实性品格。正是在巴尔扎克这里，“环境一词第一次有了社会学的意义”②。左拉认为，巴尔扎克是“奉自然科学家的趣味为师傅，以自然科学家的才能为仆役，以自然科学家的身份描拟着现实”③的作家。因此，巴尔扎克也被左拉看作用科学的类比方法从事小说创作，并借以分析、研究社会的典型的现代现实主义小说家。“巴尔扎克不仅看出和反映了当时工业革命带来的社会心理后果，他还是位‘社会科学博士’（马克思语）、哲学家、心理学家、历史学家，他也研究过自然科学。”④“巴尔扎克力图用生物学的类比法去解释他关于人类的认识。”⑤“巴尔扎克把人类（分析人物也是如此）看作动物学家，他认为，为了写出关于人的博物学就应当像布封在动物学著作中表达意图那样。这是一种科学的方法，它不时表现得与上述野外工作指南的方法接近。”⑥动物学、解剖学、实证哲学乃至神秘主义的骨相学，都对巴尔扎克产生了重大影响，特别是动物学中的“统一图案说”对他的影响格外深刻。“1842 年，巴尔扎克在《人间喜剧》前言中，对人类和动物进行了一种比较，他说动物之间的差异

---

① 雷纳·韦勒克：《近代文学批评史》（第四卷），杨自伍译，上海译文出版社 2009 年版，第 61 页。

② Erich Auerbach: *Mimesis: The Representation of Reality in Western Literature*, Princeton University Press, 2003, p. 475.

③ 左拉：《实验小说》，柳鸣九主编：《自然主义》，中国社会科学出版社 1988 年版，第 466 页。

④ 米·贝京：《艺术与科学——问题·悖论·探索》，任光宣译，文化艺术出版社 1987 年版，第 31 页。

⑤ Erich Auerbach: *Mimesis: The Representation of Reality in Western Literature*, Princeton University Press, 2003, p. 475.

⑥ J. A. Cuddon: *A Dictionary of Literary Terms and Literary Theory*, 5th edition, Wiley-Blackwell, 2013, p. 592.

可以归因于不同的发展'背景'。"①巴尔扎克说，动物学中的"统一图案说"很早就"深入我心"：

> 我注意到，在这个问题上，社会和自然相似。社会不是按照人展开活动的环境，使人类成为无数不同的人，如同动物之有千殊万类吗？士兵、工人、行政人员、律师、有闲者、科学家、政治家、商人、水手、诗人、穷人、教士之间的差异，虽然比较难以辨别，却和把狼、狮子、驴、乌鸦、鲨鱼、海豹、绵羊区别开来的差异一样，都是同样巨大的。因此，古往今来，如同有动物类别一样，也有社会类别。布封想写一部书讲述全体动物，他写了一部卓越的著作，我们不是也该替社会写一部这类的作品吗？但自然给形形色色的动物安设了一些界限，社会却不能囿于这些界限。②

巴尔扎克把人与动物作类比，认为不同类别动物的差异取决于其生长的环境③，人的"精神世界变化的源泉是客观现实"④，即人的不同思想与性格的形成也与其生存的环境直接相关。"动物只有一种，造物主只使用了同一个模型来创造一切有机存在。动物是这样一种元素，它的外形，或者说得更恰当些，它的形式的这种差异，取决于它必须在那里长大的环

---

① Alison Finch: "Reality and its Representation in the Nineteenth-Century Novel", in Unwin, Timothy A eds.: *The Cambridge Companion to the French Novel: from 1800 to the Present*, Cambridge University Press, 1997, p. 39.

② 王秋荣编：《巴尔扎克论文学》，中国社会科学出版社 1986 年版，第 58 页。

③ 巴尔扎克：《〈人间喜剧〉前言》，见《外国文学教学参考资料》(第四册)，福建人民出版社 1981 年版，第 268 页。

④ 德·奥勃洛米耶夫斯基：《巴尔扎克评传》，刘伦振、杜嘉蓁、李忠玉译，中国社会科学出版社 1983 年版，第 271 页。

境。动物的类别就是这些差异的结果。"①这种类比思维有助于巴尔扎克对人物的社会环境特别是物质环境做非同寻常的真实摹写。在《人间喜剧》中，巴尔扎克"运用动物世界和人类世界的比较方法，来阐释自己的作品"②。具体说来，他以类比方法，按照动物学的"统一图案说"构建《人间喜剧》的总体框架，以真实再现"许多历史家忘记的那部历史，就是说风俗史"③，进而让自己成为一名"站得住脚的社会史家"④。就"风俗研究"而言，《人间喜剧》从"私人生活场景""外省生活场景""巴黎生活场景""政治生活场景""军事生活场景"到"乡村生活场景"层层铺开，对不同生存环境中的人展开研究。在巴尔扎克的作品里，不同的"场景"也就是人的不同的生存环境；不同生存环境中的人因为环境的不同，其灵魂状况也不同。巴尔扎克这种在科学理性意义上的类比思维和分析逻辑，使其小说中的人与物质环境有了密切依存的关系：人的性格与灵魂因环境的不同而不同，环境对人的性格与灵魂质量的优劣具有决定作用。巴尔扎克在《高老头》中细致地描写了伏盖公寓，给读者展现了逼真的物理环境，其根本用意在于发掘生存和活动于其间的人的灵魂。伏盖公寓到处弥漫着闭塞、阴暗、霉烂、贫贱和酸腐的气息，那别样的"公寓味"里透射出"一派毫无诗意的贫穷"。与之形成鲜明对照的是鲍赛昂夫人家的贵族社交生活中心，它金碧辉煌、富丽堂皇、宽敞明亮又优雅华贵。截然不同的物质环境里生存着截然不同的人；前者因物的贫乏而灵魂酸腐，后者因物的奢靡而精神颓废，而物欲横流是不同生存环境中人的共同特征。因此，巴尔扎克经由外在物的描写切入人的灵魂：在资本主义上升时期，金钱这一无形的"上

① 巴尔扎克：《〈人间喜剧〉前言》，见《外国文学教学参考资料》（第四册），福建人民出版社1981年版，第268页。

② Erich Auerbach: *Mimesis: The Representation of Reality in Western Literature*, Princeton University Press, 2003, p. 474.

③ 王秋荣编：《巴尔扎克论文学》，中国社会科学出版社1986年版，第106页。

④ 王秋荣编：《巴尔扎克论文学》，中国社会科学出版社1986年版，第188页。

帝”神秘地驱使着人们，物欲驱动下人的灵魂躁动不安，无论在穷酸的伏盖公寓还是在奢华的上流社会，人们都在种种面具与遮羞布的掩饰下进行着巧取豪夺的勾当，整个社会的“生态环境”就是如此。《人间喜剧》用动物学的“分类整理法”的模型构建了一座社会大厦。决定动物生存环境的根本因素是自然条件即物质条件，巴尔扎克在《人间喜剧》的构思中由“统一图案说”引出分类整理法，在这种严整有序的物态化的人的“生态环境”中，他进行着关于人的情欲的实验，从而实现了对他人的精神面貌的卓越展示。在巴尔扎克看来，任何描写都不能比对物质生活状况的描写更清楚地反映一个国家。巴尔扎克“把人物放在具体确定的历史和社会结构中，并且认为强调人物和环境的联系是必要的。对巴尔扎克来说，现实生活中的任何空间都具有道德和感性的意味，这种意味弥漫于自然物和房间里，笼罩在家具、器皿、服饰上，也表现在人们的身体、品性、交流、思想、工作和命运中”①。巴尔扎克笔下的主人公几乎始终处于物质环境与社会环境的重重包围之中。他们与生存环境有搏斗，但并不与之对立；他们无法高于所处的那个环境，他们搏斗也无法战胜那个环境，而是被环境战胜、被环境重塑。因此这种搏斗的过程在终极意义上成了向环境“学习”过程中的顺应环境——类似于动物在自然选择过程中适应环境并得以生存。拉斯蒂涅从外省进入巴黎，展现在他眼前的是形成鲜明对照的伏盖公寓和上流社会。他一开始的主观意志是抗拒环境，但是环境的腐蚀作用远远强于其灵魂的内在抵御作用。就此人物塑造而论，拉斯蒂涅身上原有的性格元素是无关紧要的，关键的是他如何在巴黎的物质与社会环境的作用下改变原有的性格。小说让拉斯蒂涅往返于伏盖公寓与上流社会之间，让他的灵魂反复接受环境的刺激，最后重新铸造出他的性格

---

① Erich Auerbach：*Mimesis：The Representation of Reality in Western Literature*，Princeton University Press，2003，p. 473.

模型——拉斯蒂涅的性格成了环境的产物。

总体而言，巴尔扎克小说中的人物通常也都是受制于环境、顺应环境的“奴隶”。鲍赛昂夫人由盛及衰，是不可抗拒的环境造成的。她抗争过，然而无济于事。高老头被遗弃，也显示了物质环境和社会环境的必然规律。欧也妮与环境抗争，最后环境吞噬了她的青春，环境成了禁锢她生命活力的坟墓。伏脱冷看起来是以恶的方式向社会反抗的“强者”，其实他也不过是一个顺应环境的角色，如同高老头的两个女儿。他们认识这个环境，然后去适应它。诸如此类，恰似百川归大海。众多的人物，都各自在寻找着适应环境的方式与道路，否则就陷入“不适者被淘汰”的境地。环境的力量，或者说“物”的力量是如此不可抗拒。在环境面前，巴尔扎克小说中人物的主体意识与主观意志显得如此薄弱，他们实在可以说是淹没在物质环境与社会环境的汪洋大海之中了。而这就是巴尔扎克对物欲横流、人被普遍“物化”之现实世界的艺术写照。巴尔扎克的小说也因此获得了高度的真实性与现代性。

受巴尔扎克这种环境意识的影响，“现实主义往往主张本质的自我可以由环境推动和限制——当然也有与之不同的，不过，所有强势的现实主义作家都认为环境可以是决定性的”①。也就是说，科学解释和类比方法，实际上不同程度地表现在19世纪现实主义作家的创作之中，具有普遍性意义和作用。正如法国比较文学理论家、文学史家保罗·梵·第根(Paul Van Tieghen)所概括的那样，对欧洲19世纪现代现实主义作家来说，“生物科学的影响更为重要；它们的迅速发展使完全没有专业知识的文人兴奋、激动。人们特别坚持的是，作为生物科学基础的决定论、分析的精确、尊重经过验证的事实、观察的习惯，有时还有实验的习惯。生理

① George Levine: "Literary Realism Reconsidered: 'The World in its length and breadth'", in Matthew Beaumont ed.: *Adventures in Realism*. Blackwell Publishing Ltd., 2007, p. 28.

学特别地为长篇小说打开了一个新世界。历史学方法中的科学因素，也在史诗、历史长篇小说中得到承认，它们由于日益重视真实性从而进行了革新。博物学和考古学在不断传播；在‘环境’(milieu)的研究中，历史学方法和生理学方法混杂使用，而‘环境’正是长篇小说和戏剧津津乐道的”①。这些学科的方法在文学中的使用以及给文学创作所带来的变化，在巴尔扎克的创作中似乎表现得更全面而充分，但是，保罗·梵·第根这里所说的绝不仅仅是巴尔扎克，而是 19 世纪现实主义文学的一种相当普遍的现象。

19 世纪现代现实主义文学的另一位重要作家福楼拜，也是这方面的代表。他从文学创作方法的角度呼唤“物理科学的准确性”②，可以说，“福楼拜是艺术创作中最真诚的、最好学的智者和革新家”③。他“不善于看出通往社会改造的道路，他仅寄希望于科学和艺术，他深信科学和艺术能够把祖国从可耻的背叛、欺诈、贪财、金钱的统治、伪善的道德和一切等级的猖狂的市侩道德中解救出来……福楼拜相信科学和艺术的力量，相信他们认识世界和改造世界的能力。这便是他的美学观点的源泉”④。他如此肯定科学与文学艺术的联系并强调科学的作用，并形成了自己独特的美学观，与他年轻时的生活经历有密切关系。福楼拜出身于医生家庭，从小与著名外科医生往来，频繁出入医院、手术室、解剖学教室，后来还曾对医生的研究工作产生了兴趣。1859 年他回忆说：“我如此地为医

---

① 保罗·梵·第根：《文艺复兴以来的欧美文学史》，谢钟湜译，人民出版社 2015 年版，第 263 页。

② 泰纳：《巴尔札克论》，鲍文蔚译，《文艺理论译丛》（第二期），人民文学出版社 1957 年版，第 75 页。

③ 米·贝京：《艺术与科学——问题·悖论·探索》，任光宣译，文化艺术出版社 1987 年版，第 131 页。

④ 米·贝京：《艺术与科学——问题·悖论·探索》，任光宣译，文化艺术出版社 1987 年版，第 125 页。

学的研究吸引。”[①]他还曾经反复阅读他父亲的医学藏书[②]。这种特殊经历和环境熏陶，使福楼拜形成了“医生头脑”：客观理性，观察细微，思考缜密。福楼拜相信，自然科学和社会科学包括文学艺术，都具有影响和改变人们生活的无限力量，也是研究人类的不同途径。所以，他研究医学、自然史和考古学以研究人类与社会，同样的道理，他从事文学创作，其目的之一也是研究社会和人类。作为文学艺术家来说，通过创作、通过美寻求真理，这是一种使命。福楼拜相信人的理性，相信科学，“在福楼拜笔下，科学和艺术依然是并肩存在的……‘艺术愈来愈科学化，而科学愈来愈艺术化；两者在山麓分手，有朝一日将在山顶重逢’”[③]。这“重逢”之处，便是科学与艺术之“真”的交汇之处，它们都离不开科学理性指导下的客观冷静的研究以及对“真”的孜孜追寻。正所谓：“想象不再是小说家最高的品格了……今天，小说家最高的品格就是真实感。”[④]左拉的这个说法完全适用于现代现实主义的小说家。也正如别林斯基所说：“一般来说，新作品的显著特点在于毫无假借的直率，把生活表现得赤裸裸到令人害怕的程度，把全部可怕的丑恶和全部庄严的美一起揭发出来，好像用解剖刀切开一样。”[⑤]他还说：“我们要求的不是生活的理想，而是生活本身，像它原来的那样。不管好还是坏，我们不想装饰它，因为我们认为，在诗情的描写中，不管怎样都是同样美丽的，因此也就是真实的，而在有真实的地方，也就有诗。”[⑥]

俄国小说家契诃夫主张小说创作“要把生活写成本来的样子，但是由

---

① 转引自李健吾：《福楼拜评传》，湖南人民出版社 1980 年版，第 22、23 页。

② 转引自李健吾：《福楼拜评传》，湖南人民出版社 1980 年版，第 368 页。

③ 米·贝京：《艺术与科学——问题·悖论·探索》，任光宣译，文化艺术出版社 1987 年版，第 131 页。

④ 《欧美古典作家论现实主义和浪漫主义》（第二卷），中国社会科学出版社 1981 年版，第 217 页。

⑤ 别林斯基：《别林斯基选集》（第三卷），满涛译，上海译文出版社 1980 年版，第 576 页。

⑥ 别林斯基：《别林斯基选集》（第一卷），满涛译，上海译文出版社 1980 年版，第 150 页。

于目的感像汁液一样渗透在字里行间，因此除了生活本身之外，还感到生活应当成为的那种样子”①。契诃夫对“生活本来的样子”的那种追求，与他作为医生的科学冷静的思维有关。众所周知，契诃夫早年是学医的，而且后来做过医生，“这种工作使他得以细密地接触了各种各样的男女之广阔的世界；如他自己所注意到的，他的自然科学以及科学方法的思维之知识，在他日后的文学工作上，给予了很大的帮助”②。在契诃夫看来，文学家用所掌握的知识去揭示人类生活的真相，要像科学家一样客观，并且走在科学家的前头。契诃夫说：“知识总是停留在时间。无论解剖学还是优雅的文学都具有同样的起源，同一种目的。因此，天才从来不打架，在歌德身上，自然科学家和诗人两者在一块儿非常出色地和睦相处着。”③他还说：“对于化学家来说，地球上没有任何不纯的物质。文学家应当像化学家那样客观；他应当摆脱日常的主观性，而且应该懂得风景画中的大粪堆也起着可观的作用，凶恶的激情也如同善良的激情一样，同样是生活所固有的。”④因此，作家必须以一种客观冷静的态度真实地描写生活中的一切善与恶，这应该是一种责任和良心。作家本人的世界观和认知世界的方法对如何看待生活和描写生活是至关重要的。“他深深地知道‘物质之外既没有经验，也没有知识，因而也就没有真理’。自然科学的知识和医疗实验有效地影响着他的创作，科学理性和类比思维是他创作方法的显著特点。虽然说艺术作品具有全部的条件性，但契诃夫仍然珍视作品中作者的信仰、世界观和方法。”⑤对契诃夫来说，这种“信仰”“世界观”和

① 转引自米·贝京：《艺术与科学——问题·悖论·探索》，任光宣译，文化艺术出版社1987年版，第264页。

② 克鲁泡特金：《俄国文学史》，郭安仁译，河南人民出版社2016年版，第483页。

③ 转引自徐岱：《小说形态学》，杭州大学出版社1992年版，第254页。

④ 转引自米·贝京：《艺术与科学——问题·悖论·探索》，任光宣译，文化艺术出版社1987年版，第266页。

⑤ 米·贝京：《艺术与科学——问题·悖论·探索》，任光宣译，文化艺术出版社1987年版，第264页。

“方法论”主要来自自然科学尤其是医学。除此之外，与之相关且值得关注的是，契诃夫是一个从平民走上作家之路的人，从小体验过艰难困苦的磨炼，这又催生了他的冷静、客观的性格。俄罗斯著名诗人蒲宁曾经这样称赞契诃夫：

> 契诃夫的克制也表现在许多其他更重要的方面，证明他秉性的少有的力量。例如，谁听见过他诉苦呢？而他可诉苦的原因却是很多的。……他长期过着贫困生活，后来……可是没有任何人听见过他对命运的抱怨。……他15岁就得了折磨人的疾病，这种疾病顽固地引他走向死亡。但是读者——听见过多少痛苦的俄罗斯作家哀号的俄罗斯读者——知道这一点吗？病人中最坚强的人也常常乐于拿关于自己的病的、不幸的、痛苦的、没完没了的谈话来折磨周围的人！可是契诃夫却是带着真正令人惊叹的勇气生病和死去的！甚至在他最痛苦的日子里，常常也没有任何人料到他会这么的痛苦。①

蒲宁所说的契诃夫的贫穷和疾病的特殊经历及其所造就的冷峻的性格，与医学科学思维的结合——其实也完全可能是互相作用和渗透——对他的创作理念尤其是观察和生活的方式是不无影响的。他主张作家应客观地描写现实，将鲜明的爱憎和贬抑、欢悦和痛苦融化在作品的形象体系中。他通常截取平凡的日常生活片段，借助精巧的艺术细节真实地刻画人物，揭示人物精神和心理活动，从而展示深邃的思想底蕴。

除此之外，果戈理、托尔斯泰、狄更斯等一大批19世纪现代现实主义作家，无论他们是否直接运用自然科学类比方法进行文学创作，都普遍在

① 蒲宁：《蒲宁回忆录》，李辉凡译，东方出版社2002年版，第77—78页。

不同程度上以科学思维与理念去研究所处时代中的人与社会，其创作都具有历史的和社会的高度认识价值，体现出空前强烈的求真意识和理性精神。对此，我们还需要把作为“现代现实主义”的19世纪现实主义文学放到西方文学发展的历史长河中去做进一步的考察，以深度理解其理性精神和“求真”精神所表征的历史刻度与理论局限。

第四节 现代现实主义求真之历史新刻度

在西方古典文学中，科学与文学的关系主要体现在对文学真实性的思辨性追寻的维度上——在形而上追求文学表现人与世界之真(truth)。人在科学精神或者理性逻辑的指引下探寻世界之真，可以说也是一种哲学行为，体现了西方古代世界人的科学精神，或者说，求真是科学研究的范畴，也是哲学的范畴。不过，“艺术中的真理问题，乃是早先希腊人所关心的问题”。“在希腊的古典时期，由诗人们所提出的问题和批评，统一由哲学家们所接管，并建立起有关艺术与真相的一般性学说。”①“真相”乃事物之真或真实性。苏格拉底认定艺术是对现实的模仿，“这个定义意味着艺术的目标在于真理”②。因为苏格拉底认为，艺术之模仿并不是对现实的“抄袭”，艺术家不应奴隶似的临摹自然，而要构造一个极美的整体，比真的更美。因此艺术家描绘的不仅仅是事物外在的细节，而应“现出生命”，“表现出心灵状态”，让人看了就“像是活的”③，也就是真实的。在苏

① 瓦迪斯瓦夫·塔塔尔凯维奇：《西方六大美学观念史》，刘文潭译，上海译文出版社2006年版，第306页。

② 瓦迪斯瓦夫·塔塔尔凯维奇：《西方六大美学观念史》，刘文潭译，上海译文出版社2006年版，第307页。

③ 朱光潜：《西方美学史》，人民文学出版社1980年版，第37—38页。

格拉底之后,“柏拉图和紧接其后的亚里士多德,以及他们无数的追随者,都把诗和视觉艺术界定为模仿的艺术。他们一致认定艺术在模仿实在,追求真理,被解释为与实在相符的真理,因而被认为是艺术的本质特征,并被纳入艺术的定义中”。① 不过,柏拉图在他的《理想国》中,就认为诗通过模仿来反映现实,得到的结果是虚假的而非真实的,因此,模仿的事物和真理隔了三层,诗不能揭示真理也就不能表现事物之真。他说:

> 假定有人靠他一点聪明,能够模仿一切,扮什么,像什么,光临我们的城邦,朗诵诗篇,大显身手,以为我们会向他拜倒致敬,称他是神圣的,了不起的,大受欢迎的人物。与他的愿望相反,我们会对他说,我们不能让这种人到我们的城邦里来;法律不准许这样,这里没有他们的地位。我们将在他头上涂以香油,饰以羊毛冠带,送他到别的城邦去。②

柏拉图高度崇尚理性和哲学,因为哲学可以揭示真理,而艺术则与真理隔了三层,因而是虚假而不真实的,因此文学就低于哲学,这就是后人所称的“诗哲之争”。柏拉图说,“哲学和诗的官司已打得很久了”③。不过,就柏拉图来说,他虽然认为模仿的诗是不真实的,但是,实际上在他的整个观念体系中,真善美是统一的。他认为,一如本原的真即为善,本原的真即为本原的美,本原之美与本原的真和善是一体的,最高的美即为最高的真:

> 如果一个人有运气看到那美本身,那如其本然,精纯不杂的

① 尤昭良:《塞尚和柏格森》,广西师范大学出版社 2004 年版,第 104 页。
② 柏拉图:《理想国》,郭斌和、张竹明译,商务印书馆 1986 年版,第 102 页。
③ 柏拉图:《柏拉图文艺对话集》,朱光潜译,人民文学出版社 1963 年版,第 73 页。

> 美，不是凡人皮肉色泽之类凡俗的美，而是那神圣的纯然一体的美，你想这样一个人的心情会像什么样呢？朝这境界看，以适当的方法凝视它，和它契合无间，浑然一体……只有循这条路径，一个人才能通过可由视觉见到的东西窥见美本身，所产生的不是幻相而是真实本体，因它所接触的不是幻相而是真实本体。①

所谓“真实本体”，即最高意义上的真，也即美的“本原”；美的“本原”，即“真实本体”。既然如此，作为模仿具体美的事物的文学，自然也就模仿了美和真的本原的外在现象，因而也就有可能接近或者抵达“真实本体”与美的“本身”，或者因为循着模仿的“路径”可以“窥见”美本身，所以文艺通过模仿自然与生活，可以揭示真或拥有真实性。可见，在柏拉图这里，文艺虽然没有像哲学那样直达“真实本体”，但真正的诗就是哲学，真正的诗人就是哲学家，文学创作除了寻找美之外，也寻找真；和宗教一样，文学也是认识人、社会及世界的一种特殊的途径。这种认识，如果说在柏拉图这里还显得十分勉强和薄弱的话——因为他毕竟对文艺表现感性又明确表示排斥，认为文艺距离真实比哲学更远，甚至有可能是虚假的——那么，他的学生亚里士多德则在文艺通往真理的道路上向前迈进了一大步。

亚里士多德和他的老师柏拉图一样，沿着模仿说的路径讨论文学的本质等问题。亚里士多德认为，现实世界本身就是真实的，因此文艺所模仿的现实世界也有其真实性，文艺通过模仿现实可以抵达真理，文学不仅和历史有相同之处，而且比历史更具有“哲学意味”，即具有更高的真实性。他在《诗学》第九章中说：

---

① 柏拉图：《会饮篇》，《柏拉图文艺对话集》，朱光潜译，人民文学出版社 1963 年版，第 273—274 页。

> 诗人的职责不在于描述已发生的事，而在于描述可能发生的事，即按照可然律或必然律是可能的事。诗人与历史家的差别不在于一用散文，一用“韵文”，希罗多德的著作可以改写为‘韵文’，但仍是一种历史，有没有韵律都是一样；两者的差别在于一是叙述已发生的事，一是描述可能发生的事。因此，写诗这种活动比写历史更富于哲学意味，更被严肃地对待；因为诗所描述的事带有普遍性，历史则叙述个别的事。所谓“有普遍性的事”，指某一种人，按照可然律或必然律，会说的话，会行的事，诗要首先追求这个目的，然后才给人物起名字；至于“个别的事”则是指如亚尔巴西德所做的事或所遭遇到的事。①

亚里士多德的上述论断，阐明了模仿的本质在于通过个别表现一般，通过特殊表现普遍；文学作品描写的现实内容具有真实性；这种真实不是历史学意义上的直接真实，也不是与日常生活对等的真实，而是一种本质的、具有普遍意义的真实；文学在表现方式上虽然是虚构的，却在虚构中蕴含了真理性——描写了可能发生或必然发生的事，虚构中揭示了事物发展的普遍规律——所以文学比历史更真实，文学也比生活更高、更美，因此艺术家同时也是哲学家。艺术家对世界的模仿本身是对世界的一种研究与认识，他们的创作为人们提供了认识世界的真实文本——虽然是审美的认识。因此艺术家对世界的认识是远远高于一般人的，这也就意味着艺术对生活的认识是一种本质的认识。亚里士多德在柏拉图理论的基础上，确立了文学揭示真理、表现真实的地位，为西方文学与美学史对文学之本质的认识奠定了坚实的基础。

---

① 亚里士多德、贺拉斯：《诗学·诗艺》，朱光潜译，人民文学出版社 1988 年版，第 28—29 页。

早期的基督教作家对文学的虚构和虚假多有指责，奥古斯丁宣称艺术是不真实的，他认为，“艺术为了成其为真，必须成其为假”①，因此，在艺术中追求真理是非常困难的。到了中世纪，对艺术中的真理，依然持怀疑者为多，虽然“也还是有人要求诗的真理，他们用类似斯多葛派的那种方式，把诗从与真理无关的困境中解救出来”②。到了文艺复兴时期，随着科学的发展和人们世界观、视野的拓展，越来越多的人开始思考艺术与真理，探索文学与真实的关系，而且“特别是他们大多相信艺术能够表现出真理”③。17 世纪古典主义的美学原则建立在笛卡儿的理性主义哲学基础上。在笛卡儿这里，真与善之灵是理性；而“真就是美”，美的根本条件就在于真，唯有真的事物才是美的。所以，艺术在很大程度上被认为是一种科学，那么，艺术对美的追求，当然也就是对真与真理之追寻。所以，在古典主义的美学词典中，秩序、条理、统一、整一、平衡、对称、明晰、简洁、规则……这些概念既是美的基础和前提，又是科学之真的基本构架，更是艺术之美的基本元素。所以 17 世纪古典主义文学理论家布瓦洛高度强调艺术之真，认为人类历史上的伟大作品的不朽之处就在于真，他认为只有真的艺术才是美的；文学的所有虚构，都是为了让真理显得光彩夺目。

18 世纪的欧洲是文学哲学化的时代，启蒙思想家和文学家一方面对文学中的真和真理的理解更为深入，而且观点也更趋多样化；另一方面，他们对文学求真的信念也更加坚定了，或者说他们更加重视文学创作对真实性的追求。“1700 年前后，真理的美学的概念发生了变化，一方面它

---

① 瓦迪斯瓦夫·塔塔尔凯维奇：《西方六大美学观念史》，刘文潭译，上海译文出版社 2006 年版，第 310 页。

② 瓦迪斯瓦夫·塔塔尔凯维奇：《西方六大美学观念史》，刘文潭译，上海译文出版社 2006 年版，第 311 页。

③ 瓦迪斯瓦夫·塔塔尔凯维奇：《西方六大美学观念史》，刘文潭译，上海译文出版社 2006 年版，第 311 页。

宽松得足以包含普遍化和理想化的结果……另一方面在文学与艺术中真理的概念，宽泛得足以将比喻包括在内……维柯在事实上更在比喻诗的真理中，看出真理更加完美的形式：‘诗人发表虚假，就某种意义而言，为的是要成就过多的真实。’”①

就小说的发展来说，18 世纪它正处于基本成形和发展的时期，如本章第二节中所说，真实性还不可能是作家们的一种普遍理念，但那些优秀的作家已经开始把求真和真实性作为自己从事小说创作的一个基本要求。比如，笛福在发表于 1719 年的《鲁滨孙漂流记》的序言中，就一再强调小说中鲁滨孙的故事是实有其人、实有其事的。虽然这部小说是以一则新闻为原型想象虚构的，但作者一再强调“完全是事实的记载，毫无半点捏造的痕迹”②，这反而使读者尤其是批评家无法相信作者能做到完全没有捏造的“痕迹”——因为再忠实于原型的创作也是无法离开想象和虚构的。但是，我们至少可以从笛福这种似乎不算言过其实的自我“保证”中，看到他的创作理念和创作基点是对小说之求真和真实性的刻意而自觉的追求，他再三强调的是，自己力图让读者把他的小说与那些完全不真实的胡编乱造、比传奇还要“传奇”的低劣之作划清界限。因此，对当时背景下他的那一片苦心，我们完全应该给予理解和接受，并体味其中之艺术的真意。再来看稍晚于笛福的另一小说家理查生，他也一再强调自己的书信体小说《克拉丽莎》是以“身临其境”的真实感受写成的，是“逼真”的。狄德罗在评价这部小说之前，先是表达了对当时胡编乱造的“小说”的批评，他说：“直到现在，一部小说是指一连串虚幻、轻薄的故事，对读者的趣味和品行很有害。”“我很想给理查生的作品寻得另一个名称，这些作品提

① 瓦迪斯瓦夫·塔塔尔凯维奇：《西方六大美学观念史》，刘文潭译，上海译文出版社 2006 年版，第 312 页。

② 笛福：《〈鲁滨孙漂流记〉原序》，见笛福：《鲁滨孙漂流记》，徐霞村译，人民文学出版社 1997 年版，第 1 页。

高人的精神境界，扣人心弦，处处流露着对善良的爱。”接着他还说，《克拉丽莎》的作者“并没有血溅金屋，没有把你送到遥远的地方，没有使你面临被野人吃掉的危险，没有局限于写纵情酒色的秘密场所，也从不流连于幻境仙乡。我们生活的社会是故事发生的地点，他的惨剧的内容是真实的，他的人物具有最大的现实性，他刻画的性格取自社会，他叙述的事件在一切文明国家的风习中都存在，他所描绘的热情一如我切身的体验，正是同样的事物使之令人感动，使之具有我熟悉的力量，他的人物的困境和忧伤与我不断面临的困境和忧伤属于同样的性质，他使我瞧见我周围事物的普遍进程。我的品性很难接受虚幻的手法，要是没有这种艺术，幻象就只能是短暂的，印象是微弱而且转瞬即逝的”。① 狄德罗作为评论家也作为读者，对过于“传奇”化的虚幻作品表示了反对，对理查生的作品的求真和真实性做了高度肯定。可见，在欧洲小说基本成形的 18 世纪，小说之求真和追求真实性，并不仅仅是优秀小说作者的自觉追求，也已经是评论家和读者对小说这种体裁的根本性期待和认同的重要内容之一，而这恰恰又是 18 世纪欧洲小说基本成形的重要标志之一。

韦勒克指出，正如左拉所说的那样，“‘从亚里士多德到布瓦洛以来的所有文学批评都提出了这样一种原则，即文学作品都应该以真实为基础’，如果同意这样的观点，那么，就等于说，文学总是并且在本质上或多或少包含了真实”②，而事实上，19 世纪现代实主义作家，尤其是小说家，确实是以“真实”为其创作的最高宗旨。“从早期的司汤达、梅里美、巴尔扎克等法国现实主义小说家开始，批评家通常关注的就是这些作家创作的严酷的直白性，或者称‘完全的真实’‘真正的真实’或‘赤裸裸的真实’。

① 狄德罗：《狄德罗美学论文选》，张冠尧、桂裕芳译，人民文学出版社 1984 年版，第 248—250 页。

② Monroe C. Beardsley: *Aesthetics from Classical Greece to the Present: A Short History*, The University of Alabama Press, 1966. p. 294.

在这些作家的心目中，只有真实，而且还是那种整体意义上的真实（whole truth），至少是从社会的各个阶级、职业的心理冲动上看，这一真实扩展到了更为广阔的文学领域之中，从19世纪30年代开始，这种真实的追求健步迈向了小说创作的范围。”①在西方文学史或者小说史上，对“真实”的强调和追求达到如此程度，应该说是空前的，其中的外部缘由是当时的时代风尚之核心内容——科学精神与科学世界观和方法论，其内部缘由则是，从17、18世纪开始，文学内部对真实性的追求意识日渐强化，并在19世纪达到了空前的高度。

站在19世纪文化背景上看，文学创作要达到如此“真实”的程度，“从宽泛意义上说，文学就必须自身拥有科学的知识并在作品中提供这些知识”②。可谓是“时势造英雄”，19世纪正好是欧洲科学空前鼎盛的时期，风行一时的科学理性影响乃至迷醉了作家，遵循科学理性是现代现实主义文学（包括后来的自然主义文学）极为鲜明的创作特征，也是这种文学得以产生和发展的决定性因素。如果说，从柏拉图到18世纪的西方文学对“真”“真实性”“真理”“真相”③的追求，更多停留于形而上的哲学和美学的观念层面的话——这本身也是一种包含科学意味的理性化追求——那么，19世纪现代现实主义文学思潮中的作家们，则不仅把自然科学的有关知识和具体方法通过各种不同的方法、渠道用于文学创作，特别是长篇小说的创作，使19世纪现代现实主义文学具有了前所未有的科学理性的特征，也使文学空前地贴近现实生活和生活中的人；科学方法与理念使现代现实主义文学奇特而空前地拥有了社会研究的实证性之“求真”特

---

① Monroe C. Beardsley: *Aesthetics from Classical Greece to the Present: A Short History*, The University of Alabama Press, p. 294.

② Monroe C. Beardsley: *Aesthetics from Classical Greece to the Present: A Short History*, The University of Alabama Press, 1966. p. 295.

③ 本书涉及的这些概念，在英文中以truth、true为核心，由于不同文献的中文表达不一样，因此这些中文词语互相之间有重叠、交叉，但核心意思为“真”和“真实”或“真实性”。

征。英国的小说理论家罗伯特·斯科尔斯说:“现实主义是一种对世界的认知。现实主义者展示了他对经验世界的印象。他将部分词汇和其他技术工具与社会科学家分享。现实主义作家总是试图让读者了解事物的本质。现实主义者的真实比记者的真实更为普遍和典型。”①毫无疑问,在西方文学和文化史上,自然科学对文学产生空前显著影响的是19世纪,现代现实主义文学思潮的产生与发展无疑得益于当时自然科学新成果、新观念的影响。正如美国美学家门罗·比厄斯里所说:“如果像人们通常说的那样,19世纪是一个‘意识形态’的时代,那么,它同时也是一个科学的时代。人们可能会说,这个世纪自然科学走向专业化,而且,它作为文明发展中最重要的内容融入了经济制度、大学教育以及民众的意识之中。这一变化在艺术上的表现就是产生了现实主义文学运动。”②因此,19世纪现代现实主义文学对“求真”与“真实性”的普遍追求,达到了西方文学史上空前的高度和强度,这种高度和强度是以科学理念和科学研究思维为哲学根基的;现代现实主义文学在科学精神的支撑下,借助于“模仿说”和“再现说”的传统观念的力量,把文学对人与世界的研究意识与“求真”精神推向了一个空前的高度。现代现实主义作家的文学创作也往往如科学家一样细致地研究与分析现实中的人与社会,使文学文本具有历史真实性,这种“真实性”达到了哲学认识论的高度;“现实主义不是对细节和寻常之物的表现,而是对制造出中立假象的某种协作系统或单一视角的实验。现实主义作家把行为和事件表述成共同的、客观的和真实的”③。

① Robert Scholes: *The Elements of Fiction: An Anthology*, Oxford University Press, 1981, p. 928.

② Monroe C. Beardsley: *Aesthetics from Classical Greece to the Present: A Short History*, The University of Alabama Press, 1966. p. 290.

③ Carol J. Singley: "American Literary Realism", in M. A. R. Habib *eds.*, *The Cambridge History of Literary Criticism*, *Vol. 6: The Nineteenth Century*, Cambridge University Press, 2013, p. 331.

可以说，19世纪现代现实主义文学之“真实性”追求大大高出之前西方文学史上“真实性”观念所达到的历史刻度。从这种意义上可以说，“现实主义是最为复杂的认识论手段，用以记录社会现实之真实”①。“现实主义小说基于作品表现客观现实的真实图景这样一种假设，赋予小说一定的凝练、简化与概括等功能。”②

综观西方文学观念演变的历史可见，“艺术从诞生之初，向来是人生的史家，然而，能够最完整地传达最可靠的人生图画、世界的真实面貌、人的感情和关系的真相的，是现实主义艺术……现实主义艺术的伟大概括能力的源泉在于，在现实主义中，一般艺术所素有的认识功能被充分地显示出来”③。现代现实主义文学普遍拥有的对社会的认识功能与价值，无不基于作家创作时对社会本身的如科学家般的客观冷静的分析。细致的社会分析是现代现实主义的基本创作态度和方法。司汤达、巴尔扎克、福楼拜、狄更斯、托尔斯泰、陀思妥耶夫斯基、契诃夫等现代现实主义作家的创作，无不表现出了高超的社会分析技艺，因此也都达到了表现生活的深度和广度，拥有社会的和历史的高度真实性。“现实主义的艺术之所以能够那么广阔而丰富地反映人类的社会潮流，反映伟大的历史性的战役与伴随着社会进步而来的变革，是因为无论是过去还是现在，它的首要特点与特色都是社会分析，正是社会分析使得描写典型环境中的典型性格和真实地再现生活成为可能。这种分析帮助现实主义艺术理解人类行为的动机、理解情欲与利害关系的隐秘的原因，并通过在人类特性方面极其个

---

① Jameson：*Ideologies of Theory：Essays* 1971-1986，Volume II：*The Syntax of History*，Routledge，2009，pp. 122-124.

② Victor Terras："The Realist Tradition"，in Malcolm V. Jones，Robin Feuer Miller eds.：*The Cambridge Companion to the Calssic Russian Novel*，Cambridge University Press，1998，p. 192.

③ B. 苏契科夫：《关于现实主义的争论》，参见罗杰·加洛蒂：《论无边的现实主义》，吴岳添译，上海文艺出版社1986年版，第237—238页。

性化的、独特的性格来暴露、揭示社会生活中这个或那个历史时期、历史环境的典型特色。”①为了追求这种历史的真实性和生活的逼真性，现代现实主义空前重视人与物的细枝末节的描写——而这些都是为以前的文学所不屑的。所以，有批评家认为，现代现实主义“比迄今为止的文学更严肃、更持久地关注‘屑小’，但揭示了具体的细节——这些细节让我们对环境和个人之间的关系有了深刻的了解(巴尔扎克将赋予屑小物体，如椅子腿和屑小的感觉，如公寓的气味，以重要的意义)”。② 正是现代现实主义在科学理念与精神的鼓舞和引领下对文学之“求真”方面的刻意追求，使文学创作进一步抛开了浪漫主义虚幻的想象——虽然任何真正的艺术都离不开想象，现代现实主义也是如此，它进一步拉近了与现实的距离，并更刻意和义无反顾地强调了文学创作应建立在现实生活的基础上，力求按照自然和现实生活“本来的面目”去真实地摹写、再现或反映现实，把文学创作视同于对社会和人的科学般的研究。于是，“文学家和科学家所面对的任务是相同的；两者都必须以现实来代替抽象，以严谨的分析打破经验主义的公式。只有这样，作品中才会有合乎日常生活逻辑的真实人物和相对事物，而不尽是抽象人物和绝对事物这样一些人为编制的谎言。一切都必应该从头重新开始，必须从人存在的本源去认识人，而不要只是戴着理念主义的有色眼镜一味地在那里妄下结论，炮制范式。从今往后，作家只需从对基础构成的把握入手，提供尽可能多的人性材料，并按照生活本身的逻辑而非观念的逻辑来展现它们”③。由此，现代现实主义使从

① B. 苏契科夫：《关于现实主义的争论》，参见罗杰·加洛蒂：《论无边的现实主义》，吴岳添译，上海文艺出版社 1986 年版，第 238 页。

② Alison Finch: “Reality and its Representation in the Nineteenth-century Novel”, in Unwin, Timothy A eds.: *The Cambridge Companion to the French Novel: from 1800 to the Present*, Cambridge University Press, 1997, p. 39.

③ Emile Zola: “Naturalism in the Theatre”, in George J. Becker ed.: *Documents of Modern Literary Realism*, Princeton University Press, 1963, p. 201.

古希腊开始的西方文学关于文学的“求真”和历史“真实性”的理论与实践追求，都达到了一个历史的新刻度。这种历史新刻度表征了这种现实主义文学的历史价值，对人类文学的发展产生了深刻的影响，尤其是为马克思主义的文学社会学思想的形成提供了丰富的理论与创作的资源。可以说，现实主义倾向的“伟大的小说所揭示的真(truth)，并不仅仅涉及它所描述的事件本身，还揭示着有关世界的更为广大的真……‘真实的人物必须把典型性与个体性结合起来。’[①]正像《战争与和平》(*The War and the Peace*)让人感兴趣，不但因为小说对某一特定社会运动进行了描述，而且对某个特定群体在特定时间和地点的行为和道德进行了描述。它之所以伟大，是因为它在其他地点和时间有很多关于战争与和平的内容。一部伟大的小说所描述的现实代表的是一个更大的现实，或一个整体的、无限的现实类型的转喻”[②]。

当然，现代现实主义文学对科学理性和文学认识价值及社会功能的这种持续的乃至过度的强调，也在文学实践尤其是文学理论上偏离了文学的本质属性，在理论与实践上都不同程度地存在偏狭与迷失。

第五节　现代现实主义求真之可能性偏狭

19世纪，现代现实主义作为一种文学思潮，是在反叛浪漫主义的历史语境中发展起来的。它本原性地反对浪漫主义的矫饰、幻想、感性等，张扬写实、求真、理性等。从文学史发展的角度看，浪漫主义意味着对古典主义文学范式与成规的转换。古典主义是一种建立在认识论基础上的

---

① 恩格斯的说法。引自 Terry Eagleton in *Marxist Literary Criticism*(Methuen，1976)，pp. 29，46.

② Raymond Tallis：*In Defence of Realism*，Edward Arnold，1988，p. 198.

唯理主义文学，它承袭了古希腊开始的“模仿说”传统，因此，这种“转换”意味着理性向感性、模仿向表现的转变。对此，美国著名的文学理论家艾布拉姆斯有过精确的阐释：“从模仿到表现，从镜到泉，到灯，到其他有关的比喻，这种变化不是孤立的现象，而是一般的认识论上所产生的相应变化的一个组成部分。”①从古希腊到17、18世纪，“镜子说”和“模仿说”一直用来表达和解释文学的本质，是以认识论和反映论为哲学基础的文学观念。“18世纪具有代表性的批评家们认为，心灵感知者就是反映外在世界；所谓创造活动，就是将朴素的形象或感觉摹本这些‘观念’加以重新组合；由此产生的艺术作品就像一面镜子，反映了一个经过选择和编排的生活形象。许多浪漫主义批评家都认为，心灵是投射性的、创造性的，他们的艺术理论也属于表现论和创造论，因为他们把一切审美哲学的基本倾向都扭转了过来。”②艾布拉姆斯这里说的“扭转”，即笔者上述的“转换”。从镜到灯的隐喻变迁，体现了理性向感性、模仿说向表现说、古典主义向浪漫主义的“转换”。浪漫主义的兴起让想象、情感、天才、个人、独创、自由等偏于主观的文学范畴占据了西方文学理论的主导地位。与之相反，19世纪中期的现代现实主义则拒斥浪漫主义的理论主张和创作实践，表现出对浪漫主义的反叛——虽然现代现实主义在许多方面传承和延续了浪漫主义的传统。现代现实主义重新强调理性与“模仿说”“镜子说”，意味着一定程度上回归了古典主义和唯理主义的传统，也正是在这种意义上，现代现实主义被称为19世纪的“新古典主义”。不过，如此指称现代现实主义虽有一定道理，但也有“失之千里”之处，因为19世纪现代现实主义是在完全不同于古典主义的历史文化背景下诞生与发展的，尤其是在笔者一再阐释的自然科学繁荣、资本主义快速发展的社会和文

---

① 王逢振、盛宁、李自修编：《最新西方文论选》，漓江出版社1991年版，第439页。

② M. H. 艾布拉姆斯：《镜与灯：浪漫主义文论及批评传统》，郦稚牛、张照进、童庆生译，北京大学出版社2015年版，第74页。

化背景下成长与繁荣起来的。毫无疑问，是科学精神和科学观念、方法、思维方式直接铸就了现代现实主义之本质特征与本原性特性，但同时也铸就了现代现实主义在某种程度上的理论之迷失与实践之偏颇。

一、现代现实主义：可能的“劣势”与“软肋”

19世纪初期，科学改变了西方文学的艺术思维方式，出现了现代现实主义这一具有高度理性精神的文学样式，使文学的“求真”追求和社会认识价值达到了新的历史刻度。从科学对文学艺术的影响角度看，科学的这一历史功绩是不可否认的——科学改变了西方文学的观念和创作方法。但是，文学艺术和科学技术毕竟属于截然不同的学科领域，科学与人文可以在对真善美的追求中有精神实质上的共同点——正如福楼拜说，科学与文学“两者在山麓分手，有朝一日将在山顶重逢”①。但是，科学与文学各自登临山顶的方式以及沿途的风光是各不相同的，也就是说，文学艺术和科学技术在理性和哲理层面上有一定的质的共同指向，却不等于各自在抵达共同点的过程中所持的思维方式、表现方式以及终极效用具有一致性。科学技术主要以实验、实证、逻辑推理和演绎等客观、理性的方法达成既定目的，求真的过程有善与美的相伴，但求真是最高和终极的目标。文学艺术虽然也不乏实证和逻辑演绎的方法，因而有不可或缺的客观性与实证性的特征，但是，其主要方法是描述的、体悟的、想象的和感性的，乃至直觉感悟的，其求真、求善过程的最终目的是求美；美是文学艺术追求的起点和终点，其求真与求善必须以求美为前提或者载体，否则，文学艺术就失去了其本质属性。因此，从最本质和本原的意义上讲，科学技术和文学艺术又有其对立的一面：理性和感性、唯真和唯美等等。西方

① 转引自米·贝京：《艺术与科学——问题·悖论·探索》，任光宣译，文化艺术出版社1987年版，第131页。

文学史发展的事实告诉我们：浪漫主义除了反叛古典主义的唯理主义之外，也是对 18 世纪末、19 世纪初欧洲社会的技术理性、物质主义和功利主义的反叛，是西方文学史上第一次对现代文明——科学技术、工业文明和理性精神（科学理性）——的反叛。不过，这种对立性与反叛性的存在同样并不意味着对立双方的决然分裂和非此即彼的绝对排斥，而是对立中的统一、相反中的相成、相克中的相生。因为，理性虽然只是人的本质属性的一个方面而非全部，但文学艺术在具体的方法论层面上毕竟离不开理性精神——文学艺术需要哲学层面的理性精神，而且，艺术的求真指向，也是自古希腊开始的西方文学的基本传统。正是出于这种原因，浪漫主义对唯理主义的古典主义和现代文明及科技理性、物质主义的反叛固然有其历史的合理性与必然性，但是，当其追求过于矫饰、虚幻和泛情主义进而过于弱化乃至缺失了基本的理性支撑和真实性追求时，就走向了文学本原与本质的反面，偏离了自我存在与发展的根本和前提条件，也就为现代现实主义的诞生、成长和繁荣提供了艺术生存的逻辑前提和广阔空间。而且，正是在浪漫主义过犹不及的谬误中，现代现实主义找到了对其反叛的根据和理由，同时也在突破文学史的既往成规后赋予自我以新的生命活力艺术生长点；特别重要的是，对现代现实主义文学来说，这个“生长点”曾经受到了 19 世纪科学精神、科学理性、科学方法等特定时代之文化元素的有力、有效的催化，从而促成了具有高度科学精神和智性特征的现代现实主义文学思潮的兴起与繁荣。现代现实主义的科学精神、“求真”意识也就如前所述地被标举到了历史新刻度。所以，现代现实主义也就成了 19 世纪的“新古典主义”。

然而，文学艺术毕竟以求美为终极目标，并以审美的方式达成求真、求实、求善的效用，因此，科学方法、科学精神、科学思维固然有助推现代现实主义文学思潮的发展与演变之功用，但是，作为文学思潮的现代现实主义却不能因此而偏离乃至丧失其作为文学之本原与本质的属性。正是在这种意义上，笔者认为，浪漫主义由于过于激进地反叛理性与现代文明，从而在某种程度上使自己陷于虚幻、泛情和矫饰之过犹不及的“劣境”；与之相仿，现代现实主义恰恰也因为过于强调文学的科学精神、科学智性和“模仿说”“镜子说”意义上的客观真实性，从而也陷入了另一种过犹不及的“劣势”，进而提供了文学史的后来者——现代主义——反叛自己的致命之“软肋”。同样是在这种意义上，笔者必须指出：现代现实主义作为一种文学思潮，仅仅是西方文学史上的一种历史现象，其文学范式和话语成规有其特定的历史语境和历史规定性，并不是“无边的”和“无限”适用的，因而，作为文学史历史现象的现代现实主义文学思潮，只能隶属于 19 世纪。但是，作为一种文学精神、创作方法和文学观念的现实主义，则不仅有其久远的历史渊源，不仅在 19 世纪的西方文学中借助于现代现实主义文学思潮创造了其空前的辉煌，而且有其宽泛的普适性乃至理论应用的无边性和永久性。在这种意义上，现代现实主义为人类文学做出的贡献又是不可磨灭的。由是观之，我们对 19 世纪现代现实主义的科学理性和“求真”精神的阐释和评价，既应该是历史的，又应该是当下的；既要承认其历史价值，又应分析其历史的偏狭与局限。对此，我们还可以延伸开来，从科学本身可能存在的局限性的角度来加深对现代现实主义之文学“求真”的局限性的认识。

二、科学自身之局限性与文学真实观念之偏狭

19 世纪既是“科学的世纪”，更是“科学崇拜的世纪”。因为，科学技术的成就大大改变了人的生存环境，使人的智性能力得以延展和实证，为此人对自身潜在的上帝般的能力感到信心百倍，并深受鼓舞乃至顶礼膜拜。当然，19 世纪西方人对科学的礼拜乃至神化，又与西方近代科学关于人与上帝及自然在起源上的关系的观念有关：

> 经典科学是在人和上帝的同盟所统治的文化中诞生的,人居于神明的秩序和自然的秩序之间,而上帝是理性的和可理解的立法者,是我们按照自己的形象想象出来的最高建筑师。经典科学经历了这个文化和谐的瞬间而存在下来。这个和谐曾使哲学家和神学家有资格去从事科学活动,使科学家有资格去解释和表达有关神明在创世工作中的智慧和能力的观点,得到宗教和哲学的支持,科学家们相信他们的事业是自给自足的,就是说它用尽了合理研究自然现象的一切可能性。科学描述与自然哲学之间的关系在这个意义上并非必须被证明是正当的。不言而喻,科学和哲学是汇合在一起的,科学发现了权威性的自然哲学的原理。①

这种观念让 19 世纪的西方人一方面看到了科学研究的神圣性,另一方面也看到了科学和哲学的融汇关系。于是,科学研究的神圣与崇高促成了科学本身在当时文化中的统治地位,同时也让从事人文社会科学研究的人普遍坚信科学研究方法、科学精神和科学理性的合理性与普适性,他们也就普遍义无反顾地以科学理念和科学方法去引领自己所从事的学科的活动。文学家和文学史家、文学理论家亦如此。

然而,到了 20 世纪,人们对科学并没有像 19 世纪时期那样近乎盲目地崇拜,有关科学对其他学科的重要性和普适性的理性反思也与日俱增——在这一点上正好又接续了浪漫主义反叛科学理性的非理性观念。著名物理学家伊·普里戈金在 20 世纪中期曾经指出:“在仅仅一百五十年间,科学已经从鼓舞西方文化的源泉降为一种威胁。它不仅威胁人的

① 伊·普里戈金、伊·斯唐热:《从混沌到有序:人与自然的新对话》,曾庆宏、沈小峰译,上海译文出版社 1987 年版,第 89 页。

物质存在，而且更狡猾地，它还威胁着要破坏最深地扎根于我们的文化生活中的传统和经验。受到控告的不是某种科学突破在技术上的附带成果，而是‘科学精神’自身。”①也就是说，20 世纪的人们认识到，科学实际上并没有像 19 世纪的西方人所普遍崇尚的那样有百益而无一害，因此，科学的地位也不可能像 19 世纪那样雄踞于一切文化之中心：

> 让我们回想一下十八世纪末和十九世纪初的那些惊人发现：关于热、电、磁和光学的理论。毫不奇怪，十八世纪就已清楚地形成的科学进步的思想统治了十九世纪。尽管如此，如我们已经指出的，科学在西方文化的地位仍是不稳定的。
>
> 我们想更全面地讨论一下从狄德罗、康德和黑格尔到怀特海和柏格森的西方思想史的某些方面，这些人都试图分析并限制近代科学的范围，同时开创一些看来和近代科学完全不同的新看法。今天，大家一致认为这些尝试的绝大多数已经宣告失败，很少有人会接受比如康德把世界划分为想象世界和实体世界的思想，而这种知识的意义将与科学所具有的意义并驾齐驱。尽管如此，这些尝试仍是我们遗产的一部分，不提及这些尝试便无法理解思想史。②

随着科学神话逐步被打破，科学家和社会学家们对科学的信念和观念亦不断变更。“科学家们发现他们被迫在‘科学神话’的雷鸣和‘科学严肃性’的寂静之间盲目摇摆，在肯定科学真理绝对性、普适性和退入作为

---

① 伊·普里戈金，伊·斯唐热：《从混沌到有序：人与自然的新对话》，曾庆宏、沈小峰译，上海译文出版社 1987 年版，第 65 页。

② 伊·普里戈金、伊·斯唐热：《从混沌到有序：人与自然的新对话》，曾庆宏、沈小峰译，上海译文出版社，1987 年版，第 118—119 页。

有效地介入自然过程的实用主义诀窍的科学理论概念之间摇摆。”[①]显然，科学本身没有绝对的“真理性”，科学的“真理性”都是相对而言的，更何况科学和人文社会科学之间有质的差异性。因此，“现代科学必须放弃因果原理的绝对真实性而满足于概率性的预测”[②]。也正如卡西尔在《人论》中所说，文艺与科学、伦理学等文化形态在给予我们以秩序这一点上的区别是，“科学在思想中给予我们以秩序，道德在行动中给予我们以秩序，而艺术则在对可见、可触、可听的外观之把握中给予我们以秩序”[③]。然而，在 18 世纪末和 19 世纪那个“科学的世纪”里，欧洲人普遍不曾如此理性地去思考问题，而是一味地沉迷于科学的狂欢中不能自拔。就此而论，直接而普遍地受科学精神和科学方法与观念影响的文学，其理论和实践也不可避免地存在历史的局限性，或者说，这种文学的范式和成规有历史的特征、贡献与价值，但也必然有其历史的缺陷与偏狭，其理论与创作原则不可能普遍地成为永久的金科玉律，虽然其经典的价值和对当下的意义之存在也是不容置疑的。

在此，笔者特别要指出的是：许多 19 世纪现代现实主义作家在当时普遍不加怀疑地接受科学精神和科学方法的引领，沉浸在科学的汪洋大海中奋力追寻文学创作的海市蜃楼。殊不知，科学和文学固然有互通之处，但又有质的差异。当巴尔扎克等杰出的现代现实主义作家借助科学的雄心和力量，信心满满地建造《人间喜剧》这样的文学大厦时，不无膨胀的科学精神与理念也不同程度地侵蚀并异化了他们的艺术创造方法和创作成果。巴尔扎克不是要创造被历史学家遗忘的 19 世纪社会历史吗？当然，从文学史演变的角度看，我们没有理由怀疑《人间喜剧》这样的杰作

---

① 伊·普里戈金、伊·斯唐热：《从混沌到有序：人与自然的新对话》，曾庆宏、沈小峰译，上海译文出版社 1987 年版，第 92 页。

② 莫里茨·石里克：《自然哲学》，陈维杭译，商务印书馆 1984 年版，第 57 页。

③ 转引自徐岱：《小说形态学》，杭州大学出版社 1993 年版，第 254 页。

在构建社会风俗、再现历史的真实性与广阔性方面所取得的无与伦比的成就，它标示了当时的这种“先锋”文学在“求真”和社会认识价值追求方面所达到的历史新刻度，从而成就了西方文学史上现代现实主义文学的历史性辉煌。然而，即便如此，他们所描绘的也只不过是“诗化的历史”，也就是通过文学所固有的想象和虚构的手法创造出来的与现实世界相对应且具有真实感的文本世界而已。因为，文学艺术的“求真”在根本上离不开想象与虚构。从本原的和本质的意义上讲，“现实主义实际上也依旧是致力于游戏形式的文学和艺术，这种游戏……意在尽可能地复制真实之物的外表和感觉。此种虚构在19世纪的进程中成了小说标准的模式，我们仍然认为这些小说是伟大的、经典的。现实主义曾经以一种激进的姿态，与传统决裂，如今成了人们期待的小说模式，今天我们还是将它认作标准”①。“虚构”乃是艺术之创造，亦是艺术“求真”必由之途；“虚构”是指作家借助现象创造对来自现实生活的素材进行艺术的重构，使现实呈现不同程度的变形和陌生化；“虚构”是作家个体审美心理原型和艺术想象力的外在投射，没有虚构就没有艺术。“求真”和“虚构”是现代现实主义文学矛盾中的统一，虽然，“现实主义者总是力图给我们展示一个未曾美化过的世界”②，但那种“展示”最终毕竟只是如亚里士多德所说的“有可能”发生的事，是一个包含了作家主观投射的世界。因此，巴尔扎克等热衷于、立志于创造“当代史”“风俗史”的现代现实主义巨匠们，他们创造的“历史”终究是文学的和诗性的历史，也就是说，他们虽然借鉴了科学的精神、理念与方法，但是，他们的杰作终究无法成为自然科学或社会科学意义上的历史学著作，这也确实不是他们该做的和能做的事。正如法国文学史家皮埃尔·布吕奈尔所说：“巴尔扎克的小说不是历史，尤其不

① Peter Brooks: *Realist Vision*, Yale University Press, 2005, pp. 3-5.

② Peter Brooks: *Realist Vision*, Yale University Press, 2005, p. 8.

是历史小说，但是在他之后它们有一种历史意义、价值。这种价值也正因为符合历史才具有其价值，可是说来说去，他的小说还是小说。”①不仅如此，作为“小说还是小说”的巴尔扎克的作品，虽然其“鲜明的‘细节主义’的特征，使得这种记录物质世界之细节的小说尽可能地淡化了受作者操控的意味”②，但是终究还是因为过于理性化和科学化，致使这种文学文本在描写现实时显得烦琐与冗长、滞缓与拖沓。现代现实主义文学在这方面的缺憾，无疑也是科学理念之“求真”精神必然带来的历史局限性，这也成了后来的现代主义者予以反复诟病的确凿“证据”之一，同时也是现代主义小说反叛现代现实主义并走向创新的出发点之一。

因此，关于现代现实主义在科学精神与理念引导下对“求真”的刻意崇尚和实践追求，今天我们一方面将其返置于 19 世纪特定的历史语境中去认识与讨论，肯定其史无前例乃至不可超越的成就与价值，另一方面也要用历史的、发展的眼光对其“真实性”之内涵予以辩证的理解与阐释，认识其可能乃至必然存在的历史局限性或狭隘之处。法国新小说派作家罗布·格里耶说：“为什么艺术要不断改变？为什么音乐要不断改变？为什么绘画要不断改变？为什么文学要不断改变？这主要是真实性的概念在不断改变。”③这种“真实性概念的不断改变”，一方面是因为人类生存处境和现实生活本身的不断流变，它们不可能静止于 19 世纪或者别的什么时代，另一方面也是因为不同文化背景下，人们对“求真”及“真实性”内涵的理解原本就可以或者应该是“与时俱进”的，这种“求真”或“写实”的方

---

① 文艺理论译丛编委会编：《文艺理论译丛》(第二期)，人民文学出版社 1957 年版，第 112 页。

② George Levine: "Literary Realism Reconsidered: 'The World in its length and breadth'", in Matthew Beaumont ed.: *Adventures in Realism*. Blackwell Publishing Ltd., 2007, p. 18.

③ 崔道怡、朱伟、王青风等编：《"冰山"理论：对话与潜对话》(下册)，工人出版社 1987 年版，第 527 页。

法也应是“因时而异”的，因此，现代现实主义这种科学化的“求真”与“真实性”也就不可能成为永远的艺术真理，即使其仍有借鉴价值。

现代现实主义的“求真”精神，在理论上传承了“模仿说”和“再现说”的核心理念，更有对科学精神和科学方法的恪守，因此特别强调文学描写的客观真实性；所谓“按照生活本来的样子描写生活”，是现代现实主义作家们普遍认同并遵循的原则。但是，在创作实践中，无论创作者如何恪守“求真”的成规，如前所述，文学创作的过程毕竟离不开想象与虚构，在创作过程中，作家的主观思想与情感的介入，便构成了一个相对于现实世界的主观的审美心理结构，因此，客观现实经由这个主观心理结构的审美的、理性的“过滤”，从而被投射了主观的评判与选择，于是，作家追求艺术“真实”的过程便是一个动态实现的主客观交互活动的过程，这个过程以客观现实之“真”为逻辑起点，经由作家借助艺术假定性手段建立起一个理想化文学文本之真实世界。显然，现代现实主义尽管理论上传承并倡导了“模仿说”“镜子说”的理论传统，但并不等于他们的创作完全受制于文学文本之外的现实生活，其艺术价值既不完全由作家描写的现实题材来决定，又不完全由文学文本的社会认识价值所决定。事实上，作家并不完全受事物的“真实”的发生或存在方式的限制，因为他们是以特殊的方式(形式)对客观事实做出能动反映的，他们可以“在自己的作品中改变所谓‘真实’的事物和‘现实生活’，从而满足艺术品本身的内在需要，比如前后一致协调性，具有完整性、统一性或者合理性等等”①，并以此来确定艺术品的价值。在此意义上，强调作家把自己的观点和立场融入文学文本，并不意味着他对现实的描写不是“按照它本来的样子”去进行的，也“并不意味着艺术与现实无关——其准确的意思是，这种相互关系不是复制与被复制的关系，而是一种人类从一种特定的观点、立场或者角度和一种特

① H. Gene Blocker: *Philosophy of Art*, Charles Scribner's Sons, 1979, p. 50.

定的文化背景出发，对现实进行的再现和解释”①。其实，在这方面，俄国批评家车尔尼雪夫斯基早就在理论上做过阐释。他认为，“艺术的一个作用，一切艺术作品毫无例外的一个作用，就是再现自然和生活”②。简言之，“艺术的第一个目的就是再现现实”③。但是，他强调艺术的“再现”，并不是一种“复写”式、照相式的复制，而是主观能动的审美反映，强调在“再现”过程中对生活与现实的“说明”与“判断”。他说：“艺术的主要作用是再现现实中引起人的兴趣的事物；说明生活、对生活现象下判断，这也常常被摆到首要的地位。”④因此，对于现代现实主义关于“求真”的理解不能过于刻板与机械，不能认为现代现实主义的“模仿说”“镜子说”所持的“求真”和“真实性”标准就是文学文本要酷似乃至等同于客观实在。需要特别强调的是，“艺术乃是对现实事物的一种艺术的、主观的和拟人的‘表述’”⑤，因此，艺术的“内容”不同于“题材”（客观实在），而是通过特殊的方式观察生活、解释生活的艺术形象与思想感情。当然，我们也必须承认，由此创作出来的文学文本与现实有本质的和必然的联系，作品的“内容”有客观真实性，只是，这种“真实性”在艺术的范围内被认为是可能可信的、合情合理的生活现实和社会历史。“对巴尔扎克来说，小说的创作，就是对现实的研究和认识，它与科学研究相似。”⑥巴尔扎克不正是在这种意义上把自己看成“历史的书记员”，并立志要写出法国社会的“风俗

---

① H. Gene Blocker: *Philosophy of Art*, Charles Scribner's Sons, 1979, p. 43.

② 车尔尼雪夫斯基：《艺术与现实的审美关系》，周扬译，人民文学出版社 1979 年版，第 106 页。

③ 车尔尼雪夫斯基：《艺术与现实的审美关系》，周扬译，人民文学出版社 1979 年版，第 109 页。

④ 车尔尼雪夫斯基：《艺术与现实的审美关系》，周扬译，人民文学出版社 1979 年版，第 103 页。

⑤ H. Gene Blocker: *Philosophy of Art*, Charles Scribner's Sons, 1979, p. 80.

⑥ 米·贝京：《艺术与科学——问题·悖论·探索》，任光宣译，文化艺术出版社 1987 年版，第 270 页。

史”吗？这种写实主义的美学追求，像上帝一样站在高处鸟瞰人间，把凡是人所能知道的一切，包括人的内心隐私，都诉诸笔端。如此创造出来的小说文本世界似乎完全可以与现实世界画等号——至少作家们自己差不多就是这么认为的。其实，作家提供给读者的也不过是一种“真实幻觉”而已。因此，归根结底，现代现实主义的艺术的真实性也间接地、曲折地反映了世界真实事物的客观实在性与其发展过程，并且这是一种更为普遍的、本质性的反映，是一种内部的或自治性的“实在”，就像传记文学的内容比传主的真实生活经历要更具普遍的、集中的、本质的真实性意义。

| 第三章 |

现代现实主义与文学写实传统

19 世纪现实主义常常又被称为“写实主义”，顾名思义，这是因为“写实”是现实主义的本质属性之一。文学创作离不开写实，任何时代、任何形态的文学都有承载历史和写实的成分，但是，不同时代和不同形态的文学，恰恰又会因为写实之“写”与写实之“实”的不同而大相径庭。因此，“写实”实际上是一个历时而变的动态概念，是一个“变数”；正因其是一个“变数”，也就给文学创新留下了广阔的空间，给不同时期的不同的文学形态以新的面目与千姿百态。19 世纪现实主义之反叛浪漫主义在理论与实践上表现出与后者的迥然差异，很重要的原因便是“写”与“实”之重大差异。

第一节　实证理性与文学写实

“实证主义”(positivism)是 19 世纪西方的一个重要哲学流派，也是一种文化思潮。作为一种哲学流派，它被称为“实证哲学”，是在自然科学成就的鼓舞和催化下产生的。“凡是要求任何科学必须以可感觉到的事实作为出发点，并认为认识的任务就是描述这些可感觉的事物及其规律的哲学思想,都可以称为实证主义哲学。”①在西方哲学史上,实证主义属于经验主义和理性主义范畴,在实证哲学中蕴含的理性精神,笔者称之为“实证理性”。到了19世纪,“欧洲正在进入实证阶段,需要在此基础上重建文明”,在19世纪中期前后,“实证主义大有占据思想舞台之势”②,其影响超越自然科学并在社会科学、人文科学及日常生活方面均广为涉及。在文学艺术领域,具有“求真”“写实”传统的19世纪现代现实主义文学思潮也受其深刻影响;“现实主义”这一术语在法国的最早倡导者库尔贝的理论中与“实证主义相对应”③。因此,“实证”也几乎与“求真”“写实”一样,是对19世纪现代现实主义之本质特征和禀赋的一种表征,也是对其“现代性”特征的一种表征。

实证的方法是用于人类社会研究的一种社会科学的方法,这种语境里的“社会科学”,包括了自然世界之外的所有涉及人类活动的领域,当然也包括了文学艺术。“在孔德所计划的社会中,各门艺术将成为教育的基础;这些艺术将与工业结合,为人们生产出新的需要;并且,它们将实施它们的真正功能,即传达孔德为现代人所宣扬的人性的宗教。艺术是通过加强人互相之间的同情,加强感情的纽带和互相的爱,而达到‘事实的理想再现,其目标是培养我们对完善的感觉’,这是社会秩序的真正基础。”④从文学创作的角度看,“事实的理想再现”,就是用实证的方法,以科学之精确的原则,通过细致的观察、分析,加以客观准确的描写;这实际上类似于现实主义“模仿说”意义上的求真性“写实”。如果说,“求真”(详

① 章士嵘编:《西方思想史》,东方出版中心2002年版,第167页。

② 罗兰·斯特龙伯格:《西方现代思想史》,刘北城、赵国新译,中央编译出版社2005年版,第292页。

③ 瓦迪斯瓦夫·塔塔尔凯维奇:《西方六大美学观念史》,刘文潭译,上海译文出版社2006年版,第292页。

④ Monroe C. Beardsley: *Aesthetics from Classical Greece to the Present: A Short History*, The University of Alabama Press, p. 300.

见本书第二章)是作家在认识论意义上通过文学创作去研究与认识现实,寻找生活之历史性真实的本相与规律的话,那么,“写实”就是作家在创作方法论意义上,为达到“求真”之目的而展开的在实证理性和方法引领下对社会、生活与人所做的真实描写,这是一种创作理念、方法与技巧。在文学渊源关系上,现代现实主义无疑传承了西方文学史上传统的“模仿说”意义上的“写实”精神,但是,在19世纪科学理性、实证理性等的渗透与影响下,现代现实主义的“写实”之内涵显然有其“现代性”意味,或者说,现代现实主义就是在实证主义、科学主义影响下出现的现代“写实主义”。“模仿说经历了超过20个世纪的演变,由于历时过久,以至于终究冲动全消。这种现实上的疲惫,在19世纪初,一切条件都对它不利,无论是在唯心论的哲学里或浪漫主义的艺术中,情形一概如此;不过,到了19世纪中叶,情形就正如蜡炬在将熄之前,火焰又重新突地闪亮那样,艺术家们又重新注意艺术对于实在的依赖。”[①]这里,让模仿说焕发生机的,恰恰是19世纪欧洲的一种特别的时代因素——科学主义文化思潮的作用,是实证主义、科学理性思维与方法对文学之“写实”传统的激活。或者说,现代现实主义的“写实”理念与方法蕴含了“实证”的思想与精神。

事实上,19世纪现代现实主义文学从一开始就追求一种实证性求真的写实精神。“19世纪与实践相结合的理论产生了大量的文学作品,它们展示出与所谓人的状态全然不同的观念。这类实践几乎都受到哲学思潮的影响,其中最值得一提的是孔德的《实证哲学教程》一书。”[②]在具体的创作理念和创作行为中,“现实主义文学喜欢视觉物、喜欢观察事物,通过视觉来记录它们的存在,并以此为中心的……现实主义比其他任何一

① 瓦迪斯瓦夫·塔塔尔凯维奇:《西方六大美学观念史》,刘文潭译,上海译文出版社2006年版,第286页。

② J. A. Cuddon ed: *A Dictionary of Literary Terms and Literary Theory*, 5th edition, Wiley-Blackwell, 2013, p. 591.

种文学模式都更将视觉置于至高无上的位置，并将其作为理解世界及其与人的关系的主导性载体”①。“视觉”以科学实证式的细致观察为前提，“视觉”之结果借助语言载体的转达而成为文学文本内容，是一种“写实”式的“模仿”与“再现”抑或“反映”，读者便可以通过文本“理解世界及其与人的关系”，这种写实性文学文本同时也就是作家研究、考据或者艺术化“实验”的“主导性载体”，其中“记录”了他们艺术实证的结果。确实，“现实主义小说家格外关注准确的记录，确保事实正确”②，由此我们可以看到，实证主义理念与方法和现代现实主义文学理论与创作是密切相关的。正因为如此，在现代现实主义者看来，“物质世界不是笛卡尔式的梦幻而是真实存在的。在这方面，现实主义致力于记录外部现实然后（或同时）描写观察、扭曲或洞察外部现实的内在性”③。也就是说，现代现实主义的实证式观察并不是仅仅停留于生活和事物之外通过“视觉”所得的“记录”，而是要“洞察”其“内在性”之蕴含，即社会之规律、本质、意义等。因此，现代现实主义对社会和生活的这种“实验”式“模仿”“再现”或者“反映”，在方法与形式上有科学式“实证”与“研究”的意味，但在本质上当然是一种审美式艺术创造，作家创作的结果不是关于社会和生活的科学化的实验报告，而是具有审美价值和社会认识价值的文学艺术作品。现代现实主义作家“对贫民窟、工厂、铁路运营公司和肉类包装厂的访问调查构成了他们艺术作品中的实证性研究”④。“一些现实主义作家通过进一

---

① Peter Brooks: *Realist Vision*, Yale University Press, 2005, p. 3.

② J. A. Cuddon: *A Dictionary of Literary Terms and Literary Theory*, 5th edition, Wiley-Blackwell, 2013, p. 592.

③ George Levine: "Literary Realism Reconsidered: 'The World in its length and breadth'", in Matthew Beaumont ed.: *Adventures in Realism*, Blackwell Publishing Ltd., 2007, p. 16.

④ Carol J. Singley: "American Literary Realism", in M. A. R. Habib ed.: *The Cambridge History of Literary Criticism, Vol. 6: The Nineteenth Century*, Cambridge University Press, 2013, p. 334.

步加强'物象具体化'来塑造真实氛围。这些物象包括真实的街道地址、当地企业名字和其他地标建筑,以及一些真实的名人、政客或明星。"①在这方面,巴尔扎克是一个典型。

如前所述,巴尔扎克在思想观念上可谓是一个科学主义者,他深受实证哲学、动物学、解剖学等自然科学的影响。② 他认为,"古往今来,如同有动物类别一样,也有社会类别"③。他对生活的观察和感知方式具有实证式"实验"的特征。在日常生活中,他总是以这种实证的理念去观察和研究人与社会。"巴尔扎克先生到每一个家庭,到每一个炉旁去寻找,在那些外表看来千篇一律、平稳安静的人物身上进行挖掘,挖掘出好些既如此复杂又如此自然的性格,以至大家都奇怪这些如此熟悉、如此真实的事,为什么一直没被人发现。"④巴尔扎克自己也说:"我喜欢观察我所住的那一带郊区的各种风俗习惯,当地居民和他们的性格……我可以和他们混在一起,看他们做买卖,看他们工作完毕后怎样互相争吵。对我来说,这种观察已经成为一种直觉,我的观察既不忽略外表又能深入对方的心灵;或者也可以说就因为我能很好地抓住外表的细节,所以才能马上透过外表,深入内心。"⑤做如此实证式观察的最终目的是真实"再现"生活。他的著名论断是:"法国社会将成为它的历史,我只当它的书记,编制恶习和德行的清单、搜集情欲的重要事实、刻画性格、选择社会上主要事件、结合几个性质相同的性格的特点揉成典型人物,这样我也许可以写出许多

① Phillip J. Barrish:"Chapter 3. Creating the 'Odour' of the Real: Techniques of Realism", in Barrish, Phillip J: *The Cambridge Introduction to American Literary Realism*, Cambridge University Press,2011,p. 45.

② 参阅蒋承勇:《十九世纪现实主义文学的现代阐释》,中国社会科学出版社 2010 年版,第 149 页。

③ 王秋荣编:《巴尔扎克论文学》,中国社会科学出版社 1986 年版,第 63 页。

④ 王秋荣编:《巴尔扎克论文学》,中国社会科学出版社 1986 年版,第 146 页。

⑤ 王秋荣编:《巴尔扎克论文学》,中国社会科学出版社 1986 年版,第 106 页。

历史家忘记写的那部历史,就是说风俗史。”①在巴尔扎克的小说中,精致的细节描写使物质的形态具有客观的逼真性,从而有还原生活和还原历史的效果。“现实主义往往有着强烈的视觉性,关注看见和记录事物,并因此频繁加以描述……这些使我们通常将它与现实主义联系起来。”②叙事理论家罗兰·巴特对巴尔扎克的这种细节叙述与描写给予了高度的评价。“巴特认为细节的具体内容虽然意义不大,但在巴尔扎克所谓‘现实感的表现’上有重要作用。真实本身就是由许多对我们而言不具有区别意义的具体细节构成的;它们只是简单存在于我们的意识背景中。至少,这样的细节有助于我们感知周围的这个物质世界,而这个世界是独立于我们意识之外的。”③真实细致地描绘社会结构形态,广泛地展示生活的风俗史,是巴尔扎克的创作理想,同时也是他突出的文学成就。“的确可以说所有伟大的现实主义小说家在某种程度上都已经是历史主义的:巴尔扎克早已居于可查证的历史阶段,他也有具体的宗教信仰和生活空间,而其他人,即便严格地说与历史无关,也凭借其现实主义实力——不能这么说吗?逐渐成为历史档案。”④后来的英国小说家康拉德在阐述关于小说与历史之关系的观点时,支持和发展了巴尔扎克的小说观念和创作实践。康拉德说,小说“通过想象的方法,创造出了比现实更有条理的一种生活世界,它有选择地描写许多与生活相关的片段,这种选择足以同历史的文献相媲美”⑤。“小说是历史,是人类的历史,不然,就不成其为小说。但是,小说又不是历史;它源于一种牢固的根基,也就是文学是通过语言形式进行对现

---

① 王秋荣编:《巴尔扎克论文学》,中国社会科学出版社1986年版,第106页。

② Peter Brooks: *Realist Vision*, Yale University Press, 2005, p. 43.

③ Phillip J. Barrish: "Chapter 3. Creating the 'Odour' of the Real: Techniques of Realism", in Barrish, Phillip J: *The Cambridge Introduction to American Literary Realism*, Cambridge University Press, 2011, p. 46.

④ Fredric Jameson, "A Note on Literary Realism in Conclusion", in Mattew Beaumont ed., in Matthew Beaumont ed.: *Adventures in Realism*, Blackwell Publishing, 2007, p. 263.

⑤ Joseph Conrad: *A Personal Record*, Harper, 1912, p. 15.

实世界以及社会现象的观察的，而历史仅仅是依赖于文献、书写或印刷品的阅读，总而言之，是通过第二手资料。因此，小说比历史更真实。”①

除了巴尔扎克之外，司汤达、狄更斯、福楼拜、托尔斯泰、陀思妥耶夫斯基等现代现实主义作家，都不同程度地体现了“写实”中的实证理性。②现代现实主义文学的“写实”承续着传统“模仿说”的写实理念，同时在科学理性与实证理性的催化下，把文学创作视为对现实社会与人生的研究和对历史性的真实“再现”；作家的创作在科学研究式的观察、实证的基础上努力达成对小说生活的准确体验与把握，并以客观写实的方式真实“再现生活本来的样子”，甚至追求“文学具有科学研究的精确性”，竭力展示现实生活之本源。现代现实主义文学的“写实”理念，接纳了科学理性和实证理性基础上的观察、实验以及逻辑分析的方法和经验论哲学内涵，并以此挤对了传统“模仿说”的形而上的抽象思辨和先验论哲学内涵，力图使文学文本所展示和反映的艺术世界与现实中的生活世界达成同构关系。正因为如此，现代现实主义文学通常被认为广泛地再现了现实生活之面貌及其内在的本质与规律，从而使文学文本拥有审美功能和社会功能。概而言之，现代现实主义的“写实”从抽象的思辨性写实走向了实证的分析性写实，这是一种写作理念与方法上的现代性转型。

第二节　变数的“写实”与复数的“主义”

一种文学思潮的独立存在，既要有特定的文学风格与艺术手法，更要

① Joseph Conrad: “Henry James: an Appreciation,” in Auen Ingram ed.: *Joseph Conrad: Selected Literary Criticism and the Shadow-Line*, Routledge, 1986, p. 65.

② 关于现代现实主义文学对现实生活的写实性描写，请参阅蒋承勇：《十九世纪现实主义文学的现代阐释》，中国社会科学出版社2010年版。

形成具有特定诗学观念和艺术品格的“精神气质”，它是特定的文学思潮得以确立的更本质的要素。通常，某一种艺术风格和创作手法是可以超越历史的，但某种“精神气质”必然是特定历史阶段的产物。这意味着文学思潮的概念不但有内涵上的“质性”规定，还有外延上的“历史性”或“时代性”刻度。就此而言，“现代现实主义”既是19世纪特定历史时期之“文学思潮”的概念，又是一种以“写实”原则为根基的“创作倾向”“创作方法”或“批评原则”。作为一种关涉西方写实性叙事文学传统的创作方法与创作原则或文学批评方法，现实主义之“写实”精神与现实性、真实性审美品格是古已有之的，可以追溯到古希腊“模仿说”。

一、“写实”与“模仿”的耦合

“模仿说”是西方文学理论的重要基石之一。“模仿”一词在古希腊文中被称为 μίμησαι，而在拉丁文中则被称为 imitatio，“它乃是在不同语系中的同一名词”；“在今天模仿多少意味着复制(copying)，但是，在古希腊，它当初的用意却与现在大不相同”①。在公元5世纪前，“模仿”多用于祭祀时的礼拜活动，“到了公元前5世纪，‘模仿’一词，从礼拜上的用途转为哲学上的术语，开始指示对外界的仿造”。② 而真正作为文学理论和美学概念的使用，严格意义上是从柏拉图开始的。“在《理想国》第十部一开始，他把艺术视同实在的模仿的概念，就形成一个极端：他把艺术视同对于外界的一种被动而忠实的临摹。”③柏拉图认定，“模仿说”认定只有外部现实世界才是艺术的绝对本源和终极本体，即艺术的本质是对外部世

① 瓦迪斯瓦夫·塔塔尔凯维奇：《西方六大美学观念史》，刘文潭译，上海译文出版社2006年版，第274页。

② 瓦迪斯瓦夫·塔塔尔凯维奇：《西方六大美学观念史》，刘文潭译，上海译文出版社2006年版，第275页。

③ 瓦迪斯瓦夫·塔塔尔凯维奇：《西方六大美学观念史》，刘文潭译，上海译文出版社2006年版，第276页。

界的模仿。他还说，艺术家可以随心所欲地进行创作，因为他只需要拿面镜子四处照照就大功告成了，“拿一面镜子四方八面地旋转，你就马上造出太阳、星辰、大地、你自己，其他动物、器具、草木以及我们刚才提到的一切东西”[①]。由此，“模仿说”又被称为“镜子说”。不过，“乍看之下，他(即柏拉图，笔者注)的学说似乎是叙实性的而非规范性的；然而，事实上恰好相反，它根本不赞同用艺术模仿实在。基本理由是：模仿并非通达真相之正途”[②]。亚里士多德对柏拉图“模仿说”做了批判性发展，这集中表现为相互联系着的两个方面：其一，通过强调“行动中的人”(人的性格与行动)，使“文艺模仿自然”这一含混的命题变得明确。他认为：“情节乃悲剧的基础，有似悲剧的灵魂；‘性格’则占第二位。悲剧是行动的模仿，主要是为了模仿行动，才去模仿在行动中的人。”[③]因此，正如车尔尼雪夫斯基评述的那样，“亚里士多德的《诗学》没有一字提及自然，他说人、人的行为、人的遭遇就是诗所模仿的对象”[④]。这一方面开启了“文学即人学”的西方文学理论先导，另一方面为以营造“情节”为第一要务的西方文学叙事传统奠定了基础。其二，通过强调“应然”的观念将“普遍性”“必然律”植入“模仿”之中，使“模仿”的对象被定位于“内在本质”而非事物外形，最终为“模仿说”注入了灵魂。总体来说，通过“人”的引进，亚里士多德的“模仿说”顺利抵达“本质”；而且在“模仿”中由作家注入事物外形中的所谓“本质”因其对普遍性的要求，则只能来自一种公共的思维视角：“一般说来，写不可能发生的事，可用‘为了诗的效用’‘比实际更理想’‘人们相信’这些话来辩护。”[⑤]文学就是对现实生活的“模仿”，而“模仿”则以揭示

① 柏拉图：《柏拉图文艺对话集》，朱光潜译，人民文学出版社 1959 年版，第 65 页。

② 瓦迪士瓦夫·塔塔尔凯维奇：《西方六大美学观念史》，刘文潭译，上海译文出版社 2006 年，第 276 页。

③ 亚里士多德：《诗学》，罗念生译，人民文学出版社 1982 年版，第 23 页。

④ 车尔尼雪夫斯基：《美学论文选》，缪灵珠译，人民文学出版社 1957 年版，第 144 页。

⑤ 亚里士多德：《诗学》，罗念生译，人民文学出版社 1982 年版，第 101 页。

现实生活之普遍性本质为宗旨；从创作方法与理念角度来讲，这都意味着文学之“模仿”必然是对“写实”原则与“叙实”精神的贯彻，“模仿”与“写实”是一种耦合关系，或者说，“模仿”是“写实”的一种原初性表述，而“写实”则是“模仿”的延展性、根本性内涵。

在中世纪，经院哲学辩称：艺术家通过心灵对自然进行模仿之所以可能，乃是因为人的心灵与自然均为上帝所造，因而对观念的模仿当然就比对物质世界的模仿来得更加重要，这就把古希腊具有唯物主义倾向的“模仿说”进一步推向了纯粹上帝观念的神学“模仿说”。比如，圣·奥古斯丁断言：艺术家的作品只应该来自上帝至美的法则[①]。在文艺复兴时期，“‘模仿’变成了艺术论中的一项基本的概念，并且也只有在那之后，才达到了顶峰”并“赢得了全面的胜利”[②]。“在 15 与 16 世纪之间，没有其他的名词比 imitation 更加流行，也没有其他的原则比模仿原则更加通用。”[③]达·芬奇、莎士比亚等大艺术家均曾重提“镜子说”，莎士比亚在《哈姆莱特》中借主人公的口说：“自有戏剧以来，它的目的始终是反映人生，显示善恶的本来面目，给它的时代看一看自己演变发展的模型。”[④]较之前一个时期，文艺复兴时期的艺术家更加强调艺术模仿自然，但这种“自然”更多时候却依然意味着自然的本质与规律。在 17 至 18 世纪的新古典主义时期，作家们似乎比上一个时期更青睐“模仿自然”的口号，但同时也进一步把“自然”的概念明确为一种抽象理性或永恒理性。布瓦洛

① 瓦迪斯瓦夫·塔塔尔凯维奇：《西方六大美学观念史》，刘文潭译，上海译文出版社 2006 年版，第 278 页。

② 瓦迪斯瓦夫·塔塔尔凯维奇：《西方六大美学观念史》，刘文潭译，上海译文出版社 2006 年，第 278 页。

③ 瓦迪斯瓦夫·塔塔尔凯维奇：《西方六大美学观念史》，刘文潭译，上海译文出版社 2006 年版，第 281 页。

④ 莎士比亚：《莎士比亚全集》（九），朱生豪译，人民文学出版社 1978 年版，第 68 页。

说:“首先须爱理性:愿你的一切文章,永远只凭着理性获得价值和光芒。”①维科则于1744年在他的《新科学》中宣告:“诗除了模仿之外什么也不是。”②“在18世纪的大部分时间里,艺术即模仿这一观点成了不证自明的定理。”③可以说,自亚里士多德之后到18世纪,“模仿说”一直是西方文学与文论界极为重要的批评术语。

二、“写实”与“再现”“反映”的耦合

到了19世纪,“模仿说”在漫长的历史发展过程中,虽然反对的声音从未间断,但这种声音始终因其理论冲击力的微弱无法动摇“模仿说”的主流与主宰地位。实际上,长期以来“‘模仿说’并没有明目张胆的仇敌,因此也就没有引起什么激烈的争论”④。但是,随着19世纪“现实主义”概念的逐步流行和现实主义文学思潮的日渐兴盛,“模仿”“写实”的传统理论再度受到了空前的关注,如“火焰又重新突地闪亮那样,艺术家们又重新注重艺术的对于现实的依赖”⑤。于是,“模仿说”及“写实”精神在得以传承与延续的同时,其内涵也进一步拓展和延伸,从而呈现出特定时代的新形态——“再现说”。“一般来讲,19世纪中叶的现实主义作家和19世纪末期自然主义作家的共同点是相信艺术从本质上来说是对外部现实的模仿式的客观再现,这与之前的浪漫主义作家所强调的想象性转换形

① 布瓦洛:《诗的艺术》,任典译,见伍蠡甫等编:《西方文论选》(上卷),上海译文出版社1979年,第290页。

② 瓦迪斯瓦夫塔·塔尔凯维奇:《西方六大美学观念史》,刘文潭译,上海译文出版社2006年版,第278页。

③ M. H. 艾布拉姆斯:《镜与灯:浪漫主义文论及批评传统》,郦稚牛、张照进、童庆生译,北京大学出版社2015年版,第10页。

④ 瓦迪斯瓦夫塔·塔尔凯维奇:《西方六大美学观念史》,刘文潭译,上海译文出版社2006年版,第286页。

⑤ 瓦迪斯瓦夫塔·塔尔凯维奇:《西方六大美学观念史》,刘文潭译,上海译文出版社2006年版,第286页。

成对比。这使得现实主义作家和自然主义作家都描写日常生活和触手可及的事物,使他们全神贯注于被统称为社会再现的东西。"①于是,现代现实主义文学就有了社会研究的特征。"社会报道的一位'同胞兄弟'是现实主义小说,它是欧洲19世纪典型艺术形式之一。现实主义风格的小说创作追求与'真实生活'之间的关联,但它并不满足于对现实世界的简单描绘,而是要探究其内在的社会和心理层面的动因……在社会学正式成为一门学科之前,作家是研究社会的真正专家。在社会学出现后,他们仍然与社会学家保持着一种创造性竞争关系。"②

19世纪初,"在文学中,新写实主义所发表的第一篇理论性文章,见于1821年出版的《19世纪的使者》,作者不详。文章里提到:'就目前文学理论的现状来看,整个情势的发展显示,大家都赞成文学应该趋向于忠实地模仿由自然提供的模型','这种学说可以称之为写实主义'"③。这里的"写实主义"与之后库尔贝特等人所说的现实主义十分相似。库尔贝特在《1855年的个展目录》前言中曾这样阐发其所理解的现实主义:"像我所见到的那样如实地表现出我那个时代的风俗、思想和它的面貌,一句话,创造活的艺术,这就是我的目的。"④库尔贝特的"现实主义"强调"对这个世界的一种还原——缩略模型——将这世界压缩在一册书中,我们知道这册书能够在我们阅读期间提供一种平行现实的感觉。它几乎可以替代我们自己的现实"⑤。库尔贝特和当时的尚弗勒里共同表达了"艺术

① Sally Ledger. Naturalism:"Dirt and horror pure and simple", in Matthew Beaumont ed.: *Adventures in Realism*, Blackwell Publishing Ltd., 2007, p. 69.

② 于尔根·奥斯特哈默:《世界的演变:19世纪史》(Ⅰ),强朝晖、刘凤译,社会科学文献出版社2016年版,第48页。

③ 瓦迪斯瓦夫塔·塔尔凯维奇:《西方六大美学观念史》,刘文潭译,上海译文出版社2006年版,第288页。

④ Peter Brooks: *Realist Vision*, Yale University Press, 2005, p. 2.

⑤ Peter Brooks: *Realist Vision*, Yale University Press, 2005, p. 2.

应该是现实生活的真实再现”①的观点，这既是对“模仿说”严格意义上的传承，也是在更广阔的意义上“按照生活的本来面目再现生活”创作原则的一种婉转表达，而这在根本上是对已有的现代现实主义文学思潮之精神实质的高度概括。众所周知，库尔贝特的“现实主义”表述，事实上是对此前未曾以之冠名的一批写实传统之作家与作品的一种“追认”，如巴尔扎克、司汤达等。这一系列作家不但在创作实践中体现了这种“模仿”“再现”与“写实”的创作原则，而且也有大量的理论表述与评论。巴尔扎克在《人间喜剧》前言中称：“我搜集了许多事实，又以热情为元素，将这些事实真实地默写出来。”他在自叙其《人间喜剧》的创作意图时明确宣称：“法国社会将是一个历史家，我只能当它的书记。”他立志“完成一部 19 世纪法国的作品”，“写出许多历史家所遗忘了的历史，即人情风俗的历史”②。奥尔巴赫认为，“巴尔扎克把虚构的文学艺术创作理解成了对历史的解释，甚至上升到了历史哲学的高度”③。托尔斯泰在《莫泊桑文集》序言中说：“艺术家之所以是艺术家，只是因为他不是按照他所希望看到的样子，而是按事物本来的样子来看事物。”④更直接地将“模仿说”传统写实理论以“再现说”概念做传承性、创新性深入论证与阐发的是俄国民主主义文艺评论家车尔尼雪夫斯基，他在总结俄国文学发展进程的基础上，通过辨析“现实的诗”与“理想的诗”的联系与区别，深入论证了“模仿说”和现实主义文学思潮之“再现说”的关系。他指出，“艺术的第一个目的就是再现

---

① 勒内·韦勒克：《批评的诸种概念》，罗钢、王馨钵、杨德友译，上海人民出版社 2015 年版，第 228 页。

② 巴尔扎克：《〈人间喜剧〉前言》，见伍蠡甫等编：《西方文论选》（下卷），上海译文出版社 1979 年版，第 168 页。

③ Erich Auerbach: *Mimesis: The Representation of Reality in Western Literature*, Princeton University Press, 2003, p. 480.

④ 托尔斯泰：《〈莫泊桑文集〉序言》，见托尔斯泰：《论创作》，戴启篁译，漓江出版社 1982 年版，第 91 页。

现实”,“艺术是现实的再现”①;艺术作品的目的和作用“并不是修正现实,而是再现它,充作它的代替物”②。他肯定“现实的诗”“更符合我们时代的精神和需要”,要求文艺成为“社会的一面忠实的镜子”,“使现实的全部可怕的真相毕露无遗”③,并首次把现实主义再现现实的创作原则同 19 世纪 40 年代在俄国文学中形成的以果戈理为代表的“自然派”联系在一起。车尔尼雪夫斯基提出了著名的“美是生活”的唯物主义论断,并在此基础上肯定了艺术的目的和作用是“再现现实”“说明生活”和“对生活下判断”④,进一步奠定和发展了俄罗斯现实主义文艺的理论基础。特别是,车尔尼雪夫斯基“突破了旧的模仿说……他主张,艺术不但模仿实在,而且解释并评价现实。这一点有其特殊不凡的意义”⑤。车尔尼雪夫斯基不仅阐释了“再现说”的基本内涵,还辨析了其与“模仿说”的异同。杜勃罗留波夫的贡献在于其创立了“现实的批评”原则,肯定了艺术作品的主要价值在于它的生活真实,并以此作为评定每一种文学现象价值与意义的尺度。值得注意的是,别林斯基、车尔尼雪夫斯基、杜勃罗留波夫都未曾使用“现实主义”这一术语,但都对 19 世纪现实主义文学创作的写实精神做了深入的阐发,并有力地推动了俄国现实主义文学思潮的发展与繁荣。

可见,19 世纪现实主义文学的“再现说”创作原则和文学理念之理论渊源与古希腊的“模仿说”一脉相承,当然,“这种现实主义文学显然比以前的文学作品包含了更多的写实性元素”⑥,并且,以“再现说”为原则的

---

① 车尔尼雪夫斯基:《艺术与现实的审美关系》,周扬译,人民文学出版社 1979 年版,第 91—92 页。

② 伍蠡甫等编:《西方文论选》(下卷),上海译文出版社 1979 年版,第 412 页。

③ 车尔尼雪夫斯基:《艺术与现实的审美关系》,周扬译,人民文学出版社 1979 年版,第87 页。

④ 车尔尼雪夫斯基:《艺术与现实的审美关系》,周扬译,人民文学出版社 1979 年版,第 109 页。

⑤ 瓦迪斯瓦夫·塔塔尔凯维奇:《西方六大美学观念史》,刘文潭译,上海译文出版社 2006 年版,第 288 页。

⑥ J. P. Stern: *On Realism*, Routledge and Kegan Pall, 1973, p. 41.

“现实主义激活了社会景象和社会现实”①。“这种新写实主义和旧有的模仿说相比之下,其间仍有某种差异;这个差异不只是在‘写实主义’这个新名词……因为艺术(包含文学艺术在内)的本质与其说是对现实的模仿,不如说是对现实的分析。”②这里的“对现实的分析”和车尔尼雪夫斯基的“解释并评价现实”的观点几乎一致,这意味着“再现说”使“模仿说”从轻视创作者主体精神的介入、过于强调并依赖对现实的机械性复制,演变、提升为强调主体作用的能动性之“写实”。确实,传统“模仿说”的“写实”强调文学创作与外部世界的照相式对接与吻合,强调“镜子式”的机械的真实反映,这种理论使文学创作过分受制于外在事物,作品的价值也主要取决于其模仿的对象物本身(题材和内容)。正如美国批评家卡西尔指出的,传统的艺术对现实模仿的理论,过于重视创作对现实的依赖,忽视了创作主体的作用。③ 因此,传统模仿说的缺点是显而易见的:如果模仿是艺术的真正目的,那么显而易见,艺术家的自发性创造力就是一种干扰性因素而不是一种建设性因素。④ “再现说”则强调文学创作不能简单、被动地受制于外在的描写对象,创作过程是一种以主体介入的方式进行的对外在世界的能动反映,作家可以“在自己的作品中改变所谓‘真实’的东西和‘现实生活’,使之满足艺术品本身的内容需要——如前后一致、完整性、统一性或合理性等等”⑤;“要承认现实与我们对现实内容的视觉感知之间存在无法弥合的差距,这是更精确地理解(和再现)我们的观看方

---

① Matthew Beaumont:“Introduction: Reclaiming Realism”, in Matthew Beaumont ed.: *Adventures in Realism*, Blackwell Publishing Ltd. ,2007, p. 6.

② 瓦迪斯瓦夫·塔塔尔凯维奇:《西方六大美学观念史》,刘文潭译,上海译文出版社 2006 年版,第 288 页。

③ Ernst Cassirer: *The Philosophy of Symbolic Forms*: *Vol*. 1: *Language*, Trans. Ralgh Manheim, Yale University Press, 1955, p. 187.

④ Ernst Cassirer: *The Philosophy of Symbolic Forms*: *Vol*. 1: *Language*, Trans. Ralph Manheim, Yale University Press, 1955, p. 187.

⑤ 布洛克:《美学新解》,滕守尧译,辽宁人民出版社 1987 年版,第 66 页。

式的关键”[①]。因而作家的创作是在主体精神驱使下对生活的创造性“改造”,作品的价值由其内容和形式本身来决定。“经常有人暗示现实主义的最终目标就是复制现实,或至少是复制部分现实——似乎现实主义小说的渐近线就是在书中对现实的相关部分进行的整体重建。这种说法属实将使现实主义的事业立即变得不可能,变得徒劳。”[②]现代现实主义的“再现”不是机械地“复制”生活的外在表象,“艺术家是无法复制自然的;艺术家能做的只是阐释自然”[③]。“现实主义并不以反映现实的外部轮廓来接近现实,而是把它搬上舞台,把痴迷存在和意识形态泛滥的方方面面凸显出来。”[④]所以,“再现说”对“模仿说”的传承与发展,也意味着“写实”原则与精神的嬗变,从而达成了文学创作之“写实”同“再现”“反映”的耦合。“19 世纪 50 年代,写实主义的领导者是夏弗洛瑞[⑤]……他认为艺术之美,是一种被反映出来的美,而它的根源在于现实之中。”[⑥]

三、“写实”与“主义”

其实,“再现”的“写实”在西方文学史上与“模仿”的写实一样有悠久传统,但这一传统并非一块晶莹剔透的模板。如上所述,不管是在理论观念层面还是在具体的创作实践中,西方文学中所谓“写实”,并非一成不变,而是总处于不断生成的动态历史过程之中。从“模仿”现实到“再现”

---

① Amy Holzapfel: *Art, Vision, and Nineteenth-Century Realist Drama*, Routledge, 2014, p. 16.

② Raymond Tallis: *In Defence of Realism*, Edward Arnold, 1988, p. 195.

③ Hermann Von Helmholtz: *Selected Writings of Hermann Von Helmholtz*, Wesleyan University Press, 1971, p. 328.

④ Estber Leslic: “Interrupted Dialogues of Realism and Modernism: ‘The fact of new forms of life ,already born and active’”, in Beaumont, Matthew eds. : *Adventures in Realism*, Blackwell Publishing, 2007, p. 129.

⑤ 即尚弗勒里,Champfleury。

⑥ 瓦迪斯瓦夫·塔塔尔凯维奇:《西方六大美学观念史》,刘文潭译,上海译文出版社 2006 年版,第 288 页。

现实,是"写实"传统的发展与变异,其间不同时代人不但对"写实"之"实"的内涵有着不同的理解,而且相应地对"写实"之"写"得如何也总有着迥异的要求。就前者而言,所谓"实"是指什么?——是亚里士多德之"实存"意义上的生活现实,还是柏拉图之"理式"意义上的本质真实?抑或是苏格拉底之"自然"意义上的精神现实?这在古希腊就是一个争论不休的问题。亚里士多德在《诗学》之后说的"实存"意义上的"现实说",虽然逐渐成为西方文学理论界长时间占主导地位的观点,但究竟是怎样的"实存",又到底是谁家的"现实",依然难以做出定论——是客观的、对象性的现实,还是主客体融会的、现象学意义上的现实?抑或是主观的、心理学意义上的现实?基于现代哲学立场观之,"再现"即"再造",通过观念对现实的再造。在传统的文学叙事文本中,由于作家总是站在一个"类主体"的宏大立场上进行思考,所以,在抽象的理性观念与鲜活的生命体验之间,他们的叙事总是习惯性地贴近前者潜行。一旦细致的感性生命体验被忽略,所谓"对现实的真实再现"也就只能宿命般地沦于"对观念的抽象演绎"。

经过宗教-伦理观念或启蒙政治理性一番"阐释"之后,历史主义的线性历史观将生存现实乔装打扮,规定为某种历史在通往终极目标过程中的一个特定历史阶段的意识形态图景。本质主义使处在历史活动中的人和活生生的人的生存被装进某种观念系统的模型:人,脱开了其"自然存在"的属性;"自在性"既已沦陷,"自为性"也就势必成为"观念"自身的虚妄。正如冈布里奇在《艺术与幻觉:绘画再现的心理研究》一书中所言,世界上永远"不存在未加阐释的现实"①,在"本质"被注入"模仿"并成为其灵魂之后,"再现说"关于客体世界之文学本体与本源的立场,已在不知不

① 冈布里奇:《艺术与幻觉:绘画再现的心理研究》,周彦译,湖南人民出版社 1987 年版,第 83 页。

觉中归于作为创作主体的作家,因为“本质”作为观念只能由作家主体赋予世界客体,世界客体本身是没有什么“本质”可言的。

19 世纪西方现实主义是作为浪漫主义的对立面出现的,杜朗蒂和尚弗勒里曾尖锐地攻击雨果、缪塞、维尼等浪漫派作家,指责他们无视自己的时代,企图从往昔的岁月里掘出僵尸,再给它们穿上历史的俗艳服装。因浪漫派抵制“不现实的各种事物”,卫姆塞特和布鲁克斯在《西洋文学批评史》中把现实主义阐释为 19 世纪中叶发生在西方文坛的一种反动。①而在 19 世纪末、20 世纪初现实主义与现代主义的论战中,现实主义自身也被申斥为“过时”的“矫饰”。法国文论家罗兰・巴特说,“叙事的作用不是‘表现’,而是构成一幅图景,一幅对我们来说显得神秘莫测却又完全无法模仿的图景”②。在“上帝死了”所开启的“不确定”代替“确定”的文化背景下,“模仿说”那种建立在传统“写实”基础上的确定无疑的所谓客观真实,被丰富、复杂乃至相互冲突的各种主观真实所取代,19 世纪西方现实主义对“写实”与“真实”的追求也遭到了质疑。

文学理论的语言学转向——形式主义、结构主义、解构主义等相继在理论上将没完没了的所谓真实性问题弃置一边,转而将文学看成自足的、由语言编制结构的文本来进行讨论。用“文本”代替“作品”,表征着文学理论与文学批评的一次深刻的革命:文学从此不再简单地是外部世界或内部世界的镜像,而是自足的语言系统内部发生的一个事件。语言学家索绪尔提出:任何语言符号都由“能指”与“所指”这两个因素结合而成,且符号所组成的语言世界与其所指代的现实世界之间并不存在必然的联系,即不是外在事物决定了语词的意义,而是语词决定了事物的

① 卫姆塞特、布鲁克斯:《西洋文学批评史》,颜元叔译,中国人民大学出版社 1987 年版,第 417 页。

② Roland Barthes: “Structured Analysis of Narratives”, in Roland Barthes: *Image, Music, Text*, Trans. Stephen Heath, Hill and Wang, 1977, pp. 124-125.

意义。此种语言观对现实主义的镜像式写实与真实观无疑产生了有力的冲击。

浪漫主义之后，尽管19世纪现实主义文学创作曾因巴尔扎克、狄更斯、托尔斯泰等文学大师的存在呈现出勃然复兴的旺盛势头，尽管20世纪西方文坛上现实主义创作仍然不绝如缕地呈现出长盛不衰的“无边”局面——这一切既与19世纪现实主义作为西方文学传统的强大惯性相关，又与小说尤其是长篇小说作为资本主义兴起的产物这一事实相关涉，但人们还是不得不承认：从文学观念上来说，持续主导西方文学2000多年的“模仿说”“再现说”及其“写实”精神在承受了浪漫主义“表现说”对其发起的颠覆行动之后，面对着自然主义与象征主义“显现说”[①]的联合夹击，自然不可能永远风采依旧，但作为一种经典的理论资源，在相对弱化的同时又渗透、融化于新的文学和新的理论之中，依旧在人类文学中显示其理论意义与当代价值。“我们最终将像巴尔扎克、狄更斯、福楼拜和乔治·艾略特等人开拓的再现世界的风格模式视为标准，这是我们期待的小说该有的样子。”[②]因此，“写实”这个“变数”又留下了更开放的包容与拓新的空间，为接纳20世纪的现代主义文学的合理成分埋下了生命的种子。

“现实主义”以肇始于古希腊的理性主义哲学传统为思想核心，凭借“模仿说”“再现说”，经由西方写实性叙事文学传统的逐步锤炼得以形成并发展和延续。在19世纪浪漫主义文学思潮式微、自然主义文学思潮兴起前后，徜徉于滋养自然主义的科学主义文化大潮，愤懑于浪漫主义走向极端后的虚无浮泛，“现实主义”因其“写实”这个“变数”概念之内涵的陡然增大以及质的更新，顿时壮大为一种“文学思潮”。同时，又由于现实主

---

① 蒋承勇、曾繁亭：《“屏”之显现——自然主义与西方现代文学体系的重构》，《外国文学》，2019年第1期，第108—120页。

② Peter Brooks: *Realist Vision*, Yale University Press, 2005, p. 5.

义之“写实”概念常常处于内涵游弋动荡、外延无限膨胀的“变数”状态，致使19世纪现实主义在作为波澜壮阔的文学思潮流行过后，作为一种创作倾向、创作方法和批评方法，常常本能地趋向于寻求某种外在的支撑，正所谓“现实主义在历史过程中指代不同的事物……它作为口号被印在不同的旗帜上”①。于是就有了各种各样、名目繁多的“现实主义”新形式、新组合，从而呈现为一种“复数”状态——在西方，有“模仿现实主义”“心理现实主义”“虚幻现实主义”“怪诞现实主义”“反讽现实主义”“理想现实主义”“朴素现实主义”“传奇现实主义”“乐观现实主义”“超现实主义”“魔幻现实主义”等等，不一而足；在苏联，文学理论家卢那察尔斯基一人就曾用过“无产阶级现实主义”“社会现实主义”“英雄现实主义”和“宏伟现实主义”等多种术语，此外还有沃隆斯基的“新现实主义”、波隆斯基的“浪漫现实主义”、马雅可夫斯基的“倾向现实主义”、阿·托尔斯泰的“宏伟现实主义”、勃列日涅夫的“辩证现实主义”等等，五花八门。看来，“现实主义是一个开放性的形式，是一个没有清晰或连续边界的文类”②。“现实主义与它试图反映的现实一样灵活多变。”③在所有这些“复数”的“现实主义”中，最著名的还是高尔基的“批判现实主义”和于1934年苏联第一次作家代表大会正式写进作家协会章程并被规定为苏联文学基本创作方法的“社会主义现实主义”。其中，“‘批判现实主义’这一概念在马克思主义和激进文学研究中有着悠久的传统，其发端可以追溯到马克思和恩格斯对巴尔扎克、狄更斯和其他作家零散但又深刻的评论中”④；而“社会主义

---

① Raymond Tallis: *In Defence of Realism*, Edward Arnold, 1988, p. 190.

② Raymond Tallis: *In Defence of Realism*, Edward Arnold, 1988, p. 190.

③ Esther Leslic: "Interrupted Dialogues of Realism and Modernism: 'The fact of new forms of life, already born and active'", in Beaumont Matthew eds.: *Adventures in Realism*, Blackwell Publishing, 2007, p. 140.

④ Michael Lowy: "The Current of Critical Irrealism: 'A moonlit enchanted night'", in Matthew Beaumont ed., in Beaumont Matthew eds.: *Adventures in Realism*, Blackwell Publishing, 2007, p. 193.

现实主义”则是“现实主义在俄国革命之后被彻底改造”①的结果。“社会主义现实主义倡导作家坚定的宣传应当服从于特定政权。”②在中国,除20世纪五六十年代被热烈讨论并一度被确定为中国文学的基本创作方法的“社会主义现实主义”及其变种“与革命浪漫主义相结合”的“革命现实主义”外,相应的还有“新民主主义现实主义”(周扬)、“进步的现实主义”(周扬)等。“现实主义”惊人的繁殖力,所表征的正是其作为文学传统之“写实”“变数”基础上的“主义”的“复数”。这些“主义”的“复数”形式不应冠之以“文学思潮”的概念,而仅仅是现实主义或写实主义创作方法、创作原则的变体,或者说是19世纪现实主义“写实”精神在不同时空的延续、流变、创新与发展。正因为如此,比较文学学者托里尔·莫依认为:“有各种各样的现实主义:我们作为文学批评家的任务是阐释每一种现实主义的特殊性,而不是将所有现实主义都妖魔化成天真的‘再现主义’(representationlism)。”③

艺术活动毕竟是最张扬个性的人类活动;事实上,任何一位伟大作家的创作,都绝无可能用一个什么“主义”的术语或标签盖棺论定。文学史研究应把思潮研究、作家研究、作品研究区别开来;文学思潮层面的宏观研究不能代替对具体作家、作品的研究,反之亦然。将一个时期的作家、作品都装到一个套子里发放统一“牌照”,简单倒是简单,但这已经不是在偷懒,而是在糟蹋文学。在研究经典作家、作品与文学思潮或文学流派的关系上,左拉的话也许足资借鉴:“每个流派都有过分之处,以致使自然按

---

① Estber Leslic: “Interrupted Dialogues of Realism and Modernism: ‘The fact of new forms of life ,already born and active’ ”, in Beaumont Matthew eds. : *Adventures in Realism*, Blackwell Publishing, 2007, p. 139.

② J. A. Cuddon ed. : *A Dictionary of Literary Terms and Literary Theory*, 5th edition, Wiley-Blackwell, 2013, p. 593.

③ Toril Moi: *Henrik Ibsen and the Birth of Modernism: Art, Theater, Philosophy*, Oxford University Press, 2006, pp. 30-31.

照某些规则变得不真实。”①“流派是为平庸而建立的。对于那些没有勇气和自由的毅力的人来说,有规则是好的……天才决不混杂其中。他的本性是不属于任何流派,在必要时创造出新流派。”“流派从来不会产生一个伟人。”②所以,左拉对当时指称以他为代表的新文学思潮为“自然主义”并不在意,还是反复使用“自然主义”这个名词,是“因为事物需要命名,公众才会认为是新的”③。左拉觉得自己的创作倾向“需要命名和宣传,需要有纲领和宣言”④,这样才能有“凝聚力”并产生“深远影响”。但是,这种“命名”和“名词”不一定适合所有有这种创作倾向的作家;以这种“纲领”和“规则”去创作的,未必能成为“天才”的文学领袖。

四、“写实”与“写虚”:“断裂”中的勾连

就19世纪现代现实主义文学思潮而言,无论是在理论上还是创作实践上,其“写实”原则之根本内涵不管较之以前有多大的变化,在本质上与本原上都未曾脱离实证主义的观察、实验的科学精神与实证理性,这意味着现代现实主义存在自身的历史刻度与标志。但是,由于“写实”作为一种创作原则,本身是一个“变数”,如前所述,伴随着“模仿说”“再现说”的历史变迁,与之关联的“写实”原则的内涵就有所不同,因此不同历史发展阶段和不同国家的现实主义作家,其创作中的具体表现是各不相同的。泛而言之,在人类文学史上,文学离不开“写实”,而“现实”又总是处于变动不居的状态之中。那么,随着历史的发展,到了20世纪,虽然“写实”作

① 左拉:《给安托尼·瓦拉布雷格的信》,朱雯等编选:《文学中的自然主义》,上海文艺出版社1992年版,第267页。

② 左拉:《给安托尼·瓦拉布雷格的信》,朱雯等编选:《文学中的自然主义》,上海文艺出版社1992年版,第268页。

③ 马·布雷德伯里、詹·麦克法兰:《现代主义》,胡家峦、高逾、沈弘等译,上海外语教育出版社1992年版,第168页。

④ 马·布雷德伯里、詹·麦克法兰:《现代主义》,胡家峦、高逾、沈弘等译,上海外语教育出版社1992年版,第168页。

为一种普遍性创作原则依然适用,但是如何"写实"、写什么样的"实"等问题,仍是值得讨论的。事实上,现代主义文学中的"写实"大大有别于现代现实主义,其内涵还包含了"写虚",并且以"虚"为主。由此,现代现实主义与现代主义之间既体现了后者对前者的反叛,又意味着文学之精神内质上的前后关联。

如前所述,现代现实主义的"写实",与"模仿说""再现说"均达成耦合,并且在实证理性浸润下,刻意追求表现生活本源性的真实;作家的创作在科学研究般的观察、实证的基础上力求达成与生活紧密而直接的联系,以图理性而客观地"再现生活本来的样子",甚至追求"文学具有科学研究的精确性"。从具体的表现方法上看,如剧作家和理论家贝托尔特·布莱希特(Bertolt Brecht)所说:"现实主义手法:探索社会因果关系,揭露当权者对事物的普遍看法,站在阶级的立场上写作,为人类社会所面临的紧迫难题提供最广泛的解决方案,强调发展的要素,把可能转化为具体,从具体中抽象可能。"[①]总体而言,现代现实主义文学文本所展示和反映的艺术世界与现实中的生活世界达成同构关系;文学文本中的世界虽然是艺术化的,但总体上是理性化、具象化且合乎生活逻辑的。有鉴于此,现代现实主义文学广泛地再现了现实生活之面貌及其内在的本质与规律,从而使文学文本拥有审美功能和社会功能。

然而,20 世纪现代主义者信奉的是非理性哲学,他们对科学之于人类的作用持怀疑和否定的态度,他们排斥科学理性精神,摒弃理性的和逻辑的思维模式,摒弃用理性的和实证的方法观察人与世界,把视线从外在的物理世界转向了内在的心理世界。就此而论,现代现实主义侧重于现代性中的社会现代性一翼——理性主体性,而现代主义侧重于审美现代

---

① Bertolt Brecht:"Against Georg Lukács", in Perry Anderson et al., eds.: *Aesthetics and Politics*, Verso, 1980, p. 82.

性一翼——感性主体性。社会现代性又被称为“启蒙现代性”，审美现代性又被称为“文化现代性”。“启蒙现代性最典型的方式是数学，而文化现代性的代表则是艺术……如果说前者体现了理性(逻各斯)的力量，代表了理性化的统一的秩序和总体性追求的话，那么，后者正好表征了非理性、混乱、零散化和多元宽容的反动。”①审美现代性虽然可以追溯到卢梭和尼采及浪漫主义文学思潮，但是，从科学依据的角度看，它的重要根基是弗洛伊德的精神分析学，尤其是这种精神分析学说中的非理性理论。现代主义从审美现代性(文化现代性)一翼张扬现代性精神，自然就与现代现实主义注重从外在的和理性的角度表现生活不同，而是从内在的和非理性的角度表现生活。正如丹尼尔·贝尔所说，“现代主义是一种对秩序，尤其是资产阶级酷爱秩序的心理的激烈反抗。它侧重个人，以及对经验无休止的追索。……他们把理性主义当作过时的玩意儿”②。现代主义认为外在的客观实体世界是不真实的，现实主义作家对生活所做的实证性、具象化描写是幼稚可笑的。因此，在现代主义这里，文学创作的根本目的不是再现外在现实生活的表象之真，而在于展示精神的和心理世界的真——一种超现实之真，一种“超现实”的现实。于是，在他们的作品中，外在的生活和世界被“虚”化了，而内在的心灵世界被“实”化了。如果说，他们的创作也离不开“写实”的话，那么，他们“写”的方式主要不是现代现实主义作家的那种模仿、再现、实呈或实证意义上的具象化描写，而主要是一种表现、象征和隐喻意义上的形而上的和抽象化意义的显现。由此，“写实”被虚化了，或者说，“写实”趋向于写“虚”、写“幻”、写“心”和写“意”；如此创作而成的文本世界对应的主要不是外在的现实世界，而是人的内在的心灵世界，“现实”变成了“超现实”或心理现实，“写实”几乎成

① 周宪：《审美现代性批判》，商务印书馆 2005 年版，第 147 页。

② 丹尼尔·贝尔：《资本主义文化矛盾》，赵一凡、蒲隆、任晓晋译，生活·读书·新知三联书店 1989 年版，第 31 页。

了“写虚”——当然，心理的内容或超现实在本质上也是一种“实存”之物，因而是一种“虚化”之“实”，因此“写虚”在根本上依然还在“写实”。如果说，现代现实主义作家的艺术创作更体现理性思维对生活的概括、集中、提炼与提高的话，那么，现代主义作家则更体现非理性控制下的对生活的体悟和对感觉、直觉与情绪的传达与抒写。

在这方面，作为现代主义流派之一的表现主义文学具有代表性。表现主义文学注重表现事物内在的本质，力图销蚀外在物理世界的具体痕迹，作品中的事物之表象特征趋于式微；作品中人物的行为、语言、动作等主要不是为了刻画性格并赋予实在的思想内涵，而是为了表达象征性寓意；文本内容不再关注事物存在的实时性、具象性与逻辑性，而重在表现事物的抽象性、永恒性和象征性。卡夫卡的《变形记》用象征模式表现了真实而虚幻的世界，抽象化的“写虚”成为主导的创作方法。作者平平静静地描写了主人公变形前具体的生活细节和变形后逼真的心理状态，使读者感到主人公所处的始终是一个真实的人的世界。尽管主人公与他周围人的距离相隔甚远，但主人公及他周围人与读者的心理距离是近的，读者既能理解格里高尔的痛苦，又能理解他家人的焦虑，因为他们双方的情感世界正是生活中你、我、他的情感世界，于是，阅读中就能体会到真实感、现实性，从艺术表现方法的角度看也有其特殊的“写实性”。然而，由于小说故事的整体框架是借助于一个象征模式而不是现实模式构建起来的，这个故事框架——人变成虫——的逻辑结构本身是非现实、非“写实”的，它只是用来寄寓人在哲理意义上的生存状态的，而不是对外部生活的写实性、现实性模仿；作者不是让人们去接受人变成虫这一客观存在的事实，而是让人们去体察和领悟其间超现实意义上的人的精神状态和深层心理情感，去寻找虚幻与抽象中的本质之真。人变成虫不过是人类精神世界的象征，而非实指的客观外在世界。小说不在真实的摹写中追求再现式的“写实”之真，而以象征式的隐喻表现真实中的荒诞、虚幻中的真，在“虚”中实现了抽象意义上的“写实”。“写实”与“写虚”互为表里，但是以“虚”为主。这也是现代主义文学的一种普遍的艺术表达方法。

可见，“写实”与“写虚”看起来是互不相干乃至截然相反的，其实不然。“实”和“虚”互为表里、相互依存。现代现实主义和现代主义共同以“求真”之“写实”，各有侧重地展示着世界与自然以及生存于其间的人，在文学文本中展现出不同特质的艺术世界和人的生存状态，“写实”和“写虚”在“求真”这一黏合剂的作用下成为人类文学这个“硬币”的不可或缺的两面。西方文学之从现代现实主义到现代主义的发展，当然存在着后者对前者之“传统”的反叛与矫正，但并不意味着对前者的抛弃和断裂，而是在表层的“反叛”与“断裂”中有着深层的“勾连”，这恰恰体现了现代性的双重面相。或者说，现代现实主义和现代主义通过“写实”与“写虚”这看似截然相反的不同面相或不同理路，达成了内涵复杂且丰富的“现代性”。

第三节　写实传统与马克思、恩格斯文艺思想

马克思、恩格斯是具有很高文学修养的思想家、理论家，他们的文艺思想在马克思主义理论中占有十分重要的地位。综观马克思、恩格斯关于文学及文艺的著述，其涉及了众多的作家、作品以及创作现象、文学艺术发展史等。我们在惊叹于其丰富而深刻的文艺见解的同时还可以发现，尽管他们曾分析《荷马史诗》、《古希腊悲剧》、弥尔顿的《失乐园》、但丁的《神曲》等欧洲文学史上的不朽名著，也探讨了塞万提斯、莎士比亚、歌德与狄德罗等伟大作家，但构成其文艺思想之核心内容的主要来自他们对 19 世纪欧洲文学的分析与研究，尤其是对 19 世纪欧洲现实主义文学思潮的深度阐释。

一、马克思、恩格斯与现代现实主义

马克思、恩格斯研究和讨论过的19世纪欧洲作家多达几十位，其中包括法国的夏多布里昂、雨果、乔治·桑、欧仁·苏、巴尔扎克、左拉、莫泊桑，英国的司各特、骚塞、拜伦、雪莱、托马斯·卡莱尔、乔治·艾略特、狄更斯、萨克雷、哈克奈斯，德国的阿伦特、卡尔·倍克、海涅、弗莱里格拉特、明娜·考茨基、卡尔·济贝尔、贝尔塔、卡·维尔特，俄国的普希金、赫尔岑、屠格涅夫、莱蒙托夫、车尔尼雪夫斯基、杜勃留波夫、谢德林，以及挪威剧作家易卜生等。这些作家的创作倾向和文学思潮大多归属于现代现实主义，可以说，马克思、恩格斯对文学的现实主义和有写实主义倾向的作家的作品情有独钟。拉法格在回忆中说，马克思"非常推崇巴尔扎克"，曾不止一次地表示，要写一篇关于评论巴尔扎克《人间喜剧》的文章。原因就在于巴尔扎克以其非凡的艺术才华，在他的作品中，"用诗情画意的镜子反映了整整一个时代"①。恩格斯则在1883年致劳·拉法格的信中提到，他在病中阅读巴尔扎克的作品，从这位卓越的现实主义文学大师那里获得了极大的满足。他认为，巴尔扎克的作品中"有1815年到1848年的法国历史，比所有沃拉贝尔、卡普菲格、路易·勃朗之流的作品所包含得多得多……在他富有诗意的裁判中还有了不起的革命辩证法！"②。马克思、恩格斯在《英国的资产阶级》《致斐迪南·拉萨尔》《致玛格丽特·哈克奈斯》《致明娜·考茨基》等著作中对19世纪现实主义文学给予了高度的评价。这些著作是马克思主义文艺思想的历史性文献，而19世纪现实主义文学思潮是他们从事马克思主义理论创造尤其是文艺理论研究的重要素材。

---

① 弗兰茨·梅林：《马克思传》，樊集译，人民出版社1965年版，第623页。

② 恩格斯：《致劳拉·拉法格》(1883年12月13日)，《马克思恩格斯全集》(第三十六卷)，人民出版社1975年版，第77页。

为什么马克思、恩格斯对19世纪现实主义文学思潮情有独钟呢？

作为极具现实关怀和人道精神的理论家与思想家，马克思、恩格斯从历史唯物主义和辩证唯物主义立场出发，把经济关系视为社会历史发展的决定性基础，并致力于通过研究物质经济形态与人的关系去揭示社会发展的规律，尤其是揭示资本主义社会人与人之间的关系及其发展趋势。马克思的《共产党宣言》从政治经济学的角度，揭示了资本主义社会的现代性特征——侧重于社会现代性。美国当代著名政治学家、社会学家马歇尔·伯曼认为，《共产党宣言》是“第一部伟大的现代主义艺术品”。其间，马克思用“深渊”“地震”“火山爆发”等一系列在19世纪和20世纪现代主义思想中不断出现的词语和形象，来描述19世纪资本主义时代的社会变革。① 马克思在《共产党宣言》中，对资本主义社会的内在矛盾和变革“动力”做了非常精确且经典的描述：

> 资产阶级除非使生产工具，从而使生产关系，从而使全部社会关系不断革命化，否则就不能生存下去。……生产的不断变革，一切社会关系不停的动荡，永远的不安定和变动，这就是资产阶级时代不同于过去一切时代的地方。一切固定的古老关系以及与之相适应的素被尊崇的观念和见解都被消除了，一切新形式的关系等不到固定下来就陈旧了。一切固定的东西都烟消云散了，一切神圣的东西都被亵渎了。人们终于不得不用冷静的眼光看他们的生活地位、他们的相互关系。②

作为资本主义现代性的“第一位批评家”，马克思敏锐地发现了资本

① Marshall Berman: *All That is Solid Melts into Air*: *The Experience of Modernity*, Penguin Books, 1982, pp. 19-20.

② 《马克思恩格斯选集》(第一卷)，人民出版社1972年版，第254页。

主义社会内部深刻的矛盾性：一方面，资本主义是一种巨大的解放力——无论是生产力的解放还是人的思想的解放（理性原则）；另一方面，资本主义又是一种巨大的压迫力，在压迫无产阶级的同时也撕碎了温情脉脉的面纱，暴露了资本主义社会严酷的权力关系和社会关系。① 马克思对资本主义的革命性"进步"与给人造成的新压迫之间的辩证关系的揭示，对资本主义生产力发展和所造成的对人的异化的批判，正好体现了现代性的内在矛盾与悖谬。因此，在对资本主义现代性所持的立场与观念方面，马克思、恩格斯和现代现实主义作家有很大的一致性：他们都是从资本主义社会的内在矛盾去揭露与批判其现代化之弊端，维护人的尊严，寻求人性的自由与解放，在现代性的取向上，他们总体上均属于社会现代性和理性主体性的范畴。由是，他们也就合乎逻辑地期待文学能够从研究人的生活以及由人组成之社会的维度，体现其社会的、政治的、经济的、历史的多重价值，他们也就特别重视文学的社会价值与认识功能。而通过阅读文学作品尤其是阅读写实性的现实主义小说去认识与研究社会以及生活于其中的人，是他们理论研究的一种实际需要，文学中的人与社会在一定程度上也成了他们社会研究、理论创造的另一种有价值的参照。在此意义上，19 世纪现实主义文学的写实传统和真实性品格，与马克思、恩格斯的人道情结和现实关怀有着某种精神本质上的暗合，也同马克思主义理论在思想逻辑上有着天然的默契，尤其是在现代性思想取向上达成了一致。这不仅是马克思、恩格斯高度关注 19 世纪欧洲现实主义文学的重要原因，还是现代现实主义文学的"写实"传统和真实性审美品格成为他们的文艺思想之基石或核心精神的重要缘由。

---

① Lawrence E. Cahoone: *The Dilemma of Modernity: Philosophy, Culture and Anti-Culture*, State University of New York Press, 1988, p. 2.

二、文学反映论与马克思、恩格斯文艺思想

文学艺术的意识形态属性，是马克思主义文艺思想的重要观点之一。马克思、恩格斯从历史唯物主义和辩证唯物主义的基本原理出发，提出了社会存在决定社会意识的基本原则，这一原则在1845—1846年间马克思、恩格斯合著的《德意志意识形态》《关于费尔巴哈的提纲》等著作中基本确立。他们在对德国哲学唯物主义和唯心主义之分歧的辨析中指出："德国哲学从天国降到人间；和它完全相反，这里我们是从人间升到天国。"①也就是说，"不是意识决定生活，而是生活决定意识"②。1859年马克思在《〈政治经济学批判〉导言》中进一步深入阐发了这一基本原则：

> 人们在自己生活的社会生产中发生一定的、必然的、不以他们的意志为转移的关系，即同他们的物质生产力的一定发展阶段相适应的生产关系。这些生产关系的总和构成社会的经济结构，即有法律的和政治的上层建筑竖立其上并有一定的社会意识形式与之相适应的现实基础。物质生活的生产方式制约着整个社会生活、政治生活和精神生活的过程。不是人们的意识决定人们的存在，相反，是人们的社会存在决定人们的意识。③

马克思的这一重要论断不仅阐明了人的社会关系与他们所处的物质生活的生产方式密切相关，还阐明了一定社会的经济基础决定社会的上

---

① 马克思、恩格斯：《德意志意识形态》，《马克思恩格斯文集》（第一卷），人民出版社2009年版，第525页。

② 马克思、恩格斯：《德意志意识形态》，《马克思恩格斯文集》（第一卷），人民出版社2009年版，第525页。

③ 马克思、恩格斯：《德意志意识形态》，《马克思恩格斯选集》（第二卷），人民出版社2012年版，第2页。

层建筑。马克思认为，所有法律、政治、宗教、艺术和哲学等观念体系与情感形态的存在，都是特定社会的物质条件决定的①。1894年恩格斯在《致瓦尔特·博尔吉乌斯》中也指出，"政治、法、哲学、宗教、文学、艺术等等的发展是以经济发展为基础的。但是，它们又都互相作用并对经济基础发生作用"。② 马克思、恩格斯从历史唯物主义立场出发，阐明了社会现实生活对人的精神世界——意识形态——的决定作用，这不仅界定了文学艺术的意识形态属性，还为解释作为精神与文化形态的文学艺术之发展规律提供了方法论前提，尤其是奠定了反映论文学史观的哲学基础。

文学尤其是现实主义倾向的作品，总是反映特定时代人的真实生活，再现社会风俗史，那么，对专注于研究物质经济形态与人的关系的马克思和恩格斯来说，他们很自然地就从认识论的角度去认同文学的社会功能，并由此形成其反映论文学史观——文学要真实地再现特定时代的社会历史，具有历史认识价值。在他们的文艺思想中，"历史"与"社会"成了与文学密不可分的核心关键词，文学的社会认识价值也成了文学之功能的第一要务。正如美国文学批评家门罗比·厄斯利所说，"19世纪思想家们在发展着的政治革命和真正科学化的社会科学的双重影响下，对一个从柏拉图到席勒都未曾予以重视的主题投以高度的关注，那就是：艺术在人类社会中的作用"③。这里的"思想家们"当然包括了马克思和恩格斯，说明马克思主义文艺思想本身也是时代和历史的产物。恩格斯在致哈克奈斯的信中说，巴尔扎克"在《人间喜剧》里给我们提供了一部法国'社会'，特别是巴黎上流社会的无比精彩的现实主义历史……围绕着这幅中心图

① 马克思、恩格斯：《德意志意识形态》，《马克思恩格斯选集》（第二卷），人民出版社2012年版，第3页。

② 恩格斯：《致瓦尔特·博尔吉乌斯》（1894年1月25日），《马克思恩格斯文集》（第十卷），人民出版社2009年版，第668页。

③ Monroe C. Beardsley, *Aesthetics from Classical Greece to the Present: A Short History*, The University of Alabama Press, 1975, pp. 298-299.

画，他汇编了一部完整的法国社会的历史，我从这里，甚至在经济细节方面（诸如革命以后财产和不动产的重新分配）所学到的东西，也要比从当时所有职业的史学家经济学家和统计学家那里学到的全部东西还要多”[①]。在恩格斯看来，文学全面地反映和再现特定的社会历史面貌，正是“现实主义的最伟大的胜利之一”[②]。由此他又认为，巴尔扎克“是比过去、现在和未来的一切左拉都要伟大得多的现实主义大师”。也是从这种文学史观出发，恩格斯要求哈克奈斯在《城市姑娘》中描写“工人阶级对压迫他们的周围环境所进行的叛逆的反抗”，因为这些“都属于历史”[③]。同样，恩格斯在提到乔治·桑、欧仁·苏和狄更斯等作家时，认为他们的创作展示了社会历史风貌，因而赞誉他们“确实是时代的标志”[④]。而在马克思眼里，法国小说家巴尔扎克尤其属于“再现历史”的现实主义大师，所以他非常推崇巴尔扎克，在《资本论》中高度称赞巴尔扎克是一个“以对现实关系具有深刻理解而著名”[⑤]的作家，认为他用特有的诗情画意的镜子反映了整整一个时代；马克思曾计划在完成自己的政治经济学著作之后，就写一篇关于巴尔扎克《人间喜剧》的文章。马克思还在 1885 年致库格曼的信中指出，关于国有土地如何变化和小农地产如何重新达到 1830 年的极盛时期，可以看巴尔扎克的小说《农民》[⑥]。

---

① 恩格斯：《致玛格莉特·哈克奈斯》，《马克思恩格斯文集》（第十卷），人民出版社 2009 年版，第 570—571 页。

② 恩格斯：《致玛格莉特·哈克奈斯》，《马克思恩格斯文集》（第十卷），人民出版社 2009 年版，第 571 页。

③ 恩格斯：《致玛格莉特·哈克奈斯》，《马克思恩格斯文集》（第十卷），人民出版社 2009 年版，第 570 页。

④ 恩格斯：《大陆上的运动》，《马克思恩格斯全集》（第三卷），人民出版社 2002 年版，第 556 页。

⑤ 马克思：《资本论》第 3 卷，《马克思恩格斯文集》（第七卷），人民出版社 2009 年版，第 47 页。

⑥ 恩格斯：《致路德维希·库格曼》，《马克思恩格斯文集》（第三十七卷），人民出版社 2009 年版，第 124—125 页。

总之，以写实为基础和前提的反映论文学史观是马克思、恩格斯文艺思想的核心内容之一，同时也是对 19 世纪现实主义之“再现说”与“反映论”的发展与超越，因为马克思、恩格斯的反映论文学史观更具有辩证法思想，这对世界文学尤其是我国文学创作和文艺理论与批评产生了深刻而深远的影响。

三、文学真实性审美品格与马克思、恩格斯文艺思想

“在资本主义的历史条件下，现实主义作为一种与世俗社会同时出现的新的价值观，预设了一种新的审美形态，但是它主张文学贴近现实生活。”①与反映论文学史观相伴随的必然是对文学之真实性禀赋的刻意强调与追求，而真实性也恰恰是由写实原则生发出来的现实主义文学之最本质的审美品格。恩格斯在使用“现实主义”一词之前所用的都是“真实性”这个术语，这意味着真实性是现实主义文学天然的本质属性。恩格斯在提出“现实主义”的定义时，也是用“真实性”作为根本标准来予以框定的。他看了小说《城市姑娘》后，在给作者哈克奈斯的信中说：“您的小说，除了它的现实主义的真实性之外，给我印象最深的是它表现了真正艺术家的勇气。”②显然，在恩格斯文艺思想中，真实性是现实主义的第一要义。正因如此，接下来他又说：“据我看来，现实主义的意思是，除细节的真实外，还要真实地再现典型环境中的典型人物。”③也就是说，一部小说是否到达现实主义的高度或者取得“现实主义的最伟大的胜利”，首要的和根本的还是要看是否通过细节、环境、人物的描写达到了反映生活的

① Fredric Jameson：“Reflections on the Brecht-Lukacs Debate”, in Jameson, Fredric: *The Ideologies of Theory*, Verso, 2008, pp. 435-436.

② 恩格斯：《致玛格莉特·哈克奈斯》，《马克思恩格斯文集》（第十卷），人民出版社 2009 年版，第 569 页。

③ 恩格斯：《致玛格莉特·哈克奈斯》，《马克思恩格斯文集》（第十卷），人民出版社 2009 年版，第 570 页。

“真实性”之高度；而恰恰因为哈克奈斯的《城市姑娘》在这方面存在不足，所以恩格斯说：“您的小说也许还不够现实主义。”①马克思也要求拉萨尔从现实生活而非抽象观念出发，通过丰富的情节描绘、鲜明的性格刻画，对社会生活做出客观的反映，使作品具有真实性②。马克思还高度赞赏屠格涅夫非常真实地描写了俄国人民的特性和他们斯拉夫民族沉毅的感情；而在对自然的真实描写方面，他认为未必有哪一位作家能超过莱蒙托夫。

莎士比亚等经典作家虽然不属于19世纪现实主义文学思潮的范畴，但是马克思、恩格斯也经常论及，因为其间也透射出现实主义的真实性审美原则。比如他们倡导“莎士比亚化”，其实是在倡导现实主义的创作原则，核心要义就是真实性。恩格斯说的“我们不应该为了观念的东西而忘掉现实主义的东西，为了席勒忘掉莎士比亚”③，其核心意思是：要像莎士比亚那样通过对现实的历史性描写——无论是情节、人物还是环境，都具有历史的客观真实性——反映当时英国的社会历史现实，揭示生活之本质真实，从而达到现实主义文学所要求的“真实性”高度。马克思在有关著作和书信中多次引用莎剧中的人物和细节描写来解释资本主义社会的本质问题，刻意强调文学的写实与真实性问题。正如马克思本人的著作真实而全面地反映整个时代历史一样，他喜爱的文学家都是伟大的世界诗人，其作品也都具有真实反映整个时代的特征。也正是在这种意义上，马克思把《堂吉诃德》解读为衰落的骑士制度的史诗。所以德国著名文学理论家弗·梅林这样总结马克思所欣赏的文学家，“他们把整个一个时代

① 恩格斯：《致玛格莉特·哈克奈斯》，《马克思恩格斯文集》（第十卷），人民出版社2009年版，第570页。

② 马克思：《致斐迪南·拉萨尔》，《马克思恩格斯全集》（第二十九卷），人民出版社1972年版，第571—575页。

③ 恩格斯：《致玛格莉特·哈克奈斯》，《马克思恩格斯文集》（第十卷），人民出版社2009年版，第176页。

的形象这样客观地收容在自己的作品当中，以致任何主观残余都或多或少地消失了，有一部分甚至完全消失了。因而作者被他们的著作神话般的阴影掩盖了”①。

文学的真实性通常是指文学创作在反映生活之规律与本质方面所达到的高度与精度。真实性是文学的生命，虚假的文学是难以持久的，更不可能成为经典，而 19 世纪现实主义文学更是以真实性为根本宗旨，以达到文学“反映现实”“再现历史”的总体目标。“现实主义比别的任何一种文学模式都更推崇视觉——把它看成对人们理解世界的复杂关系有主导意义的重要因素。”②马克思、恩格斯强调的“真实性”既有其时代与文化特征，又有其普遍性意义与价值——他们从写实原则出发，强调文学通过对真实的情节、环境和典型人物的描写揭示生活的本质，这是一种体现了作家主体特征、主观倾向和社会立场的艺术真实，与此前西方文论与文学创作传统中的“模仿说”不可同日而语，因为他们从唯物辩证法的高度，强调文学对生活的“反映”，这是一种能动的而不是机械的反映，其间体现了具有马克思、恩格斯文艺思想特色的现实主义美学原则。

四、文学社会批判精神与马克思、恩格斯文艺思想

考察西方小说兴起与繁荣的 18、19 世纪的历史语境可以发现，黑格尔之所以把小说称为“近代市民阶层的史诗”，显然是因为资本主义的发展与市民阶层的兴起以及伴随而来的社会的巨大变化。现实主义的小说高度关注个人的世俗生活，描写人对金钱的追逐、对物质的渴望等，所反映的正是资本主义发展阶段的社会普遍现象；现代现实主义小说呈现的文本世界与资本主义社会中人的生存状态有着高度的同质性和同构性。

① 弗兰茨·梅林：《德国社会民主党史》(第二卷)，青载繁译，生活·读书·新知三联书店 1964 年版，第 240 页。

② Peter Brooks: *Realist Vision*, New Haven and London: Yale University Press, 2005, p. 3.

所以，就19世纪现实主义文学的研究而言，“处理文学与社会的关系的最常见的办法是把文学作品当作社会文献，当作社会现实的写照来研究。某些社会画面可以从文学中抽取出来，这是毋庸置疑的。的确，对文学进行系统研究的学者认为这正是文学最早的功用之一”①。当然这种研究并不是文学社会功能研究的唯一的和最终的方法，因为其局限性也是毋庸置疑的。但是，对于写实性极强的现代现实主义文学的研究，如果不考虑此种方法与角度，那么，其有可能也走向缘木求鱼的困境。我们必须看到，小说的兴起和繁盛的时期，原本就是资本主义发展和繁荣的时期，两者似乎有奇妙的同步关联。因此，可以肯定地说，小说这种文体与资本主义社会有着千丝万缕的关系；从某种意义上来说，小说的兴起与繁盛是资本主义发展的产物。事实上，现实主义小说具有一种“再现那些比表层形式更加深刻的社会、历史和经济力量的能力”。② 正因为如此，作家通过小说创作，艺术地展示他们所研究、理解并认识的那个资本主义的现实社会，这是顺理成章的。由此，读者通过阅读19世纪的小说，可以比较深刻而全面地把握和认识资本主义社会发展史及其内在的矛盾与罪恶，可以看到人的生存状况和人性的善恶矛盾以及人的心灵世界的痛苦、扭曲与挣扎。“那是最昌明的时世，那是最衰微的时世；那是睿智开化的岁月，那是混沌蒙昧的岁月；那是信仰笃诚的年代，那是疑云重重的年代；那是阳光灿烂的季节，那是长夜晦暗的季节；那是欣欣向荣的春天，那是死气沉沉的冬天……”③《双城记》开头作者的这番议论，把经济、科技和物质快速发展时期的英国乃至西欧资本主义社会概括得淋漓尽致，更耐人寻味

---

① 勒内・韦勒克、奥斯汀・沃伦：《文学理论》，刘象愚、邢培明、陈圣生等译，浙江人民出版社2017年版，第92页。

② Simon Dentith: “Realist Synthesis in the Nineteenth-Century Novel: ‘That unity which lies in the selection of our keenest consciousness’”, in Matthew Beaumont ed.: *Adventures in Realism*, Blackwell Publishing Ltd., 2007, p. 44.

③ 狄更斯：《双城记》，张玲、张扬译，上海译文出版社1989年版，第3页。

的是，这字里行间透出了作者对这个时代的深深忧虑，这是对这个时代与社会的忧虑，恰恰也是现代现实主义文学之现代性悖谬特征的形象而有哲理的表述。“现实主义的作品，要再现事物的原貌，在这种情况下就要再现残酷而又自私的经济运行，使人认识到事物的原貌。”[①]工业资本主义的兴起，经济的大幅度增长，极大地增加了个人选择的自由，促进了个人空间的拓展，经济个人主义得以破土而出，金钱成了“世界性通行证”[②]。就英国而言，“现实主义成为维多利亚时期英国的主要叙事模式绝非偶然，因为当时所有美德中最重要的或许是讲述真相，这一点甚至比恰当描写还重要。按照事物本来的面目，甚至带着准科学的超然观察事物，用真实的再现代替虚假的再现，使读者从可能导致道德灾难的幻想中走出来”[③]。总之，现代现实主义文学的出现和发展壮大的价值，正在于它空前地强调文学对现实世界的研究，高度关注急剧变化中的社会及生活于其中的人的生活方式、道德面貌和精神状态，要求作家用写实的笔触记录社会历史的变迁，让人们通过文学尤其是小说，感受到这种社会的巨变和人心灵的扭曲不是空洞、苍白和抽象的，而是生动、形象而具体的。“现实主义的文学实践整个就是坚持人物活动语境、历史和社会语境……世俗性问题若隐若现，因为现实主义是将人物放在日常生活情境、名利场生活中阅读的一种模式，以明显的日常性、谋生时遇到的问题、与邻里的关系、所得所欲、家庭生活为题材。读者必须结合人物生活境况阅读现实

① George Levine: "Literary Realism Reconsidered: 'The World in its length and breadth'", in Matthew Beaumont ed.: *Adventures in Realism*, Blackwell Publishing Ltd., 2007, p. 28.

② Ian Watt: *The Rise of the Novel: Studies in Defoe, Rechardson and Fielding*, Chatto and Windus Ltd., 1967, p. 63.

③ George Levine: "Literary Realism Reconsidered: 'The World in its length and breadth'", in Matthew Beaumont ed.: *Adventures in Realism*, Blackwell Publishing Ltd., 2007, pp. 15-16.

主义小说中的每个人物的故事。”[①]于是，现代现实主义文学自然也就拥有了深刻的社会批判精神和价值。

马克思和恩格斯是马克思主义理论和学说的创立者。马克思主义理论诞生于19世纪40年代欧洲资本主义矛盾与危机日渐显著的时期。是时，欧洲的工业革命快速提高了资本主义的生产效率，社会财富骤增，这既有力促进了资本主义经济的发展，又激化了无产阶级与资产阶级的社会矛盾。“西方世界的19世纪当然是一个巨变的时代，变化大部分是来自工作和生产的工业化转变、复杂重型机器的创造、铁路的出现——在时空的经验上的一种真正的革命——和现代城市的形成，这给它带来的是对魅力、娱乐、城市群体的多样性和令人兴奋的事物的感知——但也有对来自新近构成的城市无产阶级的威胁的感知。”“19世纪也标志着金钱交易关系的出现，它可能构成所有社会关系的基石或代表了所有社会关系。”[②]这既是马克思主义理论诞生的社会背景，恰恰也是19世纪欧洲现实主义文学思潮产生、发展的历史背景。如前所述，马克思从政治经济学的角度把握了资本主义社会的现代性，特别从生存方式和社会经济运行的角度探讨了这种现代性特征。正是因为马克思、恩格斯和现代现实主义作家对资本主义社会现代性的认识有相似之处——这当然与他们共同处在一个充满矛盾的时代有关，所以，资本主义社会中人的生存状况——人与人之间的金钱关系、贫富问题、劳资矛盾等等，都是马克思、恩格斯与当时的现代现实主义作家共同关注的焦点问题，也是他们人道情怀与社会批判乃至革命精神的共同生长点。

19世纪西方现代现实主义作家特别注重描绘底层社会的黑暗现象，

---

① George Levine：“Literary Realism Reconsidered：The World in its length and breadth’”, in Matthew Beaumont ed.：*Adventures in Realism*, Blackwell Publishing Ltd.，2007，pp. 26-27.

② Peter Brooks：*Realist Vision*, Yale University Press，2005，pp. 13-14.

具有强烈的社会批判属性。狄更斯为了“追求无情的真实”，在《奥列佛·特维斯特》等社会小说中如实地描绘了当时英国社会底层的悲惨生活和犯罪堕落现象，认为这样做是一件很需要的、对社会有益的事情。别林斯基坚决捍卫果戈理等“自然派”作家揭露社会黑暗、描写“小人物”特别是农民的悲惨命运的权利，要求文艺“像凸面玻璃一样，在一种观点之下把生活的复杂多彩的现象反映出来”①。恩格斯也曾对现代现实主义小说的这一倾向做了肯定：“近十年来，在小说的质的方面发生了一个彻底的革命，先前在这类著作中充当主人公的是国王和王子，现在却是穷人和受轻视的阶级了，而构成小说内容的，则是这些人的生活和命运、欢乐和痛苦。”②显然，“艺术和文学中的现实主义是对浪漫的理想主义和主观主义的否定……现实主义则通过直面现代生活的异化来描述城市和工业发展带来的挑战”。③ 保罗·梵·第根认为，“当代风习的现实主义绘画十分经常地作为宗教的或反宗教的、政治的、道德的、社会的、人道主义的斗争的出发点，作为向全国或普遍舆论呼吁的出发点”④。其实，就社会批判的强度和广度来说，绘画的现实主义远远比不上文学的现实主义；文学的“现实主义者视角下的道德观就是如实揭露社会黑暗面”⑤。在这种意义上，后来高尔基将之命名为“批判现实主义”⑥，是完全合理的，这从一个侧面揭示了19世纪现代现实主义的本质特征。列宁将托尔斯泰激烈批

① 别林斯基：《别林斯基选集》（第一卷），满涛译，上海译文出版社1980年版，第154页。

② 恩格斯：《大陆上的运动》，《马克思恩格斯全集》（第三卷），人民出版社1972年版，第556页。

③ 马克·凯什岚斯基、帕特里克·吉尔里、帕特里夏·奥布赖恩：《西方文明史：延续不断的遗产》（第五版），孟广林等译，中国人民大学出版社2014年版，第498页。

④ 保罗·梵·第根：《文艺复兴以来的欧美文学史》，谢钟湜译，人民文学出版社2015年版，第264页。

⑤ 马克·凯什岚斯基、帕特里克·吉尔里、帕特里夏·奥布赖恩：《西方文明史：延续不断的遗产》（第五版），孟广林等译，中国人民大学出版社2014年版，第499页。

⑥ 高尔基：《论文学》，孟昌、曹葆华、戈宝权译，人民文学出版社1978年版，第337页。

判沙皇俄国的文学创作誉为“俄国革命的一面镜子”。从蒲鲁东到马克思、恩格斯，从别林斯基到列宁，关注社会问题鼓吹社会革命的激进理论家无不给予19世纪西方现实主义文学作品高度评价，其逻辑即在于它的批判性。

致力于揭示资本主义矛盾之奥秘、寻找无产阶级革命的理论指南、创立革命理论和学说并将之用于指导革命实践的马克思和恩格斯，对致力于揭露资本主义社会矛盾，具有强烈社会批判性的19世纪欧洲现实主义文学有天然的亲和与喜好，其内在逻辑主要在于他们对资本主义社会的批判。从另一个角度来说，19世纪现实主义文学的社会批判，从文学层面支持和支撑了马克思、恩格斯对资本主义社会的研究；他们不但对现代现实主义文学的社会批判性充分接纳并给予高度评价，而且自然而然地将其融入他们自己的文艺思想之中——通过文学的社会批判功能达成其对社会革命的支撑与支持。“像狄更斯和盖斯凯尔这样的作家所写的19世纪40年代的英国工业小说中重复的日常中必要的叙事‘事件’往往是使隐蔽的阶级矛盾恶化和感性化的罢工。在盖斯凯尔作品中这种阶级矛盾进一步被跨越阶级的性关系强化和激化。”①恩格斯指出，“如果一部具有社会主义倾向的小说，通过对现实关系的真实描写，来打破关于这些关系的流行的传统幻想，动摇资产阶级世界的乐观主义，不可避免地引起对于现存事物的永恒性的怀疑，那么，即使作者没有直接提出任何解决办法，甚至有时并没有明确地表明自己的立场，我认为这部小说也完全完成了自己的使命”。②

马克思、恩格斯的批判性研究视野十分广阔，在他们那里，并没有明

① Rachel Bowlby: “Foreword”, in Matthew Beaumont ed.: *Adventures in Realism*, Blackwell Publishing Ltd., 2007, pp. xiii-xiv.

② 恩格斯:《致明娜·考茨基》,《马克思恩格斯文集》(第十卷),人民出版社2009年版,第545页。

显的学科界限，因而他们通常是游刃有余地从文学转向政治经济学再到社会批判。换言之，在马克思、恩格斯经典文献中，文学与哲学、政治经济学等是彼此交错、浑然一体的。比如，马克思在《政治经济学批判》中引用普希金的《叶甫盖尼·奥涅金》中的诗句来解释俄国生活在欧洲相对落后的必然性，并且以此表明资产阶级政治经济学思想不适用于以农奴劳动为基础的社会。马克思、恩格斯在《德意志意识形态》中精辟地阐发了“金钱是财产的最一般的形式”这一观点①，并且指出，“关于这一点，莎士比亚要比我们那些满口理论的小资产阶级知道得更清楚”。接下来他们直接援引莎士比亚《雅典的泰门》中的15行诗句来加以佐证②。马克思、恩格斯注重批评的客观公正性，用恩格斯本人的话来说就是“一个不偏不倚、完全‘批判的’态度”③。他们对文学家没有任何政治与社会成见，在选择文学方面完全没有洁癖，对那些令人望而生畏的读物也不嫌弃，比如，恩格斯评价歌德时指出：“我们绝不是从道德的、党派的观点来责备歌德，而只是从美学和历史的观点来责备他。”④恩格斯在1859年致拉萨尔的信中也提到，“我是从美学观点和史学观点，以非常高的、即最高的标准来衡量您的作品的”⑤。但是马克思、恩格斯也绝非“纯粹美学”的信徒，而是高度关心政治与社会批判，这和他们进步主义的历史观密不可分。“对马克思和恩格斯而言……艺术本身便是有政治倾向的，由于艺术的生

---

① 马克思：《德意志意识形态》，《马克思恩格斯全集》(第三卷)，人民出版社1960年版，第254页。

② 马克思：《德意志意识形态》，《马克思恩格斯全集》第三卷，人民出版社1960年版，第254—255页。

③ 恩格斯：《致斐迪南·拉萨尔》，《马克思恩格斯选集》(第四卷)，人民出版社2012年版，第439页。

④ 恩格斯：《诗歌和散文中的德国社会主义》，《马克思恩格斯全集》(第四卷)，人民出版社1958年版，第257页。

⑤ 恩格斯：《致斐迪南·拉萨尔》，《马克思恩格斯全集》(第二十九卷)，人民出版社1972年版，第586页。

产和消费是彻头彻尾的社会活动。”[①]马克思欣赏英年早逝的天才诗人雪莱，因为雪莱是一位彻头彻尾的革命家，是永远属于争取社会主义的先进斗争之列的。相反，在讨论拜伦时他指出，诗人死在36岁的盛年是一件幸事，因为若活得更长一些，他无疑会成为一个反动的资产者。恩格斯明确指出：“席勒的《阴谋与爱情》的主要价值就在于它是德国第一部有政治倾向的戏剧。现代的那些写出优秀小说的俄国人和挪威人全都是有倾向的作家。”[②]而恩格斯之所以批判德国诗人卡尔·倍克，是因为他认为卡尔·倍克已深深陷入德国的鄙俗风气中，并且过多地考虑自己，因此，他的诗歌所起的并不是革命作用[③]。

在马克思、恩格斯看来，文学绝非遗世独立于其他知识领域，而是与人类解放事业紧密联系在一起，文学对社会的批判可以起到对人进行启蒙与解放的作用。比如，马克思、恩格斯不但高度肯定了19世纪现实主义文学对社会环境的历史性真实描写和强烈的社会批判特征，而且对欧洲文学史上体现这种特点的文学作品(包括浪漫主义的文学)给予了充分肯定和高度评价，由此体现了马克思、恩格斯文艺思想中显著的人道精神和现实情怀。

第四节　文学写实与文学真实性

19世纪西方现代现实主义文学思潮是“五四”前后首先以“写实主

① John Roberts: Chapter 9 Realism, Modernism, and Photography:“At last, at last the mask has been torn away”, in Matthew Beaumont ed.: *Adventures in Realism*, Blackwell Publishing Ltd.,2007,p.171.

② 恩格斯:《致明娜·考茨基》,《马克思恩格斯文集》(第10卷),人民出版社2009年版,第545页。

③ 恩格斯:《诗歌和散文中的德国社会主义》,《马克思恩格斯全集》(第四卷),人民出版社1958年版,第242页。

义"的名义传入中国文坛的。通常认为,1915 年陈独秀在《青年杂志》上发表的《现代欧洲文艺史谭》最早介绍了欧洲的现实主义文学思潮。他肯定"写实主义"并以之评判中国的传统文学,认为中国新文学创造的第一步必须摒弃传统旧文学进而迈向"写实主义"的阶段①。其后,陈独秀又在著名的《文学革命论》一文中提出了以"写实文学""国民文学"和"社会文学"反对并取代中国传统旧文学的口号②。接着,胡适在《文学改良刍议》中也强调"唯实写今日社会之情状"的文学才能成为真正的文学③。随后,周作人④、刘半农⑤等"五四"新文学先驱也都从进化论的角度肯定"写实主义"文学。就此而论,不管当时对"写实主义"理解的深度以及分歧如何,我们依然可以说:我国学界对西方 19 世纪现代现实主义文学思潮的接受与传播之初始阶段,精准地聚焦于"写实"这一根本原则和本质特征。此后百余年来,19 世纪西方现代现实主义文学思潮及其写实传统在我国文坛虽然几经周折几度沉浮,但其对我国本土的文学创作和文学研究与批评产生的积极而重大的影响是无可否认的——可以说这种影响超过了任何一种外来的文学思潮,而且迄今依然在持续不断地产生着积极影响。作为一种文学思潮,现代现实主义的内涵有其时空之规定性,但作为一种文学创作方法、创作原则和审美品格、评价标准,其间的"写实"精神,从来不是一成不变的,而是不断发展演变、历久弥新的,其"写实"精神也因内涵的拓展与更新而与时俱进,焕发出无尽魅力与生命力。

在西方文学与文论史上,"写实"传统经历了"模仿说""再现说""反映

---

① 陈独秀:《现代欧洲文艺史谭》,见《陈独秀文集》(第一卷),人民出版社 2013 年版,第 119—123 页。

② 陈独秀:《文学革命论》,见《陈独秀文集》(第一卷),人民出版社 2013 年版,第 203 页。

③ 胡适:《文学改良刍议》,见《胡适文集》(1),北京大学出版社 2013 年版,第 7 页。

④ 周作人:《日本近三十年小说之发达》,《新青年》(第 5 卷第 1 号),1918 年 7 月 15 日。

⑤ 刘半农:《我之文学改良观》,《新青年》(第 3 卷第 3 号),1917 年 5 月 1 日。

论”等等的历史嬗变,“写实”与“真实性”在不同时期的文学作品中也有不同的内涵和表现。在理论上,西方文学从“模仿说”到“再现说”,实现了文学写实观念从机械反映论到能动反映论的转变,文学的真实性内涵也由单纯的客观真实向主客观融合的真实发展。这种转变在19世纪不同阶段、不同国家的现代现实主义经典文本中的表现是不尽相同的,而在马克思、恩格斯那里,由其历史唯物主义和辩证唯物主义思想方法所决定,他们所肯定和倡导的现实主义文学之“写实”原则,亦已不是机械模仿与镜子式“反映”,而是一种经由创作主体之思想观念与审美情感渗透、改造和转换的能动反映。他们强调的真实性,也不是外在世界表象的真实,而是反映生活之本质的真实;不是历史的、直观的现实之真实,而是艺术的、审美的真实。由此,马克思、恩格斯的文学反映论也就由哲学意义上的理性认知活动转变为文学意义上的感性审美活动,实际上成为一种审美反映论,这是马克思主义反映论文艺思想对传统“模仿说”“再现说”的深化,也体现了马克思、恩格斯所强调的现实主义写实原则的现代性与开放性指向,对文学创作、文学批评及文学理论建设具有历史的和当代的意义与价值。

在审美反映论看来,审美主体是文学与现实生活之间的中介,经由这个中介的“过滤”或“创造”,文学反映生活便拥有了特殊性、具体性、主观性和复杂性,这不仅让文学创作囊括了感知、情感、想象乃至潜意识、非理性、幻想与直觉等广阔的心理与情感空间,使文学拥有了除理性、客观性之外的感性与主观创造性功能,还拓展了文学研究的领域与空间,尤其是为文学之写实与真实性赋予了现代性新内涵,也为现代现实主义文学经典的传播及其创作方法与批判原则的发展注入了新的活力。

正是基于审美反映论的理论基础,世界范围内的现代现实主义文学对“写实”的追求,已不仅仅停留于对外在客观生活表层的描摹与直观“反映”,而更多的是透过表象深入生活内里以揭示其本质,致力于达到艺术审美之真。这在我国当代文学的发展中尤其可以找到例证。20 世纪 70 年代末、80 年代初的“伤痕文学”及后来的“寻根文学”，以及 90 年代被评论家们所称道的“新现实主义小说”①，显然属于发展了的“写实主义”文学。新时期我国的这种新形态的现实主义文学，面对西方现代派文学甚嚣尘上的文化大环境，秉承传统经典现实主义的“写实”精神，正视现实、直面人生，不回避现实生活中的重大社会问题，表达民众对实现愿望和情感的普遍期待，其创作具有时代特征和当下关怀。这种“新现实主义小说”作家的代代成长，蔚为壮观，形成了我国新时期文学中与“新潮小说”（“先锋文学”）双峰对峙的文学潮流，其中像路遥这样的作家，至今依然备受读者青睐，他的小说《平凡的世界》于 2015 年成为全国“最受高校读者欢迎”的作品②。这种“新写实”文学在总体创作倾向上是经典现实主义文学写实精神的延续和创新性发展。当时的路遥就说，“现实主义在文学中的表现……主要应该是一种精神”③，这种“精神”的核心内容就是“写实”。评论家王兆胜说：“路遥的小说一面奠基于现实主义传统，一面又是非常开放和异常广阔的。”④这也说明，现实主义的“写实”精神本身既是传统的又是现代的和开放的，而不是抱残守缺、一成不变的。这类作家以高度的社会责任感和人道情怀，透过社会表层描写普通人的生存境遇，通过真切而真实的对人性、人情的描写，展示人心灵的扭曲乃至异化，揭示人性的善与恶，他们既有民族文化传统的根基，又有强烈的人类意识和现代意识；在艺术技巧上，他们中的大部分人也接纳了“先锋文学”的表现方

---

① 许志英、丁帆主编：《中国新时期小说主潮》（上卷），人民文学出版社 2002 年版，第 493—494 页。

② 倪弘、吴汉华：《对我国前“985 工程”高校图书馆 2015 年—2017 年图书借阅排行榜的分析》，《高校图书馆工作》2020 年第 1 期，第 61—65 页。

③ 路遥：《早晨从中午开始——〈平凡的世界〉创作随笔》，参见张德祥：《现实主义当代流变史》，社会科学文献出版社 1997 年版，第 289 页。

④ 王兆胜：《路遥小说的超越性意义及其文学史意义》，《文学评论》，2018 年第 3 期，第 49 页。

法,使“写实”之内涵突破了传统乃至经典的阈限。正因如此,这种“新现实主义小说”“超越了现实主义与现代主义的既有范畴,开拓了新的文学空间,代表了一种新的价值取向”①。也就是说,无论是新现实主义还是现代主义的文学,都是我国新时期文学中具有代表性的新形态文学,标示着文学顺应时代的演变与发展之必然性;而“新现实主义小说”不仅突破了传统写实原则的阈限,还接纳了“先锋文学”之实验性因素,意味着现实主义或“写实主义”文学应顺时代的演变与发展。也因为如此,这种“新现实主义小说”的“真实性”观念,被评论家赋予了“原生态”“生活流”“零度介入”“生存状态”等特性②。那么,毫无疑问,这种“真实”与“写实”显然也是接纳了“先锋文学”的元素从而蕴含了“新”的与“现代性”的成分,这意味着“真实”和“写实”本身内涵的拓展、演变与发展,它们在表征了现实主义开放、嬗变与发展的同时,也表征了对传统的和经典的“写实主义”之坚守。

其实,文学的真实性永远是一个变动不居、无法被一劳永逸地准确界定的概念,在某种意义上它永远只是一种无法企及的相对意义上的艺术参照与目标。而就现实主义文学之“写实”原则所要求的“真实性”而言,在新时期我国文坛上历经了现代、后现代主义种种理论的冲击与渗透、解构与建构之后,它更以一种开放的、包容的态度接纳了种种所谓“非现实主义”的“写实”观念与方法,比如对现代派的种种关于心理真实的表现方法的接纳与借鉴,因而也具备了海纳百川的开放与包容的宽阔胸怀。这正如波兰当代美学家瓦迪斯瓦夫·塔塔尔凯维奇所说:“如果今天的艺术是模仿的话,那么它也并非在这个字的通俗意义中是如此。而在‘模仿’一词的许多古代的含义中,我们的时代反倒倾向于承认那原始的一种,也

① 王干:《近期小说的后现实主义倾向》,见许志英、丁帆主编:《中国新时期小说主潮》(上卷),人民文学出版社 2002 年版,第 493 页。

② 许志英、丁帆主编:《中国新时期小说主潮》(上卷),人民文学出版社 2002 年版,第 497 页。

即兼具模仿与表现两种作用的用意。"①"现实主义""写实"以及"真实性"等等,不正是在这种类似的"兼具"意义上获得了当代价值与意义吗?因此可以预想,未来任何新形态的"现实主义",虽然与现代主义、后现代主义依然存有种种可能的错位,但都会一如既往地以包容的态度,在始终坚守现实主义之写实性、真实性、现实性、批判性、责任观念、人道情怀等根本原则与精神的同时,又不阈限于自我封闭的状态,而是在扬弃与吸纳中博采众长以丰富自己的内涵,进而使自己永葆生命活力。在这种意义上,"现实主义作品把生活呈现为不同于我们所熟悉的那种现实,展现一种我们从未见过或梦见过的现实,或者营造一个之前也许看上去只会觉得怪异或无法传达而现在可以言说的现实,可以打扰、愉悦或教育我们。现在是让现实主义回到文学批评之舞台中央的时候了"②。

如果说,文学永远是人类理解自身、认识与把握世界的一种不可或缺的特殊途径与方法,那么,以写实和真实性为最高宗旨的现实主义倾向的文学,也就永远有其存在的价值与意义——当然这并不意味着非要排斥其他形态的文学。"现实主义小说有能力最高程度地完成表达意识的基本任务,即想象实际存在的事物的任务。"③当今的中国,尤其是经历 40 多年改革开放之后,随着"网络化-全球化"的持续推进,社会状况已发生了重大的实质性变化,迫切需要文学不耽于娱乐消遣、表面而肤浅的"写实"、无关民生疾苦的"日常审美化"等等,而是要有深度和高度地弘扬现实主义精神,更贴近地关注当下,聚焦社会矛盾的焦点与热点,鞭笞贪婪、揭露邪恶、抨击腐败、讽谏堕落、伸张正义,为百姓发声、为启蒙呐喊、为社

---

① 瓦迪斯瓦夫·塔塔尔凯维奇:《西方六大美学观念史》,刘文潭译,上海译文出版社 2006 年版,第 295 页。

② Rachel Bowlby: "Foreword", in Matthew Beaumont ed.: *Adventures in Realism*, Blackwell Publishing Ltd., 2007, p. xviii.

③ Raymond Tallis: *In Defence of Realism*, Edward Arnold, 1988, p. 212.

会担当，惩恶扬善，引领民族精神健康发展。反映人的现实生存状态，剖析与思考人生不可回避的矛盾与困惑，对现实生活进行历史的、社会的和道德的评判，促进社会向上，永远是文学不可推卸的责任，也是现实主义倾向文学的特有用武之地。“完全脱离现实生活的非现实主义小说，不能在理论上声称比现实主义更优越。”①托尔斯泰说：“当艺术不再是全体人民的艺术并且变成富人的少数阶级的艺术的时候，它便不是一项必需的、重要的事业，而变成了空洞的娱乐。”②当然，文学毕竟是审美的艺术，它必须通过理性与感性相结合的方式提升人的精神与情感的境界，从而实现人的自由与解放③；审美固然意味着感性的快适，但这并不意味着可以满足于感官的享受而失却精神的愉悦与提升、情感的升华。文学之所以是人类“诗意的栖息”之地，是因为它是以审美的形式存在的人之思想与精神的家园，其间有情感的快适，更有精神的愉悦与升华，它让人的精神与心灵有所寄托与慰藉，因而文学是人的生存之需要，而文学之美生发于人的生存活动。从这种意义上说，我们的时代和社会需要文学的现实主义，尤其需要文学的写实精神与本质意义上的真实性；现实主义和写实倾向的文学也拥有广阔的市场和前景，社会的各个角落无不呼唤着具有真正写实精神的现实主义。由是，19 世纪现实主义文学思潮不仅是未来各种新的现实主义的永恒参照和取之不尽、用之不竭的艺术源泉，也如马克思曾经评价过的人类“童年时期”的古希腊文学一样，“具有永久的艺术魅力”；马克思、恩格斯所倡导的现实主义写实原则及其关于真实性的文艺思想，对我们今天和未来文学之发展与繁荣依然具有理论的价值和实践的指导意义。

---

① Raymond Tallis：*In Defence of Realism*，Edward Arnold，1988，p. 113.

② 列夫·托尔斯泰：《论创作》，戴启篁译，漓江出版社 1982 年版，第 40 页。

③ 参见蒋承勇：《感性与理性，娱乐与良知——文学“能量”说》，《文学评论》，2014 年第 3 期，第 15—18 页。

第五节　镜—灯—屏:颠覆抑或融合

作为西方文学理论之基石的“模仿说”,它认定只有外部现实世界才是艺术的绝对本源和终极本体,即艺术的本质是对外部世界的模仿。因为柏拉图在《理想国》中将艺术的模仿喻为“镜子”,“模仿说”由此又被称为“镜子说”。后来,莎士比亚、司汤达、艾布拉姆斯等许多作家和理论家都以镜子来比喻文学对现实生活的反映和表现。

文学就是对现实生活的模仿,模仿以揭示普遍性的本质为宗旨。这种文学本体论理论,在亚里士多德那里臻于成熟后一直延续到19世纪,并在许多现实主义文学思潮中达到顶峰,主导西方文坛2000多年。其间,对各种文学本体论的探讨虽然没有终结,但始终没有根本性的突破——所谓“再现说”或“反映论”只不过是对亚里士多德“模仿说”的变形;有时甚至使这种“本质论”的文学本体论越发登峰造极。在中世纪,古希腊具有唯物主义倾向的“模仿说”被进一步推向了纯粹上帝观念的神学“模仿说”。圣·奥古斯丁断言:艺术家的作品只应该来自上帝至美的法则。在文艺复兴时期,达·芬奇、莎士比亚等大家均曾重提“镜子说”,艺术家们更加强调艺术应关注自然,但这“自然”更多时候意味的依然是自然的本质与规律。在17至18世纪的新古典主义时期,作家们进一步把“自然”的概念明确为一种抽象理性或永恒理性。

看上去,“表现说”与“再现说”完全南辕北辙,但事实上,这两种理论观念都运用了相同的思维方式和思维逻辑,即都是在作家和世界二元对立的视域下来界定文学:表现论强调文学的本质是情感的表现,将文学的本体设定为所谓作为主体的作家;而再现论强调文学是对现实世界的模仿,将文学的本体设定为所谓作为客体的世界。两者在共同的二元对立的思维框架下展开对文学本质的探讨。这两者看上去截然对立，事实上并无根本不同，最后甚至可以说是殊途同归。正如冈布里奇在《艺术与幻觉》一书中所言，世界上永远“不存在未加阐释的现实”[①]，在“本质”被注入“模仿”并成为其灵魂之后，再现论所谓客体世界乃文学本体、本源的立场早已暗度陈仓，神不知鬼不觉地被归于作为创作主体的作家，因为“本质”作为观念只能由作家主体赋予世界客体，世界客体本身是没有什么“本质”可言的。就此而论，所谓“按本来样子的”再现与所谓再现“客观世界的”本质，便永远只能是理性主义者自欺欺人的神话。而“表现说”固然强调“一切好诗都是强烈情感的自然流露”[②]，但同时也声称：“诗是思维领域中形象化的语言，它和自然的区别就在于所有组成部分都被统一于某一思想或观念之中”[③]，“艺术的一切庄严活动，都在隐约之中模仿宇宙的无限活动”[④]——由此可见，所谓“表现说”中的“情感”在很大程度上也是一种观念化的情感。这样，表面上势不两立的两种对文学本质的界定，不但在作家主体那儿迎头相撞，而且更在作家主体的“本质观念”中再次握手言欢。由此笔者认为：不管是诉诸再现还是经由表现，两种文学理念所达成的艺术创作的开端和终点事实上是完全同形同性之物；不管再现还是表现，均由作家主体之某种本质观念所统摄、主导。或许，正是基于这样的文学史事实，黑格尔才做出了“艺术乃理念的感性显现”这样具有哲学高度的理论概括。

---

① 冈布里奇：《艺术与幻觉：绘画再现艺术的心理研究》，周彦译，湖南人民出版社 1987 年版，第 83 页。

② 华兹华斯：《〈抒情歌谣集〉序言》，转引自马新国主编：《西方文论史》，高等教育出版社 2002 年版，第 211 页。

③ 柯勒律治：《文学生涯》，转引自马新国主编：《西方文论史》，高等教育出版社 2002 年版，第 212 页。

④ 弗里德里希·施勒格尔：《断片》，转引自马新国主编：《西方文论史》，高等教育出版社 2002 年版，第 205 页。

“再现总是达到一定目的的手段。”[1]它或者为了传达某种观念——此时的再现事实上乃是观念的形象阐释；或者为了唤起某些情感或释放情感——此时的再现在本质上接近于情感的表现。两种情形，不管哪一种，均由一个站在世界之外的、对自我的情感或观念高度自信的独立主体来达成。“我要按事物本来的样子呈现事物。我自己并不在其中。”[2]因此，所谓再现与表现的对峙，只不过是前者偏重主体观念的传达、后者偏重主体情感的表现而已，两者均建构于传统理性主义那种主体与客体、现象与本质之二元对立的思维框架之中。基于此，象征主义的奠基人波德莱尔既反对浪漫主义那种自说自话式的情感“表现”——酣畅淋漓的情感表现只不过是无所顾忌的逃逸与拒绝担当的放纵，又反对写实派那种观念大于真相的“再现”——“我认为再现任何存在的事物都是没有好处的、讨人厌的”[3]。事实上，主体的观念总是包含着个人情感色彩的观念，而主体的情感也总是承载着某种个人意向的观念性情感，即从主体之投放物来考察，再现与表现间的区别也绝对不像那些习惯于二元对立思维模式的人所说的那样，是泾渭有别的——这就如同灵与肉在那种绝对理性主义的思维中被判定为一种二元对立的状态，但事实上根本不是那么回事一样。抛开那些不管是来自激情洋溢的表现，还是出自观念刻板的再现的平庸之作，一部文学史所表明的基本事实只是：任何伟大作家的作品总是再现与表现的统一，而所谓“再现”与“表现”的对立永远都是一些不谙艺术创作个中真味的理性主义理论家自以为是的逻辑裁定而已。

在给好友安托尼·瓦拉布雷格的信中，左拉曾就艺术再现的真实性

---

① 科林伍德：《艺术原理》，王至元译，中国社会科学出版社 1985 年版，第 58 页。

② 雷纳·韦勒克：《象征主义的存在》，胡经之等主编：《西方二十世纪文论选》（第一卷），中国社会科学出版社 1989 年版，第 77 页。

③ 波德莱尔：《一八五九年沙龙》，见伍蠡甫等编：《西方文论选》（下卷），上海译文出版社 1979 年版，第 231 页。

问题发表了看法，提出了其独到的“屏幕说”(Screen Theory)。左拉认为，在事物与作品之间，站着的是一个个秉有独特个性并认同某种艺术理念或艺术方法的作家。现象经过作家独特的个性或气质这道“屏幕”的过滤之后按照特定的艺术规则以“影像”的方式进入文本。“这些屏幕全都给我们传递虚假的影像”①，而所有“规则”又无一不是一些“抽象的法则”与“欺骗工具”；因而，所谓“再现”便永远只能是一个谎言。根据艺术规则的不同，左拉将文学史上的“屏幕”区分为“古典主义”“浪漫主义”和“现实主义”三个大类，并对它们各自“成像”的机制及它们之间的“影像”差别做了分析。结论是：所有屏幕所达成的“影像”对事物的本相都存在扭曲，只是程度或方式略有不同。他特别指出，尽管“现实主义屏幕否认它自身的存在”，“自诩在作品中还原出真实的光彩奕奕的美”，但“不管它说什么，屏幕存在着”；“一小粒尘埃就会搅乱它的明净”②。最后，他总结说：“无论如何，各个流派都有优缺点。”③“无疑，允许喜欢这一屏幕而不是那一屏幕，但这是一个个人兴趣和气质的问题。我想说的是，在艺术上绝对不能证明有必要的理由去抬高古典屏幕压倒浪漫主义和现实主义的屏幕；反之亦然，因为这些屏幕全都给我们传递虚假的影像。”④至于个人趣味，左拉声称：“我不会完全只单独接受其中一种；如果一定要说，那我的全部好感是在现实主义屏幕方面。”⑤但他紧接着强调说：“不过，我重复一遍，我不

① 左拉：《给安托尼·瓦拉布雷格的信》，朱雯等编选：《文学中的自然主义》，上海译文出版社 1992 年版，第 269 页。

② 左拉：《给安托尼·瓦拉布雷格的信》，朱雯等编选：《文学中的自然主义》，上海译文出版社 1992 年版，第 270 页。

③ 左拉：《给安托尼·瓦拉布雷格的信》，朱雯等编选：《文学中的自然主义》，上海译文出版社 1992 年版，第 269 页。

④ 左拉：《给安托尼·瓦拉布雷格的信》，朱雯等编选：《文学中的自然主义》，上海译文出版社 1992 年版，第 269 页。

⑤ 左拉：《给安托尼·瓦拉布雷格的信》，朱雯等编选：《文学中的自然主义》，上海译文出版社 1992 年版，第 271 页。

能接受它想显现于我的样子;我拒绝承认它给我们提供真实的影像;我断言,它本身应当具有扭曲影像,并因此把这些影像变成艺术作品的特性。”①

实证主义美学家丹纳反对那种直接照搬生活的、摄影式的“再现”,反对将艺术与对生活的“反映”相提并论。他认为刻板的“模仿”绝不是艺术的目的。因为浇铸品虽可以制作出精确的形体,但永远不是雕塑;无论如何惊心动魄的刑事案件的庭审记录都不可能是真正的喜剧。丹纳的这一论断,后来在左拉那里形成了一个公式:艺术乃是通过艺术家的气质显现出来的现实。左拉认为,要阻断形而上学观念对世界的遮蔽,便只有“悬置”所有既定观念体系,转过头来纵身跃进自然的怀抱,即“把人重新放回到自然中去”,“如实地感受自然,如实地表现自然”②。自然主义作家强调体验的直接性与强烈性,主张经由“体验”这个载体让生活本身“进入”文本,而不是接受观念的统摄,以文本“再现”生活,他们还完成了对传统“再现”式“现实主义”的革命性改造。

将“真实感”奉为自己的最高原则,自然主义强调文学要回归自然、回归生活。“我们以绝对以真实自诩,就是旨在让作品充满强烈的生活气息。”③通过对“真实感”的强调,自然主义试图将文学的立足点扳回到现实生活的大地,从而改变文学为宏大观念所统摄和为虚假情感泡沫所充斥的现状。在“生活体验”对生活(而非纯粹观念或绝对自我)作为文学唯一源头的执着认同中,自然主义文学本来就孕育在“模仿说”或“再现说”娘胎里的事实昭然若揭。

在强调“真实感”的同时,自然主义将作家的“个性表现”界定为文学

① 左拉:《给安托尼·瓦拉布雷格的信》,朱雯等编选:《文学中的自然主义》,上海译文出版社1992年版,第271页。

② 左拉:《论小说》,朱雯等编选:《文学中的自然主义》,上海译文出版社1992年版,第778页。

③ 左拉:《论小说》,朱雯等编选:《文学中的自然主义》,上海译文出版社1992年版,第234页。

的第二准则。左拉曾经反复强调“真实感”与“个性表现”的关系，把“个性表现”视为“真实感”所不可或缺的因素。在具有真实感的作品的创作过程中，“观察并不等于一切，还得要表现”①。“一个作品有两种因素：现实因素即自然，个性因素即人……现实因素即自然是固定的、始终如一的……而个性因素即人则是变化无穷的，有多少作品，也就呈现出多少不同的精神面貌。”②左拉认为所有的作品都是作家个性的表现，并且这种个性的表现使不同作家的作品显得色彩纷呈。因此他还说：“艺术只是一种人格、一种个性的体现。”③于是，一部作品“除了真实感以外，还要有作家的个性。一个伟大的小说家应该既有真实感，又有个性表现”④。“在今天，一个伟大的小说家就是一个有真实感的人，他能独创地表现自然，并以自己的生命使这自然具有生气。”⑤也就是说，只有投射了作家个体之生命气息和个性禀赋的对“自然”的描写，才具有真实感，才是成功的作品。没有个性表现的所谓“真实”，在左拉看来是不存在的。左拉的这些说法也得到了莫泊桑和波德莱尔的观点的支撑，莫泊桑认为：“绝对真实——干巴巴的真实并不存在，所以没有人真的企图成为完美无缺的镜子……对这个人来说则好像是谬误。企图写出真实——绝对的真实，只不过是一种不可实现的奢望，作家最多能够致力于展现个人所见事物的

---

① 左拉：《论小说》，朱雯等编选：《文学中的自然主义》，上海译文出版社 1992 年版，第 210 页。

② 左拉：《当代的艺术》，转引自柳鸣九主编：《自然主义》，中国社会科学出版社 1988 年版，第 38 页。

③ 左拉：《当代的艺术》，转引自柳鸣九主编：《自然主义》，中国社会科学出版社 1988 年版，第 37 页。

④ 左拉：《论小说》，朱雯等编选：《文学中的自然主义》，上海文艺出版社 1992 年版，第 210 页。

⑤ 左拉：《论小说》，朱雯等编选：《文学中的自然主义》，上海文艺出版社 1992 年版，第 215 页。

本来面目,即致力于写出感受到的真实印象。"[1]波德莱尔指出,"一切艺术的本质永远是美的事物通过每个人的感情、热情和梦想而取得的表现"[2]。总之,深入分析左拉等自然主义作家对"个性"及"个性表现"的反复表述,人们不难发现其确立一种"体验主导型"文学叙事全新模式的企图。"体验"只能来自真实的生活,因而自然主义所倡导的"个性表现"就坚实地立在了"真实感"的基础之上。生活体验的主体,永远只能是作为个体而在生活中存在的人;而对任何作为个体的人来说,生命都是其最本己的存在,因而自然主义作家所强调的生活体验便首先表现为个体的生命体验。这种内在于"生活体验"建构中的"个体""生命"元素表明,自然主义文学事实上继承了上一个时期浪漫主义革命所建立起来的文学的"个体性原则",并在扬弃中接受了其"个人表现"的原则。

自然主义文学既反对浪漫主义的极端"表现",又否认"再现"能达成的绝对真实,由此开拓出了一种崭新的"显现"文学观:"显"即现象的自动呈现,意在强调文学书写要基于现象的真实,要尊重现象的真实,不得轻易用武断的结论凌驾于真实之上;"现"即作家个人气质、趣味、创造性、艺术才能的表现。"显现",就是在与世界融合之中的"作家主体"在文本中所达成的"再现"与"表现"的融合。与前自然主义的"模仿"或"再现"相较而言,自然主义之"显现"所投放出来的只是一种"真实感";此种"真实感"是在个体之人与世界的融合中达成的,并由此获得了它自身特有的一种"真实"品质——它并非纯粹客观的现实真实,即既非绝对真实的现实,也非绝对现实的真实,而只是感觉中的现实真实。由此,"模仿论"或"再现说"的"本质真实"就被颠覆了一半,同时也保留了一半。同理,"显现"所

---

① 莫泊桑:《爱弥尔・左拉》,转引自柳鸣九主编:《自然主义》,中国社会科学出版社 1988 年版,第 487 页。

② 波德莱尔:《一八四五年沙龙》,见伍蠡甫等编:《西方文论选》(下卷),上海译文出版社 1979 年版,第 228 页。

投放出来的“真实感”也有着自己特有的“主体”意识——它并非纯粹主观的主体情感意向，即既非绝对情感的意向，也非绝对意向的情感，而只是与世界融为一体的“真实”的情感意向。这样，浪漫主义“情感表现说”中的那种绝对主观的“情感主体”便被吞没了半侧身子，又保留了半侧身子。当然，任何一种学说，被颠覆了一半也就意味着整个体系的根本坍塌。自然主义经由“真实感”而建构起来的“显现”，就这样颠覆了在西方文学史上源远流长的“再现”与浪漫主义刚刚确立不久的“表现”。相对于“模仿说”那种对“本质”的坚定信仰或浪漫主义那种对“超验主体”和世界一致性的断言，自然主义（及后来的现代主义）所强调的是对“本质”和“超验”的“悬置”及其所释放出来的“怀疑”；而针对“模仿说”那种对“自我理性”的高度自信或浪漫主义时常宣称的那种“绝对自我”与世界的对立，自然主义所强调的则是面对世界的“谦卑”与“敬畏”。

“再现”即再造，通过观念对现实的再造。自然主义反对以人造的观念体系“再现”/再造世界，而强调让世界在自我的真实显现中说明自身。他们倾向于认为：意识只是主体从未完全知晓或控制的、社会的和无意识的过程所产生的效果；因而所有为世界所提供的一般性解释模式，从某种程度上讲，都是理论的虚构——而这正是左拉所要反对的“虚构”。经由强调体验的直接性与强烈性，自然主义作家主张让真实的生活本身“进入”文本，而不是以文本“再现”生活，从而完成了对传统“再现”式“现实主义”的革命性改造。显现，由体验而非观念主导，其最终达成的乃是一种笼罩着情感的意象呈现而非透着理性的观念阐说。显现出来的意象，包含着某种意念；这种意念含有成为观念的趋向，却绝非观念本身。即艺术作品中的观念因素，是经由意象来表达的——这正如德国美学家费希尔所分析的那样：观念像一块糖溶解在意象的水中，在水的每一个分子里它都存在着、活动着，可是作为一整块糖，却再也找不到了。“在感受的表达完成之前，艺术家并不知道需要表现的经验究竟是什么。艺术家想要说的东西，预先没有作为目的呈现在他眼前并想好相应的手段，只有当他头脑里诗篇已经成形，或者他手里的泥土已经成形，那时他才明白了自己要求表现的感受。”①“诗人把人类体验转化成为诗歌，并不是首先净化体验，去掉理智因素而保留情感因素，然后再表现这一剩余部分；而是把思维本身融合在情感之中，即以某种方式进行思维。”②没有情感，也许会有工艺，但不会有艺术；仅有情感——不管这种情感多么强烈，其结果也只能在直接传达中构成宣泄或说教，同样不会有艺术。

在作家—作品—世界—读者的四维文学构成中，“再现说”和“表现论”均是对“作家”或“世界”占绝对主导地位的那种古典文学形态所做的理论表述；而“显现”论的出现，则表征着在西方文学中此前一直被忽视的另外两种文学构成元素地位的提升。首先，自然主义文学对各种唯理主义形而上学及社会意识形态的拒斥，对观念叙事的否定，对客观冷静叙事风格的倡导，这一切都内在地蕴含着他们对文本及构成文本的语词之独立性的重视。让所描述的对象自己说话，让其意义在自身的直呈中、在读者面前自我显现，这是自然主义文学在叙事艺术上的基本追求，其中就包含着对“文本”“作品”维度的强调。其次，自然主义作家反对“愉悦”大众，更反对通过作品实施对读者的“教化”，而强调“震惊”，强调不提供任何结论而高度重视由“震惊”所开启的读者的“反思”，在审美范式上直接开启了从传统文学文本在“教化”中“训话”到现代主义文学文本在“对话”中“反思”的现代转型。显然，在自然主义文学这里，作者与读者关系的重构已经开始，文学活动四维结构中的“读者”一维第一次受到重视。换言之，“显现说”所导出的文本自足观念及对读者接受维度的重视，是西方现代文学形态形成的基本标志。在 20 世纪西方文坛上，“接受美学”“阐释学

① 科林伍德：《艺术原理》，王至元译，中国社会科学出版社 1985 年版，第 29 页。

② 科林伍德：《艺术原理》，王至元译，中国社会科学出版社 1985 年版，第 301 页。

美学”“语言学美学”“结构主义美学”“解构主义美学”等各种现代诗学理论纷纷出笼；至少在叙事文学领域，这一切理论的发端无疑是通常被人们看成现代主义文学对立面的自然主义文学思潮的观念创新与创作实践。

作为前所未有的全新的文学本体论，“显现说”不仅是自然主义文学在新的哲学思潮的影响下对正统文化的敏锐反应，更是对荷马以来的整个西方文学传统的强烈质疑与颠覆。自然主义作家在创作方法层面上的所有革新、自然主义文学文本所呈现出来的所有新的现代特质，其真正的根源正在于此。“显现说”文学本体论使现代主义作家在自然主义作家所开拓出来的文学地基上继续前行。正是因为正统文化失去了它惯有的整体性和力量，作家才被迫去尝试以唯一堪用的武器——语言——去重新整合这个风雨飘摇中的文化。具备整合功能的观念/信念系统已经失灵，对作家而言，也就只有语词及其所构成的文本来承担对世界和文化进行整合的使命。文本呈现为一个五彩缤纷的、好像是混沌初开的世界，里面充斥着的一切似乎都是难以确定的，而唯一可以信赖的知识语词，即左拉所谓：“在这个世界上，没有比一个写得好的句子更为真实的了。”①用彼得·福克纳的话来说就是“小说表明自己从根本上和表面上都是一个语言问题，涉及的是词语、词语、词语”。“《尤利西斯》的‘实体’就是词语，就是语言本身；正是在语言中，包含着实体的与本质的、实际的与理想的、具体的与抽象的之间复杂的冲突关系。”②

---

① 左拉：《致居斯塔夫·福楼拜》，见《左拉文学书简》，吴岳添译，安徽文艺出版社 1995 年版，第 113 页。

② 彼得·福克纳：《现代主义》，付礼军译，昆仑出版社 1989 年版，第 86—87 页。

| 第四章 |

现代现实主义与文学社会功能

无论是西方文学史上的“寓教于乐”，还是中国文学史上的“文以载道”“兴观群怨”，都旨在强调文学艺术的社会功能。事实上，社会功能是文学艺术题中应有之义，人类文学史上几乎不存在完全没有社会功能的文学作品。然而，在西方文学中，19 世纪的浪漫主义文学思潮对延续了 2000 多年的“寓教于乐”说表现出了反叛，提出了“为艺术而艺术”的理论主张，主观上排斥文学的社会功能——虽然浪漫主义文学文本的社会功能是客观存在的。而与之相反，19 世纪现代现实主义文学在关于文学之社会功能的理论主张与文本创作实践上，对浪漫主义表现出了明显不同的取向，空前突出地强调文学的社会功能。可以说，现代现实主义在对文学社会功能的追求上，达到了西方文学史上的空前高度，以至于人们常常把“社会批判”作为现代现实主义的代名词，因而也就有了“批判现实主义”这样长期流行的称谓。现代现实主义文学思潮何以如此强调文学之社会功能？现代现实主义仅仅在强调文学之社会功能吗？现代现实主义的这种文学观念，其跨文化传播的结果是什么？20 世纪的现代主义在文学的社会功能问题上与现代现实主义有什么异同？笔者将聚焦于实用理性与文学之关系的角度予以阐释。

第一节　实用理性与文学社会功能

“实用理性”是一个宽泛的概念。笔者所说的“实用理性”，与德国哲学家康德的“实践理性”(practical reason)和我国美学家李泽厚的“实用理性”含义相似。康德的“实践理性”，全称为“纯粹实践理性”，指的是“理性在实践上的行使”①；而“在实践的应用上的纯粹理性，即道德理性，把一种知识和人类最高的实践的利益联系起来”②。在康德看来，实践理性施之以先天的道德规律，采用命令形式和决定性意志(善良意志)，区别善恶，走向至善；实践理性的原则是自由，它与自然界的必然性有别。道德的实践应是自律的，道德的行为应着重于动机而不着重于效果。人类社会中的道德与幸福经常不能两全，有道德的人不一定得到幸福，幸福的人不一定有道德，因而要设定灵魂的不死与上帝的存在，以保证今生不能得到幸福的人可以在来生得到幸福，罪人可以得到惩罚。一切理性者都依据普遍的道德规律行事，他们虽然有个别的差异和私自的目的，但都可以在共同的道德基础上有一个共同的目的。康德的“实践理性”理论具有现实意义，它告诉人们：实践是理性的，人的实践活动是自由的，但是这种自由是以道德律为前提的，实践理性的目标是达到至善境界，它重视道德功能。

在我国，李泽厚在其《中国古代思想史论》中最先提出“实用理性”这一概念。后来，他在《漫说“西体中用”》一文中对其做如下解释：“所谓‘实用理性’就是它关注于现实社会生活，不作纯粹抽象的思辨，也不

---

① 罗素：《西方哲学史》，马元德译，商务印书馆1997年版，第253页。

② 梯利：《西方哲学史》，葛力译，商务印书馆2000年版，第462页。

让非理性的情欲横行，事事强调‘实用’‘实际’和‘实行’，满足于解决问题的经验论的思维水平，主张以理节情的行为模式，对人生世事采取一种既乐观进取又清醒冷静的生活态度。”①李泽厚以这一概念来概括和评价中国哲学与价值观念，认为实用理性是中国传统思想在自身性格上所具有的特色，它是通过与中国文化、科学、艺术各个方面相联系、相渗透而形成、发展和长期延续的。他还认为，实用理性“这模式成为中国人认识世界、解释世界和指导自己实践行动的基本心态，是中国整个物质文明和精神文明在文化心理结构上的积淀表现。它具体呈现在医、农、兵、艺、历、史、哲学之中”②。但作为一种哲学概念，实用理性的内涵具有中西互通性，何况康德早已有类似的哲学表述，其也与黑格尔“合乎理性的是存在的，存在的是合乎理性的”这一哲学表述有相似之处。可以说，“实用理性”在根本上体现着思维理性和人类本质属性，是人类理性的一种表现形态。因此，用“实用理性”来阐释和表述西方哲学与文学是无可非议的，或者说，西方文化与文学之本原就有实用理性的属性。

笔者所说的文学的实用理性，主要指的是：文学立足现实，以科学而理智的方法与态度观察世界、认识社会，研究复杂多变的人和人类生活，力图掌握其发展变化的客观规律，视实用、功利、人本为三位一体，追求文学之社会功能。为了论述和阐释的方便，本书所说的社会功能限于历史的、政治的、道德的、宗教的、教育的社会性功能和认识价值，不包括审美功能。虽然，审美也是文学的一种功能，并且和社会功能是密切相关的，但笔者认为这两种功能既有联系又有质的差异，在研究实践中完全可以视为两个不同的学术领域或范畴。“在理论上，艺术的美的功能可以和它

① 李泽厚：《漫说“西体中用”》，《孔子研究》，1987年第1期，第19页。

② 李泽厚：《漫说“西体中用”》，《孔子研究》，1987年第1期，第19页。

的实用的、道德的、爱国的、教育的、治疗的以及其他功能区别开来，尽管它们实际上经常是密切结合的。但是，从规则的用途和活动的含义上讲，所有这些都属于实用功能的范畴。美的功能往往是达到其他实用的一种必要的方法和途径。"[①]正因为如此，文学家和艺术家要有起码的社会的和道德的责任感，担负起"道德的和社会的职责；谁都没有特权无所顾忌地按照自己的个人意志我行我素，却无视基本规则的自我约束。人们通常都认同这样一种观点：艺术家也必须受基本的法律与道德规范的制约"[②]。韦勒克在谈到文学与社会的关系时则说，"文学具有一定的社会功能或'效用'，它不单纯是个人的事情。因此，文学研究中所提出的大多数问题是社会问题"[③]，"作家不仅受社会的影响，他也要影响社会。艺术不仅重现生活，而且也造就生活"[④]。所有这些，无非都表达了这样一种关于艺术的原理："文学"除了美学意义上的娱乐、取悦功能之外，很重要的是通过审美的途径实现有益于人和社会的实用功能与现实价值，从而体现其实用理性精神。比如，"在医疗和教育领域里，以及在道德和政治活动中，艺术是多么有力地影响了人们的情感和行为"。艺术"不但使人赏心悦目，而且可以通过某种方法使人受到激励，还可以通过其他方法使人感到松弛或萎靡不振。艺术不只是一种奢侈品或供人娱乐和消遣的普通器具，它还可以激起人们的一种愤怒抗议的感情。它可以加强社会秩序，也可以削弱和破坏社会秩序。它可以影响人们(特别是青年人)的想

---

① 托马斯·门罗：《走向科学的美学》，石天曙、滕守尧译，中国文联出版公司 1985 年版，第 347 页。

② 托马斯·门罗：《走向科学的美学》，石天曙、滕守尧译，中国文联出版公司 1985 年版，第 486—487 页。

③ 雷·韦勒克、奥·沃伦：《文学理论》，刘象愚、邢培明、陈圣生等译，生活·读书·新知三联书店 1984 年版，第 92 页。

④ 雷·韦勒克、奥·沃伦：《文学理论》，刘象愚、邢培明、陈圣生等译，生活·读书·新知三联书店 1984 年版，第 110 页。

象和爱憎,从而对人们的行为产生深远的影响”①。

在西方文化与哲学史上,实用理性概念在古希腊哲学思想中就已存在,并在文艺复兴和18世纪启蒙运动中不断发扬光大,特别是18世纪功利主义哲学进一步扩大了实用理性的影响。“在18世纪,实用和功利在社会中具有主导性作用。与之相关的功利主义没有成为专门的哲学,却被中产阶级当作日常通俗文化的一个组成部分”②,它为“工业资本主义社会的发展逻辑(developmental logic)创造了坚实的基础”③。美国哲学家、美学家托马斯·门罗认为,“从社会和历史的观点看,在决定艺术的本质和功能时,艺术的社会效果比艺术家个人的需要更加重要。人类之所以对艺术家的事业进行赞助并付给他们酬金,其原因是人类发现艺术家的产品具有美的和其他方面的价值,而不是为了赋予艺术家表达自己的特权”④。

纵览西方文学史上关于文学艺术功能的理论,固然有艺术是作家个人情绪之宣泄的“宣泄”说、情感“象征”说、“为艺术而艺术”的非功利“审美”说等等,但是认为文学艺术有益于现实的人与社会,强调文学的社会功能,则是西方文学一以贯之的学说和理论,其哲学内涵无疑是实用理性。艾布拉姆斯在评述西方文学批评理论的历史演变时说,“批评的历史演进可以这样描述:先是‘模仿说’,由柏拉图首创,到亚里士多德已被修改;继而是实用说,它始于古希腊罗马时期修辞写作诗法的合并,一直延续到几乎整个18世纪;再到英国浪漫主义批评(以及较早的德国)的表现说”⑤。艾布拉姆斯之所以说西方的“实用说”延续到18世纪,是因为从

① 托马斯·门罗:《走向科学的美学》,石天曙、滕守尧译,中国文联出版公司1985年版,第483页。

② Andrew Milner: *Contemporary Culture Theory*, UCL Press, 1994, p, 13.

③ Andrew Milner: *Contemporary Culture Theory*, UCL Press, 1994, p, 13.

④ 托马斯·门罗:《走向科学的美学》,石天曙、滕守尧译,中国文联出版公司1985年版,第349页。

⑤ M. H. 艾布拉姆斯:《镜与灯:浪漫主义文论及批评传统》,郦稚牛、张照进、童庆生译,北京大学出版社2015年版,第25页。

古希腊、罗马开始到18世纪的这种强调文学实用的理论，被康德的艺术之“没有目的的目的”理论和浪漫主义的“为艺术而艺术”理论所取代。不过，艾布拉姆斯这里没有说，19世纪现代现实主义文学恰恰反叛了浪漫主义的文学观念，从而把文学的“实用说”和“寓教于乐”的“社会功能说”传统在传承的基础上大大地发扬光大了。

19世纪是西方文学与思想更趋于多元化的时期，传统的“寓教于乐”和文学的“社会功能说”，在延续、传承与发展中有了明显的更新。从柏拉图到18世纪的西方文学界，“寓教于乐”是一个耳熟能详且被公认的关于文学艺术之功能的理论甚至学说。其中的“教”由张扬理性、道德教化或宗教训谕、净化灵魂等逐步扩展到多层次、多方位的社会功能，而“乐”则由感性、愉悦、情感宣泄等逐步拓展到审美以及美育等诸多方面。在“教”与“乐”的天平上，18世纪以前的西方文学一直特别注重前者，而后者似乎仅仅是前者的载体和辅助手段，是服务于前者的。但是，到了19世纪初，文艺以体现道德教育和社会功能为主的传统观念受到了质疑。而且，颇有意思的是，这种质疑恰恰是从18世纪启蒙思想家内部开始的，那就是浪漫主义文学思潮的滥觞。

从文学发展演变的外部因素看，19世纪毕竟是西方文明史上科学鼎盛的时期，也是理性主义盛行的“以头立地”的时期，如果说浪漫主义之文学“非功利性”追求以及“为艺术而艺术”的唯美主义倾向，原本是对17—18世纪以来的科学主义和理性主义的反拨的话，那么，事实上这种科学主义和理性主义也存在着依旧被19世纪西方社会所传承、延续并发扬光大的另一面——因为不管从什么角度看，19世纪自然科学因其成就及对社会的贡献和影响力之巨大，正显如日中天之状，科学精神和理性主义思想的依旧广泛流行与传播也是势所必然。表现在文学领域，那就是19世纪现代现实主义文学思潮的波澜壮阔以及后来的自然主义文学思潮的盛行。在当时科学理性、实用理性和功利主义思潮的催化下，虽然文学“反功利”“非功利”之声不绝于耳，但科学精神和实用理性之于19世纪的西方社会思想和日常生活也强盛有加，这也正是现代社会精神文化和价值观念日趋多元的表征之一。在这种社会风尚和时代精神的浸润下，文学家的社会角色意识和社会责任感也空前强盛，文艺对社会功能的追求也成了一种新时尚。于是，文学对社会功能的追求不仅没有因为浪漫主义之文学的“非功利性”和“为艺术而艺术”的一度喧闹而归于沉寂，恰恰相反，正是从反浪漫主义的艺术行为中走出来的现代现实主义，一方面悄悄接纳了浪漫派也曾有的文学之社会批判意识，另一方面在科学精神和实用理性的支撑、激励和“武装”下，将文学的功利性和社会功能的理论与观念空前地弘扬和光大，使自己成长、壮大为与浪漫主义截然不同的新的文学思潮——“现代现实主义”。这也可谓是一种形态上的“时势造英雄”，是19世纪欧洲社会特定的政治、经济和文化之情势造就了现代现实主义。换句话说，在科学精神的催化下，一种更具实用理性精神、更为关注社会现实、强调文学社会功能且影响力也更为广泛而深入的现代现实主义文学思潮应运而生。于是，在西方文学发展史上，被浪漫主义有所弱化和遮蔽了的强调文学功利性与社会功能之传统，又在现代现实主义文学思潮的推波助澜下重新乃至空前地凸显，成为一种具有现代性、先锋性和新颖性的文学史之亮丽景观。美国当代美学家比厄斯利指出，“在政治革命不断发展和真正具有科学精神的社会科学日渐强盛的双重作用下，19世纪的思想家们高度重视艺术对人类社会的作用，而这恰恰是从柏拉图到席勒以来都从未如此关注的主题”①。这个“主题”就是西方文学的社会功能与功利性，其载体就是现代现实主义文学思潮。

① Monroe C. Beardsley: *Aesthetics from Classical Greece to the Present: A Short History*, The University of Alabama Press, 1975, p. 298.

第二节　现代现实主义社会功能之三重面相

如前所述，虽然在19世纪以前的西方文学中，“寓教于乐”是一以贯之的核心概念，但是在“教”与“乐”的强调与追求上，不同时期、不同倾向的作家和理论家对两者是各有侧重的，其中又以对“教”所承载的文学社会功能的肯定、遵循和张扬为甚。到了浪漫派这里，此种情况有了根本性变化，“教”与“乐”的天平往后者倾斜并下沉，而现代现实主义恰恰对浪漫派之偏颇投以反拨，进而使天平又开始往前者倾斜并下沉。可以说，就文学的社会功能、思想内涵和功利性的体现而言，19世纪现代现实主义文学达到了历史新刻度；在理论和创作实践中凸显文学的思想承载与哲学内涵、强调文学的道德教育作用和社会批判作用，是现代现实主义文学思潮的重要特征，也是其社会功能的基本面相。

一、道德训谕功能

浪漫主义在自由、天才、个人和情感、“非功利性”、“为艺术而艺术”等观念的影响下，淡出了文学的社会功能和道德教化作用，迷恋于自我感情的宣泄和抒发之中。他们的创作总体上在个人情感之自由抒发的狂躁与自我迷恋中，不由自主地偏离了传统西方文学的思想引领与道德训谕的轨道，甚至有的作家有非道德化倾向，如拜伦。① 浪漫派的这种对古典主义和此前整个西方文学传统的强烈而过度的反叛，表现出他们对工业化和现代文明社会的不满与抗拒，这本身显示出他们对现代性的追求。只

① 蒋承勇：《“拜伦式英雄”与“超人”原型》，《外国文学研究》，2010年第6期，第55—63页。

是，浪漫主义在现代性的取向上偏重审美现代性，强调对人的感性主体性的张扬，这导致了理性的式微和文学道德内涵的弱化，乃至出现非道德化倾向。不过，由于浪漫主义的流行恰恰处在工业化和现代文明社会蒸蒸日上的阶段，现实逻各斯也证明了浪漫派对理性与文明的过度反抗、对人的感性主体性乃至非理性的一味张扬，显然又有过犹不及与不合时宜的一面，所以，现实社会传统的惯性和现实逻各斯，又让生活在这个时代的另外一些人怀疑乃至抵制浪漫派的行为之极端、信念之浮泛和空洞，现代现实主义作家无疑就是其中的代表。现代现实主义文学思潮正是在浪漫派之情感的浮泛、道德理想的空洞之处施展着道德训谕和社会教化的功能。现代现实主义作家普遍从社会现代性立场出发，在科学理性和实用理性精神的牵引下，怀着满腔的改良社会的善良愿望，以人道主义悲天悯人的博爱情怀，通过文学创作，用道德感化的方式惩恶扬善、教化民众。在西方传统文学中，这种道德教化功能与方法是古已有之的，而浪漫派力图从这种外在于文学的道德承载中挣脱出来，让艺术独立于政治、经济、宗教、道德与伦理之外，这与现代现实主义文学恰恰相反。现代现实主义作家趋向社会现代性，承续了被浪漫派所甩开的文学之道德教化传统和理性精神，他们的创作有明显的道德教化的目的和功效。现代现实主义作家"相信现实主义小说家有能力洞察个体现象与社会生活并抵达人性本质。此外，还假定现实主义者对社会现象的解释与历史步调一致并且具有预言的力量。因此其作品由于促进进步事业而具有道德价值"①。

德国文学史家奥尔巴赫在分析、阐释西方 19 世纪现实主义文学时，认为 19 世纪的现实主义文学较之以前的现实主义倾向的文学，与当时的政治、社会、经济联系更密切、更重要、更有意识，也更具体，"那个伟大而

① Victor Terras:"The Realist Tradition", in Malcolm V. Jones, Robin Feuer Miller eds.: *The Cambridge Companion to the Calssic Russian Novel*, Cambridge University Press, 1998, p. 191.

真实的历史时代对司汤达的影响”，与以前的作家比起来“完全不同”，“卢梭没有赶上那个时代，而歌德则懂得与时代保持距离，甚至可以说，他的思想与时代格格不入”①。西方社会进入19世纪，科学造福社会，让人们兴奋、乐观；资本主义凭借科学技术的新成果，创造了巨大的财富，也带来了前所未有的困惑，对文学家、思想家们来说尤其如此。面对一个被科技、工业、金钱三驾马车拉着朝前狂奔的令人惴惴不安的现代社会，文学家似乎觉得自己更应该为迷惘中的人分忧解惑，而不是提供娱乐——虽然像小说这样的文体没有娱乐就没有读者市场和商业市场。面对一个无以复加的罪恶时代，人的心灵被强大的物质欲望所支配，人性趋于挤压、扭曲、变形。从这种社会语境看，现代现实主义作家就有一种上帝般博大的胸怀和神圣的使命感，不但苦苦追问关于人和社会之矛盾冲突的种种原因，而且力图寻找拯救人类的方法与途径，虽然这种努力未必能如愿以偿，但是他们的思考和创作总是发人深思，思想价值和社会教化之目标指向及效度尤为明显。从读者阅读的角度看，由于19世纪文学，尤其是小说，普及化、大众化的程度大为提高，因此现代现实主义文学之社会教化的“效度”总体上超出了以往的文学。由是，现代现实主义文学拥有了空前的社会学、伦理学特性。“一些现实主义作家跟社会学家一样，他们都将个体分为社会‘类型’（如无情的商人、‘街头恶棍’、新一代自信的‘美国女孩’）。在某种程度上，现实主义文学注重对个体的分类，对人的动机的理解和对人们的日常活动进行记录。它还与新的‘科学’管理实践有很多相似的地方，后者在商业领域非常风靡。”②

面对工业化与资本主义的“进步”和快速“发展”带来的诸多前所未有

① Erich Auerbach：*Mimesis*：*The Representation of Reality in Western Literature*，Princedon University Press，2003，p. 458.

② Phillip J. Barrish：*The Cambridge Introduction to American Literary Realism*. Cambridge University Press，2011. p. 3.

的矛盾和弊病，现代现实主义作家不无沉痛地揭开社会的伤疤，同时又竭力微笑着，不厌其烦地把一系列博爱忍让、人性向善、道德感化甚至宗教观念作为济世良方向读者灌输，于是现代现实主义文学作品自然地具有了直接或间接的政治和道德教育的倾向。巴尔扎克说，“教育他的时代，这是一个作家应该向自己提出的任务，否则，他只是逗乐人罢了”①。在他的《幻灭》中，人性总是为严酷的社会现实所改变，而他本人则仍然迷恋于往昔温情脉脉的时光，以宗教和王权作为现实的政治理想，呼唤所谓人性的复归。在狄更斯温情脉脉的小说中，在最后几页，美德总是战胜腐恶，给人留下一个光明的尾巴。“作为狄更斯道德和政治目的的一部分，他在小说中融入了社会各个阶层，并吸引了同样广泛的读者，将底层生活融入其中是有原则的而非仅仅屈从于一种更大的道德信息。”②尤其是，在对现实生活的腐恶和人性的残缺做的讽刺或幽默的批评中，狄更斯每每以不无天真的人道主义去感化、消解人与人之间的矛盾以及社会的灰暗，落得一个皆大欢喜的圆满结局，给读者以道义和道德上的安慰与感动。《大卫·科波菲尔》是狄更斯最有代表性、最受读者欢迎的小说之一，主人公大卫在经历了苦难的童年、不幸的婚姻后，经过不懈的努力，成为一名作家，并且与艾妮丝·威克菲尔一起建立了幸福的家庭生活。小说有很强的道德训谕的色彩。作者借重要人物贝西姨婆说：“永远不要在任何事上卑劣；永远不要作假；永远不要残忍。”大卫的成长过程就是追求高尚、真诚、仁慈这三项美德的实践过程。小说表现了人物由于经济、政治原因造成的阶级对立，但更多的是着眼于好人与坏人、善人与恶人的道德对立。狄更斯以预设的是否拥有优良品德作为评价人物的标准，并以此将人物划为界限分明的两大阵营。大卫和希普各自的奋斗道路，因为他

---

① 巴尔扎克：《致〈星期报〉编辑意保利特·卡斯狄叶先生书》，王秋荣编：《巴尔扎克论文学》，中国社会科学出版社 1986 年版，第 82 页。

② David Paroissien: *A Companion to Charles Dickens*, Wiley-Blackwell, 2008, p. 145.

们道德上的对立而形成鲜明的对比。人物命运的好坏与他们道德品行的高下紧密联系在一起。在另外一部重要作品《双城记》中，即使是对法国大革命这样的重大政治事件的文学描写，狄更斯也主要是按照人道主义的道德原则做了对是非曲直的历史评价。该小说从博爱立场出发，通过集中描写埃弗瑞蒙特侯爵及其家族成员的骄奢淫逸、专横残暴、冷酷傲慢，揭露了贵族的恐怖行为对民众犯下的罪恶。小说从多种角度形象地反映了18世纪法国贵族统治阶级对第三等级的平民大众在政治、经济、人身、精神上的疯狂压迫。这些描写恰如其分地揭示了法国贵族统治阶级在对待人民问题上野蛮凶残的特征，他们制造的是一种"没有美德的恐怖"①，它必然地激起了民众的复仇反抗。与之相应，小说对所描写的复仇者的反抗即革命本身，也以人道主义的道德原则予以评判，认为革命者怀着重建道德理想国的激情和道德自信，对一切阻止革命者施以暴力，于是恶亦杀人，善亦杀人。从道德救人，到道德亦杀人。最后小说也在人道主义者卡登的博爱与自我牺牲中，化解了对立双方的矛盾，奏响了一曲感天动地的爱的道德颂歌。狄更斯式的道德感化和道德训谕有其合理性，因而小说有很强的道德感召力，但是也难免有其历史观上的偏颇；狄更斯式的人道主义博爱与托尔斯泰的宗教式博爱一样，有其软弱的一面。

在俄国，托尔斯泰是一个典型的文学道德主义者，他把文学作为人类交流思想、情感和道德训谕的工具。他给艺术的定义是："在自己心里唤起曾经一度体验过的感情，在唤起这种感情之后，用动作、线条、色彩、声音，以及言词所表达的形象来传达出这种感情，使别人也能体验到这同样的感情——这就是艺术活动。艺术是这样的一项人类活动：一个人用某种外在的标志有意识地把自己体验过的感情传达给别人，而别人为这些

① 陈崇武：《罗伯斯比尔评传》，华东师范大学出版社1989年版，第235页。

感情所感染，也体验到这些感情。”①所以，艺术是生活中个人向人类幸福迈进的进程中必不可少的一种交际手段，它使人们在同样的感情中结成一体。通过情感而达到道德教育的作用，这是托尔斯泰十分明晰的文学道德主义思想路线。而且，托尔斯泰小说之“镜”再现了如列宁所说的俄国革命的历史之一角。与此同时，“托尔斯泰主义”的道德理想的表达，更有一种道德感化的理性主义精神。托尔斯泰的创作动机中，思想认识与道德教育的目的是根本性的和原发性的。比如，长篇小说《复活》的创作，深深地发自他作为一个贵族的灵魂深处的忏悔意识，这与自己灵魂深处人与兽、肉体与灵魂的双重矛盾的相互撕咬有关。通过小说创作表达这种心灵的焦灼，借以提升自我的灵魂，揭示人性中灵与肉的矛盾演化出的善与恶之客观事实，揭露贵族与官僚们灵魂的龌龊、官僚体制的腐朽以及民众的悲惨境遇，这些是托尔斯泰创作《复活》的重要内在动因。可以说，《复活》就是一部典型的道德演绎小说，男女主人公最终的“复活”均因为各自在道德上趋于净化。这种道德“复活”从人物性格逻辑、历史逻辑和社会现实逻辑等角度看，都存在着很多“不可能性”，但是《复活》的道德感召力依然是不可否认的。

“愉悦与教化的结合不仅体现在古典主义的所有诗学，特别是在贺拉斯以后变得司空见惯，而且成为艺术的自我理解的一个基本主题。”②实际上，贺拉斯所谓“寓教于乐”的艺术原则，在具体实施过程中，“乐”所代表的艺术审美功能是手段，而“教”所体现的教化功能则是目的。所谓“教化”无非就是通过文本向读者实施某种政治的或道德的或宗教的社会意识形态观念的渗透，因而从根本上说“观念”才是传统文本中的灵魂。与之相仿，现代现实主义作家热心关注现实生活，并通过作品褒贬人物、褒

---

① 列夫·托尔斯泰：《艺术论》，丰陈宝译，人民文学出版社 1958 年版，第 47 页。

② 彼得·比格尔：《先锋派理论》，高建平译，商务印书馆 2002 年版，第 111 页。

贬生活，倾向性极其鲜明，把文学作品作为阐释社会人生、表达理性认识、说明生活、对生活下判断的“人生教科书”。现代现实主义文学这种以理性精神为核心的“观念统摄型叙事”，使其创作与古典主义达成了精神基因上的勾连，而恰恰与浪漫主义的传统拉开了距离。就此而论，“现实主义是说教的、道德主义的、改良论的”[①]。对司汤达、巴尔扎克、狄更斯、托尔斯泰等等19世纪西方现实主义作家来说，在叙事过程中直接或间接地明确表达自己道德上或政治上的好恶，乃是非常流行的做法。在创作中随意中断叙事，或对社会、文化、宗教、道德、政治等发表滔滔宏论，或对书中人物及事件发表自己的看法，或借书中人物的嘴间接贩卖作家本人的主张，或来一小段格言警句般的说教，等等，这些在他们的作品中屡见不鲜。为弥补由此造成的艺术缺陷，很多传统作家经常借助于在文本中人为地加入“感伤”情调。在这方面，从18世纪一大批感伤主义小说家一直到19世纪中叶的狄更斯——文化气质上以理性见长的英国作家尤其提供了大量“成功”的范例。就现代现实主义的创作原则来说，这种叙事方式不同程度地破坏了再现生活的客观性和真实性。而随着这种文学的进一步发展，后期现代现实主义作家如福楼拜，开始强调作家“退出”小说或隐身于作品的背后，不动声色地叙述故事，从而减少人为说教的痕迹。其实对读者来说，隐含在故事之中的道德训谕，在潜移默化中，更能达到“说教”的目的。

二、社会批判功能

现代现实主义文学的科学理性精神和强烈的研究意识，使文学创作的关注对象聚焦于现实生活，作家们力图通过客观的研究和再现描写当

① R.韦勒克:《文学研究中现实主义的概念》，高建为译，见刘象愚选编:《文学思潮和文学运动的概念》，中国社会科学出版社1989年版，第248页。

下人的生活的历史，而赋予文学文本以历史的价值是作家尤其是小说家的最高追求，这使得文学迥然不同于古典主义崇尚历史题材和历史人物，不同于浪漫主义抒写主观情感、热衷异国风光、沉醉于离奇神秘。不仅如此，19 世纪现实主义作家抱有更高理想，传播新的观念，号召进行社会的变革或改良。另一方面，人民开始在文学中凸显，社会问题占据了许多摇笔杆子的人的心灵；农民、工人渗透到戏剧，尤其是长篇小说中来，不是个别的，不是为了生动别致的效果，而是以密集的队形，甚至是以对当时认可的社会稳定形成威胁的方式出现；人道的文学正在发展。对社会问题的特别关注，使 19 世纪西方现实主义作家对人审视的视点当然主要集中在人的社会性、阶级(阶层)性上。从文学文本的内涵来说，19 世纪西方现代现实主义作品基本上可以被看作对社会及社会的人所进行的伦理学、政治学和经济学的研究。与此相适应，社会问题也就合乎逻辑地成为现代现实主义作家在揭示当前社会关系之不完善的基本主题时所通用的和决定性的题材。在 19 世纪的欧洲，城市几乎是和资本主义以及现代现实主义文学同步发展的，而"城市的发展也使人类的贫困问题(根据口味的需求伤感化或者消毒)成为一个可营销的小说主题"①。于是，揭露现代城市中普通人的不幸遭遇成了现代现实主义文学的重要主题。19 世纪资本主义的发展，劳资矛盾的激化，这是历史事实。"现实被蒙上了资产阶级利益的面纱，而揭开这层面纱是艺术家和观众的使命。"②那么，"'揭幕'的现实主义，当时真实地揭露了资本主义国家无法保护工人的肉体"。文学与当下时代、社会、生活的关联度，在现代现实主义文学中达到

① Alison Finch: "Reality and its Representation in the Nineteenth-Century Novel", in Unwin, Timothy A eds.: *The Cambridge Companion to the French Novel: from 1800 to the Present*, Cambridge University Press, 1997, p. 80.

② John Roberts: Chapter 9 Realism, Modernism, and Photography: "At last, at last the mask has been torn away", in Matthew Beaumont ed.: *Adventures in Realism*, Blackwell Publishing Ltd., 2007, p. 170.

了空前的高度。而且，与18世纪启蒙文学偏重抽象的思想宣传和精神启蒙不同，与浪漫派文学愤世嫉俗的情绪化的隔空宣泄不同，现代现实主义是带着启蒙的理性批判精神，具体细致地研究当下社会和生活于其间的人，在客观呈现现实的同时，深入地剖析与评判生活，表达作者对现实生活的理解以及对理想的追寻和期待。特别难能可贵的是，现代现实主义文学侧重于以揭露和批判的笔触直捣现实社会的腐恶与人性的残缺。“现实主义小说可以站在被压迫者的立场上，通过塑造他们自己的现实版本来展示人们是如何攫取权力和合法地位的。它可以显示认识论如何加强社会、经济、道德和性压迫。”①

19世纪西方现代现实主义文学在对社会问题的关注中达成了对人与环境之关系的新理解，并由此拓展了“环境描写”的艺术，构成了对资本主义社会从制度到文化的强烈而深刻的批判。工业化带来了乡村和城市的巨大变化，“在19世纪的前半叶，巴黎的人口增加了一倍，而相似的变化也发生在欧洲的其他主要城市，在像曼彻斯特这样的新工业城市变化更加剧烈。城市的快速增长使生活于其间的人的社会关系变得紧张——这使阶级间的冲突成了家常便饭。在这种情况下，关注城市生活的作家们必然要面对这个整体的社会环境”②。资本主义发展期的社会矛盾主要表现在城市中，乡村虽然也难以幸免(如哈代小说所描写的)，但是其尖锐程度远不如城市。因此，现代现实主义作家对生活于城市环境中的人给予了更多的关注，文学创作的题材也大多来自城市生活。司汤达、巴尔扎克、狄更斯、托尔斯泰、陀思妥耶夫斯基等等，他们的创作基本上都离不开城市环境，表现对资本主义发展时期城市环境中的普通人的关注，作品中的人物形象，普遍地从以往文学的“英雄”和王公贵族转变为普通民众。

① Raymond Taillis: *In Defence of Realism*, Edward Arnold, 1988, p. 56.

② Peter Brooks: *Realist Vision*, Yale University Press, 2005, p. 14.

“1789年的革命改变了普通民众的形象，这些人从此成为一股不可小觑的力量，被人尊敬或害怕。政客们会向他们献殷勤，教会对他们进行教育，知识分子也会去改变他们，而对于商业来说，他们是一个潜在的富有市场。”①现代现实主义在某种意义上是19世纪资本主义社会和新兴城市的产物，因此，城市和普通市民及工人阶层便成为其艺术描写的重点内容，这种文学的人民性和民主性也较以往的文学更加鲜明。“现实主义受19世纪民主运动的精神之启发，将之前在美学史上被忽视、被无视或被认为出格的普通经验引入文学或绘画视野之中，艺术再现领域的拓展和社会研究和批判力度的增强同步推进，描写普通人如何度过其日常工薪生活——务农劳工、工厂小工、矿业工人、办公室职员或仆人。”②现代现实主义作家不满于浪漫派将人物过分理想化而忽视环境影响的主观主义创作方法，强调人是社会环境的产物，主张从人物所处的社会历史环境和斗争情势中刻画人物性格，真实地揭示人物和事件的本质特征及其发展趋势。要做法国社会“书记”的巴尔扎克，提出了环境乃“人物和他们的思想的物质总表现”③这一著名论断。对社会问题的特别关注，使19世纪现实主义作家对人的审视点主要集中在对其社会性、阶级(阶层)性的细致描绘上。美国批评家彼得·布鲁克斯指出，“19世纪英国发展了一种可辨识的‘工业化小说’，涉及社会苦难和阶级冲突，而法国有它的‘社会小说’，包括受欢迎的各种社会主义的种类”。④ 从作品揭示的主要内容来说，19世纪西方现代现实主义文学基本上可以看作对社会及社会的人

---

① Alison Finch: “Reality and its Representation in the Nineteenth-century Novel”, in Unwin, Timothy A eds.: *The Cambridge Companion to the French Novel: from* 1800 *to the Present*, Cambridge University Press, 1997, p. 73.

② Rachel Bowlby: “Foreword”, in Matthew Beaumont ed.: *Adventures in Realism*, Blackwell Publishing Ltd., 2007, p. xiii.

③ 巴尔扎克:《〈人间喜剧〉前言》，见伍蠡甫等编:《西方文论选》(下卷)，上海译文出版社1979年版，第165页。

④ Peter Brooks: *Realist Vision*, Yale University Press, 2005, p. 13.

所进行的伦理学、政治学和经济学的研究。“现实主义小说在很大程度上帮助我们理解了意识形态的曲折方式，尤其是它隐藏自身的倾向。如果大多数人都意识到，即使是表面上最稳定的社会共识，也充满了冲突和矛盾，国家不是一个幸福的大家庭，而是矛盾观点和敌对利益之间永恒斗争的场景，那么，这肯定在很大程度上是归于读现实主义小说的经历。”①

司汤达的《红与黑》通过波旁王朝复辟时期平民青年于连的个人奋斗经历，反映了19世纪20年代后期法国社会的风貌，它是一部具有深刻政治内容的小说。小说突出表现了王朝复辟时期法国社会的黑暗，揭示了当时尖锐的阶级关系与紧张的政治空气。主人公于连的悲剧，蕴含了尖锐的社会批判精神。在《人间喜剧》中，通过一幕幕有色有声的生活图景，巴尔扎克敏锐地抓住了资本主义新阶段的关键问题——金钱和财产决定一切，表现了这个时代的历史风貌和本质特征。提供的经济材料力求精确和翔实，是巴尔扎克对细节描写十分认真的表现之一。如果说司汤达的创作特别善于从政治角度观察，并把19世纪前30年的阶级关系和政治形势表现得十分深刻的话，那么巴尔扎克的创作则更擅长从人们的经济生活、经济状况来理解他们的心理活动和思想情感，来洞察那个社会的一幕幕悲剧和一幕幕喜剧的最深根由。正因为如此，习惯于从经济学、政治学和社会学角度谈论文学的恩格斯赞扬《人间喜剧》：“给我们提供了一部法国‘社会’，特别是巴黎上流社会的卓越的现实主义历史”；巴尔扎克“汇编了一部完整的法国社会的历史”，“甚至在经济细节方面”，“要比从当时职业史学家、经济学家和统计学家那里学到的全部东西还要多”②。尤其是对于金钱与财产对人的腐蚀，巴尔扎克的批评性笔触是入木三

① Raymond Taillis: *In Defence of Realism*, Edward Arnold, 1988, p. 52.

② 恩格斯：《致玛格丽特·哈克奈斯》，《马克思恩格斯文集》(第十卷)，人民出版社2009年版，第570—571页。

分的。在巴尔扎克的小说中,金钱成了真正的“主人公”,资本主义发展历程中人的异化问题得以深刻地揭露。我们返回到现实主义文学中,金钱的重要性、金钱交易的重要性表现为:金钱成了对再现自身的再现,是对在自我定义中把握事物的系统性需求的再现。现实主义文学“对金钱成为主人公成功的条件的世界进行彻底的世俗解读,这是一个几乎必然的后果”①。“正如巴尔扎克的高布赛克所言,金钱是现代文明的血脉。”②

在同一时期的英国,狄更斯和萨克雷等广泛描写了金钱、财产所致的人与人的争斗和人性的腐化,深刻揭示和批判了工业化对人造成的空前的异化现象。狄更斯生活的年代,英国的工业革命渐趋完成,工商业快速发展,资本主义进入成熟阶段。但是,在工业化和商业化的都市里,物质主义大行其道,物质与金钱对人的碾压愈演愈烈,人性的扭曲日益加剧。正所谓,“那是最美好的时代,那是最糟糕的时代;那是个睿智的年月,那是个蒙昧的年月;那是信心百倍的时期,那是疑虑重重的时期;那是阳光普照的季节,那是黑暗笼罩的季节;那是充满希望的春天,那是让人绝望的冬天”③。作为一位具有强烈社会批判精神的现代现实主义作家,狄更斯的深刻性在于透过这个社会表面的“美好”“睿智”“信心”与“希望”,洞察其内在隐藏的“糟糕”“蒙昧”“疑虑”和“绝望”,用文学的笔触描写资本主义繁荣时期人被物所异化的现象。在狄更斯的笔下,工业社会对人造成了前所未有的压迫,物对人的控制使人丧失自然的天性。在《艰难时世》中,焦煤镇就是工业化时代的一个功利主义、物质主义的怪胎,浓烟滚

---

① George Levine: “Literary Realism Reconsidered: ‘The World in its length and breadth’”, in Matthew Beaumont ed.: *Adventures in Realism*, Blackwell Publishing Ltd., 2007, p. 30.

② Peter Brooks: *Realist Vision*, Yale University Press, 2005, p. 17.

③ 狄更斯:《双城记》,宋兆霖译,浙江工商大学出版社 2012 年版,第 3 页。

滚的烟囱的“繁荣”表征的是人的残缺和人性的病态；葛擂硬的铁的事实哲学和功利主义原则挤压了人的想象力、情感和爱。在《马丁·朱什维尔特》中，从托杰斯公寓顶上看到的由烟囱、厂房组成的工业区图景，令人压抑乃至恶心。这部作品被誉为“把人变成机械驱动的物体的集大成者”①。在狄更斯的小说中，物成了一种赤裸又逼人的客观存在，人及其生命活力显得黯然失色乃至荡然无存。在西方现代现实主义文学中，狄更斯小说对人的物化、人性扭曲的批判是十分典型的。关于人与人之间的金钱关系，狄更斯的描写也有类似于巴尔扎克的深刻与准确，所不同的是，狄更斯不像巴尔扎克那样描写上层社会，更多的是描写普通人在金钱社会中的命运。在《我们共同的朋友》中，波茨纳普家的餐具都是按照可以量化的金钱原则来制作的，“四只银质冰酒缸，每一只都装饰着四个眼球突出的人头像，每个头像的每只耳朵都耀眼地挂着一只大银环，也在餐桌各处表达出这种情绪，并且把它传给了大肚皮的银盐缸”②。小说中的约拿斯为了早日得到遗产，居然对自己的父亲下手，企图毒死父亲进而获得他的金钱。在《小杜丽》中，亚瑟·克莱南说：“我是父母唯一的孩子，他们对所有东西都会称重量、量尺寸和定价格。对他们来说，不可以称重量、量尺寸和定价格的东西从来就不存在。”③狄更斯告诉人们，在这个商业化的社会中，人与人之间的关系完全变成了一种市场的金钱和物品的交换关系。在狄更斯的小说中，对金钱和财富的态度，几乎成了衡量一个人的道德水准的试金石，此类描写中寄寓了作者对金钱和财富腐蚀人性和人伦的深刻批判。在萨克雷的《名利场》中，金钱就是这个“名利场”的真正“主人公”。女主角“蓓基一直在追求金钱，并且是以最阴暗的方式。

---

① Dorothy Van Ghent：“The Dickens World：A View from Todgers's”，*The Sewanee Review*，Summer，1950，p. 419.

② 狄更斯：《我们共同的朋友》，智量译，上海译文出版社 1986 年版，第 189 页。

③ 狄更斯：《小杜丽》，金绍禹译，上海译文出版社 1993 年版，第 65 页。

这种追求使她被称为邪恶的美人鱼，‘邪恶的尾巴’在水下拍打的‘恶魔’”①。“蓓基自己承认了社会不会承认的东西，即美德与金钱有着某种紧密联系，金钱在世俗世界中是一个关键因素。对金钱的关注，实际上是现实主义小说从根本上是世俗的最坚实的标志。金钱的流动性对应着19世纪现实主义小说再现的世界中‘地位’出现的新的流动性。金钱的腐蚀功能引发纽曼展示物质世界之景象。它是替代发号施令的上帝的东西，因为它是成功的条件，幸福结尾的条件。差别是现实主义小说要么避免直面金钱造就成功的方式，要么使他们的主人公远离对金钱的担忧——使他们一直拥有财富、继承财产或证明尽管他们已经获得了财产，但他们对金钱毫不在乎，永远不会为了保住财富而妥协。”②正是以狄更斯和萨克雷等为代表的“现代英国的一批杰出小说家”，或揭露英国贵族资产阶级思想道德的冷酷、虚伪，或批判资产阶级理论学说的荒谬和反动，博得了同样习惯于从经济学、政治学和社会学角度看待问题的马克思的高度评价：“他们在自己卓越的，描写生活的书籍中向世界揭示的政治和社会真理，比一切职业政客、政论家和道德家加在一起揭示的还要多。他们对资产阶级的各个阶层……都进行了剖析。”③其实，也不仅仅是狄更斯、萨克雷等现实主义作家的批判性描写达到了马克思所说的这种批判水平，就英国而言，“整个19世纪现实主义都是一种常常自相矛盾的状态。最一致的是其要找到按照世界原貌描述世界策略的决心。它之所以前后不一致，是因为每一位艺术家对世界的模样看法不同，而世界又在每

---

① George Levine: “Literary Realism Reconsidered: ‘The World in its length and breadth’”, in Matthew Beaumont ed.: *Adventures in Realism*. Blackwell Publishing Ltd., 2007, p. 28.

② George Levine: “Literary Realism Reconsidered: ‘The World in its length and breadth’”, in Matthew Beaumont ed.: *Adventures in Realism*, Blackwell Publishing Ltd., 2007, p. 28.

③ 马克思：《一八五四年八月一日〈纽约论坛〉上的论文》，《马克思恩格斯论艺术》(二)，人民文学出版社1963年版，第402页。

一个瞬间、每一代人之间不断变化。因此,要找到一个令人满意的方式再现一位一路上没有腐败而获得成功的积极又具有美德的主人公,通常以失败告终。它极力地要调和成功与美德,但作为一种文学模式又过于诚实以至于不能轻易实现。它致力于仔细观察社会和人物活动的语境,这有助于颠覆维多利亚时期小说赖以取得成功的自我和人物的概念。在现实主义的世界里,如查尔斯·达尔文在他的文化再现的那个世界里一样,所有的一切都在不断变化,包括人物"①。

俄国现代现实主义文学的社会批判性之强烈与显著,大大超越了西欧现代现实主义,从而显示了作为一种"变体"的现代现实主义的突出特征。"俄国现实主义小说成了公共生活的重要内容。一部重要小说的问世是一个公共事件。对小说的讨论也总是演变成对俄国社会与当时存在的问题进行的讨论……现实主义的主题小说(*roman à thèse*)处在公共舆论媒介的环境(审查制度、在读者众多的报刊连载、一群有文化有偏好的受众)之下。"②因此,在 19 世纪的俄国,文学尤其是法国的现实主义小说,其社会关注度很高。19 世纪"俄国小说的一个显著特征就是它道德的深刻的严肃性,坚定不移地与看似棘手的社会和政治问题做斗争,这不亚于与哲学和宗教的'被诅咒的问题'做斗争"③。"这种深刻的严肃性在某种程度上是由俄国的广袤无垠和它动荡不安的历史事件而引起的……这种深刻的严肃性在某种程度上是激情、复杂性和'俄国灵魂'的博大所引发的结果,它联结了欧洲精神和亚洲精神,倾向于寻找极端的、多数派

---

① George Levine: "Literary Realism Reconsidered: 'The World in its length and breadth'", in Matthew Beaumont ed.: *Adventures in Realism*, Blackwell Publishing Ltd., 2007, pp. 30-31.

② Victor Terras: "The Realist Tradition", in Malcolm V. Jones, Robin Feuer Miller eds.: *The Cambridge Companion to the Classic Russian Novel*, Cambridge University Press, 1998, p. 193.

③ Malcolm V. Jones: Introduction to *The Cambridge Companion to the Classic Russian Novel*, Malcolm V. Jones and Robin F. Miller eds.: Cambridge University Press, 1998, p. 3.

的解决方案，以便让个体灵魂和政治团体处于某种掌控之中……在某种程度上，这种深刻的严肃性也是一种压迫的政治秩序受到压迫的产物。”①

三、文化哲学承载

科学与哲学在 19 世纪引领了欧洲社会，人们对世界和人自身展开了不懈的探索，其思想结晶无疑为人们提供了认识、理解和把握这个时代的人与世界的新理念、新方法和新知识，同时也为其他学科领域的研究提供了借鉴。与此同时，其他学科的探索与研究——例如文学艺术——也为这个时代与社会提供了新思想、新方法，从而反哺科学与哲学。就此而论，科学与哲学尚无法涵盖 19 世纪人类认识人和世界所获之思想成果的全部，这个时代的整个思想成果体系无疑也包括了文学艺术之探索所得的成果；文学艺术尤其是小说蕴含了来自文学艺术家对人和世界的认识，是人们认识这个时代之人与世界的重要渠道之一。所以，必须重视 19 世纪文学，尤其是富有科学和理性精神的现代现实主义文学关于探索人与世界方面的文化思想成果，这对认识 19 世纪欧洲社会和生活于其中的人有着重要作用和价值。

就 19 世纪现代现实主义作家之创作追求而言，他们力图通过“研究”“分析”与“写实”的文学去认识社会和生活于其间的人，如此创作出来的文学文本，其思想与哲理的含量总体上就大大超过以往的传统文学。“现实主义显然不仅包含文学的技巧，还包含经济的、意识形态的、哲学的和宗教的衍生物等深广的历史现象。对此，弗雷德里克·詹姆逊做出了简明扼要的总结：‘现实主义的模式……是西方文化中最复杂也最有活力的

---

① Malcolm V. Jones: Introduction to *The Cambridge Companion to the Classic Russian Novel*, Malcolm V. Jones and Robin F. Miller eds.: Cambridge University Press, 1998, p. 3.

实现形式之一……它近乎独一无二。'"[①]从读者的角度看，他们也确实可以在现代现实主义文学作品中获得比以前的文学作品更多的"认识"与思想。我们都说神话和史诗是人类童年时期的文学，从这种逻辑出发，在匈牙利著名的文学批评家卢卡奇看来，小说是人类"成熟男人的洞见"，"小说是成熟男性的艺术形式，它完全不同于实施规范的天真无邪"[②]，这里，"成熟男性"作为一种比喻，与人类的"童年时期"有相关和照应之处，意味着对人类社会及自我的更成熟的思考和认识，小说这种文体也有了更厚重而深刻的思想承载，小说家的历史责任和使命也更艰巨。19 世纪现代现实主义小说尤其是长篇小说，一方面是一种重要的审美、娱乐的文体，另一方面又是作家们用以研究社会的途径和"工具"，是表达他们的研究成果、传播他们关于人类与社会之文化哲学思想的一种载体。由于趋于成熟期的西方小说无论是数量还是重要成就，都主要体现在现实主义小说上，因此可以说，现代现实主义小说较 19 世纪其他形态的文学拥有更丰富而深刻的文化哲学思想的承载和社会认识价值，并且这也是现代现实主义文学有别于所有其他时代之文学的突出特征之一。甚至可以这样说，西方文学的文化思想承载功能和社会功能因 19 世纪现代现实主义小说而陡然增强，由此，小说这种文体在 19 世纪乃至以后的西方文学中的地位和作用进一步凸显；与此同时，小说在很大程度上也甩掉了其前身"传奇"的那种"虚幻"与"离奇"，从而获得了哲学之认知与思想之启蒙的品性——就此而论，19 世纪现代现实主义文学传承了 18 世纪启蒙文学，特别是哲理小说丰富的哲理思想传达之特点，但同时又扬弃了其过多、过强的思想与哲理的说教，使文学艺术仅仅成为思想启蒙的工具，进而明显

---

① J. A. Cuddon: *A Dictionary of Literary Terms and Literary Theory*, 5th edition, Wiley-Blackwell, 2013, p. 593.

② 卢卡奇：《小说理论》，《卢卡奇早期文选》，张亮、吴勇立译，南京大学出版社 2004 年版，第 46 页。

弱化故事叙述，弱化可读性和审美性。现代现实主义之文学叙述的思想传达，通常都是借助成熟的故事叙述和生动的形象塑造来实现的，观念的东西是通过丰富生动的故事叙述自然而然地表现出来的，而这恰恰是现代现实主义小说艺术比启蒙小说更趋于成熟的重要标志之一。正是在这种意义上，现代现实主义作家对社会生活的反映具有哲学的认识论思维特征，现代现实主义小说是一种有文化哲学"意味"的文学形式。当然，文学本身就是人类认识和把握世界的一种方法和途径，作家是以审美的方式认识与反映当下社会和生活的，即便是人类童年时期的神话、史诗，也是当时的人以象征、隐喻、比拟、类推等原始思维方式对自然与社会的一种理解、认识与表达。正因为如此，《荷马史诗》在当时具有"百科全书"式的实用价值，是人们的教科书。18 世纪的哲理小说所表达的丰富而深刻的哲理内容，代表着启蒙小说家对人和社会的认识与评判。哪怕是同时代的浪漫主义小说家，如雨果、乔·治桑等，也以自己特有的方式和风格表达对人和社会的理解与认识，其思想含量也是丰富而深刻的。不过，特别值得注意的是，在 19 世纪的西方文坛上，小说这种文体本身已进入成熟与繁荣阶段，以小说文体为主的现代现实主义文学，在这个特殊的年代，在科学理性和实用理性的强势影响与支撑下，其哲学求真意义上的认识价值空前凸显，可以说其对思想文化的承载也就超过了以前任何时期的文学，这与作家的世界观和创作理念、创作方法有直接关系，其中涉及的是哲学乃至科学的问题。

司汤达自称他的《红与黑》是"1830 年纪事"，这意味着该小说真实地再现了法国大革命和王朝复辟时期法国社会的真实历史，这是现代现实主义文学的普遍特征。不过更重要的是，与此同时，作者借助主人公于连的故事，表达了自己对人和社会的深刻的思想见解。司汤达在对人的问题的认识上，与同时代乃至此前的作家有一个突出不同点：他以"人类灵魂观察者"的身份，热衷于研究人自身心灵的奥秘；"他唯一经常研究的对象是人的灵魂，他是第一批认为历史本质上是心理学的现代思想家之一"[①]。在哲学上，司汤达接受了18世纪"百科全书派"的理性思想，这说明"19世纪的小说家是被18世纪的思想所塑造的"[②]，他们接纳了启蒙哲学的熏陶；同时，他还与众不同地接受了当时不受人欢迎的哲学家孔狄亚克、爱尔维修(Claude Adrien Helvetius)的思想，而且，后者对他的影响是极为深刻的。他对这两位哲学家"效忠致敬，即使在反对他们的偏见泛滥一时之际，他也决没有过片刻的动摇"[③]。爱尔维修认为："自爱是从我们幼年起就铭刻在我们的心里的唯一情感，是对我们自己的爱。这种以肉体感性为基础的爱，是人人共同的。在任何时代，任何国家、人们过去、现在、将来都是爱自己甚于爱别人的。"[④]他从纯生物属性的角度把"自爱"(自私)看成人类唯一的情感，是人的永恒的天性，即人的本性是自私的，这种自私本能决定人的行为和动机。司汤达可以说是不折不扣地接受了爱尔维修的这一观点。总之，司汤达认为，自私是人的本能，由此他又认为人与人之间是不可信任的，他告诫人们："不要相信别人！……永远认定你的邻人是受了报酬在向你撒谎！"[⑤]很难相信，一个热烈追求平等自由的司汤达竟会对人类抱有这样一种认识。正如勃兰兑斯所说："一方面强烈爱好自然而然和坦率无隐，另一方面又那么深谋远虑，要尽花招，把这两方面结合在一起的性格是世上少有的；那么诚实又那么醉心于弄虚

① 勃兰兑斯：《十九世纪文学主流》(第五分册)，李宗杰译，人民文学出版社1997年版，第250页。

② Alison Finch："Reality and its Representation in the Nineteenth-century Novel", in Unwin, Timothy A eds.: *The Cambridge Companion to the French Novel: from 1800 to the Present*, Cambridge University Press, 1997, p. 37.

③ 勃兰兑斯：《十九世纪文学主流》(第五分册)，李宗杰译，人民文学出版社1997年版，第249页。

④ 北京大学哲学系外国哲学教研室编译：《十八世纪法国哲学》，商务印书馆1963年版，第497页。

⑤ 勃兰兑斯：《十九世纪文学主流》(第五分册)，李宗杰译，人民文学出版社1997年版，第260页。

作假,那么痛恨虚伪又那么缺乏坦率正直,这样的心灵也是世上少有的。"①这种矛盾性恰恰表现出他对人的认识的深度。而这种关于人的观念在于连这一人物身上的投射,使人物性格及其文化意蕴显得异常丰富而复杂。《红与黑》改变了通常的作家仅仅从社会本身认识社会之恶的认识路线,拓展了文学对人的描写范围,并为读者提供了关于人与社会的深刻思想与哲理。

巴尔扎克的《人间喜剧》描写了法国社会由封建主义向资本主义转换的历史进程,也表达了作者对历史进程中人性善恶的深度洞察。巴尔扎克对人类社会的观照是深刻的,他借小说抒写了自己为人类的善良天性的失落而产生的满腔忧情,表达了他对人类本体之哲学思考。巴尔扎克在对"英雄"、情欲表示恐惧与厌恶的同时又给予了赞美与肯定,这意味着他对人类的恶在历史作用的矛盾中的肯定。他在《人间喜剧》中热衷描绘的是遍地的腐化堕落,这不仅是巴尔扎克眼中的法国社会,也是他给人类描绘的被人的情欲所创造出来的未来社会的前景。巴尔扎克"把新生的资本力量、灵魂的统治者——金钱作为他伟大史诗的主人公"②。他警告人们,恶欲和利己主义已成为这个世界的动力。他的小说,展示了人类善良天性是如何在金钱的诱惑下向地狱沉落的。他借《高老头》中高老头之口发出了"这个世界不是要灭亡了吗"的惊呼,其实这是一种关于人性异化的警告。

福楼拜在他的小说中揭示了情欲如"魔鬼"一样潜伏于人的灵魂深处,人的行动不可抗拒地受其控制。由此,他也产生了对世界的悲哀与厌恶。福楼拜认为人性非恶亦非善,人的悲剧在于无法超越自己的肉体和

---

① 勃兰兑斯:《十九世纪文学主流》(第五分册),李宗杰译,人民文学出版社 1997 年版,第 250 页。

② 勃兰兑斯:《十九世纪文学主流》(第五分册),李宗杰译,人民文学出版社 1997 年版,第 2 页。

物质的属性。人的肉身是生命的载体,来自肉身的欲望正是生命存在的标志。放纵欲望,便是加速生命消耗的进程,也就加速了生命的毁灭;克制欲望,寻求精神和灵魂对物质的超越,根本上又扼制了生命,于是引来了无穷的痛苦。因此,生命以及人类在本体意义上是痛苦与虚无的,上帝也好,人自身的理性也罢,都无法使人获救。福楼拜对人类的总体价值产生了怀疑甚至否定。他的悲观主义不是基于基督教的"原罪说",而是基于对人类生命本体的深层把握,他的关于生命的痛苦与虚无的观念,接近于叔本华的悲观主义理论。

俄国托尔斯泰的创作既是俄国社会的"一面镜子",更是人类灵魂的"镜子",他一生的精神探索,便是关于人的灵魂的哲理分析。他几乎一生都在追问"人为什么活着"和"怎样活着"这样的关于人类本体的问题。在整个探索精神过程中,托尔斯泰从分析自我日常生活开始,再扩展到对现实中人的生存状态的研究;从对自身灵魂的善与恶的拷问,扩展到对现实中人和社会制度之善与恶的研究;从对自身生与死的意义的追问,扩展到对世界存在的意义的探讨。而所有这一切的追问与探索,都在他的小说中得以艺术地呈现,从而使他创作的文学文本拥有了思想与哲理的深刻性与丰富性。托尔斯泰一生的创作描写了俄国社会由封建主义向资本主义转型时期人的心理状况。他通过对人类反复细致的研究发现了人自身存在的恶本能。"没有任何一个人像托尔斯泰那样目睹并感受到了发自尘世的情欲。"①他的小说向人们指出:人本身的情欲与邪恶是滋生社会罪恶的根源。也正因为如此,托尔斯泰到了暮年还在痛苦地追寻和追问如何摆脱人性趋恶的答案。这些既表现了托尔斯泰的困惑,又表现了托尔斯泰思想之深邃与宏大。陀思妥耶夫斯基对

① 斯蒂芬·茨威格:《作为宗教和社会思想家的托尔斯泰》,见陈燊编选:《欧美作家论列夫·托尔斯泰》,中国社会科学出版社 1983 年版,第 456 页。

人与社会的探索比托尔斯泰更具悲剧色彩。他在人的问题上的困惑、焦虑与恐惧使他对人产生了现代式的厌世心态。他在对人类这个“谜”的无休止的发掘中发现:“恶在人身上隐藏得要比那些社会主义者兼医生所估计的要深得多,在任何制度下,都不能避免恶,人的灵魂永远是那个样,反常现象和罪孽主要来自灵魂本身。”①所以,陀思妥耶夫斯基一生都处于对人类天性之恶的无休止的发掘之中,他的小说告诉人们,由于人自身存在着永恒之恶,因而人永远成不了人文主义者想象的“巨人”,而只能成为“虱子”。陀思妥耶夫斯基的小说充满了现代主义式的关于人的生成的荒诞与焦虑,因而也更富于形而上的文化哲学的特性和现代性特征。

总体说来,从创作理念和方法的角度看,19 世纪现代现实主义文学作家的“求真”研究意识特别强烈,因为他们中不少人试图以科学实验的方法从事小说创作,把小说创作看作像科学家那样对社会进行客观的研究,为世人描绘另一种社会历史。因而,对小说文本世界之真实性的追求也信心十足,小说文本世界所蕴含的思想和哲理内涵也就格外丰富。现代现实主义作家“要求小说创作遵守广泛的可信原则。这种原则不断强化了小说对社会关注面的拓展……现实主义的任务之一就是不断扩大读者接受社会和人物的可信度,而这些都是此前的严肃小说从未认真考虑的”②。“巴尔扎克认为,深刻的思想就是作品的基础。但是这种思想‘正像分布在地球上的金刚石矿一样,是十分稀有的’。一件艺术作品作为思想来说,‘其威力相当于发明彩票,相当于给世界上带来蒸汽的物理观察,

① 转引自米·赫拉普琴科:《艺术家托尔斯泰》,刘逢棋、张捷译,上海译文出版社 1987 年版,第 495 页。

② Simon Dentith:“Realist Synthesis in the Nineteenth-Century Novel:‘That Unity which Lies in the Selection of Our Keenest Consciousness’”, in Matthew Beaumont ed.: *Adventures in Realism*, Blackwell Publishing Ltd., 2007, p. 40.

相当于在整理和对比事实时放弃了思辨性的旧方式而代之以生理分析’。”①现代现实主义作家们怀着与各类学科领域的思想者们近乎相同的心态深度思考着人与世界的问题，同时又以文学艺术家特有的人文期待探讨着人性之善恶的本体性问题，从而使他们的作品对社会的描写与批判上升到文化哲学的高度。

总体而言，现代现实主义作家基本上都从人性与人道主义的思路和人文传统上分析、研究并展示人与社会的关系。现代现实主义文学较之以往的传统文学更自觉、直接、深刻地描写社会的阴暗面，旨在深度地探视和透析人性之善与恶，揭示人性在面临社会的剧变及金钱的诱惑面前的种种形态与面相；其文化哲学思想上的深刻之处，不在于为人性如何驱恶与扬善的矛盾性问题指示明确的方向或答案，而在于其较之以往的传统文学更真实地展示了特定社会形态里人性之善恶的本真状态，并表达了对人性向善和向上的拳拳之心，既有汩汩流动的人道之温情，又有不无悲切而善意的世态之警示。现代现实主义作家既然看到了人性有恶、人的自然欲望可能滋生邪恶，却又相信人性趋善，实际上也就是相信人的理性的力量，相信“博爱”“人道”之光辉。现代现实主义小说丰富而深刻的思想蕴含与哲学承载，既是这种文学样式之社会认识价值、社会功能的一种呈现，又是其现代性的一种表征，而表达这种思想与哲理内容，就是现代现实主义作家给自己的文学创作预设的一项根本任务，在这方面，现代现实主义大大超越了此前的西方传统文学——包括浪漫主义文学——并在文化哲学而非“为艺术而艺术”的审美理念上引领了 20 世纪现代主义文学。

① 米·贝京：《艺术与科学——问题·悖论·探索》，任光宣译，文化艺术出版社 1987 年版，第 284 页。

第三节 现代现实主义与文学“功利性”

在产生和流行的时间上稍早于现代现实主义的西方浪漫主义文学，站在人性自由的个性主义立场，通过对资本主义现代文明的反叛，张扬人的个性与感性世界，赋予自身以现代性秉性；浪漫派沿着文学“非功利性”和“为艺术而艺术”的方向，接通了西方文学和美学史上文学“娱乐性”“游戏说”的渊源，开辟了文学之审美现代性的道路。浪漫派不接纳资本主义现代文明，他们在“自由”观念指导下追求文学对社会和现实的超越；尤其是，浪漫派倡导文学的“非功利性”和“为艺术而艺术”，使浪漫主义文学文本所表现的内容与现实拉开距离，传统西方文学的社会功能和现实关怀在浪漫派作品中趋于式微。与之相反，现代现实主义侧重于社会现代性理念，对浪漫主义的藐视抑或无视文学之社会功能的文学理念和审美趣味反其道而行之，它在文学再现生活、关注当下社会、服务现实人生、揭示人性异化和张扬理性主体性等维度上，走向西方文学“现代性”的另一条道路。现代现实主义恰恰在浪漫主义淡出之处立定脚跟，并在理性精神的引领下，高擎启蒙文学的批判大旗，让文学的社会功能得以空前地凸显，把西方传统文学中的理性精神和社会作用发扬光大到了极致。现代现实主义把 19 世纪西方文学乃至整个西方文学推向了空前繁荣的高峰。而与之相反，在 19 世纪浪漫主义和世纪末文学的审美现代性传统基础上发展起来的 20 世纪的现代主义文学，对现代现实主义文学彰显的社会功能和文学的“功利性”观念反其道而行之，张扬被现代现实主义所冷落的文学之“非功利性”和“为艺术而艺术”的观念，使西方文学在理念与方法上呈现了“否定之否定”的螺旋式态势。不过，正是在这种交替与演变中，不同“主义”的文学之间表现出了复杂的关系，其间外在的历史裂痕与内在的精神勾连，是尤其值得我们细细探究的。

一、现代现实主义“功利性”之跨文化衍变

处在资本主义快速发展、西方现代文明的弊端日渐暴露的特定时代，19 世纪现实主义作家弘扬西方传统文学的功利性原则，以人道主义的博爱胸怀，科学而理性、冷静地洞察和揭露现实社会的种种丑恶，愤世嫉俗地抨击社会生活中的非人道、非正义现象，对普通民众表现出了悲天悯人的情怀，这在思想倾向上是积极的和进步的。从西方文化与文明历史进程角度看，现代现实主义恰恰因此赋予自身以显著的社会功能；从西方文学史发展进程角度看，也正是现代现实主义文学的这种现实观照和人道情怀，使文学文本表现的内容与当下现实生活达成了空前密切的同构关系，对现实生活的呈现既空前地客观真实、包罗万象和丰富庞杂，又使这种现实主义倾向的文学拥有了不同于既往文学的“现代性”特征，成为名副其实的“现代现实主义”。

毫无疑问，现代现实主义作为一种文学思潮，在理性、求真、写实等原则的支撑下，把文学的社会功能发挥到了极致。在 19 世纪，现代现实主义之所以在西方世界影响巨大，以至于把西方文学的发展推向了高峰，这除了其艺术和审美功能方面的成就与作用之外，根本上与其凸显的社会功能直接相关，现代现实主义文学文本所承载的思想、政治、历史、经济和哲学等多方面的丰富内涵，体现了文学作为一种文化存在和意识形态形式的厚重性及其对人们认识社会、认识人的不可或缺的作用，而且在很大程度上也使其成为一种世界性的文学思潮，产生了经久不息的影响。就文学彰显社会功能的程度看，在西欧现代现实主义文学影响下发展起来的俄国现实主义和中国现实主义，表现得尤为突出。

19 世纪俄国现代现实主义文学思潮形成与发展的时期，俄国社会处在沙皇统治下的落后而腐朽的农奴制社会，而且欧洲的启蒙主义思想也

正影响着一大批俄国知识分子。这些知识分子借鉴西欧的思想与经验，以不同的方式推进着俄国社会的思想启蒙与民主改革。俄国现代现实主义作家有许多都属于此类“知识分子”。因此，在这个时期，“俄国现实主义小说几乎是进行社会与政治对话的唯一论坛，而在西方世界则打开了公民权利的出口。伟大的俄国现实主义小说是以短篇、论辩、寓言、娱乐的形式，以及偶然想法、评论和观察的媒介同时出现的。现实主义的艺术使得所有这些元素熔为一炉”①。也就是说，19 世纪俄国的现代现实主义小说是在西欧政治、文化和文学思想的影响下开展的文学创作，其思想性、政论性是很强的，这些作品本身起到了思想传播、启迪民智的重要作用。俄国现代现实主义作家借当时的俄国文坛，把西欧现代现实主义文学思潮的社会批判精神发扬光大到了极致，并致力于促进本土具有强烈批判精神的现代现实主义文学的发展，这实际上是对西欧现实主义的一种改造。换句话说，俄国现代现实主义文学以其强烈的政治激情、民主主义精神和启蒙理性而达成了对西欧现实主义文学之社会功能的拓展性弘扬，进而在欧洲现代现实主义文学谱系中独树一帜，而且在此后的 19 世纪和 20 世纪俄罗斯文学史、苏联文学史中都留下了深远影响。在苏联文坛上，“社会主义现实主义受到官方许可，坚持 19 世纪现实主义的标准，即持不同意见者也采取了与现实主义小说类似的形式，鲍里斯·帕斯捷尔纳克的《日瓦戈医生》即为一例”。因此，我们完全可以说，俄罗斯现代现实主义文学以其独有的风格丰富和发展了西欧现实主义，前者是后者的“变体”，其中很重要的原因是文学的社会功能被刻意而空前地扩大。

当然，19 世纪西方现实主义文学的社会功能，其底蕴与指归在不同作家的创作中并不全然相同。除少数旨在达成社会变革而将笔力集中在

① Victor Terras: “The Realist Tradition”, in Malcolm V. Jones, Robin Feuer Miller eds.: *The Cambridge Companion to the Classic Russian Novel*, Cambridge University Press, 1998, p. 193.

社会问题上的作品(如车尔尼雪夫斯基的《怎么办》)外,绝大多数现代现实主义作品在达成社会批评功能的同时,均在不同程度上将焦点指向了"人"本身——对人性的探究、对人之拯救的探究、对人以及人类命运的探究。在俄国现代现实主义文学中,陀思妥耶夫斯基在《穷人》之后的创作中,出现了向人的内心世界和人性深度发掘的转向,但是,这反而受到了别林斯基的批评,以至于最后演变为别林斯基和陀思妥耶夫斯基的彻底决裂。这一文坛"恩怨",从根本上来说,乃是因为:陀思妥耶夫斯基作为一名"写实"倾向的艺术家,他更侧重于对社会中人的内在精神-心理的研究与发掘,在现代性的面相上有着审美现代性的取向;而作为革命民主主义评论家的别林斯基则更侧重于对人的生存状况和社会本身的揭露与评判,在现代性的面相上属于较为典型的社会现代性取向。这导致后来别林斯基所倡导的文学具有对现实社会的强烈的批判精神和革命民主主义思想倾向,成为陀思妥耶夫斯基无法接受的重要原因。不过,总体上看,俄国现代现实主义的现代性偏重社会现代性取向,欧洲启蒙理性是这些作家的思想之内核,因此,他们的创作在社会批判和人的深度发掘与描写方面都达到了空前的高度,相比于欧洲现代现实主义文学作品,其在社会批判性方面显得更胜一筹。在这种意义上,俄国现代现实主义很大程度上是西欧现实主义的"变体";而之所以是"变体",最根本原因是俄国现实主义较西欧现实主义具有更突出的社会批判性和民主革命性的政治意味,尤其是别林斯基、车尔尼雪夫斯基和杜勃罗留波夫等民主主义作家和理论家,其理论主张和创作实践有力地促进了俄国社会的变革(参见本书第二章第三节),列宁还将托尔斯泰激烈批判沙皇俄国的文学创作誉为"俄国革命的一面镜子"。总之,从别林斯基、车尔尼雪夫斯基、杜勃罗留波夫到列宁等关注社会问题、宣传社会革命的理论家无不给予俄国现代现实主义文学作品以高度评价,其主要原因也在于其强烈的社会批判性。当然,由于俄国资本主义发展较西欧要晚一些,俄国现代现实主义文学的社会批判较多的是针对农奴制时期社会的种种弊病，而不是资本主义成形和发展时期的社会矛盾，这也导致了俄国现代现实主义文学之社会批判内容的差异性和独特性，这种文学的社会现代性特征也显得特别突出。

当我们把俄国现实主义看作西欧本原性现实主义的一种“变体”的时候，也似乎可以借此窥见我国“五四”时期乃至后来长期对俄国现实主义青睐有加的缘由之一斑，那就是：俄国现代现实主义文学中比西欧现代现实主义文学更加鲜明的启蒙理性、战斗的民主主义思想、强烈的社会变革及批判意识等，这些充分体现了文学之社会功能的内容，无不呼应了当时中国本土的社会情势，投合了我国有识之士对精神疗救、开启民智，文化更新、摆脱蒙昧，变革政治、社会改良等的诉求。因此，俄国现代现实主义文学对中国本土有一种特别的文化与政治的亲和力，其原因在于两个民族之间文化“情结”结构的内部与外部、主观与客观上的相似性和呼应性。由于俄国作家创作的“社会的政治的动机”十分强烈，把文学当作“社会的，政治的幸福之利器”，并以其为“革命之先声”①，所以，我国新文学的倡导者李大钊就倾向于接受与传播俄国现实主义文学。鲁迅在谈到《我怎样做起小说来》的时候也说，当时“也不是自己想创作，注重的倒是绍介，在翻译，而尤其注重于短篇，特别是被压迫的民族中的作者的作品。因为那时正盛行排满论，有些青年，都引那叫喊和反抗的作者同调的”。“因为所求的作品是叫喊和反抗，势必至于倾向了东欧，因此所看的俄国、波兰以及巴尔干诸小国作家的东西特别多。”②“至于后来‘为什么’做小说罢，我仍抱着十多年前的‘启蒙主义’，以为必须是‘为人生’，而且要改良这人生。我深恶先前的称小说为‘闲书’，而且将‘为艺术而艺术’看作

① 李大钊：《俄罗斯文学与革命》，《人民文学》，1979 年第 5 期，第 46 页。（说明：该文此时为首次发表）

② 鲁迅：《我怎么做起小说来》，《鲁迅全集》（第 4 卷），人民文学出版社 1998 年版，第 511 页。

不过是'消闲'的新形式的别号。所以我的取材。多采自病态社会的不幸的人们中,意思是在揭出病苦,引起疗救的注意。"[①]有鉴于此,鲁迅称赞"俄国文学是我们的导师和朋友。因为从那里面,看见了被压迫者的善良的灵魂,的辛酸,的挣扎"[②]。"俄国的文学,从尼古拉斯二世时候以来,就是'为人生'的,无论它的主意是在探究,或在解决,或者堕入神秘,沦于颓唐,而其主流还是一个:为人生。"[③]其实,茅盾、周作人等也基本上出于这样的目的而倾向于接受和传播俄国现实主义文学。茅盾虽然一开始着力介绍法国等西欧现实主义文学,但后来尤为关注并介绍俄国现实主义文学。1941 年,他在《现实主义的路》一文中指出:"五四以后,外国的现实主义作品对于中国文坛产生最大影响的是俄国的批判现实主义文学。"[④]他本人后来力推俄国现实主义文学,是因为俄国当时"处于全球最专制之政府之下,逼迫之烈,有如炉火,平日所见,社会之恶现象,所忍受者,切肤之痛苦。故其发为文学,沉痛恳挚;于人生之究竟,看得极为透彻"[⑤]。茅盾不仅看到了俄国社会与当时中国社会的相似性,还看到了俄国现实主义对社会的批判与揭露之深刻以及描写之"沉痛恳挚",这正是他所期待和追求的我国新文学之风格,这种新文学与传统的中国文学是完全不一样的——那就是像俄国文学一样立足现实世界,追寻人生的意义。正如他后来回忆时所说,当时"恐怕也有不少像我这样,从魏晋小品、齐梁辞赋的梦游世界里伸出头来,睁圆了眼睛大吃一惊,是读到了苦苦追求人生意义的俄罗斯文学"[⑥]。而在"五四"时期的周作人看来,"俄国在十九世纪,

① 鲁迅:《我怎么做起小说来》,《鲁迅全集》(第 4 卷),人民文学出版社 1998 年版,第 512 页。

② 鲁迅:《祝中俄文字之交》,《鲁迅全集》(第 4 卷),人民文学出版社 1998 年版,第 460 页

③ 鲁迅:《〈竖琴〉前记》,《鲁迅全集》(第 4 卷),人民文学出版社 1998 年版,第 432 页。

④ 茅盾:《现实主义的路》,《新蜀报》,1941 年 1 月 30 日。

⑤ 茅盾:《托尔斯泰与今日之俄罗斯》,《学生杂志》(第 6 卷第 4—6 号),1919 年 4 月。

⑥ 茅盾:《契诃夫的时代意义》,《世界文学》,1960 年第 1 期,第 127—129 页。

同别国一样受着欧洲文艺思想的潮流，只因有特别的背景在那里自然地造成了一种无派别的人生的文学”①。“十九世纪的俄国正是光明与黑暗冲突的时期，改革与反动交互的进行。”②恰恰由于“中国的特别国情与西欧相异，与俄国却多相同的地方，所以我们相信中国将来的新兴文学当然的又自然的也是社会的，人生的文学”③。当时俄国的“特别国情”和特别的文学背景有许多与中国相似，所以对“中国的创造或研究新文学的人，可以得到一个大的教训(即借鉴，笔者注)”④。总之，正是由于俄国现实主义文学比西欧现实主义更适于中国新文学发展与建设的特质，所以不但“五四”前后我国文坛与学界对其给予了特别的青睐，而且后来我国文学-文化界也长期给予了青睐，以至于对接踵而至的苏联文学也情有独钟，其缘由是相通的——因为俄国现实主义的固有特质与传统其实也延续到了其后继者苏联文学之中。由此观之，如果俄国现代现实主义在一定程度上是西欧现代现实主义文学的变体的话，那么，我国“五四”时期倡导和传播的现实主义，既是西现代欧现实主义的变体，更是俄国现代现实主义的变体，或者说是两者交融形成的新的“变体”。

需要强调的是，无论是西欧的还是俄国的现代现实主义文学，都特别强调文学的社会功能，而俄国现代现实主义文学则因其社会功能的高强度体现，更显示出自己作为“变体”的个性特征。由于现实社会情势之需要，在我国“五四”新文学成长的过程中，作家们普遍将“为人生”当作自己文学追求的主流价值观，而认同“为艺术而艺术”、视文学为“消遣”“娱乐”

---

① 周作人:《文学上的俄国与中国》,《艺术与生活》,北京十月文艺出版社 2011 年版,第 73 页。

② 周作人:《文学上的俄国与中国》,《艺术与生活》,北京十月文艺出版社 2011 年版,第 74 页。

③ 周作人:《文学上的俄国与中国》,《艺术与生活》,北京十月文艺出版社 2011 年版,第 78 页。

④ 周作人:《文学上的俄国与中国》,《艺术与生活》,北京十月文艺出版社 2011 年版,第 78 页。

者为数甚少。文学研究会中的“人生派”作家的追求目标集中于倡导现实主义文学上，因此，他们的文学创作与理论倡导也就成了那个时期我国接受与传播19世纪西方现实主义文学思潮的主渠道。可见，我国“五四”时期以文学研究会为主导的对西方现代现实主义文学的接受，也是明显具有社会功利倾向的，这也就决定了我国对现实主义，特别是俄国现实主义的理解、接受与传播也突出了其社会功利性——政治理念、社会批判与变革意识。历史地看，在当时的情况下，强调文学的社会功利性，凸显现实主义之社会批判精神和变革意识，也是我国本土文化传统和当时社会情势本身之需要，因此有其历史的、文化的必然性与现实的合理性、正确性。不仅如此，西方现代现实主义文学之社会功利性、社会批判性和变革意识乃至政治性内涵，在当时的欧洲原本也有其必然性、合理性和历史价值，而且在人类文学史上同样有其普遍性意义和价值。

二、现代现实主义“功利性”之历史偏狭

19世纪现代现实主义文学虽然以表现社会功能见长，但无疑也具有审美和娱乐的功能，因为审美、娱乐功能是文学之为文学的应有之义。不过，以往在人们的理解中，突出的社会功能与鲜明的功利性特征几乎成了现代现实主义的一种醒目标签，它的审美功能在很大程度上也就被隐匿了。由于19世纪以前的西方传统文学一直以社会功能与功利性为价值主导，因此，人们通常把现代现实主义更多地与西方传统文学捆绑在一起。所以，20世纪现代主义的“反传统”，也被普遍理解为对19世纪现实主义的反叛。这虽然不无道理，但也不无偏颇。在西方文学史上，关于文学起源的理论除了“游戏说”，更有“寓教于乐”说，而且在20世纪以前，后一种学说和理论影响更为广泛，因为在文学创作的实践中，19世纪现代现实主义标示着这种学说和理论达到了顶峰。所以，现代主义的“反传统”很自然地将矛头对准了现代现实主义，其中攻击的核心目标之一便是

文学的“功利性”。正是在这一层面上，现代主义又与浪漫主义有着精神上的同盟关系。其实，现代主义对现代现实主义之“功利性”观念的抨击，也是有其合理性的，因为在这个问题上，现代现实主义有其历史的成就，也有其历史的偏狭。

文学作为文化之存在的一种形态，不管它在起源的意义上还是在精神本质的意义上与游戏、娱乐有多么密切的联系，终究无法脱离其作为文化之一部分的理性之秉性——文学的感性和娱乐，必须以理性为基础，并且以对人文精神的追求与弘扬为最高的指归。人作为“理性的动物”，理性是人之为人的一种本质特征。至于文化与人的关系，就初始阶段而言，文化的诞生标志着“人”的诞生，文化是人脱离自然走向文明的标志，是人的理性本质的显现，也意味着人之理性本质的外化与对象化。从人类文明发展史角度看，创造文化是人类生命活动的必然结果。美国人类学家摩尔根认为：“人类是从发展阶梯的底层开始迈步，通过经验知识的缓慢积累，才从蒙昧社会上升到文明社会的。”①猿向人的转变、自然人向文化人的转变、人的本质的实现及发展，都是通过文化的创造和积累而达到的。人类历史告诉我们，人与动物的区别是文化，人和文化是同时出现的；人类创造了文化，同时也就开始逐渐形成了人的本质及其特征，从此也就进入了人的阶段。如果人类一旦能创造文化就标志着理性意识的觉醒，那么，人可被定义为“理性的动物”；如果人创造的文化可看作一个有意义的符号系统，那么，人可定义为“符号的动物”。因此，人之为人是因为人有理性并能创造文化，文化之为文化而非自然是因为它投射了人的理性力量，蕴含了“人性”的意味。文学作为“人学”，同时又作为文化的一部分，它不仅在感性与感官的层面上与人的自然属性密切相连，体现文学在精神本质上的“自然之子”的特殊属性，同时又在理性精神的层面上与

① 摩尔根：《古代社会》(上卷)，杨东莼、马雍、马巨译，商务印书馆 1977 年版，第 3 页。

人的理性属性相连,体现文学在类属意义上的文化秉性。正是在后一层意义上,文学显示了传播人类文明、表达人之理性精神、捍卫人之为人的高贵理性、提升人之精神与灵魂品位的功能。

从游戏与娱乐功能角度看,文学表达了如弗洛伊德所说的人企求对快乐原则和人的童年时代的复归的愿望,是人寻求情感与欲望之自由,消解现实存在对人的精神与心灵之压抑的一种途径,这正是文学之"自然之子"精神的体现。但从文学的社会功能角度看,古今中外,人们总是要求文学作品惩恶扬善、有助教化。柏拉图对文艺之作用的看法,看似贬低文艺的功用,其实是在强调文艺的日神精神,对文艺家和文艺的功能提出要求。他认为,人的灵魂有三个部分:理智、意志和情欲。理智使人聪慧,意志即为勇敢,情欲应加节制。在他看来,文艺属于情欲,而不属于理智;文艺不但不能给人真理,反而逢迎人的情欲,有害理性,伤风败俗,因此要对文艺实行严格的审查制度,把那些创作有伤风俗作品的诗人从"理想国"逐出。柏拉图的这些看法是从当时古希腊文学作品中得出的,这既揭示了以表现自然原欲为核心内容的古希腊文学的本质特征,又对文学之张扬理性、有助教化的功能做了高度的强调。所以,柏拉图的理论体现出他对文艺之感性(愉悦、疏导)与理性(精神提升)这两重性的深刻洞察,只不过他比较多地倾向于理性、教化、精神提升罢了。

亚里士多德在论述悲剧时提出了文艺的"净化"说。他认为,悲剧(即文艺)"应模仿足以引起恐惧与怜悯之情的事件",并"借引起怜悯与恐惧使这种情感得到净化"①。亚里士多德的所谓"净化",主要是指悲剧经由审美愉悦给人以一种"无害的快感",从而达到道德教化的目的。他认为,悲剧不应给人任何一种偶然的快感,而应给它"特别能给的快感",这就是由悲剧唤起的怜悯与恐惧之情所造成的快感。这种复合的快感中包含痛

① 亚里士多德:《诗学》,罗念生译,人民文学出版社 1962 年版,第 37 页。

感,但并不对人有害,是一种“无害的快感”,它能使情感净化,给人以崇高感,有益于人的身心健康,使人在这种充满快感的审美欣赏中,在受感动的同时潜移默化地提高道德水平,这也正是悲剧之崇高的目的和作用。文学艺术给人的快感,往往与人的情感宣泄、欲望之审美式解放、自由意志之审美式实现相关,这依然是文艺之感性愉悦功能的体现。但亚里士多德要求必须在快感中使情感和心灵得到升华和净化,这显然是文艺作品中的理性意志对自然情感与欲望的一种适度的规约与提升,这是亚里士多德对文艺之理性精神与人文特性的强调。应该说,亚里士多德对文艺之功能与特质的把握比他的老师更恰如其分。

从“以人为本”的人道原则看,文学总是以审美的方式来表现不同历史阶段中人的生存状况;它的最高宗旨是维护和实现人的自由与解放;它通过审美活动使人走向自然,走向自我,使人保持自身的天然属性。文学是对伴随着人类物质文明发展而来的异化现象的一种反向调节机制。因此,文学的审美活动与人为争取自由和解放而进行的改造自然的实践活动有异曲同工、殊途同归的效果,有助于人的生存、发展、自由和解放。人类要不断地创造文明,也就需要文艺不断地对文明尤其是物质文明所造成的负面影响进行调节与消解;人类所遭到的异化越严重,就越需要文艺通过审美活动加以调节,使人性走向新的复归。因此,作为“人学”的文学,它不仅表现人的不自由与争自由的外在行动,表现人因丧失自由所致的内心痛苦和煎熬,更表现对物化现实的反抗,并为人们提供关于自由的精神与心理的补偿,从而疏导与消解因异化造成的心理张力。这是文学所应承担的历史使命。文学的社会功能和功利性,并不仅仅表现在对人所处的社会的政治制度、经济制度和道德风尚的正面肯定与反面评判上,还表现在对人的命运与前途的终极关怀、对自由理想的热切追求上。文学因其具有无法推卸的社会调节责任,对特定时代合乎人的生存与发展要求的社会政治制度和经济制度就无疑应给予正面的促进与服务作用,因为，任何时代的文学都有自己的功利目标，都有自己的悲剧和崇高，同时，也总是对异化现象保持着警觉、批判和抵御。文学与生俱来的这些功能，是“寓教于乐”说承载的内涵，却又绝不是“寓教于乐”所能简单地予以解说的，但是，文学的社会功能永远是其不可或缺的质的规定性内容。在这种意义上，现代现实主义高扬人文精神和追求功利目标，承载社会批判的责任与担当，体现了文学之不可或缺的“人类的良知”，其历史地位和历史功绩是不可磨灭的。

当然，对现代现实主义文学之社会功能的肯定与弘扬，必须把握好历史的尺度。事实上，在现代现实主义文学的世界性传播与发展的历史上，夸大其社会功能，简单化地视社会功能为文学的绝对的或唯一的功能，甚至于把文学的社会功能等同于政治功能，致使现实主义蜕变为一种政治口号和政治工具，这是对文学功能与价值的一种误解或者极端化理解。文学的社会功能当然包含政治功能，文学具有一定的政治属性，这是不容置疑的。“艺术中的政治倾向是合法的，不仅仅因为艺术创造直接与实际生活相关，而且总是因为艺术从来不仅仅描绘而总是同时力图劝导。它从来不仅仅表达，而总是要对某人说话并从一个特定的社会立场反映现实以便从这一立场被欣赏。”①从普遍的意义上看，文学的“政治观点的声音和非政治观点的声音本身就是分不开的”②。而且，“所有艺术作品都是有政治倾向的，它们要么支持某一特定的阶级立场，某一套特定的价值观或意识形态利益。因此，所有的艺术作品或许都应被看作这些价值观和利益的宣传——即使该艺术作品回避了劝导的直接修辞，该作品还是

① Arnold Hauser:“Propaganda, Ideology and Art.” In István Mészáros ed.: *Aspects of history and Class Consciousness*, Routledge and Kegan Paul, 1971, p. 131.

② John Roberts:“Chapter 9 Realism, Modernism, and Photography: ‘At last, at last the mask has been torn away’”, in Matthew Beaumont ed.: *Adventures in Realism*. Blackwell Publishing Ltd., 2007, p. 171.

为了这些利益做宣传。在这个意义上,宣传和党派政治是谈论艺术就其生产的社会条件本质如何嵌入并表达一个命名过程的另一种方式"①。但是,我们不能因为文学具有政治功能而将其视为政治的工具,也不能因为现代现实主义特有的社会功能之特性而视其为社会和政治的宣传工具。就此而论,我们必须防止对现代现实主义社会功能特性做过度理解、阐释和传承,也必须看到现代现实主义从理论到实践上存在的对文学之思想性和社会功能的过度强调与张扬。对此,韦勒克的一段对 19 世纪现代现实主义文学的评论,值得我们关注:

> 现实主义同样有潜在的危险性,这种危险性与其说在于其程式和规范的僵化,不如说是它在其理论支持下,抹杀艺术与传播知识或劝世教人的界线的可能性。当小说家试图成为社会学家或宣传家时,他生产的只是坏的艺术、沉闷的艺术;他展示的是了无生气的一堆材料,完全混淆了小说与"报道""文献"的界线。
>
> 在较低的层次上,现实主义总是降格成新闻报道、论文写作、科学论文等,简言之,降格成了一种非艺术;而在最高的层次上,它产生了巴尔扎克和狄更斯、陀思妥耶夫斯基、托尔斯泰、亨利·詹姆斯和易卜生甚至左拉等一批伟大的作家,在这些伟大作家的作品中,它总是超越自己的理论,创造出各种想象的世界。②

---

① John Roberts:"Chapter 9 Realism, Modernism, and Photography:'At last, at last the mask has been torn away'", in Matthew Beaumont ed.: *Adventures in Realism*. Blackwell Publishing Ltd., 2007, p. 171.

② R. 韦勒克:《文学研究中现实主义的概念》,高建为译,刘象愚选编:《文学思潮和文学运动的概念》,中国社会科学出版社 1989 年版,第 249—250 页。

这里，韦勒克显然批评了对现代现实主义的写实和社会功能做片面或过度理解的现象，明确强调了文学之社会、思想、审美和娱乐的多种价值与功能的统一性，同时批评了在理论和创作实践上客观存在的过度张扬现代现实主义文学的社会功能、思想性、政治性而轻视审美功能的偏颇。

显然，如果仅仅以社会功能来对19世纪现代现实主义文学之特性与内涵进行整体性概括与评价，或者过度强调社会功能，那么将陷于偏狭和片面。“从理论上说，完全忠实地表现现实就必然排除任何种类的社会目的或宣传意图。现实主义在理论上的困难，或者说它的矛盾性正在于此。这对于我们或许是十分清楚的，然而文学史上一个简单的事实是现实主义仅仅变成了对于当代社会的批判甚至社会反叛的宣传和教育。在描写和指示之间、真实和教诲之间有一种张力，这种张力逻辑上不能解除，但它正是我们谈的这种文学的特征。在俄国的新术语‘社会主义现实主义’中，这种矛盾是公开的：作家应该按社会现在的状态描写它，但他又必须按照它应该有或将要有的状态来描写它。”①而恰恰因为现实主义在其成长、发展和传播史上自身不同程度地存在着这种历史性的“片面”与“偏狭”，又为此后的现代主义反叛现实主义提供了理论与实践的“口舌”。在这种意义上，现代现实主义既是浪漫主义之文学非功利性与现代主义之文学非功利性之间的阻隔，又是对后者的一种隐性引渡：现代现实主义在文学功利性上的某种偏向，为现代主义形态之文学的非功利性理念的张扬创设了机缘。

---

① R.韦勒克：《文学研究中现实主义的概念》，高建为译，刘象愚选编：《文学思潮和文学运动的概念》，中国社会科学出版社1989年版，第236页。

| 第五章 |

现代现实主义之审美属性

如前所述,19世纪现代现实主义文学以其显著的社会功能而彰显了其“现代性”方面的重要特性。作为一种国际性文学思潮,它在不同文化背景的国家和地区传播的过程中,出现了不同“变体”,它的社会功能的彰显程度也各不相同。在俄国和中国的现代现实主义文学中,这种社会功能被进一步张扬和强化。不过,无论是在西欧、美国还是俄国或者中国,现代现实主义文学的历史成就与广泛影响并不仅仅体现在社会功能上,或者说,没有艺术和美学成就的支撑,其突出的社会功能也是无法得以有效彰显的。“艺术价值不是独特的自身闭锁的世界,艺术可以具有许多意义:功能意义和科学认识意义,政治意义和伦理意义。但是如果这些意义不交融在艺术的审美熔炉之中,如果它们同艺术的审美意义折中地并存共处而不有机地纳入其中,那么作品可能是不坏的直观教具,或者是有用的物品,但是永远不能上升到真正艺术的高度。”①就此而论,现代现实主义是19世纪西方文学的高峰,其中大量作品已成为人类文学的不朽经典,而不是“不坏的直观教具”,这本身也说明其在艺术上达到了极高的水

① 斯托洛维奇:《审美价值的本质》,凌继尧译,中国社会科学出版社1984年版,第167页。

准;现代现实主义不但在“功能意义”“科学认识意义”“政治意义”和“伦理意义”等方面成就卓越,而且在艺术的和审美的意义方面达到了历史的新刻度。因此,我们在肯定现代现实主义文学在社会功能方面取得的突出成就及其在西方文学史上所达到的历史新刻度的同时,决不可忽视其审美属性和艺术创新之成就。

第一节　现代现实主义与理性写实

在西方文学史上,现代现实主义是在科学主义、实证主义风行一时的背景下形成与发展的,其思维方法和哲学观念是科学精神与实证理性。“现实主义的特点还包括对待世界的特定态度”,“这种特定的态度是,在哲学上信奉一种科学的人类观和社会观,一种与唯心主义和传统宗教的观点相对立的观点”①。因此,与此前的浪漫主义和此后的“世纪末文学”以及 20 世纪现代派文学相比,一个重大区别是,现代现实主义生发于唯物主义和理性主义的哲学土壤,现代现实主义作家总体上秉持的是一种客观理性的文学书写(writing),笔者称之为“理性书写”。在西方文学史上,科学精神和理性精神在文学中体现得最充分的就是 19 世纪现代现实主义。对此,不管此后“反传统”的现代派文学如何予以抗拒与排斥,都无法否认这种理性精神对现代现实主义文学特征之形成、发展与繁荣曾有的促进作用和历史价值,无法否认现代现实主义文学思潮正是因其理性精神的存在而深深扎根于丰厚的西方文化之土壤。至于绝对的反理性的文学,则可能是完全脱离了西方文化传统的文学,这样的文学是否有可能存在,还是一个大问题。

---

① 华莱士·马丁:《当代叙事学》,伍晓明译,北京大学出版社 1991 年版,第 64 页。

就现代现实主义文学来说，它不但源自启蒙运动，而且一开始是以浪漫主义的名义问世的。因为浪漫主义是在与古典主义文学的激烈对抗中生长出来的，而此时也正是现代现实主义的孕育期。18 世纪末、19 世纪初的欧洲文坛上，反对古典主义依然是最迫切的任务，日后走向现代现实主义的作家如司汤达、巴尔扎克等在进行这种抗争与努力时，并没有立即抛弃自己的浪漫主义艺术立场，而是慢慢逸出当时火爆而时尚的浪漫主义运动大潮的裹挟，选择了远离“团伙”而个体创作的存在方式。在很大程度上，这可以解释较早从国外接触到浪漫主义理念并曾在 19 世纪 20 年代中叶积极参与浪漫主义与古典主义论战的大作家司汤达，为什么在当时的文坛上一直寂寂无闻；也可以解释在 1830 年那个著名的《欧那尼》之夜曾狂热地为浪漫主义领袖维克多·雨果摇旗呐喊的青年巴尔扎克，为什么在此后漫长的岁月里一直不怎么被以雨果为核心的浪漫主义小团体所容纳。“他们两个都放弃了浪漫主义那狂热的冲动，对此，如果说巴尔扎克是出于本能的话，那么司汤达则是出于非同常人的选择。当人们纷纷为浪漫的抒情诗人的凯旋而欢呼时，当维克多·雨果在众人的追捧声中被奉为至高无上的文坛巨擘时，司汤达和巴尔扎克却都处于文名寂寞、潦倒不堪的境遇之中，并且，他们俩最终几乎都是在公众的不屑与轻蔑中无声无息地离开了人间。”①显然，司汤达和巴尔扎克这样的作家的存在，表明了在 19 世纪三四十年代前后，在浪漫主义文学运动趋近尾声的时候，其内部自发地产生了一种自我修正。这种修正，在创作上的表现是，原先激进的浪漫主义作家转向作为西方文学传统的理性与写实精神传承者的现代现实主义。由此，在刚刚进行了轰轰烈烈的浪漫主义文学革命但古典主义传统依然根深蒂固的法国，便有了司汤达、巴尔扎克这样

① Emile Zola: *Naturalism in the Theatre*: *Documents of Modern Literary Realism*. George J. Beckered., Princeton University Press, 1963. p. 204.

的不无浪漫派气息，却又明显倾向于“写实”和“理性”的作家；在以理性之渐进式张扬见长，各种革命思潮最终均流于不温不火却在18世纪曾形成过强大的写实文学传统（18世纪现实主义小说）的英国，便有了萨克雷、狄更斯等写实倾向的小说家。这些作家在19世纪中叶的西方文坛形成了一个松散的作家群，鉴于他们糅合了浪漫主义的时代精神与写实主义文学的理性精神，我们不妨将其称为“浪漫写实主义”。不过，“区分现实主义（与浪漫主义）的两个最重要的界线分别是幻想和文字游戏”，而事实上，“现实主义在大部分时段都处于反对各种幻想的状态”[①]。确实，富有写实精神和理性意识的现代现实主义正是在不断地奋力挤压浪漫派之浪漫的“幻想”“游戏”等因素后逐渐成长为自己并形成浩浩荡荡的新文学思潮的。与浪漫派作家不同，以反对浪漫主义的姿态步入文坛的现代现实主义作家，他们高扬西方文化传统中一度被浪漫主义遮蔽了的理性精神，偏重描绘社会现实生活的精确图画，而不是直接抒发自己的主观理想和情感；他们反对突出作者的“自我”，主张作家要像镜子那样如实地反映现实；他们的社会理想和道德激情往往是通过对生活的具体的、历史的真实描绘而自然地流露出来的，描绘的历史具体性和客观现实性正是现代现实主义文学的基本特征。就此而言，现代现实主义不仅仅是逆浪漫主义而动，且其基本文学观念与创作原则显然又回到了遭受浪漫主义否定的传统“模仿说”和理性精神，由是，才会有西方学者将现代现实主义视为一种“新古典主义”。不过需要指出的是，虽然现代现实主义是打着矫正步入极端后的浪漫主义的“虚幻性”旗号出场的，但在浪漫主义的高潮过后，司汤达、巴尔扎克等作家敏感地意识到了浪漫主义在反对古典主义的战斗中本身慢慢形成的一些弊病，尤其是想象的狂热以及由此衍生出来的过度夸张、滥情等。于是，他们几乎本能地回望构成西方文学主流的写实

---

① Raymond Tallis: *In Defence of Realism*, Edward Arnold, 1988, p. 191.

传统和理性精神,并从中寻求精神力量与艺术资源,以弥补和克服浪漫主义之革命运动的激进给文学创作带来的损害。他们在发展中逐步远离了主情主义的浪漫派文学,并在张扬启蒙思想的理性精神之后,成为独立而声势浩大的张扬理性的现代现实主义文学思潮,从而使启蒙文学的理性精神得到空前的弘扬。在这种意义上,浪漫主义和现代现实主义是启蒙运动结出的双重果实,它们共同具有现代性特征。

现代现实主义的理性书写既不同于浪漫主义的主观性、情感化书写,也不同于此后现代派的非理性、抽象化书写,它是在科学精神、实证理性支配下,强调在细致观察和客观写实的基础上对生活的真实再现与反映,是一种追求文本内容的客观真实性的理性化与形象化书写。理性书写就是现代现实主义创作理念、创作方法与叙述技巧等方面的突出特征;现代现实主义文学也因此在内容上更富于理性精神、社会批判性与道德训谕价值。与这种理性书写相对应,现代现实主义在文学体裁上主要是小说和戏剧,且以小说为主。较之以往和此后的叙事文学,现代现实主义小说与戏剧在典型塑造、情节结构、心理描写等方面彰显了特有的艺术范式与审美理念,且由此标示了现代现实主义文学在艺术与审美方面的"现代性"禀赋。

第二节　典型人物塑造模式比较

文学中的典型是"指能够反映现实生活中某些方面的本质而又具有极其鲜明生动的个性特征的艺术形象"①。文学典型主要是指叙事作品

---

① 中国大百科全书出版社编:《中国大百科全书·中国文学》(Ⅰ),中国大百科全书出版社1986年版,第113页。

中塑造的富有性格特征、具有艺术魅力的人物形象;人物形象是叙事文学的重要构成元素。在19世纪现代现实主义文学中,塑造典型人物是文学创作的根本性任务,而且这种创作理念与原则影响极为深远,迄今依然有着重要的理论与实践意义。今天,如何看待这份曾经深深滋养过我们的文学资源?现代现实主义文学的典型人物塑造和其他时期文学中的人物塑造有何差异?其对本土未来的文学创作与文学研究及文学鉴赏有何启迪?这些都是值得深入思考与研究的问题。有鉴于此,本节以现代现实主义文学典型人物塑造为中心展开比较式讨论与辨析。

一、“典型”观念溯源

“典型”这一概念来自西方文学,在我国,鲁迅和成仿吾最早于20世纪20年代初将其从西方文学介绍到本土学界。不过,典型作为一种理论真正对中国产生影响,则始于瞿秋白对马克思主义典型学说的译介。在西方文学史上,传统文学的理论基石之一是“典型论”。这种以人物“性格”为“典型化”对象的文学理论来自西方文学史上源远流长的“性格类型”说。早在古希腊时代,苏格拉底便意识到“类型化”的问题,亚里士多德则从理论上提出了“性格类型”的创造原则,要求人物性格具有普遍性和必然性[①]。罗马时代的贺拉斯与古典时代的布瓦洛,提出了按人物年龄[②]写出他们的性格区别的类型说[③],一定程度上接触到了典型的个性特征问题。18世纪以前,西方文学的典型观念基本上是类型说。到18世纪,狄德罗强调性格与环境的关系,与狄德罗同时代的德国美学家莱辛第一次提出了“人物性格是创作中心”的主张。狄德罗认为,一个作家“把人

① 亚里士多德:《诗学》,罗念生译,人民文学出版社1988年版,第49页。
② 贺拉斯:《诗艺》,杨周翰译,人民文学出版社1988年版,第146页。
③ 布瓦洛:《诗的艺术》,见伍蠡甫等编:《西方文论选》(上卷),上海译文出版社1979年版,第301—302页。

物性格刻画好了,他怎么会不获得成功?可是,人物的性格要根据他们的处境来决定","真正的对比乃性格与处境的对比"①。莱辛则要求性格既具有一致性和目的性,又有内在历史真实,要注重环境对性格的影响②。狄德罗和莱辛的观点进一步丰富了典型理论的内容,也说明了叙事文学应该把人物形象的塑造摆在更重要的位置,且重视环境与性格的关联。在黑格尔那里,"典型论"趋于成熟,他提出了具有经典意义的"这一个"的著名论断,揭示了典型性格的根本特征:丰富性、明确性和坚定性③。黑格尔为典型理论打下了坚实基础。19世纪西方现代现实主义作家注重在深入观察现实生活的基础上对客观事物加以典型化,强调塑造典型环境中的典型人物,人物形象的塑造成为文学创作的首要任务,并且将典型化人物形象塑造的成功与否作为衡量一部叙事文学作品成功与否的基本标准。对现代现实主义小说来说,"一部小说的特殊发现常常浓缩在典型人物身上,尽管表现为单个的个体"④。因为,"正是通过这些典型人物,社会生活更深层的力量和实际的活生生的呼吸的人物之间得以建立相互的联系,正是通过这些联系,确保了小说的现实主义"⑤。

马克思、恩格斯的现实主义文艺思想对我国文论话语体系的构建起了重要作用,其中,塑造典型环境中的典型人物的论断是这种文艺思想的

---

① 狄德罗:《论戏剧艺术》,见伍蠡甫等编:《西方文论选》(上卷),上海译文出版社1979年版,第363页。

② 莱辛:《汉堡剧评》,见伍蠡甫等编:《西方文论选》(上卷),上海译文出版社1979年版,第428页。

③ 黑格尔:《美学》,见伍蠡甫等编:《西方文论选》(下卷),上海译文出版社1979年版,第296—297页。

④ Victor Terras: "The Realist Tradition", in Malcolm V. Jones, Robin Feuer Miller eds.: *The Cambridge Companion to the Classic Russian Novel*, Cambridge: Cambridge University Press, 1998, p. 192.

⑤ Simon Dentith: "Chapter 2 Realist Synthesis in the Nineteenth-Century Novel: 'That unity which lies in the selection of our keenest consciousness'", in Matthew Beaumont ed.: *Adventures in Realism*, Blackwell Publishing Ltd., 2007, p. 44.

重要组成部分。马克思恩格斯文艺思想的一个很重要来源就是19世纪欧洲文学,尤其是现代现实主义文学。恩格斯还在《致敏·考茨基》信中称赞其小说描写的人物“每个人都是典型,但同时又是一定的单个人,正如老黑格尔所说的,是一个‘这个’”①。恩格斯强调,要塑造“典型环境中的典型人物”,把典型人物的塑造和典型环境的描写辩证地结合起来,这一论断已成为文学现实主义的一个基本创作原则和审美原则。恩格斯强调:环境和人物的典型性,指的是环境和人物都要体现生活和历史发展的某些本质内容,能够表现一定的规律性;真正优秀的现实主义作品,首先要能够展现真实的、具有典型意义的社会环境,然后才是塑造具有典型意义的人物形象。正如马克思所说,“人的本质并不是单个人所固有的抽象物,在其现实性上,它是一切社会关系的总和”②;要从体现环境之典型性的“社会关系的总和”中揭示人物性格的本质特征与丰富内涵,从而使人物具有典型性。“也就是说,典型环境与典型人物,是相互依存的,一旦割裂,就不能写出既有生动个性又富有社会内涵的人物形象了。”③恩格斯“所说的‘典型环境’,不仅是文本中的环境,更是文本外的社会环境,这意味着‘典型环境中的典型人物’不仅是个性与共性相统一的人物,同时也是和时代合拍的人物”。④ 因此,衡量一个人物是不是“典型人物”,不仅要考察其性格本身,还要考察其与环境的一致性,即性格之本质与社会之本质的一致性。正如童庆炳所说,典型环境中的典型性格是“一个整体性命题”:“典型环境是形成人物性格的基础”,典型人物对环境可以有反作用,互相是一种依存关系,“典型环境是以典型人物为中心的社会关系系

---

① 《马克思恩格斯选集》(第四卷),人民出版社2012年版,第578页。

② 《马克思恩格斯选集》(第一卷),人民出版社1995年版,第60页。

③ 杨守森:《马克思主义文艺理论在中国》,《齐鲁艺苑》2018年第3期,第4—10页。

④ 江守义:《典型人物和典型环境的关系——基于文论史和文学创作的思考》,《学术月刊》2018年第4期,第118—127页。

统”①。总之,恩格斯的“典型说”和“典型环境中的典型人物”理论,无疑是在继承了西方数千年有关典型理论的基础上提出的,尤其是在研究与总结19世纪现代现实主义经典作家创作实践的基础上提出的,这一理论本身有其经典性和普适性,对我国现实主义文论与创作产生了深远影响,不同时期我国学界对恩格斯论断的诸多阐释虽然有差异,但迄今总体达成了共识。

近一百多年来,现实主义文学及其理论在不断遭遇诟病和攻击的过程中发展演变着,迄今为止,文学现实主义在继续,但是,轻视、藐视乃至否定现实主义现象依然存在,其典型人物塑造理论也不时地或不同程度地被忽视。在20世纪现代主义作家那里,“典型”理论基本上处于被忽略与消解的状态,现代主义倾向的文学普遍不屑于传统的“典型”理论,也不屑于在作品中塑造“典型人物”,而且“典型”理论研究和创作实践出现了颠覆性逆转——人物“非典型化”乃至形象本身虚化,人物的个性特征消失了,人物性格的整体性、有机性被消解了。这当然不是说20世纪以来的现代主义在人的表现和人物形象描写上毫无可取之处,事实上这类作品的人物形象在象征隐喻和抽象晦涩方面有其深刻之处。但是,站在人类文学发展的高度和大视野去看,面对现代主义的颠覆性理论与实践,典型理论和典型人物塑造到底还有没有现实价值与意义呢?这是值得研究的问题。有鉴于此,梳理并廓清“典型”理论,重新认识叙事文学创作中典型人物塑造之内涵,归纳与总结不同时期西方文学关于典型形象塑造的理论精华与实践经验,汲取其中的合理养分,无论对重构文学研究的话语体系还是推进新时代文学创作健康发展,都是必要和极为重要的。为此,笔者在比较辨析基础上,把西方文学典型人物塑造归纳为三种基本模式:“观念-性格”模式、“性格-环境”模式和“抽象-象征”模式。接下来以现代

① 童庆炳:《文学理论教程》,高等教育出版社2006年版,第222页。

现实主义文学为中心展开比较论析。

二、“观念-性格”模式

与“典型”理论在西方文学史上古已有之一样,“典型人物”塑造的创作实践也是古已有之的。阿喀琉斯、赫克托尔、俄狄浦斯、美狄亚、哈姆雷特、堂吉诃德、浮士德、冉・阿让等都是不朽的典型人物形象。不过,从人物形象塑造的角度看,古希腊神话和史诗中的典型人物的性格比较单纯或纯粹,它们虽然有某种个性特征,但往往只是某种人类情感或思想观念的化身,通常不具备丰富的性格内涵,尤其是它们性格的形成通常不构成与社会环境的关联,多少有点“横空出世”的意味。这种叙事文本从口头文学演变而来,以故事的叙述为主,性格描写的意识薄弱,这正符合人类“童年时期”文学的标志性特征之一:以叙述生动的故事与曲折的情节打动和吸引读者或听众(口头文学),人物形象的塑造是相对次要的。《荷马史诗》中作为古典英雄的阿喀琉斯或者赫克托尔,勇武之共性特征多于个性特征。尤其是,人物的环境是相对虚化的,因此它们的个性与共性主要随着情节的演进而不是具体环境的变化得以显现。阿喀琉斯勇武善战、嗜血成性且骄傲任性,赫克托尔勇武善战且沉稳自律、善良宽厚,他们的这种共性与个性似乎皆为神所赋予,故而几无文学意义上的“环境”依据。在这方面,普罗米修斯、俄狄浦斯、美狄亚等形象皆大同小异。普罗米修斯就是一个反抗和自我牺牲观念的符号;俄狄浦斯被“命运”确定为“弑父娶母”,其反抗“命运”本身就是“命运”赋予他的既定性格;美狄亚的刚烈及其弑子的冷酷,似乎也是神赋予的,既不合乎性格逻辑又缺乏环境依据。这类人物通常都是某种观念的承载者,其性格与某种观念直接关联,而疏离具体的环境,因此,笔者认为他们大致上可被指称为“观念-性格型”模式的典型人物。这种观念的赋予者貌似是神格化的“命运”或者人格化的神本身,其实是这种特定文学文本的一代代口头传叙者。由于历史之遥远和口口相传的繁复交替,这种口头传叙者也就往往消隐在时间的幕后,文本内容及观念的历史具体性和时代性也在传叙过程中被消磨得依稀模糊,人物的思想与性格也通常缺乏现实性,缺乏具体的时代与历史的印记。因此,此类"观念-性格"模式的典型人物不无符号化特征。

人们通常说堂吉诃德是一个不朽的艺术典型,这是毫无争议的。从小说创作的角度看,塞万提斯在《堂吉诃德》的创作中已经有了较为鲜明的人物塑造和性格刻画的意识,堂吉诃德和桑丘可以说性格分明。堂吉诃德这个人物是喜剧性和悲剧性的矛盾统一,这不仅造成了其性格的两重性,还反映了这个人物思想上的复杂性;他是一个不识时务的荒唐的行侠者,又是一个见义勇为、匡扶正义的理想主义者。然而,他的性格不过是作者观念的产物,而不是环境的产物。作者宣称:他写这部作品是为了攻击骑士小说,把骑士小说的那一套扫除干净。塞万提斯仿效骑士小说的形式创作出了《堂吉诃德》,而且堂吉诃德形象的精神面貌全然不同于当时流行的骑士小说中的骑士形象。这里,人物之"观念"的赋予者是作者塞万提斯自己,这种"观念"有明确的现实针对性,因此,《堂吉诃德》的时代性和当下性较强,这样的作品有时代和现实的意义。但是,堂吉诃德的性格也几乎是一成不变的,与环境没有必然联系。他最终唯一变化的是,经过反复的失败冒险之后,认识到了骑士小说的危害,最后终止了冒险游侠的生活。这种观念的变化恰恰是塞万提斯创作这部小说所要达成的目标——抛弃骑士小说。所以,尽管中外学界通常将这部小说称为"西方文学史上早期的现实主义作品",其实,这是对宽泛意义上具有一定真实性的创作风格而言的,而决不属于相对成熟意义上的"现实主义"范畴。显然,从人物塑造角度看,堂吉诃德不是典型环境中生成的典型人物,而是作者观念统摄下的"观念-性格"模式的典型人物;《堂吉诃德》显然也不属于真正的现实主义文学小说,而是既有传奇性又不乏现实性的新形态的"流浪汉小说"。

与之相仿，作为人类文学史上不朽的典型哈姆雷特，其性格虽然有从忧郁、延宕到行动的变化过程，但是也不构成性格与环境的互动关系和必然联系。哈姆雷特性格的核心元素是“忧郁”和“延宕”，“忧郁的王子”是他的别称。哈姆雷特的核心性格元素几乎从剧本一开始就已经为作者所赋予了，剧情发展与人物的行动，都只不过是在“展示”这种性格元素。哈姆雷特最后的复仇“行动”——杀死新国王克劳狄斯，也不过是情节发展对人物行为的一种短暂的终极性激发，并未在整体上改变人物性格的核心元素。因此，莎士比亚致力于描写剧情的推进和场景的变化，而不是在描写环境如何构成对性格的演变或改造。事实上，剧本也并未描写一个与人物性格相对应的环境，最多只不过描写了人物活动的场景或情境而已。虽然，哈姆雷特确实因其象征性地表现了人在特定历史时期的迷惘与困惑[①]，使剧本有了反映特定社会状况的历史意蕴，但全剧不构成典型人物性格与具体现实环境的互动关系。在整个作品中，矛盾、迷惘、“思想的巨人、行动的矮子”几乎成了作者赋予人物的既定观念，情节描写为演绎这种观念服务。因此，哈姆雷特形象实际上也就成了这种观念的化身和象征，他大致上也属于“观念-性格”模式的典型。歌德笔下的浮士德也是如此，他是人类不断追求之欲望与意志的显现，也属于“观念-性格”模式的典型形象。[②]

即使是被称为“现实主义小说”的18世纪英国小说，其中的人物也未曾达到“典型环境中的典型人物”塑造的高度。伊恩·瓦特在《小说的兴起》一书中指出：18世纪，古老的叙事文学发展成现代意义上的“小说”，

①　蒋承勇：《哈姆雷特：人类自身迷惘的艺术象征》，《上海师范大学学报（自然科学版）》，1994年第4期，第97—103页。

②　蒋承勇：《浮士德与欧洲“近代人”文化价值核心》，《外国文学评论》，2007年第2期，第115—123页。

笛福、理查逊和菲尔丁等人的作品采用"现实主义"的表现手法。[①] 笛福的创作标志着英国长篇小说的成形或形成，所以他被称为"英国和欧洲小说之父"[②]。他的创作涉及了小说"真正的真实"问题[③]，他以亲身实践赋予真实以具体的时代内涵和意义[④]。笛福所主张的"真实"是指小说与现实生活的一致性，他强调的是一种"真正的真实""历史的真实"。[⑤] 他将创作对象确定在个体的人所经历的具体事件上，让个体经验成为关注的焦点。看起来，笛福的小说理念和创作风格在追求真实性这一点上似乎已经接近19世纪现代现实主义，但实际上这种关于"真实"的追求仅仅停留在题材的真实和故事同现实生活有关联的层面上，尚未指涉对生活本质真实的追求，尤其是在人物塑造上不属于在典型环境中塑造典型人物的范畴。《鲁滨孙漂流记》的故事来源于一个富有传奇色彩的事件：1704年苏格兰水手赛尔科克在航海途中与船长发生冲突，于是被抛弃到靠近智利的荒岛上。他在这里独自生活了数年，最后被路过的船只带回英国。笛福受这一事件的启发，经过自己的再创作形成了小说《鲁滨孙漂流记》。笛福说："一个社会应该坚定地相信，聪明、智慧、勤劳、勇敢的人，必定取得不同凡响的成就。"[⑥]鲁滨孙身上无疑表现了这种富于新教精神的现代个人主义思想，鲁滨孙式的英雄主义也成了"体现西方人精神品格的基本

---

① Ian Watt: *The Rise of the Novel: Studies in Defoe, Rechardson and Fielding, Berkeley and Los Angeles*, University of California Press, 1967. p, 11.

② John Richetti: *The Columbia History of the British Novel*, Columbia University Press, 2002, p. 26.

③ John Richetti: *The Columbia History of the British Novel*, Columbia University Press, 2002, p. 23.

④ John Richetti: *The Columbia History of the British Novel*, Columbia University Press, 2002, p. 41.

⑤ John Richetti: *The Columbia History of the British Novel*, Columbia University Press, 2002, pp. 26, 28.

⑥ Maximillian E. Novak: *Daneiel Defoe: Master of the Fiction*, Oxford University Press, 1996, p. 106.

因素之一”①。从人物形象塑造来看,鲁滨孙身上的这种现代个人主义思想,正是作者要传达的观念。鲁滨孙所处的那个荒岛不具备生成其思想观念的社会基础,他与自然环境抗争的精神是人的抽象意志和精神的表现。小说表达的是一种资本主义时代资产者的开拓精神,当然也表现了人在恶劣生存环境中的顽强意志,但是这些都与荒岛环境的时空没有必然联系,反倒是一种错位。正如伊恩·瓦特所说:“小说的时间尺度常常自相矛盾,并且与书中所假设的历史背景不协调。”②这恰恰说明笛福这部小说的“现实主义”更多的是体现为题材的现实性和以第一人称叙述个人经历的真实感,以及所表达的主题思想的时代性,这对热衷于想象、虚幻、抒情的浪漫主义小说来说,自然更富于“现实主义”精神,但这还不属于 19 世纪成熟的现代现实主义文学的观念范畴,鲁滨孙也不具备性格塑造的丰富性和内涵的深刻性。因此,鲁滨孙依然属于“观念-性格”模式的典型人物。

19 世纪浪漫主义小说家维克多·雨果的作品塑造了一系列人物形象:卡西莫多、爱斯梅拉尔达、克罗德·弗洛诺、冉·阿让等。就这些小说和人物形象所表达的思想意义而言,其显然具有现实性以及现代现实主义的社会批判性;就某些人物的艺术感染力之经久、强盛而言,它们无疑具有经典意义,是西方文学史上难得的典型人物;但是,这些人物又显然具有鲜明的浪漫主义特征。《悲惨世界》是雨果小说中最具现实主义文学之社会批判意义的作品,冉·阿让这一人物也极具艺术感染力。然而,他是一个寄寓了雨果人道主义理想的传奇色彩浓厚的典型人物,在创作技巧上体现了雨果式浪漫主义的想象与夸张。初始,冉·阿让的性格从善

① Michel Tournier: *The Wind Spirit: An Autobiography*. *Trans.* Arthur Goldhammer, Beacon Press,1988,p. 183.

② Ian Watt: *The Rise of the Novel: Studies in Defoe, Rechardson and Fielding*, University of California Press,1967. p,24.

良到阴冷的转变,起因于:他为饥饿中的外甥偷面包而被判监禁,他一再出逃又被逮回监狱并屡受增加刑期的处罚,他被那个社会的法律及持有某种社会偏见的人认定为社会的"破坏者"。不合理的法律和现存社会偏见不容他,他也就变成了仇视社会者。作者借此演绎证明了法律和社会偏见的不合理、非人道。后来,卞福汝主教对他施以博大的爱与宽容,这种道德感化奇迹般地改变了冉·阿让的思想与性格,从此他成了卞福汝式的博爱化身,又传奇般地做了许多拯救他人的高尚、感人的善行,最终这种善行战胜了铁石心肠的法律与社会偏见之化身的沙威警官。小说故事的叙述、情节的演进,无不在演绎博爱、慈悲、宽容战胜冷酷、偏见和狭隘的人道理想,而不是通过描写环境去铸造性格丰满的典型人物;人物的思想、情感和个性特征无不是作者一厢情愿地赋予的,却极少有现实生活环境和性格生成、演变的逻辑互动依据。于是,冉·阿让形象神圣高大,精神情怀感人肺腑——这当然是有艺术魅力的——但是人物性格却凌空蹈虚,丰富性、生动性、深刻性皆无从谈起。由此,我们当然地认定《悲惨世界》是浪漫主义小说,而非有的研究者所认为的现实主义小说。至于《巴黎圣母院》则更属于典型的浪漫主义小说。雨果笔下的冉·阿让、吉卜赛女郎爱斯梅拉尔达等均属于"观念-性格"模式的典型形象。

总之,19 世纪现代现实主义之前的西方文学,纵然有许多不同和不朽的典型人物,但是总体上都是传达作者思想与观念的符号化、类型化人物,故事的展开与情节的推进主要是演绎作者的某种思想、观念抑或哲理,却虚于性格的刻画及现实环境事理逻辑的揭示,因此,这类人物大致上都属于"观念-性格"模式的典型,与现代现实主义文学"典型环境中的典型人物"理念意义上的"环境-性格"模式的典型人物大相径庭。

三、"环境-性格"模式

在 19 世纪现代现实主义文学中,对典型人物的塑造有了崭新的面貌与内涵。现代现实主义反对人物塑造的主观性与概念化倾向，格外重视对客观真实的人物形象的塑造，追求人物性格刻画的独特性（“这一个”）和丰富性（“普遍性”），使之富有深刻的社会历史内涵和审美意蕴。这类作品通过塑造生动的人物形象，从而具有道德伦理的功能。① 19 世纪现代现实主义小说家普遍强调并致力于塑造典型环境中的典型人物，他们不满于浪漫派将人物过分理想化而忽视环境影响的主观主义创作方法，强调人是社会环境的产物，主张从人物所处的社会历史环境和现实情势中刻画人物性格，真实地揭示人物和事件的本质特征及其发展趋势，体现文学“写实”“求真”的实证性原则，从而达成文学文本与现实生活之间高度密切的同构关系。正如美国当代叙事学批评家华莱士·马丁所说：“现实主义包括一种自然因果观……从某种意义上说，自然因果观意味着必须全面呈现影响生活的所有因素。”②也像德国文学批评家奥尔巴赫所说，较之于之前的文学，现代现实主义的作品“与当时的政治、社会、经济结合得更加密切，显得更为重要，更有自觉意识，描写得也更加具体”③。英国作家 J. A. 卡登则认为：“根据现实主义者的说法，艺术家应当关注此时此地，应当关注日常的事件以及本人所在的环境和所处时代的各种（政治和社会等）运动。”④可见，现代现实主义在典型人物的塑造上特别强调人物与环境的关系。出于对社会问题的特别关注，现代现实主义作家对人的关注点主要集中在人的社会性、阶级（阶层）性上，也就特别关注人物与现实社会之关系；人物性格的形成与发展，都有其生活的和社会环境的逻辑依据；不同作家和作品笔下的人物，就像处于社会网络的不同方

---

① W. J. Harvey: *Character and Novel*, Chatto & Windus, 1965, p. 31.

② 华莱士·马丁：《当代叙事学》，伍晓明译，北京大学出版社 1991 年版，第 62 页。

③ Erich Auerbach: *Mimesis: The Representation of Reality in Western Literature*, Princeton University Press, 2003, p. 458.

④ J. A. Cuddon: *A Dictionary of Literary Terms and Literary Theory*, 5th edition, Wiley-Blackwell, 2013, p. 591.

位的聚焦点上，可以折射社会的不同状况。“大多数现实主义作家都不会描写出性格完全不连贯、不完整的人物。”①从作品的底蕴上来说，19世纪西方现代现实主义文学基本上可以被看作对社会及生活于其间的人所进行的伦理学、政治学和经济学的研究。与此相应，现实的社会现象也就合乎逻辑地成了现代现实主义作家为揭示社会不完善之基本主题所通用的和决定性的题材。理性书写原则让现代现实主义作家不愿再将笔下的人物像以往的文学那样神圣化、情感化和理想化以及进行时空的虚化，而是最大限度地将其生活化、历史化、时代化和“人化”，写出特定现实、特定时空中人的内心世界的丰富性与生动性，并努力把这种丰富性通过性格的复杂性展示出来。这是现代现实主义文学在人物形象塑造上的一种总体价值取向与美学追求。巴尔扎克在《人间喜剧》导言中说：“不仅仅是人物，就是生活上的主要事件，也用典型表达出来。”②别林斯基更把人物塑造的典型化提到了事关艺术创作是否具有独创性的高度。他认为，“典型性是创作的基本法则之一，没有典型性，就没有创作”③。并且，“创作的独创性，或者更确切地说，创作本身的显著标志之一，就是典型性”，“在一位具有真正才能的人写来，每一个人物都是典型”④。也就是说，作家塑造出了典型人物，就说明其创作有了独创性，从而也就有了艺术的生命力。由于现代现实主义的“典型人物”必然地生成、生存于“典型环境”，与其所处的现实社会达成密切关联，因此，这种人物除了具有“典型性”之外，其性格必然地带有现实环境的深刻印记，是特定时代、特定社会的产物。于是，塑造“典型环境中的典型人物”成了现代现实主义文学在人物

---

① Raymond Taillis: *In Defence of Realism*. Edward Arnold, 1988, p. 69.

② 巴尔扎克：《〈人间喜剧〉前言》，见伍蠡甫等编：《西方文论选》（下卷），上海译文出版社1979年版，第176页。

③ 别林斯基：《别林斯基选集》（第二卷），满涛译，上海译文出版社1980年版，第25页。

④ 别林斯基：《别林斯基选集》（第一卷），满涛译，上海译文出版社1980年版，第191页。

塑造上的一条基本准则,也是检验现实主义文学本质特征的重要原则。循着这条原则,我们可以梳理和罗列一系列类似的人物形象:于连、拉斯蒂涅、高老头、葛朗台、爱玛、培基·夏泼、简·爱、大卫·科波菲尔、苔丝、泼留希金、安娜·卡列尼娜、聂赫留朵夫、娜拉、汤姆·索耶等等。他们的性格内涵的形成或展现都离不开所处的环境,环境的描写服务于人物性格的塑造与展示。为此,笔者把这类人物形象称为"环境-性格"模式的典型人物。通过这种模式的典型人物塑造,现代现实主义把叙事文学之人物形象塑造艺术推向了西方文学史上的历史新刻度,这是现代现实主义文学对西方文学乃至整个人类文学的重要贡献。

司汤达的《红与黑》塑造了于连这个光彩夺目的典型人物;可以说,这个人物既是世界文学之典型形象塑造的经典案例,又是现代现实主义文学之美学和艺术成就的重要标志。于连无疑是一个个人奋斗者的形象,然而他是那个时代的法国社会生活中的"这一个"。强烈的自我意识是其性格之核心元素,这种自我意识生发于那个张扬自由主义、个人主义的19世纪初的法国社会,它在特定的环境外力作用下,又生出自由平等观念、自我反抗意识和强烈的个人野心。在环境与性格之张力的作用下,于连的性格内涵得以形成和展示。在他身上,既体现了大革命过后英雄主义尚存的法国社会的时代精神,特别是表现了受压迫的一代年轻人对人生与社会的理想,同时也投射出司汤达自身的人生体验和心理欲望。司汤达"一心一意地倾注于社会现象的每一个细枝末节,高度准确地塑造每一个环境的特定结构"①。从典型人物与典型环境之关系角度看,《红与黑》十分典型地体现了"典型环境中的典型人物"塑造的准则:于连一生的奋斗,主要在维立叶尔城、贝尚松神学院和巴黎木尔侯爵府这三个典型环

① Erich Auerbach: *Mimesis: The Representation of Reality in Western Literature*, Princedon University Press, 2003, p. 463.

境中,他的性格也随着环境的变迁而变化。小说通过对现实环境变迁与人物性格展示的互动关系的描写,揭示性格的丰富性、复杂性及其形成与变化的社会原因,也就达到了再现社会风貌、表现时代精神之广度与深度之目的。"在司汤达的现实主义作品中,所描写的都是他在生活中遭遇的现实本身"①;"所有的人物形象和人物的行为都是在社会的和政治的变化中得以展示的"②。《红与黑》作为法国19世纪现代现实主义文学的奠基作,经典地体现了现代现实主义"环境-性格"模式的典型人物塑造的特点。相较于巴尔扎克、狄更斯、托尔斯泰笔下的典型人物,于连形象显现出了其独特的个性与魅力。

巴尔扎克提出了环境乃"人物和他们的思想的物质表现"③这一著名论断。1843年,他在《人间喜剧》前言中如此表达他对"典型人物"的塑造:"编制恶习和德行的清单、收集情欲的主要事实、刻画性格、选择社会上主要事件、结合几个性质相同的性格特点揉成典型人物,这样我也许可以写出许多历史家忘记了写的那部历史,就是说风俗史。"④显然,巴尔扎克把典型人物的塑造作为再现社会历史真实风貌的重要途径。而且,在他的理解中,"典型人物"是许多同类性格特点的人的高度概括,也就是普遍性中的"这一个",是"类的样本",因而在描写时不可能"包括所有那些在某种程度跟它相似的人们的最鲜明的性格特征"⑤;塑造典型的材料必须是生活"事实";于是,通过这种"典型人物"的塑造就可以达到再现现实

① Erich Auerbach: *Mimesis: The Representation of Reality in Western Literature*, Princedon University Press,2003,p. 462.

② Erich Auerbach: *Mimesis: The Representation of Reality in Western Literature*, Princedon University Press,2003,p. 463.

③ 巴尔扎克:《〈人间喜剧〉前言》,见伍蠡甫等编:《西方文论选》(下卷),上海译文出版社1979年版,第166页。

④ 伍蠡甫等编:《西方文论选》(下卷),上海译文出版社1979年版,第168页。

⑤ 童庆炳、马新国编:《文学理论学习参考资料新编》(中),北京师范大学出版社2005年版,第1280页。

社会“风俗史”的总目标。与司汤达不同，巴尔扎克的小说极为重视事实之“实证”；在他笔下，人的生存环境——无论是物质环境还是社会环境，对人的性格都起着决定性的作用。“在巴尔扎克所有的作品中，环境随处可见，那简直是一种生物和魔力的合二为一、千姿百态的环境，而且它们总是力图让读者感受到这种环境的存在。”①因为在巴尔扎克看来，“社会环境是社会加自然”②，所以他以一种类比的思维来描写人物与环境，“动物是这样一种元素，它的外形，或者说得更恰当些，它的形式的种种差异，取决于它必须在那里长大的环境”③。正是这种类比的方法与理念，使巴尔扎克的人物塑造格外重视性格与环境的联系。“人与环境一致的观念对巴尔扎克产生了巨大的影响，因为对他而言，构成环境的物对于人通常有第二种意义，这是一种既不同于理性，又比理性更加重要的意义。”④他笔下的主人公，几乎始终处于物质环境和社会环境的重重包围与“压迫”之中。他们与环境有搏斗，但又无法高于环境和超越环境，而往往被环境所战胜、改造和重塑。他们与环境搏斗的过程，在终极意义上成了向环境学习并顺应环境的过程，性格的形成、发展与演变依赖于、受制于环境，最终达成了环境对人物性格的塑造。长篇小说《高老头》中的拉斯蒂涅便是一个典型代表，他就是在巴黎上流社会那灯红酒绿、金钱支配一切的环境的诱惑与“塑造”下完成野心家性格的发展历程的，环境对人物性格的形成与展示起着决定性作用。巴尔扎克对拉斯蒂涅这一人物形象的塑造，其着力点不像司汤达那样重在展示性格的复杂性、多面性及对环境的抗

① Erich Auerbach：*Mimesis：The Representation of Reality in Western Literature*，Princedon University Press，2003，p. 473.

② 巴尔扎克：《〈人间喜剧〉前言》，见伍蠡甫等编：《西方文论选》（下卷），上海译文出版社1979年版，第166页。

③ 巴尔扎克：《〈人间喜剧〉前言》，见伍蠡甫等编：《西方文论选》（下卷），上海译文出版社1979年版，第164页。

④ Erich Auerbach：*Mimesis：The Representation of Reality in Western Literature*，Princedon University Press，2003，p. 472.

拒,而是重在展示环境和金钱(它其实也是客观上的"环境")对人性的腐蚀作用。拉斯蒂涅的悲剧告诉人们,在资本主义与封建主义新旧交替的时代,谁能尽快地将灵魂交出去,把金钱的上帝请进来,谁就能尽快地成为"英雄"。巴尔扎克的这些描写应该说不无艺术夸张的成分,但在这艺术性的集中和夸张中把握了金钱时代人性异化的本质特征。作为一个典型人物,拉斯蒂涅是金钱的"俘虏",他是金钱驱动下人心奇特而躁动不安的典型环境中的"这一个"。《高老头》通过拉斯蒂涅这个人物及其与他人的关系(社会环境)的描写,隐性地塑造了主宰这个社会的"金钱"的这个主人公,深刻揭示了这个社会的本质特征,从而也丰富了这个典型人物之人性和社会历史的深刻寓意。作为西方文学史上又一个个人奋斗者的典型形象,拉斯蒂涅与司汤达笔下的于连形象不同,他不具备于连那种对环境的强烈的抗争力,更突出的是他对环境的顺应和接纳,因此,这个人物也就没有于连性格的矛盾性、复杂性以及由此而生的心理与情感冲突的张力。这恰恰体现了巴尔扎克在人物塑造上的科学类比思维与实证理性特点:人与物质环境的关系就像动物和环境的关系,人的思想源于所处的物质环境。"巴尔扎克对环境的真实描写的风格是他所生活的那个时代的产物。"①"巴尔扎克在自己的作品中感受到了那种姿态万千的生物与魔法的力量交混在一起的环境,他总是力图把这种对环境的感受传达给读者。"②巴尔扎克说:"在形形色色的生活中表现出来的处境,有典型的阶段,而这就是我刻意追求的一种准确。"③在巴尔扎克的创作中,典型环境与典型人物的关系集中体现为人物对环境的依存性,环境是性格形成

---

① Erich Auerbach: *Mimesis: The Representation of Reality in Western Literature*, Princeton University Press, 2003, p. 473.

② Erich Auerbach: *Mimesis: The Representation of Reality in Western Literature*, Princedon University Press, 2003, p. 473.

③ 巴尔扎克:《〈人间喜剧〉前言》,见伍蠡甫等编:《西方文论选》(下卷),上海译文出版社1979年版,第176页。

与展现的物质前提与依据。这正是巴尔扎克式“环境-性格”模式的典型人物塑造的现代现实主义风格。巴尔扎克通过这种人物描写方法,表达了他对物欲横流、人被普遍“物化”的现实世界的深刻洞察与理解,体现其观察和揭示人性及社会的深邃性与真实性,他笔下的人物形象也因此承载了独特的艺术魅力和思想魅力。可以说,巴尔扎克用自己的小说创作确立了现代现实主义文学创作的一种原则:通过环境,特别是物质环境刻画人物性格、揭示人的灵魂。这条原则凸显了作为小说三要素之一的环境的重要性,使小说这种文体和叙述方法同传统的小说拉开距离,进而从另一个角度彰显了现代现实主义文学的“现代”特征。

安娜·卡列尼娜是19世纪现实主义文学中的又一个光彩夺目的典型人物。在小说的最初构思中,安娜是一个堕落的女人。显然,托尔斯泰原先心目中的安娜是一个否定性人物,她是《战争与和平》中那个爱仑式放荡女人的重现。若此,安娜就成了一个情欲的化身,一个精神和灵魂匮乏的“动物的人”(即“肉体的人”)——这是托尔斯泰予以极力否定并在创作中反复表现的关于对“人”的理解的一种观念。但是,在实际创作过程中,托尔斯泰却赋予安娜以精神和灵魂的内涵,使其由“动物的人”向“精神的人”(即“灵魂的人”)提升,但“动物的人”同时仍以一种强烈的生命欲求和生命活力的形式存活于其间,其性格底蕴表现为尖锐的双重矛盾,人物的性格内涵和精神-情感世界就得以拓展并充满了张力,而且人物的行为也因此与她所处的环境发生了尖锐的冲突——生命力的欲求与庸俗环境的冲突。小说在多重矛盾的碰撞中最终把安娜塑造成了一个激荡着生命活力、坚定地追求新生活、具有个性解放特点的贵族妇女形象,她的悲剧是她的性格与社会环境发生尖锐冲突的必然结果,也是其性格之内在双重矛盾尖锐冲突的结果。可以说,安娜形象的审美奥秘主要生发于其以强劲生命力为底蕴的叛逆性格。在托尔斯泰看来,安娜的追求尽管有合乎人性之善的一面,但是,距离善与人道的最高形式——爱他人,为他人而活着——却还有很大的距离。这就是作者对安娜态度矛盾的根本原因,也是安娜内心矛盾和性格冲突的根本原因。从典型人物塑造的角度看,正是这种矛盾因素提升了人物形象的生活气息和真实性以及审美张力,既使小说对人性的开掘大大地深化,又使人物形象的艺术魅力显著提升。

需要进一步辨析的是,如果说司汤达笔下的于连表现了性格与环境的互动关系,巴尔扎克笔下的拉斯蒂涅表现了性格对环境的被动接纳,那么,托尔斯泰笔下的安娜则表现了性格对环境的强力抵御和抗争。《红与黑》中于连的性格与环境的关系是双向互动的辩证关系,性格与环境之间富有张力。于连性格中的这种对环境的抵抗力和自我调节能力,造成了于连在与社会搏斗过程中心理世界的复杂多变,也使这一形象的性格演变显得丰富多彩,使这个人物被深深地打上了时代的印记。从典型人物塑造的角度看,这体现了现代现实主义"写实"与"求真"的基本宗旨。在托尔斯泰笔下,虽然安娜的性格是在同环境的不断冲突、碰撞中得以彰显的,但是,她对平庸与伪善的现实环境始终表现出奋力抵御和抗争,环境和性格始终处于对立的状态,环境并不构成对性格的再造和重塑;安娜的性格与环境的关系不表现为前者对后者的生成性依存,而是对抗性展示。由是,人物的精神品格与平庸而险恶的环境形成了善与恶的鲜明对照,安娜也就成了污浊环境中的"异类"——一个令人同情和惋惜的正面形象。这就体现了作为俄国作家的托尔斯泰——其实也包括其他的俄国现实主义作家——在"典型环境中的典型人物"塑造方面体现的基本风格,其间淡化了巴尔扎克式法国作家的那种环境决定人的思想与性格的物质主义和环境主义特点,而强化了人物之主体意识和主观能动性。这样的人物形象富有情感、精神、心灵的润泽,这种艺术和思想的魅力也足见托尔斯泰在典型人物塑造上的独特的现代现实主义风格。

现代现实主义这种"环境-性格"模式的典型人物,因其带有不可磨灭的时代和社会历史的印记，其性格内蕴也必然透射出特定时代之社会历史和生活的本质特征，于是，人物塑造本身也就是“再现”或“反映”现实生活的重要途径，读者也可以通过这样的人物形象认识现实生活。在某种意义上，现代现实主义文学的典型人物既是作品思想内容的载体，又是某个时代与社会的形象化符号；它们都必然地存活于某个“典型环境”——某个特定的时代与社会，而不是一个超时代、超时空的形象。

四、“抽象-象征”模式

经过19世纪末诸种非现实主义文学思潮和流派的过渡，历史发展到20世纪，大部分现代主义者既不屑于“观念-性格”模式的人物塑造，又不屑于19世纪现实主义式的典型人物塑造，而是反叛性地消解人物的性格，淡化人物与现实环境之间的逻辑关系。新小说派代表罗伯-格里耶说，“以人物形象为中心的小说完全已经成为过去”，人物的真实性已经成为“远古的神话”[①]；博尔赫斯则认为“我的小说里根本没有人物”[②]。当然，他们这么说，并不意味着他们的作品真的就不塑造人物或没有人物，而是对人物塑造的观念有所不同而已。不过，不可否认的是，在现代主义倾向的作品中，人物的典型性、形象性和现实性被消解以后确实趋于抽象化、隐喻性、象征性和超现实性；人物的崇高美也被“以丑为美”所取代，“英雄”成了“反英雄”“非英雄”。“20世纪的创新作家，包括从詹姆斯·乔伊斯到法国的新小说家，以及荒诞戏剧、小说及实验各种不同形式的作家，常常在作品中以违反常规的手法塑造人物，即他们不是通过展示人物

---

① Allain Robber-Grillet: *For a New Nvel*: *Essays on Fiction*, trans. Richard Howard, Grove Press, 1966, p. 28. 23.

② Charles Newman and Marie Kinzie, eds.: *Prose for Borges*, Northwestern University Press, 1974, p. 399.

个性特征的一致性来塑造逼真的人物形象。”[1]有鉴于此，笔者认为现代主义倾向的文学的典型人物属于“象征-抽象”模式。

詹姆斯·乔伊斯的《尤利西斯》是意识流小说的代表作之一，其中的核心人物布卢姆是一个极为普通的现代人。他既非天使又非恶魔，既不是超凡脱俗的英雄又不是卑鄙无耻的小人；他的意识和行为既表现了一切时代最普通的人的本性，又显示出典型的现代特征和个体特征。乔伊斯在塑造布卢姆形象时所采取的是一种超然的态度，写他的平庸并无讽刺意味，写他的挫折并无感伤之情，甚至在描写他最富于吸引力的同情心和人情味时也绝无颂扬的语气。在这里，谈不上道德与不道德、虔诚与不虔诚，乔伊斯对布卢姆所做的不是价值的评判，而是对现实存在的认同及客观的描述。小说给我们展示的布卢姆就是这样一个失去了传统文学崇高性的人物，精神空虚、人格分裂、人性处处受到伤害又无力自救的“非英雄”或“反英雄”，更是一个失去性格的丰富性和完整性的“非典型”人物，一个与环境失去有机逻辑联系的抽象类型。布卢姆是现代人的某种精神状态的象征或隐喻，是一个典型的非性格化、非现实主义的象征性人物形象，即“抽象-象征”模式的典型。奥尼尔的《毛猿》作为表现主义戏剧的代表性作品，其中的人物更具有抽象和象征的特性。主人公扬克与其说是一个有血有肉、鲜明生动的典型人物，不如说是一个含蓄抽象的观念与意志的象征符号。他既是一个处于被异化中的现代人的象征，又是不断进取的人类精神的抽象化隐喻。扬克是一艘邮轮上的火炉工，在整个剧本中，邮轮、监狱、动物园的铁笼是他有形的物质生活环境，但是这些环境物只是现代社会的抽象化象征——邮轮、监狱和动物园的铁笼子象征着人类赖以生存的抽象意义上的“笼子”，它们不构成与人物性格的互动关系，

---

① M. H. 艾布拉姆斯等：《文学术语词典》，吴松江等编译，北京大学出版社 2014 年版，第 47 页。

因此不是展现人物性格的“典型环境”。这种在本质上缺乏物质属性的环境，本身也不具备表现人物性格的功能，而主要是人物精神意象的外化物，并且作者原本也就没有要刻画人物性格的初衷，这正是表现主义戏剧创作理念的集中体现。剧中扬克的抗争先是在邮轮，继而在监狱，最后在动物园关养猩猩的铁笼，这实际上是一个从“笼子”到“笼子”的悲剧性抗争过程，象征性地表现了作为类之存在的人的命运，尤其是现代人的命运。全剧借从“笼子”到“笼子”这一基本剧情框架隐喻了人类为摆脱困苦，寻找自身位置与价值，探索生命归属的过程，象征性地表现了现代人难以摆脱异己力量的悲剧命运，同时也表达了不屈不挠、永远进取和不断探索的人类意志。与之相仿，卡夫卡笔下的土地测量员 K 和大甲虫，加缪《局外人》中的莫尔索，萨特《恶心》中的洛根丁，海勒《第二十二条军规》中的尤索林等，皆属“抽象-象征”模式的典型。

“抽象-象征”模式的人物形象作为 20 世纪现代主义文学中反传统、实验性的典型，标志着西方文学在典型人物塑造方面从观念到方法上的历史演变。它们通常不属于某个具体社会环境——典型环境——中具有特定现实意义的“这一个”，而是某个超现实“情境”中具有普遍性意义的“这一个”。因此，这类人物也是一种“典型人物”，它们有自己特定的审美价值和思想价值。但是，相比较而言，“抽象-象征”模式的典型与“观念-性格”模式的典型相类似，都偏于观念的表达而虚于性格刻画和环境逻辑的揭示。就思想观念的表达方式而言，前者是作者隐逸后的象征性表达，如土地测量员 K、大甲虫、扬克、布卢姆、洛根丁等，都是某种思想、观念和哲理的象征性隐喻与抽象；后者是作者的一种直陈式表达，如冉·阿让、鲁滨孙、堂吉诃德等，都是作者观念的传达者。相较而言，“环境-性格”模式的典型人物当然也有作者思想与观念的表达，不过这种表达是十分隐晦、含蓄的，是在生动、鲜明、丰富的性格刻画中自然而然地流露出来的，性格大于思想，形象大于观念，从而体现出文学现实主义所追求的客观性与真实性的特质。

五、“模式”体认与去“模式化”

上述对三种典型人物塑造模式的归类，在宏观上梳理了西方文学中人物形象塑造的历史演进过程。既然是“宏观”的归类，就难免挂一漏万甚至削足适履。因为，任何一种归类分析都会因其边界的模糊性以及类与类之间的交叉重叠，导致这种归类不可能绝对准确而仅仅是一种大致上的区分与概括，因而无法一一解说难以计数和丰富多彩的个体事物的独特性。不过，对任何事物做相对抽象化与理论性的归纳研究都是必需的，因为这有助于对事物的复杂现象在分门别类、条分缕析基础上的做概括性和抽象化的理解与把握，进而从个别性和一般性中把握普遍性与特殊性。笔者对西方文学典型人物塑造的模式做上述归类与辨析，其宗旨是为了从宏观上把握西方文学在典型人物塑造的理论观念与创作实践上的演变过程，体悟不同历史时期和社会背景下作家与文学对人的洞察、理解与表现方法之差异，尤其是力图在比较辨析的基础上更集中、突出地界定现代现实主义文学在典型人物塑造上的突出特点、历史贡献与现实价值。

必须说明的是，就文学史意义与价值而言，不同类型的典型人物生成于不同时代与不同文化土壤，各自标示着西方文学的特定文化蕴含与历史进程，却很难似乎也没必要区分彼此在艺术水平上的高下与优劣，只要体认这些典型人物作为文学经典的基本元素，体认其永久的文学史价值与艺术魅力因而说明其不可互相替代即可。正如马克思在论及古希腊神话时所说的那样，“人类童年时代”的艺术是“永不复返”和“高不可及”的“范本”，具有“永久的魅力”①。在这种意义上，阿喀琉斯、堂吉诃德、哈姆雷特、浮士德等形象都代表了不同时代的文学典型，个个不可或缺，彼此

① 马克思:《〈政治经济学批判〉导言》,《马克思恩格斯选集》(第二卷),人民出版社 1995 年版,第 32 页。

不可替代;后来的于连、拉斯蒂涅、安娜·卡列尼娜等也不可替代前者。从读者接受的角度看,正是这些不同时代的典型人物形象,给不同读者以丰富多彩、供其各取所需的审美资源,人们可以在经典人物形象的历史长廊中反复流连、不断品味,领略其无穷的人文意蕴和恒久的艺术魅力。当然,相较而言,宏观归类的“三模式”典型人物,各自对读者产生的鉴赏效果是有差异的,就像任何一个典型人物相较于其他人物形象都有自己的独特性一样。不过,就这“三模式”典型人物而言,“观念-性格”模式和“环境-性格”模式的人物形象显然更有其通俗性与可鉴赏性,而“抽象-象征”模式典型虽有其实验性创新及独特的审美价值和文学史贡献,却因其特有的抽象性艰涩和审美趣味的“颠覆性”而增加了读者理解、接受与鉴赏的难度,由此也与读者拉开了心理距离。所以,“抽象-象征”模式的典型人物的通俗性与可鉴赏性程度偏低。就此而论,“抽象-象征”模式的典型人物虽有其对前两种类型的人物塑造的创新与超越,但并不意味着最完善和最先进从而更受读者欢迎——文学艺术之价值并不以“新”与“旧”作为衡量标准,“新”不一定意味着超越“旧”,传统的作品并不意味着“落后”于新兴作品;文学艺术强调传承中的延续与发展,“旧”在“新”中的延续,“新”者只能代表自己而不能取代和覆盖“旧”者,所以,各有其审美价值、文学史价值和艺术生命力。总体而言,“观念-性格”模式的典型和“环境-性格”模式的典型倒是更受当下读者的欢迎与接受,其经典的意义和现实价值也更高。尤其是现代现实主义文学的“环境-性格”模式的典型人物,因其对人性和人类本质的揭示而表现出深刻性的一面,又因其生动形象、贴近生活而表现出其更切合读者审美期待视野的一面,而且就叙事性文学的人物性格描写而言,无论较之“观念-性格”模式还是较之“抽象-象征”模式的典型,都相对更注重人物性格、现实环境和历史演变三者的立体化互动关系,这种典型人物的人文内涵和审美内涵通常也相对更加丰富。

众所周知,文学是人学,关注“人”是任何时代的文学之共同而本质的特征，描写人及其生存状态是人类文学作为“艺术地掌握世界的方式”①的根本任务。而人是一切社会关系的总和，把人物的描写置于现实环境及历史演变密切结合的立体互动关系之中，这种典型形象之性格形成于特殊的社会历史环境中，这种性格有深刻的内涵——其间隐含了复杂而丰富的社会历史信息和时代氛围。这也正是现代现实主义塑造“典型环境中的典型人物”原则具有普遍性意义与价值的根本原因，也是现代现实主义永久生命力产生的缘由之一。英国作家特罗洛普说，19 世纪现代现实主义小说家通过塑造真实的人物形象感动读者、“引发泪水”，最终揭示“关于人的真理”②。对此，卢卡契的阐释更具经典意味：“现实主义的主要范畴和标准乃是典型，这是将人物和环境两者中间的一般和特殊加以有机结合的一种综合。使典型成为典型的并不是它的一般的性质（无论想象得如何深刻），使典型成为典型的乃是它身上一切人和社会所不可缺少的决定因素都在它们最高的发展水平上，在它们潜在的可能性彻底的暴露中，在它们那些使人和时代的顶峰和界限具体化的极端的全面表现中呈现出来。”③从马克思主义文艺观看，只有那些时代与历史蕴含丰富，揭示了社会历史发展趋势性格和环境的人物才算得上“典型环境中的典型人物”，正是在这方面，现代现实主义文学表现出了其突出的成就，也是在这种意义上，“环境-性格”模式的典型至今依旧特别具有艺术魅力。当然，这样说并不意味着要让我们在典型观念和典型人物塑造上走入“模式化”的狭隘境地，而旨在通过“模式”的归类与体认对文学中丰富繁杂的典型人物有一种自觉和有深度的理解与把握，进而在接纳人类文学中对人

① 马克思：《〈政治经济学批判〉导言》，《马克思恩格斯选集》（第二卷），人民出版社 1972 年版，第 104 页。

② Miriam Allott: *Novelists on the Novel*, Routledge & Kegan Paul, 1959, p. 68.

③ 卢卡契：《欧洲现实主义研究·英文版序言》，刘若端编译：《卢卡契文学论文集》（二），中国社会科学出版社 1980 年版，第 48 页。

的描写与表现以及人物形象塑造的各种模式之优长基础上，让我们的文学创作更深刻又艺术地揭示变动不居的社会环境中人的生存状况，塑造更具时代特色的典型人物形象。因此，模式化的归类辨析，其根本目的是让我们在获得对丰富复杂的人物形象相对深入又清晰的辨识与体认的基础上，最终超越“模式”的阈限达成“去模式化”。我们肯定现代现实主义的独特个性与价值，但是我们倡导的是开放包容、更具人类情怀和世界意识的文学现实主义精神。无论从文学创作、文学研究还是文学鉴赏角度看，我们都要打破“模式”或“主义”之类的既有框定与限制，总结并接纳不同模式与类型的文学在典型人物塑造方面的成功经验，借以繁荣未来本土之文学创作，推进文学研究话语体系的建设，提升读者的人文素养与艺术情操。因此，从典型人物塑造的“模式”体认到“去模式化”，是我们的文学创作与文学研究创新发展的合理、可取之路。

第三节　情节结构形态比较

塑造人物形象是叙事性文学艺术创造的核心任务之一，但是，人物性格毕竟是在情节的发展中得以刻画的，也就是说，性格主要是靠情节的展开才得以揭示的，性格的发展有赖于情节的发展，因此，离开了情节，人物性格的生动性和丰富性就无从谈起，甚至叙事文学的“叙事”本身也无从谈起。正因为如此，许多情节趋于淡化的现代叙事文学作品，对人物形象的塑造也往往相应地趋于弱化或淡出，“叙事”之本质特征也被消解或重构。既然现代现实主义文学在艺术追求上的首要任务是塑造人物形象，那么，为了塑造某种典型性格或典型人物，作家往往就要叙述一个离奇曲折、引人入胜的故事，于是，情节和结构也就成了仅次于人物形象的重要因素。对生动而完美的情节的追求，也就成了现代现实主义文学的重要美学旨趣。而正是这种艺术与美学追求,使现代现实主义在西方叙事文学的情节与结构方面达到了历史上空前成熟的境界,这既是现代现实主义文学的重要历史贡献,又使这种形态的文学具有显著的故事性与情节性,这与后来的20世纪现代主义倾向的文学文本构成了鲜明对比。

一、情节结构理论之古希腊渊源

西方早期叙事文学可以追溯到古代地中海传统。“所谓古代地中海传统中的早期叙事文学,指的就是被誉为西方文学的最初源头之一的《荷马史诗》。从18世纪末开始到今天,西方的文学理论家经常把‘史诗’看成是叙事文学的开山鼻祖,继之以中近世(即“中世纪”,笔者注)的‘罗曼史’(romance),发展到18世纪19世纪的长篇小说而蔚为大观,从而构成了一个经由‘epic-romance-novel’一脉相承的主流叙事系统。”[①]西方叙事文学的这种发展历程,决定了我们讨论其人物、情节、结构这样一些基本的概念和观念,必须回到亚里士多德的理论源头。“由于novel所代表的人生和艺术理想在整个西方叙事文体的发展过程中具有承接历史、维系传统的特殊地位,西方文学理论家们在批评novel的时候便往往会不期而然地根据他们对史诗的体会,运用一整套亚里士多德式的古典标准——诸如‘结构完整性’和‘时间秩序感’等等——来分析novel这种迟至18世纪才告正式诞生的新兴叙述文体。的确,史诗的精神气韵深深地印入了novel的机体中,离开了史诗和罗曼史的传统,novel的出现和发展是很难想象的。”[②]从西方叙事文学源头上说,古希腊史诗固然是重要的,但是,古希腊悲剧作为“早期叙事文学”文体之一,也是非常重要和影响深远的,尤其是在亚里士多德的理论中,悲剧具有举足轻重的地位。

---

① 浦安迪:《中国叙事学》,北京大学出版社2018年版,第8页。

② 浦安迪:《中国叙事学》,北京大学出版社2018年版,第9—10页。

作为人类童年时期的叙事文学,古希腊时期的悲剧和史诗对情节结构是高度重视的。亚里士多德的诗学理论主要基于对史诗与悲剧的研究,在他的文学观念中,情节比人物更重要。他总结了悲剧六要素,即情节、人物、言词、思想、形象(指面具和服装)与歌曲,其中“最重要的是情节,即事件的安排”,“情节乃悲剧的基础,有似悲剧的灵魂;性格则占第二位,悲剧是行动的模仿,主要是为了模仿行动,才去模仿在行动中的人”。① 既然“情节乃悲剧的基础”,那么人物性格就居于次要的地位。这种说法对于悲剧或者史诗这样的古老叙事文体来说,是不无道理的。由此也说明,在包括悲剧和史诗在内的古代叙事文学创作中,被高度重视的首先是情节,情节描写重于人物性格刻画;换句话说,作为人类童年时期的叙事文学,悲剧和史诗是以描写情节见长且以情节取悦欣赏者的。这种观念深深影响了后来的西方叙事文学。

事实上,18、19 世纪的西方小说成型与成熟的重要标志之一就是情节描写不断臻于完善。这一时期小说家的创作几乎都高度重视作品的情节。“许多小说家都把讲一个曲折有趣的故事作为最基本和最重要的要求,没有好故事的小说就不是好小说,而故事引人入胜显然也是维多利亚时期小说大繁荣的一个重要原因。”②19 世纪英国小说家安东尼·特罗洛普认为,“作家坐下来创作小说,是因为有了要讲的故事,而不是因为要讲故事”③,“完善的情节,是小说故事最重要的部分”④。特罗洛普的观念是对亚里士多德情节理念的传承与发展。

情节与结构是密不可分的,有情节必有结构。关于“情节”与“结构”

---

① 亚里士多德:《诗学》,罗念生译,见伍蠡甫等编:《西方文论选》(上卷),上海译文出版社 1979 年版,第 60 页。

② 申丹、韩加明、王丽亚:《英美小说叙事理论研究》,北京大学出版社 2015 年版,第 70 页。

③ Miriam Allott: *Novelist on Novel*, Routledge & Kegan Paul, 1999, pp. 242-243.

④ Anthony Trollope: *An Autobiography*, *Novelists on the Novel*, in Miriam Allott, ed.: Routledge & Kegan Paul, 1959, p. 247.

的关系，亚里士多德在《诗学》中也做过深入分析与阐释。他说："情节既然是对行动的模仿，它所模仿的就只限于一个完整的行动，里面的事件要有紧密的组织，任何部分一经挪动或删除，就会整体松动或脱节。要是某一部分可有可无，并不引起显著的差异，那就不是整体中的有机部分。"①这里的"完整""组织""整体"和"有机"等，都意味着"情节"是经过精心选择和组织的，是关于"行动"与"事件"的严密而完整的有机结构。"因为有许多事件——数不清的事件发生在一个人身上，其中一些是不能并成一桩事件的；同样，一个人有许多行动，这些行动是不能并成一个行动的。"②只有对众多的事件和行动进行精心的选择和组织，才能形成一个完整的、结构有机的情节整体，形成一部完美的剧本或史诗。亚里士多德还形象化地用鲜活的动物来比喻情节结构的完整性与整一性。他说："悲剧是对一个完整而具有一定长度的行动的模仿(一件事物可能完整而缺乏长度)。所谓'完整'，指的是事之有头，有身，有尾。所谓'头'，指事之不必上承他事，但自然引起他事发生者；所谓'尾'，恰与此相反，指事之按照必然律或常规自然的上承某事者，但无他事继后者；所谓'身'，指事之承先启后者。所以结构完美的布局不能随便起讫，而必须遵照此处所说的方式。"③除了这种形象化、比喻性的表述外，有关悲剧和史诗之情节与结构的完美，"亚里士多德在《诗学》中的某些表述有一些神秘感"④。亚里士多德以活的事物的外在形态的美感效果，比喻性地表达了悲剧的情节与结构之间的关系，强调情节的长度必须适中、结构要有整一性才能产生美感。关于史诗的情节与结构，亚里士多德认为，史诗也和悲剧一样，

---

① 亚里士多德：《诗学》，罗念生译，人民文学出版社 1988 年版，第 28 页。

② 亚里士多德：《诗学》，罗念生译，人民文学出版社 1988 年版，第 27 页。

③ 亚里士多德：《诗学》，罗念生译，人民文学出版社 1988 年版，第 25 页。

④ Monroe C. Beardsley: *Aesthetics from Classical Greece to the Present: A Short History*, The University of Alabama Press, 1975, p. 61.

要有一定的情节长度和结构整一性，但史诗的长度可以超过悲剧。亚里士多德不仅突出强调了"情节"对于悲剧和史诗的重要性，还指出了与情节描写必然相伴的"结构"。无论是史诗还是悲剧，只有具备这样结构"完整"而"有机"的情节整体，才能产生"快感"。"史诗必须以一个完整的行动为中心，'因此，就像一个完整的生物个体一样，它可以产生出快感'。"①

亚里士多德关于"情节"与"结构"的诗学理论虽然有其历史局限性——因为这种理论毕竟只是在对人类童年时期的叙事文学的研究基础上得出的，但其本原性、经典性及其在西方文学史上的重大影响力是无可否认的。可以说，亚里士多德关于"情节"与"结构"的理论，以一种"原型"和"母题"的形态，穿越 2000 多年的时空渗透并延续到了 19 世纪乃至当今世界文坛的叙事理论，因而仍有其现实价值与意义；与之相应，史诗与悲剧之叙事传统的历史传承也是悠久而深远的，2000 多年来以一种经典范本的形式，给不同时代的西方叙事文学打上了深深的印记，直到小说兴起之后，作家和理论家才强调结构的重要性。

美国小说家、小说理论家亨利·詹姆斯从艺术形式的角度高度肯定了小说情节结构之有机性和整一性，认为小说要构建完美的艺术形式，作家必须从结构的需要出发对所有素材进行创造性安排，小说创作就是对素材做筛选与组织的过程。② 他在《小说的艺术》一文中指出，"一部小说是一个有生命的东西，像任何一个别的有机体一样，它是一个整体，并且连续不断，而且我认为，它越富于生命的话，你就越会发现，在它的每一个部分里都包含着每一个别的部分里的某些东西"③。亨利·詹姆斯的这

① Monroe C. Beardsley: *Aesthetics from Classical Greece to the Present: A Short History*, The University of Alabama Press, 1975, p. 61.

② Henry James: *The Art of the Novel*, Northeastern University Press, 1984, p. 6.

③ 亨利·詹姆斯:《小说的艺术》,朱乃长译,见《小说的艺术:亨利·詹姆斯文论选》,上海译文出版社 2001 年版,第 17 页。

些表述，与亚里士多德的观点十分贴近。19 世纪后期的英国小说家、小说批评家斯蒂文森强调小说的“故事信息”，强调“事件之间的密切关系”①，“站在传统与现代的交汇处，他继承了亚里士多德的诗学传统，强调小说情节的重要地位……从形式结构的角度提出小说即叙事的艺术”②。到了当代形式主义批评家那里，结构依然被高度重视。俄国形式主义理论家什克洛夫认为，“情节”是作家从审美的角度对素材进行重新安排，于是就体现了结构的“文学性”(literariness)③。因此，19 世纪欧美小说家和理论家关于“结构”方面的理念，也都与亚里士多德有渊源；换句话说，“十九世纪西方小说的结构原则在很大程度上受亚里士多德以来长期在欧洲占优势的美学思想的支配……叙事作品的结构必须完整这一原则为后来的西方小说家所继承。19 世纪杰出的小说家，特别是现实主义作家，无一例外地超越纷乱的生活现象，他们把自己认为具有特殊意蕴的论文命运、某些事件作为审美创造的中心”④。情节结构的完整性一直也是西方传统叙事文学的突出特征，而 19 世纪现代现实主义⑤小说更是将其推向了炉火纯青的历史新刻度。

二、传奇性叙事与必然律、可然律缺失

如前所述，西方小说在宏观意义上传续了史诗与罗曼史(romance，

---

① R. L. Stevenson: “A Humble Remonstrance”, in *R. L.*, *Glenda Norquay eds.*: *Stevenson on Fiction*, Edinburgh University Press, 1999, p. 82.

② 申丹、韩加明、王丽亚:《英美小说叙事理论研究》，北京大学出版社 2015 年版，第 142 页。

③ Victor Shklovsky: “Sterne's Tristram Shandy: Stylistic Commentary”, in Lee T. Lemon, Marion J. Reis: *Russian Formalist Criticism*: *Four Essays*, University of Nebraska Press, 1965, p. 56.

④ 龚翰熊:《文学的智慧——走近西方小说》，巴蜀书社 2005 年版，第 404 页。

⑤ 蒋承勇:《现代现实主义及其“现代性”内涵考论》，《文艺研究》，2022 年第 1 期，第 69—79 页。本文以下用“现代现实主义”特指 19 世纪现实主义。

“传奇”)的传统。从亚里士多德诗学理论可以看到,史诗传统包括了悲剧或者整个古希腊戏剧,因此,我们可以把“史诗”传统看作古希腊史诗与戏剧传统的合称。史诗传统不但对“情节”这一要素重视有加,而且强调一部作品凭借“情节”在艺术审美上的取胜——给欣赏者以“愉悦”和“快感”。正如亚里士多德所说,“我们不应该要求悲剧给我们各种快感,只应要求它给我们一种特别能给的快感。既然这种快感是由悲剧引起我们的怜悯与恐惧之情,通过诗人的模仿(即对行动的模仿,笔者注)而产生的,那么显然应通过情节来产生这种效果”①。按照我们今天的话来说,史诗传统的叙事文学以曲折、生动、具有故事性的情节取胜,情节也因此在叙事文学中拥有了“灵魂”和“首要”的地位。

从古希腊“史诗传统”到中世纪的“罗曼史”(传奇)传统的归纳是宏观的,因而也不免显得粗疏,其实,中世纪欧洲的英雄史诗对小说的影响是不可否认的。不过为了简洁起见,这种概括性省略也未尝不可。因为,中世纪英雄史诗的叙事传统与古希腊的史诗叙事传统在总体上是相似的。事实上,中世纪的“罗曼史”传统,与前两者的叙事方法也有相似之处,基本上都没有脱离亚里士多德关于叙事文学的诗学范畴。特别值得指出的是,中世纪的骑士传奇除了在情节结构等方面与史诗传统大致相似之外,在“传奇性”方面则显得尤为突出。如果说,古希腊史诗和中世纪英雄史诗的故事内容通常有历史事实的依据,都是在民间口头传说的流变过程中融入了想象和虚构的成分,因此,传奇性也就不断增加的话,那么,骑士传奇的故事内容通常以虚构为多,即便是有史实依据的故事,也都经由幻想式虚构而充满了传奇性乃至离奇性。骑士传奇追求情节的离奇乃至奇幻,以满足欣赏者的好奇心和娱乐之需求。

骑士传奇最先出现于 12 世纪的法国,而后风靡欧洲;其故事框架基

① 亚里士多德:《诗学》,罗念生译,人民文学出版社 1988 年版,第 43 页。

本上是某个骑士护教、爱情的冒险经历。骑士传奇后来发展为“骑士小说”，这种文学样式在西班牙格外流行。文艺复兴时期西班牙的流浪汉小说的兴起，得益于这种骑士小说。被认为是欧洲早期小说之代表的《堂吉诃德》虽然在思想观念上迥然有别于骑士小说，但是在情节描写方式和结构形态上与骑士小说及骑士传奇是一脉相承的。显然，“罗曼史”的传奇性和故事性较之于“史诗传统”的叙事文学是有过之而无不及的。就情节的“虚构性”而言，从“史诗”到“罗曼史”，应该说后者向未来的“小说”迈进了一大步，因为，相对成熟意义上的小说属于虚构文学的范畴，与史诗的历史纪实性追求拉开了距离。不过，小说之“虚构”是指所描写的故事和人物不直接对应于现实生活，不具备历史和现实生活意义上的事实之真实性。但是，小说的题材来自当下的现实生活，所描写的情节必须符合现实逻辑和生活之本质真实，也就是符合亚里士多德所说的“必然律”与“可然律”，所描写的“行动”和“事件”遵循生活的事实逻辑进而组织、构建成了一个有机整体。就此而论，18 世纪尚处于成形时期的欧洲小说，即便是被称为“现实主义小说”的英国 18 世纪小说作品，也未达到 19 世纪现代现实主义小说的境界，因为前者所描写的故事情节的传奇性依然很强，而现实生活的事理真实性较弱。但是，18 世纪英国的“现实主义小说”意味着欧洲叙事文学向 novel 迈进了一大步，其标志性体现是：这种小说的题材内容由传奇的离奇传说故事转向了现实生活故事。“传奇”所叙述的是过往的英雄和重要历史事件，有较多的传说成分，而“小说并非如此，它讲述我们日常生活中熟悉的事物”①。小说侧重于“表现现实生活中的事件”，传奇侧重于“叙述未曾发生的事”；“小说是现实主义的”，“传奇则是

① James Henry Smith and Edd Winfield Parks: *The Great Critics: An Anthology of Literary Criticism*, Norton, 1967, p. 649.

诗的或史诗的,或应称之为'神话的'"①;"小说注重细节的似真性,它不仅要讲述可能发生的事,而且是那些在我们日常生活中极其可能发生的事"②。这符合亚里士多德说的"可然律"。笛福《鲁滨孙漂流记》的故事来自生活中的一个真实的荒岛冒险经历,小说中人物的言行举止、生活方式都是当下的,因而具有生活的真实性。当然,小说中的人物与情节是根据艺术想象重新创造出来的,它们相较于"原型"人物的历险事实已变得面目全非,虽然其中有"原型"的影子。这种文学化的再创造是为了呈现一个具有生活真实的故事,而不是报道生活本身既有的人物和事件,其间体现了小说艺术的创作规范与规律——在虚构中编织具有真实感的现实生活故事,体现了一种"写实主义"创作倾向。不过,由于这种小说在故事情节的具体描写上依然有"传奇"的印记,主人公鲁滨孙的"历险"模式脱胎于 romance(传奇),尤其是其中人对自然的抗衡显然有传奇色彩,因此在"可然律"与"必然律"意义上,与生活本质之真实还有较大差距。这也说明了其作为"小说",还有不成熟的一面。在这种意义上,《鲁滨孙漂流记》不过是借具有生活真实性的故事展示了一个现代人的传奇历险,它比 romance 和骑士小说乃至《堂吉诃德》更真实可信,但传奇色彩依旧很浓。这几乎就是 18 世纪欧洲小说的一个共同特点。

顺着这种视角去看 18 世纪末、19 世纪初的西方浪漫主义小说,我们可以发现其夸张的"虚构"所导致的传奇性特点,这不能不让人联想到 romanticism 与 romance 的内在联系。浪漫主义小说挤压了 18 世纪小说的哲理性和思辨性传统,追求奇特的故事和非凡的人物,构建曲折离奇的情节,塑造理想化的形象,表现奇异的构思和浓烈的情绪。雨果的《悲惨

① 勒内・韦勒克、奥斯汀・沃伦:《文学理论》,刘象愚、邢培明、陈圣生等译,浙江人民出版社 2017 年版,第 210 页。

② James Henry Smith and Edd Winfield Parks: *The Great Critics: An Anthology of Literary Criticism* , Norton, 1967, p. 650.

世界》通常被认为是富有现实主义因素的小说，其实它是典型的浪漫主义小说。主人公冉·阿让具有震撼人心的精神力量和人格魅力，其行动之奇异，超出一般常人的行为逻辑与规律，小说也就展现了一幕幕富有戏剧性的非凡故事。小说对重大历史事件的描写无不充满浪漫的夸张，从而使小说艺术达到了浪漫主义特有的高度。与此相类的有大仲马、欧仁·苏等作家。大仲马的《基度山伯爵》情节曲折离奇、悬念丛生，场景丰富多彩又引人入胜。这种小说的故事情节常常有悖于生活逻辑，但是依然拥有广泛的读者。别林斯基在谈到这部小说时说，“许多人……所以要读它，是为了用离奇曲折的冒险故事来娱乐自己”①。浪漫主义小说虽然不致力于追求真实性效果，但对传奇性娱乐效果之追求却情有独钟。浪漫主义小说在情节、人物和心理的描写方面为欧洲小说的发展做出了贡献，尤其在情节与结构描写上标示着一种历史新刻度。

总之，从史诗到传奇再到浪漫主义小说，这些叙事文学文本以情节的离奇、曲折而取悦听众、观众或读者，生动性有余而真实性不足，情节的发展演变、故事的结构布局尚缺乏生活的“必然律”“可然律”；或者说，真实性尚不是这些文学文本的创作者头脑中的主导意识。与之迥然不同，19世纪现代现实主义小说恰恰在真实性、可然律与必然律方面都彰显了西方叙事文学的历史新刻度，小说这种文体也在很大程度上趋于成熟。

三、事理逻辑与必然律、可然律的凸显

欧洲小说的真正成熟与繁荣，是在 19 世纪现代现实主义文学流行的时期。不过，现代现实主义小说追求的不仅仅是情节的曲折、生动乃至离奇荒诞这种娱乐性的审美属性，而是由此拓展到了更新的领域，或者说，

① 别林斯基：《一八四七年俄国文学一瞥》，满涛译，《别林斯基选集》（第二卷），时代出版社 1953 年版，第 385 页。

故事性、情节性只是现代现实主义作家艺术追求的基本要求，在此基础上，他们还有更高的追求——因果逻辑与事理真实。现代现实主义强调真实地再现与反映现实生活，实证理性与写实精神引领着现代现实主义作家格外重视小说情节的生活逻辑、事实逻辑和本质真实，其实这是对亚里士多德和"史诗传统"所强调的"必然律"与"可然律"追求的进一步强化。现代现实主义小说家关于"行动"与"事件"的描写和结构布局，更强调合乎生活的因果逻辑和事理真实。亚里士多德说过，"悲剧所模仿的行动，不但要完整，而且能引起恐惧与怜悯之情。如果一桩桩事件是意外发生且彼此又有因果关系，那就最能（更能）产生这样的效果"①。这里的"因果关系"就是亚里士多德一再强调的符合生活之"必然律"和"可然律"。在特定时代的科学主义和理性主义思潮的影响下，19 世纪现代现实主义小说把情节描写对"必然律""可然律"与"真实性"的追求置于传奇性之上，情节结构的描写艺术也提升到了新的历史刻度。

如前所述，小说离不开虚构，而拥有成熟的"虚构"恰恰是现代写实主义小说较之于史诗、传奇的根本差别。所谓成熟的"虚构"就是把纯粹想象乃至幻想出来的人物行动与事件描写得合乎生活的事实逻辑，即合乎事理之真实、生活本质之真实；这种情节与结构所承载的文学文本中的生活，同现实世界之生活有本质上的同构性，于是也就达成了合乎生活的"必然律"与"可然律"。巴尔扎克说："同实在的现实毫无关系的作品以及这类作品全属虚构的情节，多半成了世界上的死物。至于根据事实，根据观察，根据亲眼看到的生活中的图画，根据从生活中得出的结论写的书，都享有永恒的光荣。"②巴尔扎克这里讲的"虚构"，指的是不顾或者违背生活本身的事实逻辑而胡编乱造的现象，这又回到了 romance 的奇情异

① 亚里士多德：《诗学》，罗念生译，人民文学出版社 1988 年版，第 31 页。

② 巴尔扎克：《〈古物陈列室〉、〈钢巴拉〉初版序言》，程代熙译，参见古典文艺理论译丛编辑委员会编：《古典文艺理论译丛》（第十册），人民文学出版社 1963 年版，第 121 页。

想——它不属于真正的、成熟的“虚构”。从现代现实主义的原则出发，“虚构不是想写什么就写什么的随心所欲，而是一切事出有因，源于无处不在的现实生活”①。因此，真正成熟的艺术虚构是“根据事实”展开的想象与创造，“提供尽可能多的关于人性方面的材料，并按照生活本身的逻辑而非观念的逻辑来展现它们”②，如此创作而成的故事情节，符合事理之真实，这是现代现实主义小说家所致力追求的。在《高老头》中，拉斯蒂涅一步步走向野心家的过程，是接受金钱腐蚀并且不断融入金钱关系主宰之社会的过程，有现实的依据和事理的必然性；鲍赛昂夫人的悲剧结局，起因于新兴资产阶级的步步逼攻，其背后有无法摆脱的金钱主宰一切之历史发展逻辑的牵引；高里奥老头把所有家当都交托在两个女儿身上，而女儿们最终却在他贫穷潦倒的时候抛弃了他，让他凄惨又孤独地在伏盖公寓咽下了最后一口气，这背后也是金钱的魔力在作祟。《欧也妮·葛朗台》中，暴发户葛朗台在老伴去世后办的第一件事就是哄骗其唯一的女儿在放弃继承母亲遗产的文书上签字，以确保他对妻子财产的占有。巴尔扎克的这些情节从“必然律”与“可然律”角度看，都与当时法国社会的金钱关系和历史事实相契合，更与被金钱异化了的人性及人物的心性相契合。

司汤达小说的情节性建立在真实性基础上，传奇性明显减弱。《红与黑》的题材来自1827年《法庭公报》上登载的一桩刑事案件。从情节描写的角度看，不但生发于主人公于连的一系列“事件”与“行动”与19世纪初的法国社会密切相关，而且这个人物的一言一行都合乎当时的生活逻辑。于连从在威利叶尔城给德·瑞那市长家当家庭教师到在贝尚松神学院当

---

① Erich Auerbach: *Mimesis: The Representation of Reality in Western Literature*, Princedon University Press, 2003, p. 480.

② Emile Zola: *Naturalism in the Theatre: Documents of Modern Literary Realism*. George J. Becker ed., Princeton University Press, 1963. p. 201.

教士,再到在巴黎给木尔侯爵府当私人秘书,这样的“行动”与“事件”的交替,都出于他个人奋斗的内在企求,其间有人物性格与现实生活的逻辑依据。这样的一系列行动和事件的描写,不无故事的生动性与吸引力——于连个人奋斗的可能结果与命运,本身具有一种悬念深深地吸引着读者——但是,这种吸引力产生于合乎生活逻辑的情节,而不是产生于“传奇”式的离奇乃至荒诞的故事。因而,读者从小说的情节中获得的是一种具有真实感的艺术审美感受,这就是现代现实主义小说的情节之艺术魅力的根本奥秘所在。

狄更斯是一个特别喜欢并善于讲故事的现代现实主义小说家。他的小说故事性、娱乐性和通俗性都很强①,所以,他在自己创作旺盛的年代拥有众多的读者和广泛的市场。狄更斯小说的情节描写借鉴了流浪汉小说、成长小说、哥特式小说等特点,为了达到“故事性”目的,有时候某些“行动”与“事件”的描写常常借助巧合与偶然,情节在迷离处峰回路转,让弱小的人物逢凶化吉,让善良者终有善报。不过,狄更斯小说的情节描写总体上是合乎事理逻辑和生活的本质真实的。“狄更斯作为现实主义经典作家,其经典性是通过娱乐性和通俗性得以承载和实现的,或者说,娱乐性和通俗性不仅是狄更斯小说生成为经典的方式和途径,而且,它们本身也是经典性成分。”“对于狄更斯来说,故事、娱乐,童心、童话、通俗是他的小说风格,也是他成为现实主义经典作家之重要的不可或缺的质素。”②

列夫·托尔斯泰的小说最突出的叙事特点是全景式、史诗性的情节描述。他的小说描写“事件”与“行动”之广泛性、叙述的多层次性及所包

① 蒋承勇:《娱乐性、通俗性与经典的生成——狄更斯小说经典性的别一种重读》,《浙江社会科学》,2014 年第 9 期,第 122—127 页。

② 蒋承勇:《娱乐性、通俗性与经典的生成——狄更斯小说经典性的别一种重读》,《浙江社会科学》,2014 年第 9 期,第 122—127 页。

含的内容的丰富多彩，充分显示了其创作的气势磅礴与博大精深，明显有助于人们对社会之恶的深刻认识以及对道德之善的追求。在历史事变中描写人物的“行动”与“事件”是《战争与和平》情节叙述的一条基本原则，也是小说具有宏伟的史诗风格的重要原因。《战争与和平》通过宏伟而起伏跌宕的情节的描写，不仅展示了当时俄国社会强大的、不同性质的真实生活激流，展现了特定时期俄国的历史和社会运动，还展示了各种人物的心理发展和他们的内心生活激流，同时揭示了内心生活激流与外部生活激流之间的联系。丰富繁杂的生活材料和为数众多的人物在“战争”与“和平”两大情节主体的叙述中都得到了妥善又合乎事理逻辑的安排，体现了生活本质之真实。当然，小说中不少章节在阐述历史和道德哲学观点时，被过于冗长的议论破坏了小说情节叙述的和谐性，即使在思想容量上显得博大精深，但作为叙事文学，其情节性与故事性所产生的艺术魅力却因此削弱。不过，当我们把这些游离于情节之外的议论和说教汇集成一个整体去看时，这些内容与小说要表现的主题思想往往是合拍的，甚至是强化或深化和丰富了主题的表达，因此它们也是此类小说的有机组成部分，它们并不必然构成对小说情节与故事真实性的破坏，有时反而在气氛和思想上强化了小说故事的整体真实性。这种故事叙述中夹杂议论或者说教的创作方法，正是19世纪西方长篇小说的特点之一。从福楼拜提出小说叙述的客观性要求开始，这种特点得到了显著改变。

福楼拜主张客观地呈示自然，认为作家在描写庞杂的事物时，必须用画幅显示自然的形体。“展览，然而不是教诲。必须绘成图画，指明自然之为自然；同时图画又要完备，是好是歹全画出来。”[①]福楼拜认为要做到客观地呈示自然，作家在创作时必须“退出小说”，进入无我的境界，作者

---

① 《福楼拜致乔治·桑书》，转引自李健吾：《福楼拜评传》，湖南人民出版社1980年版，第389页。

在他的作品里，必须像上帝在世界上一样，到处存在而又到处不见。他在给包斯盖女士的信中还说："依照我，一个小说家没有权利说出他对人事的意见。在他创作之中，他应该模拟上帝，这就是说，制作，然而沉默。"[①]福楼拜对小说创作的客观性做如此突出的强调，在欧洲文学史上是首创性的。他在自己的创作实践中做了可贵的尝试，他努力把自然、社会与人在小说中做客观的呈示与"展览"。他的这种努力，很自然地就带来了他的小说叙述风格的变化。他通过冷峻的叙述去追求无我之境，从而达到客观地呈示自然的目的。在福楼拜的小说中，作家自己直接出来说的大段大段的主观议论、哲理阐发、时政评论不见了，展现在读者面前的是自然流淌的生活之河流；故事情节的发展也就随着生活的河流自然展开，有其合乎生活之事实逻辑的"真实性"。当然，文学创作中纯粹的"无我"境界是不存在的。福楼拜主张客观地呈示自然，也不过是要求作家自己不直接在作品中出现，不要抒发个人的情感和指手画脚地发表议论，而不是指取消作家在作品中的存在。作家的存在是无形的，作家自己的思想情感是隐藏于作品的人与事之中的，他是在幕后而不是在前景。福楼拜说："我们应该用力把自己输入人物，不是把他们拿来屈就自己。"[②]"艺术家的要求是，脓向里流，叫人闻不出腥臭的气味……吸收对象(甚至于自己的存在)进来，周流在我们的全身，然后重新呈到外面，叫人一点看不破这种神异的化学作用。"[③]可见，福楼拜的作家"退出小说"，其实是作家"隐身于小说"；"无我"的境界，其实就是"隐我"的境界。这种把作家的"自我"在作品中淡化的过程，使小说所呈现的社会与人显得更为自然，更合乎生活的原本形态，小说也就成了福楼拜所追求的"生活的科学形式"[④]。

---

① 转引自李健吾：《福楼拜评传》，湖南人民出版社 1980 年版，第 396 页。
② 转引自李健吾：《福楼拜评传》，湖南人民出版社 1980 年版，第 397 页。
③ 转引自李健吾：《福楼拜评传》，湖南人民出版社 1980 年版，第 396 页。
④ 李健吾：福楼拜《包法利夫人》译本序，人民文学出版社 1979 年版，第 1 页。

福楼拜把这种合乎生活之事实逻辑的客观真实性放到了文学创作的首要位置，这无疑说明现代现实主义小说在情节结构方面更加成熟，也就是说更合乎现代现实主义的“求真”原则。

总之，现代现实主义小说家的情节结构描写，传承、坚守着亚里士多德的“必然律”与“可然律”原则，并且在科学精神和实证理性的牵引下，进一步强化对事理真实和生活本质真实的追求，以达成“再现”与“反映”生活的客观性与真实性。于是，符合生活逻辑、具有客观真实性的情节描写也就成了现代现实主义小说的基本创作规范之一，现代现实主义小说从而与史诗、传奇和浪漫主义小说等叙事文类拉开了差距，形成了自己独特的风格。

四、线型结构与时空逻辑

从古希腊到19世纪的西方叙事文学，在情节上大都呈现为一以贯之的完整性，在结构上也大都呈现出一种有序的线性框架，我们可称其为“线型结构”；人物行动有条不紊，性格一步一步向前发展，都以时间为逻辑，情节也按照时间的推移由开始、展开进入高潮直至结局，随着矛盾的解决而收尾。在这一过程中，时间的顺序、空间的关联，是作家为使自己的故事显得圆满可信、合乎情理而恪守的一种理性的因果逻辑。正如国内学者所说，“自欧洲流浪汉小说发展而成的18、19世纪小说大都以小说人物的行为发展为主线索，加上小说家大多采用全知叙述方式，小说在总体上都呈现出以强调时间为主的线性叙事”①。

不过，值得注意的是，19世纪现实主义之前的西方叙事文学，虽然情节的叙述都符合“整一性”要求，通常也都是有机的“线型结构”，但是空间

① 申丹、韩加明、王丽亚：《英美小说叙事理论研究》，北京大学出版社2005年版，第126页。

转换与时间逻辑并不是那么紧密，于是，这种情节的描写往往因为更具有传奇性而少了几分真实性。就《荷马史诗》来说，时空的转换遵循的是一种“神话逻辑”，而不是现实生活的事理逻辑。这一方面与故事原本就发生在理性思维较弱的远古神话时代有关系，另一方面尤其与史诗创作者所持的颇具奇幻性、非逻辑的原始思维相关。这种时空结构方式在“罗曼史”（传奇）和浪漫主义小说中依然存在，所不同的是叙述的“神话逻辑”变成了故事叙述者或小说创作者的“主观逻辑”，因此，时空转换的奇幻性削弱了，但是仍缺少事理的真实性，因而不乏传奇性。堂吉诃德的游侠故事，情节的展开呈“线型结构”——以主人公游历的时间为序渐次展开对“行动”与“事件”的叙述，但是空间的转换却缺乏外在的事理逻辑和生活依据。比如，堂吉诃德什么时候游历到什么地方，没有事理的逻辑依据可以追寻，也不完全是人物性格的缘由；前一个游历地点和后一个游历地点之间也没有因果关系，主要是出于作者叙述故事之需要或作者意愿之需要。因此，空间转换虽然合乎时间流变的逻辑顺序，呈“线型结构”，但却缺乏空间转换的外在事理逻辑，从效果上就变得传奇性有余而真实性不足。骑士传奇和“流浪汉小说”的时空关系大致属这种结构模式。与之相似，浪漫主义小说有比较严整的情节结构，但是情节的推进和空间的转换均有很强的主观性乃至随意性。“贫穷使男子潦倒，饥饿使妇女堕落，黑暗使儿童羸弱”①，这是雨果通过《悲惨世界》力图表达的思想观点。对此，作者分别通过冉·阿让、芳汀和珂赛特三个人物予以集中表现。雨果和现代现实主义作家的重大差异之一是：为表达一种观念和思想而展开故事的构思和情节的叙述，因此，虽然所描写的题材和故事具有相当的现实性——大多直接取材于现实生活，但是具体人物性格和情节结构之事

① 雨果：《〈悲惨世界〉作者序》，见雨果：《悲惨世界》（一），李丹译，人民文学出版社 1978 年版，第 46 页。

理真实性与现实逻辑性较弱，人物活动的空间与环境的变迁，常常从演绎主观思想之需要出发，缺乏内在的必然性因果逻辑，因而故事的真实性远不如现代现实主义小说。

现代现实主义小说在叙事方法上体现了一种事理逻辑和实证理性，这不但在情节上呈现为严整的"线型结构"，而且时空转换通常清晰而有序，逻辑性和真实性都很强，由此也就使所描写的生活显得客观而真实，从而在一个新的层面上呼应和实践了现实主义的美学原则："现实主义最一般的目标是要提供对于真实世界（包括外部世界和人类自我）忠实的、精确的和客观的再现。为了达到这个目标，现实主义者借助了许多策略：运用描述性的和有唤起能力的细节；避免幻想、想象和虚构；坚持对可能性的追求，排除不可能的或不可能发生的事件。"①也就是说，现代现实主义文学为了使再现生活尽可能地形成与现实生活的同构关系，以显示客观真实性，不仅在情节的叙述上恪守生活的事理逻辑，人物行动的空间转换也同样追求合乎时间流变的自然逻辑，达成时空变换的有序与对应。情节的逻辑性、紧凑性使故事更富有现实感和真实性。现代现实主义小说"'现实'的感觉也是由异常紧密的情节创造出来的，这可能再次给人一种在一个无可置疑的紧张的过程中产生因果关系的错觉。当然，与按时间顺序进行的18世纪的小说如《项迪传》和20世纪现代主义小说相比，最优秀的19世纪小说的结构被设计成类似于思想的历史编年史"②。夏洛蒂·勃朗特的《简·爱》是19世纪现代现实主义小说的代表作之一。显然，这部小说的情节描写沿用了"成长小说"的模式。它叙述了简·爱

---

① M. A. R. Habib: *Literary Criticism from Plato to the Present: An Introduction*, Wiley-Blackwell, 2011, p. 169.

② Alison Finch: "Reality and its Representation in the Nineteenth-Century Novel", in Unwin, Timothy A eds.: *The Cambridge Companion to the French Novel: from 1800 to the Present*, Cambridge University Press, 1997, p. 46.

的成长、成熟的过程，小说用线性情节结构呈现了简·爱成长或发展的五个阶段的“行动”与“事件”，时空的变换有事理依据和人物性格与情感发展的内在逻辑。简·爱的成长历程符合“成长小说”模式，这种小说在当时的欧洲是一种颇受作家青睐和读者欣赏的小说类型。19 世纪最受欢迎的小说，如狄更斯的《大卫·科波菲尔》和《远大前程》，巴尔扎克的《高老头》，司汤达的《红与黑》，无不是对欧洲“成长小说”的发展与超越。之所以如此，主要是“成长小说”的叙事模式同社会批评结合起来，情节的叙述与时空的变换更切合现代现实主义对事理真实和本质真实的追求。

狄更斯的《双城记》是现代现实主义小说中情节性颇强的一部作品。故事发生在巴黎和伦敦“双城”之内，时空交替幅度较大。小说情节曲折生动，故事性强，但是十分严密、完整，富于逻辑性，呈“线型结构”形态；空间的主要交替是巴黎与伦敦；时间的更迭是 18 年前与 18 年后，5 年前与 5 年后，24 小时前与 24 小时后。虽然时间跨度很大，且有穿插与追溯，但小说紧扣情节发展和空间转换的逻辑顺序，紊而不乱。由是，小说所呈现的文本世界与现实的生活世界形成较高程度的同构关系。这部小说作为现代现实主义的经典作品之一，既具有故事性、可读性，又具有情节的整一性、严密性以及再现生活的真实性和广泛性。哈代十分重视小说情节结构的设计与安排。他认为，“概括地说，(小说)的故事应该是一个有机的整体”①。他常以主要人物之间婚姻恋爱的多角纠葛作为结构线索，通过情感纠葛推进情节的发展、刻画人物，表达对生活的认识和对社会的批判。长篇小说《德伯家的苔丝》就是一个典型例子。小说非常巧妙地用“偶然”和“巧合”的“事件”作为情节发展的“推进器”，从而造成线性故事叙述的一波多折以及空间的多频度转换，使小说的情节结构显得严整、严密且具有极高的审美价值。

---

① Miriam Allott: *Novelist on Novel*, Routledge & Kegan Paul, 1999, p. 244.

巴尔扎克和托尔斯泰等现代现实主义作家总是按照某种“整体性”“必然性”的“逻辑”规则叙述某个承载着人物性格、心理、命运的事件或故事;他们相信世界与人生、心理与命运等总是合乎某种“整体性”“必然性”的“逻辑”,而且其本人像上帝一样清楚地洞悉这套“整体性”“必然性”的“逻辑”运行机制。巴尔扎克小说的情节和结构不仅走出了“流浪汉小说”的模式,还完全摆脱了18世纪欧洲小说结构的无序与松散,进而走向了高度的成熟,成为现代现实主义小说情节结构方面的一种范型。巴尔扎克的《人间喜剧》结构严整而宏大。他的小说往往先是陈述,娓娓道出故事的环境,渲染一种历史的氛围;然后自然而然地引出人物,交代故事发生前的各种态势,展示社会背景,犹如戏剧的序幕;随后是故事的发展,编织人物关系网,使矛盾冲突稳步展开,情节也循序推进,跌宕起伏;随后故事走向高潮,最后急转直下,圆满结束。空间的变换,遵循客观外在的时间逻辑有条不紊地展开;时空的交替是有序而严整的。总体而言,巴尔扎克小说的情节是“线型结构”,但大多是多线条的“网状结构”,“它不再像‘流浪汉小说式’结构那样,在其构成中以纵向的单线索演进为特色,着重反映展现生活发展的纵向流程,而是截取一段时间内社会现实中的片段来组织构造其作品。换言之,单一线索纵向直线型的安排不再是他的作品结构的主要形式,而是以众多情节线索和诸多矛盾的交织,从而对其进行集中编排和立体展示为特色的‘段面’式的结构布局方法受到作家的特别重视与强调”①。由于这种小说的情节是多线索的,因此,其所呈现的场景是多变的、交错的,其空间结构是立体的,不同的场景与空间借助人物关系或者情节的事理逻辑达成内在的逻辑关系。就整部《人间喜剧》而言,通过穿梭式的“人物再现法”造成时空的不断交替,作者把小说的故事情节编织得纵横交错、紊而不乱,于是《人间喜剧》的时空关系整体呈线性

① 刘建军:《西方长篇小说结构模式研究》,华东师范大学出版社2017年版,第132页。

立体的有序结构。托尔斯泰小说的情节也是多线索展开的,呈网状结构。不过,颇具创新意义的是,托尔斯泰小说的故事描写不像巴尔扎克那样富于戏剧性,情节展开像河水一样缓缓流动,自然、自由并且貌似有些松散,然而更贴近生活的本原状态。他的小说往往人物众多、事件纷呈、篇幅宏大、画面广阔;空间跨度大,但合乎时间与事理逻辑,因此总体显得井然有序。《安娜·卡列尼娜》的情节由安娜的线索和列文的线索组成,两条并列的情节线索之间人物的穿梭活动并不算多,彼此之间的内在勾连主要是靠奥布浪斯基夫妻、吉蒂、列文、沃伦斯基、安娜等少数几个人物的"行动""事件"和情感关系构成了一个"拱门",从而达成的。这两条线索中人物的活动是按照时间顺序相对独立又有序地展开的,与之相关的空间也就在城市和乡间有序地展现,显示出一种相对并呈关系;各自的大空间内又有内部的小空间的转换。比如,安娜和沃伦斯基的幽会与卡列宁家庭的空间并呈,奥布浪斯基的家庭矛盾空间与吉蒂的个人活动空间并呈,等等,它们都被套叠在安娜和列文这两个大空间之内。于是,小说空间结构在线性展开的过程中又呈现出立体型有序结构。这与巴尔扎克、狄更斯、哈代等现代现实主义小说家的作品的结构总体相似。

综上所述,现代现实主义小说往往由于有一个一以贯之的完整故事情节,在结构上大都呈现出一种有序的"线型结构",即便是多线索的网状立体结构(如巴尔扎克的小说),其情节发展依然是线性展开的,而且时间有序、空间转换合乎逻辑,这些都是现代现实主义作家为使自己叙述的故事显得圆满、可信、合乎情理而恪守的一种理性思维原则。虽然间或使用倒叙或插叙、巧合与偶然,却通常仅仅作为一种辅助性技巧,且以不影响作品的整体结构为限度。"线型结构"也如亚里士多德所说的"整一性"结构,是一种情节贯穿始终、不可间断和封闭的结构,每一章每一节都是整体组织中不可或缺的有机部分,如果将其中的任何部分挪动或删削,作品的情节便会遭到破坏,结构便会脱节破碎。显然,这种结构模式,是作家在创作时对情节苦心孤诣巧妙安排的结果,合乎现代现实主义的理性书写原则。

历史地看,对某种先验"逻各斯"本体的坚定信仰所释放出的对"必然性""因果逻辑"的强调,造成了西方文学的一种源远流长的观念现实:在时空关系上,基督教世界观与理性主义那种历史主义的进步观念均突出时间对空间的优先性,并在时间观念上坚持时间乃是"线性"的历史展开。文化传统中的这一强大的观念现实,使传统的西方文学的叙事结构形态别无选择地走向"线型结构";反过来说,"线型"叙事结构乃是西方传统时空观念的基本文学表征,而这种传统,通过实证理性和真实性艺术思维观念,在现代现实主义文学,尤其是现实主义小说中得以发扬光大,并走向一种严密而精致的极致。

五、立体结构与情节淡化

然而,物极必反。当合乎事理逻辑、时空逻辑的理性书写和理性叙述方法在现代现实主义文学中成就卓著甚至在艺术上登峰造极之际,便是新的书写形式和叙述方法萌生之时。在现代主义倾向的小说中,情节的地位明显下降。"情节——即事件发生的逻辑顺序——这一维多利亚时代小说必不可少的元素,现在显得黯淡无光。"①正如约瑟夫·弗兰克所说:这种遵循线性逻辑次第展开的编年体式的"时间性结构"叙事在现代文学中走向了衰落,代之而起的则是体现"内省关联原则"的"空间性结构"。在弗兰克所谓叙事的"空间性结构"中,线性物理时间已经碎裂成为无数随意的、偶然性的"瞬间",变幻的心理时间左右着无数的"瞬间"片段,哲学"片段"的空间由非逻辑的心理时间贯穿着,于是就呈现为非线性的"立体结构"。这种"立体结构"也可称为"蛛网状结构"。"所谓蛛网状

① Peter Gay: *Modernism: The Lure of Heresy From Baudelaire to Beckett and Beyond*, Norton & Company, 2010. p. 184.

结构就是以现代小说的表现对象‘自我’为中心，让这个‘自我’的各种思绪、感觉、遐想、幻觉、梦魇，各种胡思乱想、自言自语，从这个中心向四处辐射出去，构成放射性的蛛网结构。在这种结构里，时间、空间、因果等逻辑关系的观念已被突破，故事情节的完整性和连贯性已被放到可有可无的地位；只有意识在过去、现在和将来的大千世界里往返穿梭，片段的回忆、破碎的现实与残存的梦幻才能交织成一体，呈现一派光怪陆离的景象。”①于是，与“逻各斯”本体理念所派生出来的以时间为线索的“线型结构”模式相比较，由作者的情感与情绪所决定的空间性“立体结构”的最突出特点是，摒弃了既往的“观念-理性”逻辑而顺应“生命-情感”逻辑。因此，较之于现代现实主义叙事文本在时间中展开的“情节”，空间中敞开的“情境”在现代叙事文本中当然就成为作家们更为重视的叙事元素。相比之下，“情节”则似乎更适合传输某种观念性的意旨，“情境”的凸显导致情节淡化和“线型结构”趋于瓦解。所谓“情境”是指渗透了人之生命“情感”的“环境”，即“人”与“环境”遭遇所形成的情感性的空间。通过“情境”这一新的功能性结构元素的创设，现代主义倾向的叙事作品开创了以“生活情境”为主的空间性“立体结构”形态，这就在情节结构上打破了现代现实主义的时间性“线型结构”。不过，这种新型的结构模式实际上是在现代现实主义文学的母体里萌生的，因为，事实上，“现实主义并不只是满足如尼采所说的阿波罗式的神圣理性主义，也没有像近期一些批评家所称的那样，盲目地遵守奥古斯特·孔德的严格实证主义和依波利特·丹纳的‘科学决定论’。事实上，现实主义试图展现具象化观者人之常情的非理性、易错性和主观性”②。在这方面，福楼拜就是一个典型的例子，尤其是他的小说的情节结构与空间结构，非理性的特点十分明显。

---

① 侯维瑞：《现代英国小说史》，上海外语教育出版社 1985 年版，第 25 页。

② Amy Holzapfel: *Art, Vision and Nineteenth-Century Realist Drama*, Routledge, 2014, p. 7.

在19世纪现代现实主义文学思潮发展的后期,代表性的现代现实主义作家福楼拜的小说创作,在坚持现实主义创作原则的基础上走向了创新境界。虽然,"福楼拜不喜欢'现实主义'的标签,也讨厌被它所要求的关注所限制约束"①,但这并不意味着他就不属于现实主义作家,这里的关键是他对既有现实主义原则的创新与超越。他的代表作《包法利夫人》在时空结构和情节描写方面都表现出了疏离既有现实主义传统而预示20世纪现代派小说的因素。首先,《包法利夫人》中"情境"的介入使时间性的"线型结构"转换为非线性的立体结构。小说中对"农业展览会"一节的叙事,运用了类似于电影"蒙太奇"的切换手法,立体式构建三个空间层面的"情境":第一是熙熙攘攘的人群和展览会上的家畜;第二是主席台上演讲人空洞的演说;第三是女主角爱玛与她的情人罗道尔弗在角落里"情话绵绵"。这里,每件事情看上去都是同时进行的,读者仿佛可以听见牲畜发出的声音,可以听见那对"恋人"的窃窃私语,同时还可以听见官员夸夸其谈的演讲。但是,这三个情境彼此没有任何外在事理的逻辑关系。这里,福楼拜大胆地打破传统线性叙事的因果逻辑,将三组人、三种细部场景同时置放在一个大的共时性空间情境中,让叙述来回穿梭/轮流反复。空间之广延性得到自由伸张,时间之流动性却被凝滞,不同的场景细节、行为细节以及看上去没有关系的人与事被一并植入某个特定的充满张力的"情境"之中。这种叙事方式,轻视情节结构,把情节的安排置于次要的位置,关键是不同"情境"之间的物理时间逻辑被切断,各个"情境"趋向于一种非线性立体结构,即空间性"立体结构"。这种以"情境"为主要元素的"空间结构"模式,是对现代现实主义时间性的"线型结构"模式的超越。其次,上述这种叙事,必然导致了小说的情节淡化。福楼拜主张小说创作的客观性、生活化,认为小说创作是对现实生活的自然展示,因而

---

① Peter Brooks: *Realist Vision*, Yale University Press, 2005, p. 54.

他对虚构故事是十分反感的。在他看来，虚构和想象将使小说所描写的生活背离现实世界；既然小说是对生活的“展示”，是对生活做科学化的还原，那么，作家在创作中首先要考虑的就不是故事的曲折离奇，而是所表现的生活是否最大限度地切合生活的自然形态。现实生活本身常常是平常无奇的，故事性往往是人为的东西，因而，当小说自然地呈示生活时，所描写的生活便是平淡无奇甚至是支离破碎的。福楼拜所看重的也只是一些平淡无奇的小事。所以，如果从传统小说的结构美学看，福楼拜的小说故事性不强，文体也趋于散文化了。《包法利夫人》总体描写了爱玛的悲剧故事，情节的基本框架是存在的，但其中没有传统小说尖锐的戏剧性矛盾冲突。爱玛同三个男人的关系（实际上是三个故事）彼此之间并没有一种逻辑发展上的因果关系，把同赖昂或罗道尔弗的关系（故事）中的任何一个抽掉或者彼此换位，作品的结构并不会解体或者到破碎那种程度。故事性的消解与散文化趋向，是福楼拜小说超越现实主义走向现代主义的又一重要表现。

陀思妥耶夫斯基以其“复调”的叙述方法打破了欧洲传统的情节与结构的模式。在传统小说的独白型构思中，主人公是封闭式的，他的思想所及，有严格的限定范围；他的活动、感受、思考和意识，都不能超出他的为人，即作为特定的现实的形象而局限于自己的性格、典型、气质，否则便要破坏作者对他的独白型构思。这样的形象是建立在作者的世界观里的，而作者世界对主人公意识来说是个客观的世界。要建立这个世界，包括其中的观点和最终的定评，前提是要有外在的稳定的作者立场、稳定的作者视野。主人公自我意识被纳入作者意识的固定框架内，作者意识决定并描绘主人公意识，而主人公自我意识却不能从内部突破作者意识的框架。主人公自我意识建立在外部世界坚实的基础上。[①] 然而，“在陀思妥

① 巴赫金：《陀思妥耶夫斯基诗学问题》，《巴赫金全集》（第5卷《诗学与访谈》），白春仁译，河北教育出版社1998年版，第67—68页。

耶夫斯基的小说中，没有原因，不写渊源，不从过去，不用环境影响、所受教育等来说明问题。主人公的每一个行为，全展现在此时此刻，从这一点上并无前因；作者是把他当作一个自由的行动来理解和描写的"①。陀思妥耶夫斯基"要把一切都作为同时共存的事物来观察，要把一切都平列而同时地理解和表现，似乎只有在空间中而不是在时间里描绘，其结果，甚至一个人的内心矛盾和内心发展阶段，他也在空间里加以戏剧化了，让作品主人公同自己的替身人、同鬼魂、同自己的 alter ego（另一个自我），同自己的漫画相交谈"②。这种纷繁多样的声音和意识通过作者的艺术组织，形成了一种大型的对话结构形态，展现了同时共存、平行发展的情节线索，进而形成了一种紧张又有张力的情景或氛围。陀思妥耶夫斯基的代表性长篇小说《卡拉马佐夫兄弟》，其"结构在很多方面与现实主义小说面目迥异：悬念是通过对读者隐瞒信息而产生的；使用了倒序和一些铺垫；许多叙述和话语的插入打断了行动的进程"③，由是，陀思妥耶夫斯基把小说的情节与结构艺术由历史纵向形态转变为横向形态，开拓了小说叙事的空间化和现时态，这成为现代派小说叙事的一种雏形。

20 世纪现代派小说"反传统"的一个突出表现是"反小说"，即反对追求小说的故事性、情节性以及情节结构的逻辑性，强调主观的真实性。"现代主义追寻的真实，无论是在物的物质世界中还是在现代主体的潜意

① 巴赫金：《陀思妥耶夫斯基诗学问题》，《巴赫金全集》（第 5 卷《诗学与访谈》），白春仁译，河北教育出版社 1998 年版，第 39 页。

② 巴赫金：《陀思妥耶夫斯基诗学问题》，《巴赫金全集》（第 5 卷《诗学与访谈》），白春仁译，河北教育出版社 1998 年版，第 41 页。

③ Victor Terras："The Realist Tradition", in Malcolm V. Jones, Robin Feuer Miller eds.: *The Cambridge Companion to the Calssic Russian Novel*, Cambridge University Press, 1998, p. 199.

识深处，都是被视觉影像模糊了的真相。”①法国的“新小说”派作家力图打破传统小说的既定规范。在他们看来，巴尔扎克式的传统小说是主观和人为的产物，是一种欺骗读者的虚构玩意儿；传统小说的所谓“故事情节”“人物”“环境”，充其量只是一些事物的表象，是小说家用以引诱读者上钩的伎俩，绝不可能使人们看到事物的真相或本质。他们否定人物形象在小说中的地位，强调打乱传统小说的那种结构的完整性和情节的连贯性，排除小说的故事性成分，让小说走向“非小说”。可以说，“新小说”派的“反小说”是对福楼拜小说之创作理念和审美趋向的一种选择性继承和极端化发展。当然，反过来说，现代派小说也在不同程度上接纳了现代现实主义小说的情节结构的模式，或者说是改造性地传承传统小说的模式。“现代主义继承了现实主义的残留和剩余物——被废弃的情节构成，把它们运用到一种非常不同的结构当中。”②

法国“新小说”派代表作家罗伯-格里耶的小说《窥视者》的核心事件是少女雅克莲被奸杀，凶手是马弟雅思，于连是“窥视者”，而马弟雅思是被窥视者。不过，于连却从未站出来陈述马弟雅思的犯罪事实。作为被窥视者，马弟雅思在那间神秘的房子外通过窗户、走廊和镜子的反光，反复窥视室内的情况，因而，马弟雅思也是窥视者。其实，马弟雅思的犯罪过程，也被由小岛上的人构成的社会所窥视，因而，作为整体的社会也是窥视者。然而，不仅作者始终没有说明凶手是谁，小说中所有的人，包括被害少女的男朋友于连，都没站出来揭发凶手。也就是说，所有的人都没有说出凶手，因为似乎谁也没有马弟雅思是凶手的确切证据，人们无论怎

---

① Nancy Armstrong："Realism before and after Photography：'The fantastical form of a relation among things'", in Matthew Beaumont ed.：*Adventures in Realism*，Blackwell Publishing Ltd.，2007，p. 99.

② Fredric Jameson："A Note on Literary Realism in Conclusion", in Mattew Beaumont ed.，*Adventures in Realism*，Blackwell Publising Ltd.，2007，pp. 269-270.

么努力也始终窥不见凶手犯罪的真实过程。就小说的叙述策略和结构模式来看，窥视者的多元性和交错性，造成了小说时空结构的不连贯性和故事情节的模糊性、非真实性。法国“新小说”派的另一作家克劳德·西蒙的《弗兰德公路》写“二战”后佐治和科里娜夜宿时所产生的关于战时经历的回忆、模糊的印象、零碎的思想和杂乱的想象。小说分为三部，全部都是主人公佐治的回忆、印象和联想。叙述既无先后逻辑和因果关系，又没有时间上的前后承续关系，完全打破了传统小说的时间法则，而空间维度则显得十分庞杂且立体化，情节自然也就淡化了。

总之，“现代主义小说打破了评判文学作品的既有标准，比如故事前后连贯、时间顺序渐进、情节结构完整以及耐人寻味等，令人惊讶地一头转向了对人的内心世界的关注”①。现代主义倾向的叙事文学以表现主观的“自我”为中心，让这个“自我”的各种思绪、感觉、遐想、回忆、幻觉、梦魇、胡思乱想、自言自语从这个中心向四处辐射出去，这是现代主义叙事作品的一般模式；而把这种充溢着非理性的“自我”意识随时向四处辐射的真实状态自然地记录下来后，就形成了叙事文学的“立体结构”或“蛛网状结构”。

不过，事实上，在20世纪的西方小说界，现实主义形态的小说依然在发展中创新；现实主义与现代主义两种形态的叙事文学也并非决然对立，而是互相包容、兼而有之。这说明，现代主义叙事文学在情节结构上也并非与现代现实主义毫不相干。这给我们提示了一个重要理念：不同时代、不同形态与风格的文学作品，虽然都有对既往文学的“反叛性”进而显示其“创新性”，但是在文学史发展的历史长河中，“创新”并不意味着与传统的“断裂”，而是在“创新”之深层蕴含了对传统的承续与弘扬。就西方叙

① Peter Gay: *Modernism: The Lure of Heresy From Baudelaire to Beckett and Beyond*, Norton & Company, 2010. p. 185.

事文学的情节结构而言，虽然在漫长的文学史发展中不断演变，但是，无论怎么变化，其基本内涵都有“万变不离其宗”的深层延续与传承的一面。就此而论，我们不能因为现代主义之“新”而偏废现代现实主义之“旧”，同样也不能固守现代现实主义之“经典性”而偏废现代主义的“创新性”元素；对其他“主义”与形态的文学也应抱此种态度。对此，笔者的概括性表述是：撷取任何时期、任何形态的人类文学之优长为我所用，如此，我们本土的文学研究与文学创作才能在弘扬传统的基础上不断创新，在坚守民族性的同时拥有人类情怀，这是我们应该倡导和坚守的文学世界主义和历史主义精神。

|结　语|

在“美学的”和“历史的”标准之间

19世纪西方现代现实主义固然以其强烈的社会批判性和高度的社会认识价值而著称于世，并已经对我国产生了较大的影响，但是我们不能因此忽视其审美功能和价值，以及其作为文学经典的当代意义。“五四”初期，当西方各种文艺思潮纷纷进入我国的时候，占主流地位的并不是现实主义，而是浪漫主义。当时，崇尚浪漫主义的创造社提出的“为艺术的文学”的口号，综合了浪漫主义、唯美主义和象征主义的总特征——追求文学之艺术价值与审美功能。这种倾向比文学研究会“为人生的文学”所追求的文学之社会认识价值和社会功能的倾向更显强势。本来，这两种倾向可以共同构成文学之社会认识功能与审美功能的辩证统一，但是，到了20世纪20年代末、30年代初，更切合中国文化传统和现实国情，以体现社会功利性见长的现实主义逐步取代了浪漫主义而居于文坛的主流地位。从此，“为艺术的文学”不再有多少传播、生长的空间与机会，文学的社会价值基本上成了衡量文学之价值的主要标准。随着现实主义、社会主义现实主义乃至口号化的“革命现实主义”的一路高歌，文学从理论到创作都对艺术和审美价值相对疏离。直到20世纪80年代现代派热潮在我国兴起，对文学之艺术性审美价值的追求在一个新的认知与接受平台上被推进。从文学观念与理论话语接受的角度看，我国学界对 19 世纪现代现实主义文学与文论的社会认识和社会批判价值高度关注，而轻视或者忽视其艺术和审美的价值，由此也在不同程度上造成了人们对现实主义的误解，以为它的文学史价值也就是社会认识与社会批判而已，缺乏审美价值。① 这种不无片面的评价与理解既误导了人们对现实主义的认识与判断，又降低了其文学史地位和人们对其作为文学经典的认可度。从文学话语建构与文学研究及批评实践的角度看，要“在‘美学的’和‘历史的’标准之间寻找合适的界点”确实是比较难的；但是，“重视‘艺术的’(美学的)追求，这既由艺术创作自身的性质所决定，同时也是艺术创作规律使然”，“对美学问题的重视程度常常是区分是否是马克思主义文艺理论的重要因素”②。现代现实主义确实在社会认识功能和批判功能方面达到了空前成熟的境界，这也是其本质特征之一，但现实主义的历史贡献和价值远远不止于此，而我们的理论吸纳却在很大程度上对此过于津津乐道，对其“美学的”价值与理论的研究显得相对薄弱，这显然是一种缺憾。其实，“经典现实主义主要是一种美学实践，基于对社会文化实践、工农阶层劳动和与之伴随的资产阶级的社会地位和权威的降低进行兼容性再现”③。我们有必要加强对现代现实主义文学之审美价值的发掘、研究与吸纳，深度彰显“审美价值”作为现实主义文论话语在理论阐释中的力度与效度。如上所述的“情节”与“结构”，其作为西方叙事文学之血脉和经

---

① 实际上在今天看来，我们一直以来学习和推崇的“19 世纪俄国现实主义文学以及‘别车杜’的文学社会历史批评，在高扬启蒙理性的同时，事实上忽略了现代性的另外一极：审美现代性”，从而阻断了“启蒙现代性与审美现代性的双重进路”。参见蒋承勇：《批评家与作家的“恩怨”及其启示》，《浙江社会科学》2019 年第 1 期，第 154 页。

② 丁国旗：《正确认识“美学和历史的”批评标准》，《中国社会科学报》，2019 年 3 月 25 日第 4 版。

③ John Roberts：“Realism，Modernism and Photography：‘At last，at last the mask has been torn away’”，in Matthew Beaumont ed.：*Adventures in Realism*，Blackwell Publishing Ltd.，2007，p. 173.

络，在19世纪现代现实主义文学（尤其是小说）中呈现得空前完美甚至达到了极致，这是西方叙事文学走向成熟的重要标志，也是积淀深厚的西方审美文化之重要成果在现实主义形态叙事文学中的集中呈现。“19世纪现实主义小说尽管是‘现实主义的’，但似乎充满了很重的情节意味，实际上，它的‘细节主义’特征倒更加鲜明。”①因为，情节和结构不仅仅是文学形式本身，也是呈现复杂而深邃的人类社会与人的精神之真实生活的载体，而要展示极端复杂的社会关系和人的心理世界，“显然，这样一种表现方法只有和充满着曲折和变化的情节相结合才有可能实行”②。可以说，没有曲折动人的情节和完美的故事结构，就不可能有现实主义小说在世界文学史上的经典地位。现代现实主义小说的情节结构艺术作为人类文学的重要遗产，对经历了现代、后现代之情节“淡化”与故事“解构”之冲击后的当今我国文学创作以及大众阅读来说，显得格外有研究与借鉴的价值。呼唤完美而精致的故事情节与结构，其实就是在强调文学深度关注现实人生。正如罗伯特·麦格所说，“故事并不是对现实的逃避，而是一种载体，承载着我们去追寻现实，尽最大的努力挖掘混乱人生的真谛”③。在创作实践方面值得注意的是，我们一些作家“以为先锋和时尚就是反现实主义，因此也就不去有意地培养和训练自己观世界和客观描述世界的能力，其后果便是连一个故事也讲不流畅，连一个客观物体也不能清晰准确地描述出来，光在胡编乱造上做文章”④。其实，我们今天所期待的无论是宏大叙事还是微观叙事抑或两者结合的文学创作，讲好信息时代中

---

① George Levine: "Literary Realism Reconsidered: 'The World in its length and breadth'", in Matthew Beaumont ed.: *Adventures in Realism*, Blackwell Publishing Ltd., 2007, p. 18.

② 卢卡奇:《卢卡奇文学论文集》(二)，中国社会科学出版社1981年版，第358页。

③ 罗伯特·麦基:《故事:材质、结构、风格和银幕剧作的原理》，周铁东译，中国电影出版社2001年版，第11页。

④ 贺绍俊:《一部现实主义力作》，《文艺报》，2018年12月12日第6版。

国民众生存状况的故事，提高文学的现实性与可读性，让文学更广泛地走进大众的文化生活，体现“为人民”的宗旨，都有必要在新的更高的意义上“回归”丰富的情节与精致完美的故事结构；对叙事文学来说，它们并不是可以任凭作家无限地“淡化”“解构”“消解”的可有可无的东西，而是其根基性元素，现实主义倾向的文艺尤其如此。于是，向经典学习，深入研究和阐发传统现实主义文学与其他类型的文学中包括情节、结构、叙事等在内的艺术的和美学的资源，深度发掘其审美价值，从而丰富与加重现实主义文论话语体系中关于审美价值与审美功能的话语内涵与分量，显然是十分重要的。

参考文献

一、中文文献

[1] 艾布拉姆斯.镜与灯:浪漫主义文论及批评传统[M].郦稚牛,张照进,童庆生,译.北京:北京大学出版社,2015.

[2] 伯林.浪漫主义的根源[M].吕梁,洪丽娟,孙易等,译.南京:译林出版社,2011.

[3] 勃兰兑斯.十九世纪文学主流[M].张道真等,译.北京:人民文学出版社,1997.

[4] 第根.文艺复兴以来的欧美文学史[M].谢钟湜,译.北京:人民出版社,2015.

[5] 格兰特.现实主义[M].周发祥,译.北京:昆仑出版社,1989.

[6] 圭多·德·拉吉罗.欧洲自由主义史[M].杨军,译.长春:吉林人民出版社,2001.

[7] 黄晋凯,张秉真,杨恒达.象征主义·意象派[M].北京:中国人民大学出版社,1989.

[8] 霍尔顿,霍普尔.欧洲文学的背景[M].王光林,译.重庆:重庆出版社,1991.

[9] 吉列斯比.欧洲小说的演化[M].胡家峦,冯国忠,译.北京:生活·读

书·新知三联书店,1987.

[10] 加洛蒂.论无边的现实主义[M].吴岳添,译.上海:上海文艺出版社,1986.

[11] 蒋承勇.十九世纪现实主义文学的现代阐释[M].北京:高等教育出版社,1996.

[12] 蒋承勇.西方文学"人"的母题研究[M].北京:人民出版社,2005.

[13] 科尔曼.19 世纪的生物学和人学[M].严晴燕,译.上海:复旦大学出版社,2000.

[14] 克罗齐.十九世纪欧洲史[M].田时纲,译.北京:商务印书馆,2015.

[15] 李维屏.英国小说艺术史[M].上海:上海外语教育出版社,2003.

[16] 刘建军.西方长篇小说结构模式研究[M].上海:华东师范大学出版社,2017.

[17] 柳鸣九.法国文学史.第 2 卷[M].北京:人民文学出版社,2007.

[18] 柳鸣九.自然主义[M].北京:中国社会科学出版社,1988.

[19] 陆建德.破碎思想体系的残编:英美文学与思想史论稿[M].北京:北京大学出版社,2001.

[20] 罗钢.叙事学导论[M].昆明:云南人民出版社,1994.

[21] 罗经国.狄更斯评论集[M].上海:上海译文出版社,1981.

[22] 马尔库塞.审美之维[M],李小兵,译,桂林:广西师范大学出版社,2001.

[23] 任卫东,刘慧儒,范大灿.德国文学史:第 3 卷[M].南京:译林出版社,2007.

[24] 塞尔登.文学批评理论:从柏拉图到现在[M].刘象愚,陈永国,译.北京:京大学出版社,2000.

[25] 申丹,韩加明,王丽亚.英美小说叙事理论研究[M].北京:北京大学出版社,2015.

[26] 盛宁.二十世纪美国文论[M].北京:北京大学出版社,1994.
[27] 斯皮瓦格尔.西方文明简史[M],董仲瑜,施展,韩炯,译.北京:北京大学出版社,2010.
[28] 斯特龙伯格.西方现代思想史[M].刘北成,赵国新,译.北京:中央编译出版社,2005.
[29] 塔塔尔凯维奇.西方六大美学观念史[M].刘文潭,译.上海:上海译文出版社,2006.
[30] 特纳.从卢梭到尼采[M].王玲,译.北京:北京大学出版社,2017.
[31] 韦勒克.文学思潮和文学运动的概念[M].刘象愚,选编.北京:中国社会科学出版社,1989.
[32] 席勒.审美教育书简[M],冯至,范大灿,译.北京:北京大学出版社,1985.
[33] 张健.全球化时代的世界文学与中国[M].北京:中国社会科学出版社,2010.
[34] 张志刚.美国浪漫主义文学中个人主义思想研究[M].长春:吉林大学出版社,2010.
[35] 郑克鲁.法国文学史:上卷[M].上海:上海外语教育出版社,2003.
[36] 周宪.现代性的张力[M].北京:首都师范大学出版社,2001.
[37] 周作人.艺术与生活[M].北京:北京十月文艺出版社,2011.
[38] 朱立元,张德兴,等.西方美学通史(第七卷)[M].上海:上海文艺出版社,1999.
[39] 朱雯,等.文学中的自然主义[M].上海:上海文艺出版社,1992.

二、外文文献

[1] ABRAMS M H. Natural Supernaturalism[M]. New York: W. W. Norton,1973.

[2] BARRISH, PHILLIP J. The Cambridge Introduction to American Literary Realism[M]. New York: Cambridge University Press,2011.

[3] BAUMAN Z. Modernity and Ambivalence[M]. Cambridge:Polity, 1993.

[4] BEAUMONT M. Adventures in Realism[M]. Oxford: Blackwell Publishing Ltd. , 2007.

[5] BECKER G J. Documents of Modern Literary Realism[M]. Princeton: Princeton University Press,2016.

[6] BLOCK H M. Naturalistic Triptych: The Fictive and Real in Zola, Mann, and Dreiser[M]. New York: Random House, Inc. ,1970.

[7] BROOKS P. Realist Vision[M]. New Haven and London: Yale University Press,2005.

[8] CHISHOLM, RODERICK M. Realism and the Background of Phenomenology[M]. Illinois: The Free Press of Glencoe,1960.

[9] CLEMENT N H. Romanticism in France[M]. New York: Kraus Reprint Corporation,1966.

[10] FARRANT T. An Introduction to Nineteenth-Century French Literature[M]. London: Intl Pub Marketing Inc,2007.

[11] FENNELL J. Nineteenth-century Russian Literature: Studies of Ten Writers[M]. London:Faber and Faber,1973.

[12] HEMMINGS, F. W. J. The Age of Realism[M]. London: Penguin Books,1974.

[13] HEMAN D. Poverty of the Imagination: Nineteenth-Century Russian Literature about the poor[M]. Evanston: Northwestern University Press,2001.

[14] LEVINE G. Darwin and the Novelists, Cambridge[M]. Massachusetts:

Harvard University Press,1988.

[15] NORRIS M. NORRIS. Beasts of the Modern Imagination: Darwin, Nietzsche, Kafka, Ernst, & Lawrence [M]. Baltimore Johns Hopkins University Press,1985.

[16] OKKER, P. Social Stories: The Magazine Novel in Nineteenth-Century, America [M]. Charlottesville: University of Virginia Press,2003.

[17] STERN J P. On Realism[M]. London & Boston: Routledge & Kegan Pall Books. ,1973.

[18] SUNDQUIST E J. American Realism: New Essays[M]. Baltimore: The Johns Hopkins University Press,1982.

[19] TUMELL M. The Art of French Fiction[M]. London: Hamish Hamilton Ltd. ,1959.

[20] TRAVERS M. TRAVERS. An Introduction to Modern European Literature: From Romanticism to Postmodernism[M]. London: Macmillan Press Ltd. ,1998.